KB059121

누군가를 위해서 새긴 상처를
스스로 업신여기지 말란 말이다!"

아르
르
트
트

8세. 검
치, 모든
난 실력
으며 차
력 후보
마음씨가
을 배려하
때문에
가족들
것에 의
다. 형인
을 누구보
있다.

아르노르트
렉스
아드라

제7황자. 18세. 무능
하고 게으른데다 놀
기만 하는 방탕 황자
이기 때문에 '쌍둥이
동생에게 모든 것을
빼앗긴 「찌꺼기 황
자」'라고 얕보이고
있다. 실제로는 무능
한 것이 아니라 '강력
한 고대 마법을 다루
는 SS급 모험가 실
버'로서 남몰래 제국
을 수호하고 있다.

타

세. 아르
복 여동
의고 미
기 때문
오를 잘
한 성격
다. 기본
정하고,
잘 따른
로 미래
마법을
불안정하
들어맞을
않을 때

리타

평민 출신 견습 기사.
11세. 성에서 기사가
되기 위해 훈련받고 있
는 소녀.
매우 밝고 천진난만하
며 기운이 넘치는 성격
이지만, 정반대인 크리
스타와는 입장을 뛰어
넘어 친구가 되었다.

피네 폰 크라이네르트

명문 크라이네르트 공작 가문의 딸. 국내 제일의 미녀로서 황제에게 푸른 갈매기 머리장식을 선물 받은 통칭 '창구희'. 작은 몸집에 어울리지 않을 정도로 글래머. 심지가 굳은 성격이며 아르노르트를 전폭적으로 신뢰하고 있다.

레오니
렉스
아드리

제8황자. 술, 마법, 정면에서 뛰어을 지니고기 황제의중 한 명. 착하고, 남는 성격이피가 이어끼리 싸우는문을 품고 "아르노르트다 신뢰하그

ᅵ르나
ᅢ 암스베르그

ᆯ르노르트의 소꿉친구. 말을 쓰러뜨린 용사의 가문ᅥ 암스베르그 용작 가문의계자 아가씨. 완벽초인이불리며 역대 용작가 중에ᅩ도 매우 뛰어난 능력을 지고 있다. 용작 가문에 전해내려오는 성검을 쓰면 거무적인 실력을 자랑한다.

크리스
렉스
아드리

제3황녀. 1와 레오의생. 친모를츠바가 키에 아르와따른다. 조이며 겁이적으로 무일부 친지다. 선천적를 예지하쓸 수 있다기 때문에때와 그렇가 있다.

고든 렉스 아드라

제3황자. 26세. 유력한 제위 후보자들 중 한 명. 장군 직책을 지니고 있는 무투파 황자. 무관을 지지 기반으로 삼아 제위 쟁탈전에 참가했다. 단순하고 감정적인 성격. 공을 세우기 위해 제국 안팎에서 무력 충돌을 일으키려는 꿍꿍이를 품고 있다.

Characters

최강 찌꺼기 황자의 암약 제위 쟁탈전 4

무능한 척 연기하는 SS랭크 황자는 황위 계승전을 남몰래 지배한다

탄바

Contents

목차

삽화 · 본문 일러스트 : 유우나기

디자인 : 아츠시 타카히사(atd)

최강 찌꺼기 황자의 암약 제위 쟁탈전

무능한 척 연기하는 SS랭크 황자는 황위 계승전을 남몰래 지배한다

❧ 제1장 정세 변동

1

남부의 이변은 해결되었다. 사태가 상상했던 것보다 더 커졌기에 레오는 일단 제도로 돌아오게 되었다. 누님과 유르겐도 상황에 대해 이야기를 듣겠다는 이유, 그리고 신속한 행동에 포상을 주겠다는 이유로 제도에 불려왔다.

그런 레오 일행에 나도 슬쩍 끼어 있었는데…….

"이거 큰일이네……."

나는 제도 정문 앞에 서 있는 사람들을 보고 그렇게 중얼거렸다.

레오와 근위기사. 그리고 레오와 함께 싸웠던 주요 기사들까지 제도로 불려왔고, 레오가 그들을 이끄는 형태로 제도에 들어섰는데, 그곳에서는 열렬한 환영 인파가 기다리고 있었다.

"레오나르트 황자님~~!!!!"

"영웅 황자의 개선이다!!"

"레오나르트 니이이이임!!"

"이쪽 봐주세요오오오오!!!!"

남부에서 보라색 봉화를 피웠다는 사실은 모두가 알고 있다. 저번에 봉화를 피웠을 때는 황태자의 비보가 날아들었다. 이번에도 모두가 각오하고 있었지만, 그 대신 전해진 것은 밧사우가 피해를 입었다는 소식, 국가 수준의 이변치고는 작다고 할 수 있는 비보뿐이었다.

그리고 수없이 발생한 몬스터와 강력한 악마를 상대로 황자가 기사들을 이끌고 싸웠다는 좋은 소식도 동시에 전해졌을 것이다.

슬픔을 각오하고 있었던 만큼, 백성들의 기쁨은 한층 더 컸다.

성으로 향하는 레오 일행에게 마치 축제가 벌어진 것처럼 목소리가 날아들었다.

"리제로테 님이다!"

"원수 각하!!"

"공주 장군 만세!!"

레오 일행이 지나가자 이번에는 누님이 기병 연대를 이끌고 지나갔다. 이번 주역은 레오라며 선두를 양보하긴 했지만, 환호성은 레오 못지 않았다. 전공이라는 점만 놓고 보면 황족 중에서 가장 뛰어나고, 국경을 지키는 자국의 아름다운 공주. 오랜만에 얼굴을 본 백성들도 상당히 신이 난 모양이었다.

그 뒤를 내가 유르겐과 함께 따라갔다. 먼저 유르겐을 향해 목소리가 날아들었다.

"라인펠트 공작이다!"

"리제로테 님께 길을 터주셨다는데!"

"원수 각하께서 남부에 빠르게 도착하실 수 있었던 것도 공작의 힘 덕분이라고 들었어!"

"공작님~!!"

환호성은 그럭저럭. 제도 사람들도 귀가 꽤 밝은 모양이다.

그렇게 됐으니 창끝은 내게 쏠리겠지.

"나타났네, 찌꺼기 황자야."

"동생을 구하러 갔으면서 결국엔 지쳐서 중간에 이탈했다며?"

"발목만 잡은 거 아니야?"

"정말 쓸모가 없는 황자로군. 레오나르트 황자와 쌍둥이라는 게 믿기질 않아."

"무슨 염치로 당당하게 돌아다니는 건지. 부끄러운 줄도 알아야 할 텐데."

"맞아! 맞아! 빠지라고!"

"황족의 수치 녀석!"

이곳저곳에서 들리는 것은 비웃는 목소리. 험담이 계속 이어지며 그치질 않았다.

좀 전까지 레오에게 환호성을 지르던 입으로 나를 비난한다. 그게 백성이라는 걸 이해하고 있다. 그래서 나는 일부러 가슴을 폈다. 지금 고개를 숙이면 목소리가 더욱 커진다. 백성들은 한심한 황족을 인정하지 않기 때문이다. 실제로 그렇게 어느 정도 불만을 컨트롤해 주지 않으면 그들이 곤란해진다.

지금도 충분히 불경하긴 하지만, 황족 중에서 나만큼은 불경죄의 라인이 다르다. 뭔가 물건이라도 집어던지지 않는 한, 아마 잡혀가진 않을 것이다. 하지만 뭔가 던지기라도 하면 제도의 수비대도 움직일 수밖에 없다.

나 같은 녀석에게 물건을 던졌다고 잡혀가면 너무 불쌍하다.

그들은 국민으로서 당연한 불만을 털어놓고 있을 뿐이니까.

"전하……, 원하신다면 입을 다물게 할까요?"

유르겐이 그렇게 나를 신경 써주었다. 원하신다면이라고 말하는 게 유르겐답다.

나는 조용히 고개를 저었다. 그러자 유르겐이 쓴웃음을 지으며 앞을 보았다.

"안심하시길. 당신의 자상하고 강한 마음씨는 저, 유르겐 폰 라인펠트와 저희 기사들이 잘 알고 있습니다. 그대로 가슴을 펴고 나아가십시오. 당신은 그러실 만한 분입니다."

"과대평가인데요."

"이 세상은 아무것도 하지 않는 것이 제일 편하지요. 당신이 레오나르트 전하를 도우러 가지 않으시긴 했습니다. 하지만 당신은 멈추는 걸 선택하셨죠. 그건 분명히 용감한 선택이었을 겁니다. 적어도 저나 기사들은 구원받았고요. 그 사실은 황제 폐하라 해도 뒤엎을 수가 없습니다."

"멈추는 게 용감한 선택이라고요……, 공작은 역시 특이하네요."

"그런가요? 제가 생각하기에는 평범한 것 같습니다만."

유르겐은 그렇게 말하며 웃었다. 이렇게 이야기를 나누는 동안에는 백성들의 목소리가 들리지 않는다. 나는 유르겐의 배려에 고마워하며 성으로 향했다.

■ ■ ■

"잘 돌아왔다! 나의 아이들아! 나의 신하들아! 모두 무사히 만날 수 있게 된 것이 기쁘구나!"

아버님은 그렇게 말하며 우리를 맞이해 주었다. 모두가 무릎을 꿇고 옥좌에 앉은 아버님에게 고개를 숙였다.

과로로 인해 쓰러졌던 아버님도 이미 몸 상태가 완전히 회복된 모양이었다. 평소처럼 황제다운 모습을 보여주고 있다.

"다들 어떻게 싸웠는지 먼저 돌아온 모험가들이 말해 주었다. 국가의 중대 사태를 해결한 너희들은 그야말로 영웅이다! 오늘 밤은 조촐하게나마 연회도 준비했다. 치열한 전투로 인해 쌓인 피로를 치유하거라."

아버님은 그렇게 말한 다음, 헛기침을 한 번 하고 재상인 프란츠에게 눈짓을 보냈다.

알겠다는 듯이 고개를 끄덕인 프란츠가 말하기 시작했다.

"이번에 남부에서 발생한 이변에 대처하려 나선 모든 자에게 포상을 내린다. 그중에서도 특히 뛰어난 전공을 세운 자에게는 특별히 폐하께서 포상을 하사하실 것이다. 이름이 불린 자는 앞으로."

그렇게 말하자 포상품을 든 시녀들이 아버님 근처로 다가왔다. 그 모습을 본 프란츠는 큰 목소리로 이름을 불렀다.

"우선 제1공! 제8황자 레오나르트 렉스 아드라 전하. 앞으로!"

"네!"

레오가 대답하고 나서 아버님 앞으로 간 다음, 다시 무릎을 꿇었다. 그 모습을 본 아버님은 검 한 자루를 시녀에게서 받아들었다. 칼집에 황금 독수리 장식이 들어가 있는 장검이다.

그 검은 의례용이다. 무관의 중요 직책을 임명할 때 쓰인다.

"제8황자 레오나르트는 남부에서 위기가 발생하자 정확한 판단으로 봉화를 피웠고, 많은 기사들을 이끌고 사태의 악화를 방지했다. 그 이후, 문제의 근본적인 해결을 위해 몸소 선두에 서서 돌격하여 악마를 해치웠다. 그 공을 보아 공석이었던 제도 수비대의 명예 장군으로 임명함과 동시에 중신 회의에 참석하는 것을 허가한다."

"감사히 받들겠습니다."

레오가 공손하게 검을 받아들었다. 참가자들 중에서 웅성대는 목소리가 새어나왔다.

"명예 장군뿐만이 아니라 중신 회의까지……?!"

"너무 큰 포상 아닌가……?"

"그만큼 이번 공적이 크다는 뜻인가…….."

"앞으로 어떻게 될지 모르겠는데…….."

아무리 명예 장군이라 하더라도 장군은 장군이다. 제위 후보자 중에서는 고든 버금가는 무관의 지위를 손에 넣었다는 뜻이다. 게다가 제도 수비대. 명예 장군은 어디까지나 명예직이지만, 전임자인 도미니크 장군의 영향이 강한 부대이기 때문에 여차하면 레오가 제도에서 꽤 강한 전력을 움직일 수 있게 된다.

게다가 에릭만 참가할 수 있었던 중신 회의에도 참석할 수 있게 되었다. 이제 대신을 통하지 않고 아버님께 자기 의견을 직접 전할 수 있고, 공무대신이 된 베르츠 백작과 합쳐서 두 표를 얻게 된 것이다. 다시 말해 국정에 관하여 확실한 발언력, 영향력을 손에 넣었다는 뜻이다.

그 사실은 제위 쟁탈전의 세력도가 크게 바뀌었다는 의미를 지니고 있다. 이번 건으로 인해 레오는 신흥 세력인 4위가 아니라 에릭조차 위협할 정도로 유력한 제위 후보자가 된 것이다.

"이어서 제2공! 리제로테 렉스 아드라 원수. 앞으로!"

"네!"

이번에는 리제 누님이 앞으로 나섰다. 그런 누님에게 아버님이 지팡이 한 자루를 건넸다.

"원수 리제로테는 레오나르트가 피운 봉화를 보고 신속하게 대응하여 동부 국경군의 정예를 이끌고 달려갔다. 그 이후, 레오나르트와 함께 선두에 서서 길을 열어주었다. 그 공을 보아 동부 국경군의 증원과 예산 확대를 허락한다."

"감사히 받들겠습니다."

역시 아버님이야. 누님이 훈장 같은 걸 받더라도 기뻐하지 않는다는 걸 잘 알고 있네.

지팡이를 받아든 누님은 꽤 기쁜 표정을 짓고 있다.

"마지막으로 제3공! 유르겐 폰 라인펠트 공작. 앞으로!"

"네!"

마지막으로 이름이 불린 사람은 유르겐이었다. 아버지는 유르겐에게 커다란 보석을 마련해두었다.

　"공작 유르겐은 리제로테의 진군을 돕기 위해 자신의 기사들과 함께 몬스터를 제거하고 길을 열어주었다. 그리고 유사시를 대비하여 효과적인 길을 만들어둔 선견지명도 보였다. 그 공을 보아 보물을 하사하고 영지의 확대를 허락한다."

　"감사히 받들겠습니다."

　상자에 든 보석을 받아든 유르겐이 뒤로 물러났다.

　그렇게 특별 표창이 끝났다. 아버님은 형식적인 인사를 마치고 물러났다.

　그러자 참가한 대신과 유력 귀족들이 소곤대는 목소리가 들렸다.

　"레오나르트 황자에게 접근해야 하나……."

　"하지만 이제 와서 다가가 봤자……."

　"자세가 중요하다고. 자세. 제위 후보자들에게는 잘 보여야지. 지금 같은 상황에서는 누가 차기 황제가 될지 알 수 없으니……."

　"하지만 아무리 레오나르트 황자가 대단하다 하더라도 에릭 황제의 진영에는 인재가 풍부하지. 한편, 레오나르트 황자 쪽에서는 저 찌꺼기 황자까지 써먹어야 할 정도고. 인재 차이가 일목요연하지 않은가……?"

　"저 황자는 항상 문제만 일으키긴 하지……, 이번에도 전혀 활약하지 못했다는데, 언젠가 레오나르트 황자의 발목을 잡을지도 몰라……."

"그래도 이렇게 생각해 볼 수 있지 않은가? 저런 찌꺼기 황자마저 써먹어야 한다면 인재를 필요로 할 터. 지금이 좋은 기회일지도 모르겠는데……."

꽤 이것저것 생각하기 시작한 모양이다. 무능한 척하던 보람이 있다.

나처럼 무능한 녀석도 써먹는다면 인재가 부족해서 곤란할 것이다. 그렇게 생각하며 이쪽 편을 들려는 사람이 생길 거라 예상하고 있었다. 형제라고는 해도 무능한 녀석까지 써먹는 주군. 자기 실력에 자신이 있으면서도 현재 만족스러운 지위에 오르지 못한 사람들은 레오 밑으로 모여들 것이다.

그러기 위해서 나는 아직 무능한 척해야만 한다.

그 사실을 새삼 인식한 나는 그곳을 떠났다.

2

제검성은 넓다. 이 성에 사는 황족이 아닌 한 이곳저곳을 돌아다닐 수도 없는데다 황제들이 각각 숨겨진 방이나 비밀 통로를 만들었기에 당대 황제조차 모든 곳을 파악하지 못하는 성이다. 그런 성의 중간 계층. 그곳에서 한 소녀가 헤매고 있었다.

"으음……, 길을 잃었네!"

소녀는 곤란한 듯한 표정을 지으면서도, 딱히 곤란해 보이지는 않는 목소리로 말했다.

상층은 황제의 영역이고, 중층은 황족과 중신들의 영역이다. 황제에게 굳이 보고할 필요가 없는 것들은 이곳에서 결재가 이루어진다. 아르나 레오의 방도 이 영역에 있다. 하지만 신분이 확실치 않은 소녀가 길을 잃고 이곳에 들어오는 것은 너무나도 위험한 일이었다. 붙잡히면 신분이 밝혀질 때까지 구속될 것이다.

하지만 소녀는 느긋했다.

칙칙한 금발을 사이드 포니로 묶은 소녀의 나이는 10대 초반, 잘해봐야 11, 12세일 것이다. 허리에 목검을 차고 있는 걸 보니 견습 기사, 또는 거기에 가까운 입장이라는 건 성에서 근무하는 사람이라면 금방 알아볼 것이다. 단, 견습 기사는 이런 곳에 거의 들어오지 않는다.

"곤란하네, 곤란해……, 내 밥을 누가 먹어버리면 어쩌지……."

아르가 옆에 있었다면 밥 걱정할 때냐라고 어이없어할 말을 중얼거리며 소녀가 고개를 들고 걸어가기 시작했다.

조만간 눈에 익은 장소에 도착할 거라며 너무나도 무모한 생각을 하고 있었기 때문이다.

"계단을 올라온 게 잘못이었나? 교관님도 올라가면 안 된다고 했던 것 같기도 하고, 아닌 것 같기도 하고."

"이봐! 거기 어린애!"

소녀는 그 목소리를 듣고 등을 쭉 폈다. 그리고 고장 난 인형처럼 천천히 고개를 뒤로 돌렸다.

그러자 그곳에는 창을 든 경비병이 두 명 있었다. 양쪽 다 수상쩍어하는 눈초리로 소녀를 보고 있었다.

"웬놈이냐? 어떻게 들어왔지?"

"기사 훈련중인 어린애 아닌가? 규칙을 어기고 올라온 거겠지. 규칙을 못 지키는 녀석은 기사가 되지 못하는데."

"저기, 그게……."

"낙제로군. 이쪽으로 와라! 교관에게 끌고 가주마."

경비병들이 그렇게 말하며 소녀에게 손을 뻗었다. 하지만 그런 경비병들을 가로막으려는 듯이 흑발 남자가 소녀에게 말을 걸었다.

"아, 여기 있었구나. 내 곁에서 떨어지면 안 되지."

"레, 레오나르트 님?!"

"아, 미안해. 이 애는 내가 불렀거든. 한가해 보이길래 짐 나르는 걸 도와달라고 할까 해서. 너희도 도와줄래?"

"아, 아뇨! 저희는 임무가 있어서!"

"레오나르트 님께서 부르신 줄도 모르고, 실례했습니다! 저희는 다시 임무로 복귀하겠습니다!"

"그렇구나. 그럼 잘 부탁할게."

미소를 지으며 경비병들에게 손을 흔든 레오가 주위를 슬쩍 둘러보고는 아무도 없다는 걸 확인하고 살짝 한숨을 쉬며 말했다.

"위험했구나."

"……미, 미."

"미?"

"미남이구나! 오빠! 오빠 같은 사람을 미남이라고 한다고 선생

15

님이 그랬어! 도와줘서 고마워!"

소녀는 그렇게 말하며 쾌활한 미소를 지었다. 레오는 너무나도 친근한 태도를 보고 눈을 동그랗게 뜨다가 곧바로 쿡쿡 웃으며 소녀에게 손짓했다.

"너는 기운이 넘치는구나. 기사 훈련에 참가했어?"

"응!"

"그렇구나. 그럼 나중에 내가 같이 가줄게. 그러면 교관도 혼내지 않을 테니까. 단, 내 일을 도와줘야겠는데?"

"오~! 거래라는 거구나! 좋아! 알겠다!"

"교섭 성립이구나. 나는 레오나르트야. 친한 사람들은 레오라고 부르지. 너는?"

"리타의 이름은 말이지~."

"응, 리타구나."

"어떻게 알았어?!"

"아하하, 재미있는 아이구나."

레오는 그렇게 말하고는 리타를 데리고 자기 방으로 향했다.

■ ■ ■

"알겠어? 리타. 이건 중요한 임무야. 리타를 믿고 맡기는 거다?"

"으, 응! 열심히 할게!"

레오는 그렇게 말하고 리타 앞에 있는 책상에 과자를 잔뜩 올려놓았다. 전부 귀족 여자들이나 성 아랫마을에 사는 여자들이 선물해준 과자다. 독이 들어있는지 전부 검사를 마치긴 했지만, 양이 매우 많다.

제국 남부에서 돌아온 뒤에 레오의 인기는 엄청났고, 특히 여자들의 인기는 지금까지보다 더욱 커졌다. 공국의 표류자들을 위해 온갖 수단을 동원했다는 이야기나 남부의 위기를 보고 선두에 서서 싸웠다는 이야기는 제도까지 전해졌고, 특히 중상자들을 위해 백기를 내걸었다는 이야기는 미담이 되어 요즘 제도에서 가장 인기가 많은 이야기였다.

레오는 그건 형이 한 거라고 말하고 싶었지만, 그런 말을 할 수는 없었기에 이렇게 날마다 들어오는 과자를 먹고 있었던 것이다.

하지만 아무리 레오라 해도 슬슬 한계가 왔다.

"이, 이거 다 먹어도 돼?!"

"그래. 다 먹어도 돼. 이걸 먹는 게 리타의 임무니까."

"알겠어! 리타, 열심히 할게!"

리타는 그렇게 말하고 눈을 빛내며 봉투를 뜯기 시작했다. 지금까지 본 적도 없는 과자였기에 리타는 눈부신 미소를 보였다. 그런 리타를 보고 왠지 죄책감이 든 레오는 눈을 살짝 피했다. 어린 여자애를 부추겨서 자기가 괴로워하는 일을 시킨다. 왠지 수법이 비겁한 것 같다는 느낌이 들었기 때문이다.

하지만 레오는 더 이상 먹을 수가 없고, 아르가 먹을 것 같지는 않다. 먹지 못한 걸 버리기보다는 이렇게 다른 사람에게 먹어달라고 하는 게 나을 것이다.

그렇게 자신을 납득시킨 레오는 리타를 위해 차를 끓여주었다.

"맛있어! 정말 맛있어!"

"그래, 그거 다행이네. 자, 차야. 뜨거우니까 조심하고."

"고마워! 레오 오빠."

"레오 오빠?"

"응! 레오나르트 오빠. 줄여서 레오 오빠! 안 돼?"

"괜찮아. 부르고 싶은대로 불러. 나는 서류를 정리할 테니까 끝나면 교관에게 가자."

"라져~!!"

레오는 기운이 넘치는 리타를 보고 자연스럽게 미소를 지었다. 쾌활하고 사양할 줄을 모르는 리타의 분위기는 레오에게 있어서 신선했다. 성에 있으면 어지간한 사람들은 신경을 써준다. 미소도 왠지 억지스러워서 답답한 느낌이 들 때가 많았다. 그런 분위기는 남부에서 전공을 세운 이후로 더욱 강해졌다.

그런 와중에 리타의 순수하고 쾌활한 태도는 마치 청량제처럼 레오의 마음을 치유해 주었다.

"있지, 레오 오빠. 레오 오빠는 높은 사람이야?"

"갑자기 그건 왜?"

"그게 말이지. 아까 그 사람이 레오 오빠를 레오나르트 님이라고 불렀으니까. 그렇게 불러야 하는 사람은 높은 사람이라고 선생님이 그랬어."

"뭐, 우리 아버지는 높은 사람이지. 그래서 다들 내 이름 뒤에 님을 붙여서 불러주는 것뿐이야. 내가 높은 사람인 건 아니고. 그런데 그 선생님이라는 사람은 교관이야?"

"아니. 리타에게 검술을 가르쳐 준 모험가 오빠. 레오 오빠하고 나이가 비슷할 것 같은데. 그래도 레오 오빠가 훨씬 더 멋있어! 선생님은 항상 도장 아이들에게 괴롭힘당하기만 하고, 여자한테 차여서 울기만 하니까."

"유쾌한 사람 같네. 리타도 선생님을 좋아하는 것 같으니까 만나보고 싶은데."

"응! 리타는 선생님 좋아! 성에서 훈련을 받을 수 있게 된 것도 선생님이 부탁해준 덕분이래! 그래서 리타는 훌륭한 기사나 모험가가 될 거야~."

리타는 그렇게 말하고 과일이 든 파이를 베어물었다. 예의범절과는 인연이 없는 그 모습을 보고 레오는 쓴웃음을 지으면서도 저 미소를 보면 만들어 준 사람도 기분이 나쁘지 않겠다고 생각했다.

그리고 서류 정리를 어느 정도 마친 레오가 일어섰다. 그 무렵에는 책상 위에 있던 과자도 대부분 먹은 뒤였다. 하지만 리타도 한계가 왔는지 배가 불러서 축 늘어져 있었다.

하지만 리타는 느릿느릿 몸을 일으키고는 얼마 남지 않은 과자 쪽으로 손을 뻗었다.

"무리하지 않아도 되는데?"

"아, 안 돼애……, 리타는 약속을 지키는 여자야……, 다 먹어야지…….”

"후후, 기특하네. 그럼 방금 집은 것까지만 먹을까? 나머지는
내가 먹을 테니까.”

"아, 알겠어……, 소, 손쉬운 일이지…….”

리타는 그렇게 말하며 마지막 초콜릿을 입에 넣기 시작했다.

그동안에 약간 남았던 과자를 레오가 먹어치웠다. 하지만 레오
는 리타를 재촉하지 않았다. 천천히, 그러면서도 확실하게 먹는
리타를 바라보고 있었다. 그리고.

"다, 다 먹었다~!!”

"훌륭하네.”

"에헴!”

레오는 리타의 머리를 쓰다듬었다. 리타는 활짝 웃으며 그 손
길을 받아들였다. 그런 다음, 레오는 리타를 교관에게 바래다주
었다.

"있지, 레오 오빠. 또 만나러 와도 돼?”

"그래. 언제든 와.”

"응! 또 올게!”

레오는 그렇게 말하며 리타와 헤어졌다. 교관에게는 혼내지 말
라고 말해두었고, 경비병에게는 보이면 통과시키라고 전해두었
다. 방으로 돌아온 레오는 흩어져 있던 과자 쓰레기를 치우며 크
리스타와 좋은 친구가 되어줄지도 모르겠다고 생각했다.

3

"그렇게 기운이 넘치는 아이야? 만나보고 싶네."

"네, 어머님께서도 마음에 드실 것 같네요."

레오가 그렇게 말하며 홍차를 마셨다. 다음 날, 레오는 인사도 할 겸, 미츠바를 찾아갔다. 요즘 바쁜 아들에게 미츠바는 딱히 뭔가 말하려 하지 않았다. 열심히 하라고 하면 쓸데없이 더욱 열심히 할 테고, 열심히 하지 말라고 해도 열심히 해버리는 아들이라는 사실을 알고 있기 때문이다.

그래서 미츠바는 임무 이야기를 하지 않고 다른 걸 물어보다가 리타 이야기가 나온 것이다.

"리타가 크리스타의 친구가 되어주면 좋겠는데요."

레오의 머릿속에는 어머니가 반대할 거라는 생각 자체가 없었다.

보통은 가문에 대해 묻겠지만, 미츠바는 그런 것과 인연이 없기 때문이다. 신분이 어떻더라도 괜찮은 사람과는 가까이 해야 하고, 나쁜 사람이라면 멀리 하는 게 낫다. 미츠바는 처음부터 그랬다.

"크리스타는 여자애라서 그런지 친구가 별로 없으니까. 그래도 요즘은 나이가 비슷한 아이들 몇 명하고 친구가 되어서 예전보다는 웃을 수 있게 되었지만……, 역시 특히 사이가 좋은 친구가 있어준다면 안심이 되겠지."

"네, 그렇죠. 다음에 기회가 생기면 데리고 올게요."

"어머, 어머, 네가 그런 말을 다 하고. 정말 마음에 든 모양이구나."

"그런 아이는 좋아해요. 크리스타는 얌전하니까 리타하고 잘 지낼 수 있을 것 같네요."

"그래? 몇 년 뒤에 부인으로 삼겠다고 하는 거 아니니?"

놀리는 듯한 느낌이 섞인 말을 듣고 레오가 쓴웃음을 지었다. 아직 어린 리타를 그런 눈으로 보지는 않는다. 하지만 부인으로 삼는다면 리타처럼 겉과 속이 똑같은 여자가 좋겠다는 생각도 들었다.

하지만 지금 그런 말을 하면 무슨 대답이 돌아올지 모르기 때문에 레오는 흔해빠진 대답을 했다.

"이런 상황에서는 부인 같은 걸 생각할 수가 없죠. 좀 더 자리가 잡히고 리타가 멋진 여자가 되면 생각해볼게요."

"재미가 없는 아이구나. 그러다간 아르에게 뺏긴다?"

"하하하, 형이 멋진 여자와 인연이 있긴 하죠."

"웃어넘길 때가 아닐 텐데. 알겠니? 레오. 멋진 여자는 완벽한 남자에게 반하지 않아. 적당히 글러먹은 쪽이 더 인기가 많단다."

"그렇다면 괜찮겠네요. 저는 글러먹은 구석밖에 없으니까."

"내가 보기엔 그렇지. 하지만 세상 여자들이 보기에는 그렇지 않아. 좀 더 제대로 글러먹은 구석을 드러내렴. 너는 좀 더 자신을 드러내야 해. 누구나 개성이 필요하니까."

"참고할게요."

레오는 그렇게 말하고는 이야기가 길어지기 전에 홍차를 다 마신 다음에 일어섰다.

이대로 가다가는 멋진 여자를 함락시키기 위한 방법에 대한 강의가 시작될지도 모르기 때문이다.

"그럼, 실례하겠습니다."

"정말……, 건강 조심하고."

"네."

레오는 그렇게 말하고 미츠바 곁을 떠났다.

■ ■ ■

돌아가는 길. 레오는 문득 성의 광장으로 향했다.

제검성은 그 이름대로 검과 비슷하게 생겼고, 코등이에 해당되는 부분이 좌우로 튀어나와있다. 그곳은 광장이고, 기사 후보의 훈련이 그곳에서 이루어지고 있었다.

애초에 성에서는 정규 기사 후보를 훈련시키지 않는다. 정규 기사 후보생은 제대로 된 학교에서 후년하고 있고, 이번 훈련생들은 빈곤층이기에 기사 학교에 다니지 않는 자들 중에서 소질이 있는 자들이다. 유민이나 가난한 자들도 기사가 될 소질이 있다면 기회를 주어야 한다며 황태자가 제안했기에 해마다 진행되고 있다.

그중에서 근위기사가 된 자는 없지만, 지방 귀족의 기사가 되거나, 모험가가 되거나, 군에 입대하거나. 그들도 나름대로 자신의 길을 헤쳐나가고 있다.

그 광장에서는 이미 훈련이 끝난 뒤였다. 이미 훈련생들이 보이지 않았기에 레오가 안타까운 마음을 품었을 때.

"크 짱~!!"

그 마음이 날아가 버렸다. 떠들썩한 아이의 목소리를 듣자 레오는 무심코 미소를 지었다.

그런데 목소리가 들린 쪽을 보고 무심코 기둥 뒤에 숨어 버렸다. 그 이유는.

"리, 리타……, 목소리가 너무 커……."

리타가 손을 흔들고 달려가며 부른 크 짱이 크리스타였기 때문이다. 항상 그랬듯이 토끼 인형을 든 크리스타는 약간 긴장한 기색을 보이며 리타와 이야기하고 있었다.

지금까지 본 적도 없는 광경이었기에 레오도 무심코 감동하고 말았다.

"그, 그래, 이미 친구가 되었구나……, 쓸데없는 참견이었나."

레오는 그렇게 말하며 그곳을 몰래 떠나려 했다. 하지만 인기척을 느낀 레오는 광장 입구를 보았다. 그곳에는 두 손으로 입을 막고 있는 피네가 있었다. 아, 골치 아프게 되겠구나, 그런 예감이 든 레오가 변명하기도 전에 피네가 안절부절못하며 당황하기 시작했다.

"아, 아르 님! 레, 레오 님께서 어린 소녀 관찰 취미에 눈을 떠버리셨어요! 제, 제가 어떻게 해야 할까요?! 어떻게 해야 상처를 입히지 않을 수 있을까요?!"

레오는 이미 상처를 입었다는 말도 하지 못하고 어깨를 축 늘어뜨렸다.

곧바로 아르의 빈정대는 말을 듣게 될 거라고 각오를 다지고 있자니, 역시나 아르가 얼굴을 쏙 내밀었다.

"무슨 이야기를 하는 거야?"

"어, 어떻게 하죠?! 아르 님! 레오 님께서 드라우고트 전하와 같은 길을!"

"드라우 형하고 같은 길 말이지. 그 사람의 변태성은 레오가 도저히 흉내 낼 수 없는 수준이라고. 아직 그 정도로 타락하진 않았으니까 안심해."

"무슨 설명을 그렇게 하는 거야?! 아무런 도움도 안 된다고! 제대로 오해를 풀어줘!"

"하하하, 다 아니까 안심해."

아르는 그렇게 말하며 쓴웃음을 지었다. 그렇게 떠들고 있자니 크리스타와 리타가 곁으로 다가왔다. 그리고 리타가 입을 열자마자 큰 소리로 외쳤다.

"이, 이럴 수가아?!?! 똑같이 생긴 얼굴이 두 명?!"

"유쾌해 보이는 어린애네. 크리스타의 새 친구야?"

"레오 오빠하고 똑같이 생긴 걸 보니……, 엄청 강한 마도사가 변장했구나! 레오 오빠의 얼굴을 돌려줘~!!"

리타는 그렇게 말하며 아르에게 달려들었다. 하지만 아르는 팔 다리의 길이 차이를 이용해서 리타의 머리를 잡고 밀어냈다.

"이 녀석! 비겁하다~!"

"기운이 넘치는 건 좋은데, 꽤 바보 같네. 잘 들어라. 나는 아르 노르트야. 레오의 쌍둥이 형이지."

"쌍둥, 이……?"

"응……, 아르 오라버니……, 둘 다 크리스타의 오라버니야."

리타는 한동안 머릿속으로 정리하느라 시간이 필요했는지 굳 어 있다가 잠시 후에 납득했는지 손을 탁 쳤다.

그리고 아르 쪽을 손가락으로 가리키면서.

"아르 오빠! 특징은 더벅머리!"

그런 다음 레오를 손가락으로 가리키면서.

"레오 오빠! 특징은 미남!"

"왜 그렇게 외우는 건데. 똑같이 생겼잖아?"

"쯧쯧쯧! 얕보면 안 되지! 아르 오빠! 리타 정도 되면 어느 쪽이 더 미남인지 알 수 있거든! 그치! 레오 오빠!"

"그쪽은 형인데."

좀 전까지 레오가 있던 쪽으로 뛰어들며 껴안은 리타는 정신이 번쩍 든 듯이 그렇게 말한 사람을 돌아보았다.

그곳에는 머리카락과 옷을 제대로 다듬은 남자가 있었다. 반대 쪽에도 똑같이 생긴, 머리카락과 옷이 단정한 남자가 있었다.

"우, 우, 우오오오오오옷?!?! 레오 오빠가 분열했어?!?! 무,

무, 무시무시하구나! 쌍둥이!"

"아르 오라버니……, 리타를 놀리지 마……."

"하하하. 미안, 미안."

아르는 그렇게 말하며 머리를 마구 헝클어뜨린 다음, 채웠던 단추를 풀어서 옷을 다시 편하게 입었다.

그리고 리타의 머리를 마구 쓰다듬어 주고 나서 돌아섰다.

"그럼 안녕. 나는 할 일이 있으니까 셋이서 놀아."

"형이 할 일?"

"네 대신 일을 해주마. 요즘 쉬지도 못했지? 숨도 돌릴 겸, 크리스타랑 그 애하고 놀아줘라. 크리스타도 레오랑 놀고 싶지?"

"응……."

"리타도 놀래~!"

"그래, 동생하고 여동생을 잘 부탁하마."

"어?! 형?!"

"방에 끌어들이진 말고~."

"잠깐만! 아니거든?! 이상한 부분을 신경 쓰는 거 아니야?! 그게 아니거든?!"

뒤에서 떠들어 대고 있는 레오에게 손을 흔들며 아르가 피네를 데리고 그곳을 떠났다.

"왠지 아르 님께서 기분 좋아보이시네요."

"그래? 뭐, 그럴지도 모르지. 오랜만에 자연스러운 레오를 볼 수 있었어. 항상 생각에 잠기곤 하는 녀석이거든. 저렇게 어깨에 힘을 뺀 모습은 오랜만에 본 것 같아. 리타에게 고마워해야겠네.”

아르는 그렇게 말하고는 차림새를 가다듬고 등을 쭉 펴며 드물게도 의욕을 보였다.

“자, 레오 대신 열심히 해볼까.”

“멋진 형제애예요!”

두 사람은 그렇게 이야기를 주고받으며 계단을 올라갔다. 결국 광장에 남겨진 레오는 어린애 두 명에게 휘둘리며 해가 질 때까지 놀아주게 된다는 사실을 아르는 알지 못했다.

“젠장……, 속였구나, 형…….”

4

“자, 이야기를 자세히 들어보자꾸나.”

아버님이 그렇게 이야기를 꺼냈다. 옥좌 옆에는 아버님과 재상인 프란츠. 그 맞은편에는 나와 레오밖에 없다. 중신 회의에서 레오에게 순찰사로서 보고하라는 이야기가 나왔고, 레오가 다른 사람들을 물려달라고 요구했기 때문이다.

원래 나는 중신 회의에 참석할 수 없는 입장이기에 이곳에 있을 수가 없지만, 아버님이 나를 불렀다. 그리고 다른 사람들을 물린 뒤에도 나를 남겼다. 나중에 리제 누님과 유르겐에 대해서 물어볼 생각이겠지.

“네. 그럼 보고드리겠습니다. 결론부터 말씀드리자면 유민들이 납치로 인해 피해를 입었고, 그 납치 사건에는 남부 귀족들이 관여한 모양입니다."

"……계속 말하거라."

"네. 이번에 이변이 발생한 밧사우에 있는 영주의 저택 지하는 납치해 온 여자, 아이들을 가두는 거점이 되어 있었습니다. 구출한 아이들의 증언과도 일치하기에 적어도 밧사우를 영지의 수도로 삼고 있는 시터하임 백작이 관여했던 건 틀림없습니다."

마계와 이어진 구멍이 닫힌 뒤, 저택과 그 지하가 그곳에 나타났다. 구멍에 삼켜진 것이 아니라 덮어씌워진 모양이었다. 덕분에 조사를 통해 이런저런 것들을 알아낼 수 있었다.

"그래서? 그 시터하임은?"

"죽었습니다. 시터하임 백작에 대해 알고 있는 기사의 이야기에 따르면 실버가 싸운 악마가 시터하임 백작과 매우 비슷했다고 합니다. 목을 베인 상태였던 것으로 보아 죽은 뒤에 빙의당한 것 같습니다."

"……."

아버님은 입을 다문 채 바깥을 보았다. 듣고 싶지 않은 마음이 들었을 것이다. 하지만 들어야만 한다. 나도 어느 정도는 미리 레오에게 들었지만, 이번 문제는 꽤 심각하다.

"레오나르트 전하. 제가 들은 이야기에 따르면 아이들이 폭주하여 악마를 소환했다더군요. 그 아이들은 지금 어디 있습니까?"

"……사망한 것으로 하고 안전한 루트를 통해 누님의 동부 국경군에 보호를 맡겼습니다. 사건의 중심이 된 아이의 누이이자 저희에게 남부의 상황에 대해 호소한 모험가도 함께 갔고요."

그렇다. 린피아는 지금 동부 국경에 있다. 여동생과 그 주위에 있던 아이들을 돌보기 위해서다.

본인도 걱정이 되었을 테니 레오가 흔쾌히 보내주었다고 한다. 그녀 본인은 언젠가 돌아오겠다고 말한 모양이지만 그게 언제인지는 아직 알 수가 없다. 아이들의 존재가 이 문제를 더욱 복잡하게 만들고 있기 때문이다.

"죽었다고 위장한 이유는 뭐지? 설마 내가 아이들에게 벌을 내릴 거라 생각한 게냐?"

아버님이 약간 화난 기색으로 다그쳤다. 남부의 이변은 악마의 소환으로 인한 것이다. 아이들은 피해자인 것과 동시에 가해자이기도 하다. 그래서 아버님이 벌을 내릴 가능성도 있었다. 하지만 죽었다고 위장한 이유는 그게 아니다.

"아뇨. 신경 쓰이는 문서를 발견했기 때문입니다."

레오는 그렇게 말하고 종이 한 장을 프란츠에게 건넸다. 그 종이에는 검붉은 피가 묻어 있었다. 지하에서 발견된 문서였고, 아마 문서를 처분하려다 살해당한 자의 피일 것이다.

"이건⋯⋯?!"

프란츠가 건넨 문서를 받고 펴본 아버님이 놀라며 목소리를 냈다. 그리고 프란츠에게 보여주자 그도 노골적으로 인상을 찌푸렸다. 거기에 적혀 있던 것은 운용 방법이었다. 거대한 힘을 지닌 아이와 미약하나마 다른 사람을 강화시켜 주는 힘을 지닌 다수의 아이들. 그들을 한데 모아 일종의 병기로 만든다.

그런 운용 방법이 적힌 문서다. 다시 말해 이번에 제국 남부에서 생긴 이변을 다른 나라에서 일으킨다. 그런 계획을 세운 녀석이 있다는 뜻이다.

게다가 그 문서에는 몇 번이나 나오는 단어가 있다.

"이런 짓을……, '군부'가 꾸몄다는 건가……?"

"문서를 보아하니 군부의 의뢰라는 건 틀림없을 겁니다. 동부 국경군은 누님이 장악하고 있기에 안전합니다만, 다른 군 관계자는 믿을 수 없습니다. 그래서 죽었다고 위장했습니다. 아이들이 병기로 이용되고 추적당하는 걸 피하기 위해서입니다. 용서해 주시길."

"잘 판단하신 것 같습니다. 그런데 문서를 보아하니 이번 건은 어디까지나 실험 같은 경우였던 모양이군요. 의뢰가 들어왔기에 일단 그런 아이들을 모아보았다. 그런 거겠지요."

"그런데 결과적으로 효과를 발휘해 버렸습니다. 이러한 이변을 다른 나라에서 일으킨다면 절호의 침공 기회가 될 겁니다. 발생한 악마도 제국에는 용작 가문이 있다는 걸 감안하면 두려워할 필요도 없을 테고요."

그렇다. 이건 침공용 계획이다. 그리고 아버님에게는 침공할 생각이 없다. 그러니 이번 계획은 당장 시도할 것을 의식한 게 아니다. 장래에 침공을 예상하고 그러기 위해 준비하던 계획이다.

그런 것들을 감안하면 떠오르는 사람이 있다.

"고든인가……."

"저는 뭐라 말씀드리기 힘듭니다. 보고드릴 게 한 가지 더 있습니다."

"아직도 남았나……."

"안타깝게도 그렇습니다. 남부에서 몬스터와 싸우다가 시터하임 백작 가문 기사의 최후를 지켜보았습니다. 그가 한 이야기를 믿는다면 시터하임 백작은 협박당한 모양입니다. 하지만 저희가 도착하기 직전에 아이들을 구하기 위해 나서서 싸우려 했다고 합니다."

"그렇군……, 다시 말해 그 납치 조직은 영주를 협박할 수 있는 수준의 조직이라는 뜻인가."

"네. 강력한 귀족이 배후에 있을 가능성이 있습니다. 남부 일대의 귀족이 관여했을지도 모르겠습니다."

파내면 파낼수록 어둠이 깊어진다. 그리고 어둠에 물든 사람은 처벌해야만 한다. 그런 사람이 많다면 제국이 제대로 돌아가지 못할지도 모른다.

방치하지는 못하더라도 드러낼 타이밍을 제대로 파악해야만 한다.

"골치 아프게 되었군요. 남부의 귀족이 관여했을지도 모르는 납치 조직에 군부가 인간 병기 의뢰를 했다니. 너무 복잡하게 얽혀서 어디부터 손을 대야 할지."

"문제가 문제이니만큼, 황제 폐하의 판단을 여쭙고 싶습니다."

"……."

아버님은 잠시 입을 다물고 있다가 나를 돌아보았다.

기분 나쁜 예감이 들었기에 고개를 저었지만, 아버님은 아랑곳하지 않고 내게 물었다.

"어떻게 해야 할 것 같으냐? 아르노르트."

"왜 제게 물어보시는 겁니까……."

나는 한숨을 쉬며 머리를 굴렸다. 무슨 대답을 하더라도 정답일 것 같지 않았다. 군부부터 손을 댄다 하더라도 고든 진영에 메스를 대게 될 테고, 남부 귀족부터 손을 댄다 하더라도 잔드라 진영에 메스를 대게 된다.

무난하게 이번 건은 악마 토벌로 해결되었다며 넘어가는 게 제일일 것이다. 하지만…….

"무난한 대답을 듣고 싶으신 건 아니겠죠?"

"물론이지."

"에휴……."

나는 크게 한숨을 쉰 다음, 한 가지 해결 방법을 떠올렸다.

하지만 이게 괜찮은 답인지 아닌지 모르겠다. 하지만 대답을 안 할 수는 없다.

"군부 건은 일단 제쳐두어야 할 것 같습니다. 범죄 조직에 병기 의뢰를 한 건 용납하기 힘든 일이고, 그 병기를 대체 어디에 쓸 셈이었는지는 신경 쓰입니다만, 지금 더 중요한 문제는 남부의 귀족이죠. 남부 귀족 중 대부분이 범죄 조직에 관여했을지도 모릅니다. 함부로 파내다가는……, 최악의 경우 남부에서 반란이 일어날 겁니다. 최대한 피해야겠지만, 만약에 그렇게 될 경우, 군부와 마찰을 빚다가는 진압이 늦어지겠죠."

"그렇긴 합니다. 폐하, 순서를 따지면 그래야 할 것 같습니다."

"……무능한 척 행세하는 건 그만둔 게냐?"

나는 아버님이 한 말을 듣고 고개를 저었다. 다른 사람들이라면 모를까, 아버님 앞에서는 무능한 척한 적이 없다. 그냥 적극적이지 않았을 뿐이다. 하지만 이번 문제는 그럴 수도 없다.

"아버님 앞에서 무능한 척 연기한 적은 없습니다. 지금까지는 중요한 걸 물어보시지 않았기에 대답하지 않았을 뿐이죠. 그리고 레오가 엮여 있으니까요. 남 일로 치부할 순 없습니다."

"너답구나, 아르노르트. 군부를 방치하면 언젠가 제국에 해를 입힐 게다. 하지만 남부 귀족을 방치할 수는 없지. 남부의 문제를 떠안은 채 군부를 조사할 시간도 없다. 네가 말한 대로 할 수밖에 없겠지."

아버님은 그렇게 말한 다음 납득한 듯이 고개를 끄덕였다. 프란츠도 감탄한 듯한 표정을 짓고 있었다.

"레오나르트는 계속 남부의 문제를 조사하거라. 뭔가 단서가 있나?"

"기사가 한 이야기에 따르면 시터하임 백작이 레베카라는 인물에게 편지를 맡겼다고 합니다. 그 인물을 찾는 것부터 시작하겠습니다."

"그렇군. 시터하임 백작이……, 편지를 남겼나."

맡길 만한 편지가 있다는 건 고발할 기회를 엿보고 있었다는 뜻이다.

아버님에게 있어서 시터하임 백작이 한 짓은 용서할 수 없는 행동이지만, 그래도 뭔가 든 생각도 있는 모양이다.

"그런데 아르노르트. 다른 이야기다만, 두 사람의 혼담은 어떻게 되었지?"

"네?"

지금 그 이야기를 꺼내나 싶었기에 나는 약간 진도가 나갔다고만 말했다. 그러자 아버님이 노골적으로 인상을 찌푸리며 잔소리를 하기 시작했다.

나는 얼른 끝나라고 생각하며 살짝 한숨을 쉬었다.

5

"그렇군요. 고생이 많으셨겠습니다."

"그렇지? 누님하고 공작의 관계를 조금이나마 진전시킨 것만으로도 칭찬해 줬으면 할 정도인데."

나는 내 방에서 그렇게 말하며 책상 위에 있던 보고서를 훑어보았다. 최근 중립 귀족들의 동향과 각 세력의 움직임 등, 중요한 것은 얼마든지 있지만, 이번에 가장 중요한 것은 그런 게 아니다.

"시터하임 가문의 기사, 레베카의 정보는 모으지 못했나?"

"안타깝게도 일손이 부족합니다. 정보를 모으고 있긴 합니다만, 우리 정보망은 제도까지가 한계입니다. 제도 바깥으로 따지면 다른 세력의 발치에도 미치지 못하니까요."

"기초 능력의 차이인가."

나는 살짝 혀를 찬 다음, 한숨을 쉬었다. 신흥 세력인 우리는 기세가 붙긴 했지만, 세력으로서의 두께는 아직 다른 세력에 미치지 못한다. 제도 안에서는 호각이라 하더라도 제도 밖으로 나가면 그런 게 현저하게 드러난다.

정보 수집에 써먹을 일손이나 각 지역에 있는 지지자 숫자부터 차이가 나기 때문이다.

"레베카의 최종 목적지는 제도야. 그건 틀림없어. 제도에 들어와주기만 하면 어떻게든 해볼 수 있을 텐데……."

"신중하게 움직이고 있다면 시간이 더 걸리겠지요. 범죄 조직과 더불어 남부의 귀족, 그리고 그 남부의 귀족과 관계가 있는 잔드라 전하의 세력. 경계해야 할 대상이 너무 많으니까요."

"잔드라에게 있어서 레베카의 존재는 사활 문제니까. 게다가 고발장까지 가지고 있고. 제도로 떠난 기사의 정보는 이미 파악했을 테니 지금쯤은 혈안이 되어 찾고 있겠지."

"범죄 조직, 남부 귀족, 잔드라 전하. 세 군데 세력이 노리는 가운데 제도에 도착할 수 있을까요?"

"보통은 불가능하겠지. 하지만 범죄 조직과 이어져 있던 건 잔드라뿐만이 아니야."

"군부의 과격파 말씀이군요."

세바스가 한 말을 듣고 고개를 끄덕였다. 군부는 범죄 조직에 의뢰를 했었다. 그 흐름을 통해 어느 정도 정보를 얻었을 것이다.

그 군부의 과격파라는 건 거의 틀림없이 고든일 것이다. 관여하지 않았을 리가 없다. 그렇다면 잔드라의 실각을 노리고 고든도 움직일 것이다. 적대시하는 세력이 서로 싸우고 있다면 레베카에게도 기회가 있다. 서로 발목을 잡는 상황이 발생하기 때문이다.

"그 녀석들이 싸우는 동안에 우리가 먼저 보호하는 게 제일 좋긴 한데……."

"어디 있는지 알 수가 없으니 보호할 수도 없겠군요."

아직 그렇게까지 심각한 상황은 아닐 것이다. 잔드라와 고든이 딱히 움직임을 보이지 않고 있다. 사람을 움직이면 우리도 알아챌 수밖에 없다.

지금은 그 녀석들을 주시하며 레베카를 찾아낼 수밖에 없을 것이다.

"잠깐 밖으로 나간다. 무슨 일이 생기면 알려줘."

"알겠습니다."

나는 그렇게 말하고 성을 나섰다.

■ ■ ■

"아줌마. 이거 얼마야?"

"그거 말이야? 제국 적동화 두 개."

"적동화 두 개? 너무 비싸지 않아?"

나는 붉은 열매를 손가락으로 가리키며 그렇게 물었다. 예전에는 한 개였을 텐데.

제국 화폐는 제국 전토에서 쓰이는 화폐이고, 대륙 전토에서 가장 많이 유통되는 화폐이기도 하다. 가장 가치가 낮은 제국 동화부터 시작해서 그 열 배 가치를 지닌 제국 적동화, 그 열 배 가치를 지닌 제국 은화 같은 식으로 열 배씩 가치가 오른다.

순서대로 따지면 동화, 적동화, 은화, 백은화, 금화, 백금화, 홍화다. 백금화와 홍화는 그리 많이 유통되지 않는다. 상인의 대규모 거래나 국가간의 거래에서만 사용하기 때문이다. 제국 백성의 일반적인 월 수입은 백은화 7, 8개. 백성들 사이에서 유통되는 것은 금화까지다.

"미안해. 이곳저곳에서 문제가 생기고 있잖아? 그래서 유통이 정체되었거든."

"그렇구나. 알겠어. 그럼 두 개만 줘."

"자. 적동화 네 개야."

나는 허리에 달고 있던 지갑에서 적동화를 네 개 꺼내서 아주머니에게 건넸다.

그리고 열매를 두 개 산 다음, 그걸 먹으며 거리를 돌아다녔다.

활기는 있다. 하지만 물가가 오르고 있다. 몬스터의 대량 발생과 남부의 이변. 큰 사건이 연달아 일어난 영향이다.

"제위 쟁탈전 같은 걸 하니까 그렇지."

그렇게 중얼거리며 한숨을 내쉬었다.

그 쟁탈전에 솔선해서 참가하고 있는 녀석이 할 말은 아니지. 게다가 나는 아무것도 안 해도 먹고 살 수 있는 신분이다. 말도 안 되는 소리겠네.

백성들의 월 수입은 백은화로 7, 8개지만, 황자는 최소한 금화 3개를 보조금으로 받는다. 일반적인 백성의 월 수입 서너 배 이상을 아무것도 안 해도 받을 수 있다. 공적을 세우면 그 액수도 커지고, 직책을 가지게 되면 그에 맞는 급여도 받을 수 있다.

내가 린피아에게 준 금화는 그 보조금 10년치다. 대충 홍화로 세 개 정도. 그 정도 돈이 레이드 퀘스트로 인해 사라졌다. SS급 모험가를 지명해서 의뢰를 할 때도 그 정도 금액이 든다. 린피아가 내가 고마워했던 것도 그만큼 금액이 컸기 때문이다.

실버는 SS급 모험가 중에서 길드에 꽤 협력적인 편이다. 나는 일부러 길드에 있는 의뢰를 나서서 받는다. 그러면 지명료가 들지 않는다. 그렇게 하는 이유는 황자라는 신분이면서 비싼 지명료를 받는 게 껄끄럽기 때문이다.

"무상으로 받지 않는 시점에서 위선이지만 말이지……."

그렇게 중얼거리고 있자니 약간 앞에 있는 노점에서 곤란해하는 소녀가 보였다. 눈처럼 하얀 피부. 어깨까지 내려온 연보라색 머리카락과 약간 붉은 기운이 도는 보라색 눈동자. 좀처럼 볼 수 없을 정도로 예쁜 소녀였다. 하지만 그 소녀는 그런 것들 이상으로 눈에 띄는 특징을 지니고 있었다.

소녀의 귀는 약간 뾰족했다. 그것은 하프엘프의 특징이다. 아마 후드로 가리고 있었을 것이다. 하지만 그게 벗겨져서 가게 주인과 다투고 있는 모양이었다.

"좀 전에는 은화 두 개면 된다고 했으면서!"

"시끄러워! 하프엘프라면 이야기가 달라지지! 정 원한다면 백은화 두 개를 내라고!"

당장 먹을 식재료를 사던 참이었던 것 같다. 소녀가 들고 있는 주머니에는 식재료가 담겨 있었다.

계산하다가 후드가 벗겨져 버린 모양이네.

제국은 아인을 많이 받아들이고 있는 나라다. 그렇다고 해서 차별이 아예 없는 건 아니다. 물건을 팔아주는 것만 해도 그나마 낫다는 이야기도 들린다. 다른 곳에서는 하프엘프가 아예 물건을 사지도 못하는 모양이다. 그만큼 하프엘프는 미움을 사고 있다. 인간도 아니고 엘프도 아니다. 배타적인 엘프는 애초에 인간을 싫어하고, 그 피를 이어받은 하프엘프도 마찬가지로 싫어한다.

인간도 태생이 정상적이지 못한 하프엘프를 경멸하고, 본질적으로 엘프에 가까운 하프엘프를 기피한다.

게다가 보아하니 골치 아프게도 노점의 주인은 제국의 상인이 아닌 것 같다. 다른 곳 출신인 모양이다.

주위에 있던 사람들이 그런 이야기를 수군대고 있다.

"숨을 돌리러 나온 건데……."

주위를 둘러보니 많은 사람들이 안타까운 듯이 바라보고 있지만, 아무도 참견하지는 않았다.

역시 골치 아픈 일은 보고도 못 본척하는 건가.

소녀는 잠깐 망설인 다음에 한숨을 쉬고는 포기하며 식재료가 든 주머니를 가게 주인에게 내밀었다.

"잠깐만 기다려."

그건 변덕이었다. 기분 나쁜 것을 보고 싶지 않아서. 그것을 그냥 넘기는 것도 기분 나빠서.

나라를 이끄는 입장인 황족이면서도 제위 쟁탈전 같은 것을 벌이며 나라를 혼란스럽게 만들고 있다. 속죄를 하기 위해 SS급 모험가로 활동하면서도 비싼 금액을 받고 있다.

그런 사실이 내게 죄책감을 느끼게 했다. 그래서 나는 가게 주인과 소녀에게 말을 걸었다.

그리고 가게 주인에게서 주머니를 빼앗듯이 낚아챈 다음, 그의 손에 백은화 두 개를 올려놓았다.

"이제 만족했나?"

"어? 아, 저기……."

"얼마를 내면 만족할 거지? 금화를 내면 싹싹하게 굴 건가?"

"대, 대체 뭔데! 당신! 이건 우리 문제라고!"

"여긴 제국이다. 아인을 받아들이고 있지."

"상관없어! 하프엘프는 아인이 아니야! 인간도 아니고!"

"그만하라고. 돈은 냈다. 가도 되겠지?"

"안 돼! 가지고 가고 싶다면 금화를 두고 가!"

가게 주인은 기분 나쁜 미소를 지었다. 호구에게서 돈을 뜯어낼 수 있을 거라 생각했겠지.

말도 안 되는 소리다. 약한 자에게 강한 태도를 보이고, 정의감을 보이는 자에게도 파고든다.

주위 사람들도 그건 횡포라며 소리쳤다. 하지만 가게 주인은 뻔뻔하게 나섰다.

"너희들은 입 다물고 있어! 너희 제국은 지금 식량 유통이 정체되어 있다고! 그래서 다른 곳에서 식량을 가져다주고 있잖아?! 팔 상대 정도는 내가 골라도 된다고!"

가게 주인은 그렇게 말하며 소녀의 주머니 쪽으로 손을 뻗었다. 나는 그 손을 붙잡고 가게 주인을 노려보았다. 마법으로 어떻게 하는 건 간단하지만, 지금은 얼굴을 가리지 않은 상태다. 주위에 있는 사람들 중 몇 명은 내 얼굴을 보고 알아챘을 것이다.

"이제 불만은 없겠지."

나는 그렇게 말하며 다른 쪽 손으로 금화를 꺼냈다. 그러자 가게 주인이 미소를 지으며 그 금화 쪽으로 손을 뻗었다. 그 순간, 바깥쪽에서 목소리가 들렸다.

"무슨 일이냐?! 이 소동은 대체 뭐야?!"

그렇게 말하며 백성들을 헤치고 나타난 것은 치안 유지를 맡고 있는 경비대 대원이었다.

아마 순찰 중이었을 것이다. 군대에 소속되어 제도의 방위를 맡고 있는 제도 수비대와는 달리 경비대는 법무대신 휘하의 치안 유지부대다. 백성들을 체포할 권리를 지니고 있다.

"아뇨, 별일 아닙니다, 경비대 분. 거래는 이미 마쳤습니다. 괜찮습니다."

"거래는 마쳤다고……?"

그 대원은 그렇게 말하며 내 쪽을 보았다. 그리고 눈을 크게 뜬 다음, 급하게 경례했다.

"아, 아르노르트 전하?!"

"나를 알아보는 건가?"

"아, 알고 있습니다! 저, 저는 레오나르트 전하를 응원하고 있기에."

대원은 그렇게 말한 다음 자세를 바로잡았다. 말투로 보아 레오의 세력에 소속되어 있거나 그런 사람의 관계자인 것 같다. 그렇다면 레오인 척할 수는 없겠는데.

뭐, 어쩔 수 없지. 가끔은 제대로 해볼까.

"마침 잘됐군. 하프엘프라고 해서 가격을 마음대로 올려받는 게 용납되나?"

"요, 용납되지 않는 행위입니다! 우리 제국은 모든 인종을 받아들이고 있으며, 상인은 제도에서 장사를 하는 데 필요한 허가증을 받을 때 편견을 내세우지 않겠다고 약속하는 절차가 있습니다!"

"그럼 이 녀석에게서 허가증을 몰수해라. 가격을 두 번이나 올려 받았다고. 체포하지 않는다면 레오가 사색이 되어서 뛰어올 건데?"

"네, 네! 알겠습니다!"

"자, 잠깐만! 황자인 줄은 몰랐다고! 화, 황자님! 용서해 주십시오!"

"그런 문제가 아니야. 네가 체포당하는 이유는 내게 저지른 불경 때문이 아니다. 규칙을 어겼기 때문이야. 이곳은 제국이다. 그 금화는 주마. 마음대로 쓰라고."

나는 그렇게 말한 다음 소녀의 손을 잡고 그곳을 떠났다. 더 이상 눈에 띌 수는 없다.

한동안 걸어가자 뒤에서 목소리가 들렸다.

"저, 저기……, 손……."

"응? 아, 미안해."

나는 그렇게 말하고 소녀의 손을 놓았다. 아무리 그래도 이름도 모르는 소녀의 손을 잡은 건 실례였나? 내가 사과하자 소녀가 고개를 저었다. 그리고 쾌활한 미소를 보였다.

"아니야, 도와줘서 고마워. 아, 이게 아니지, 감사합니다. 전하."

"지금은 몰래 나왔어. 그렇게 딱딱하게 굴지 않았으면 좋겠는데. 네 이름은?"

내가 싹싹하게 구는 게 뜻밖이었는지 소녀가 눈을 동그랗게 떴다.

그런 다음 쿡쿡 웃고는 소녀가 오른손을 내게 내밀었다.

"알겠어. 내 이름은 소니아 라스페이드. 보면 알겠지만 하프엘 프야."

"상관없지. 나는 아르노르트. 아르라고 불러줘."

"응! 그럼 아르 군이라고 부를게!"

나와 소니아는 그렇게 만났다.

6

"아르 군은 시찰 중인 거지?"

"일단은."

그 이후로 소니아와 나는 함께 걸어가고 있었다. 소니아가 아직 살 것이 있다고 했기 때문이다. 또 시비가 걸리면 곤란하기 때문에 소니아에게는 후드를 쓰라고 한 다음, 소니아가 살 물건은 내가 대신 사기로 했다.

"일단은?"

"그냥 숨을 돌리러 나왔어. 성에 틀어박혀 있기만 하면 답답하니까."

"골치 아픈 안건이라도 떠안고 있는 거야?"

"내가 그렇게 보여? 나는 찌꺼기 황자라고 불리는 사람인데?"

"찌꺼기 황자?"

"몰라? 쌍둥이 동생에게 좋은 부분을 전부 빼앗긴 찌꺼기 황자. 제도의 웃음거리지."

제도에서 내 평판을 모르는 녀석은 없다. 그렇다면 소니아는 외부인. 뭐, 제도에 살고 있는 것 같은 느낌도 아니고, 여행자라고 하는 게 더 어울린다.

"나는 제도를 잘 모르니까. 그래도 아르 군이 그런 말을 듣는다고? 좀 전에 경비대 사람은 신경 써주던데?"

"동생이 제위 후보자니까. 동생의 진영에 소속되어 있는 녀석은 겉으로나마 예의를 차리지. 진심으로 나를 존경하는 녀석 따위는 없어."

그렇게 말하며 하늘을 보았다. 진짜로 친한 관계라고 해도 되는 사람들을 제외하면 그건 틀림없는 사실이다. 좀 전에 내가 황족다운 일을 하긴 했지만, 그런 건 황족이라면 당연히 해야 할 일이다. 경비대의 힘을 빌린 시점에서 오히려 마이너스라고 해도 이상할 게 없다.

황족이라면 스스로의 목소리로 꾸짖어서 해결하라는 이야기지만, 그 전에 내 마이너스가 너무 크다. 약간 제대로 된 모습을 보인다 하더라도 평판이나 인식이 바뀌진 않는다.

좀 전에 그 광경을 본 사람이 내게 좋은 인상을 품는다 하더라도 그건 일시적인 것에 불과하다. 전체적인 인상을 바꿀 만한 효과는 없다. 정말 큰 공적을 남기지 않는 한, 내 찌꺼기 황자라는 인상과 칭호는 사라지지 않을 것이다. 사라지지 않더라도 상관없고, 사라질 거라는 생각도 들지 않지만 말이지. 예전이라면 모를까, 지금 와서 따지긴 너무 늦었다.

"신경 쓰여? 그런 취급 당하는 거."

"글쎄. 솔직히 말하면 이미 익숙해졌다고 해야겠지."

"그렇구나……, 나랑 마찬가지네."

소니아는 그렇게 말하면서 귀를 살짝 만졌다.

하프엘프의 상징이라고도 할 수 있는 짧고 뾰족한 귀. 소니아는 그것 때문에 계속 박해를 받아왔을 것이다. 그런 상황이 나와 결코 마찬가지일 리가 없다.

나는 후천적인 것이고, 소니아는 선천적인 것이다.

"마찬가지는 아니지. 만약에 그런 것에 익숙해졌다면 너는 나 같은 녀석보다 훨씬 강하고, 훨씬 훌륭한 사람이야. 나라면 아마 견디지 못했을 테니까. 나는 그래도 황자니까……, 태생과 핏줄 덕분에 보호받고 있다고."

"왠지, 그 말만 들으니 자기가 황자라는 게 싫은 모양인데?"

"싫어. 그 입장도, 거기에 응석을 부리고 있는 나 자신도. 줄 수만 있다면 다른 누군가에게 줘버리고 싶어. 그런 생각을 하는 것조차 응석 부리는 짓이라는 것도 알고 있어. 그래서 나 자신이 더더욱 싫어지고."

마음대로 살고 싶다는 생각을 하는 것도 그 반동이다. 평범한 사람이 특별한 것을 동경하는 것처럼, 나는 평범한 것을 동경한다. 성이 아니라 평범한 집에서 평범한 가정을 꾸릴 수 있다면 얼마나 좋을까.

이곳에 있는 많은 사람들 사이에 섞여서 살아가고 싶다. 하지만 그런 건 용납되지 않는다. 황자의 자리를 버린다 하더라도 핏줄이 나를 놔주지 않는다. 아버님은 사정없이 어떤 귀족 가문에 나를 사위로 보낼 것이다.

황족의 피는 강력하다. 뛰어난 인물이 많이 배출된다. 나나 잔드라처럼 마력이나 마법 실력이 뛰어나거나, 리제 누님이나 고든처럼 검술이나 무술 재능이 뛰어나거나, 레오처럼 만능인 아이도 태어난다. 그것은 대대로 뛰어난 피를 계속 받아들인 결과다. 초야에 묻어 버리기에는 황족의 피가 너무 강해졌다.

"그렇구나. 그렇다면 그런 부분도 마찬가지네. 나도 내 태생이 싫어. 나는 엘프의 피 같은 걸 원하지 않았어. 나는 인간이고 싶었다고. 하지만 내가 인간으로 살아가는 건 용납되지 않아."

"……이상한 구석이 닮은 것 같네."

"그러게. 뭐, 나는 그런 부분도 받아들였지만 말이지. 어렸을 때는 괴로웠지만, 자상한 사람들이 곁에 있었기에 참을 수 있었어. 바깥으로 나가면 박해당하는 경우도 있지만……, 아르 군처럼 착한 사람도 있으니까."

소니아는 그렇게 말하며 방긋 웃었다. 쾌활하고 다른 사람들에게 기운을 내게 해주는 미소다. 잠이 부족해서 그런지 부정적으로 쏠리던 생각이 긍정적으로 바뀌었다.

만난 지도 얼마 안 된 소녀의 미소를 보고 기운이 생길 줄이야.

"고마워. 기운이 좀 나네."

"아무것도 안 했는데?"

"미소가 멋졌어."

솔직하게 말하자 소니아가 얼굴을 붉혔다. 그 모습을 보고 살짝 웃자 소니아가 눈살을 찌푸렸다.

"노, 놀리는 거구나⋯⋯."

"놀리지는 않았어. 나도 열심히 해야겠다고 생각한 건 사실이니까."

"정말⋯⋯, 항상 여자애에게 그런 말을 하는 거야?"

"그날 기분에 따라서."

"아르 군은 여자를 홀리는 재능이 있는 것 같네⋯⋯."

"그거 고마운데."

나는 쿡쿡 웃으며 걸어갔다.

소니아와 이야기를 나누는 건 즐겁다. 소니아가 다른 사람들보다 거리감에 민감한 것도 그 이유 중 하나일 것이다. 상대방을 잘 관찰하고, 내게 신경을 많이 써주고 있다는 걸 알 수 있다. 아마 무의식적으로.

배경을 감안하면 슬픈 일이지만, 지금은 그게 오히려 고맙다. 다른 사람과 기분 좋게 이야기를 하다보면 초조해하지 않아도 된다. 레베카를 어서 찾아야 한다는 마음에 초조해질 것 같아서 이렇게 기분 전환을 하러 나온 거니까.

"아르 군? 왠지 표정이 굳었는데?"

"그런 표정이었어?"

"응, 그런 표정이었어. 일거리를 떠안고 있는 것도 아닌데 왜 그런 표정을 짓는 거야?"

소니아가 한 말을 듣고 나는 잠시 생각에 잠겼다. 솔직하게 말할 수도 없고.

"실은……, 찾고 있는 사람이 있어서."

"못 찾겠어?"

"못 찾겠네. 단서도 너무 부족하고, 일손도 부족해."

"음~, 나라면 못 해먹겠다면서 내팽개칠 것 같아. 단서가 없으니까."

소니아는 그렇게 말하면서 아무렇지도 않게 웃었다. 소니아라면 그렇게 말할지도 모르겠다는 생각이 들었다.

하지만 그럴 수는 없다. 레베카, 그리고 그 사람이 가지고 있는 편지. 그것은 향후 정세를 크게 좌우할 것이다. 손에 넣은 자가 앞으로 주도권과 흐름을 손에 넣게 된다.

이번 싸움에서는 절대로 질 수가 없다. 그렇게 생각하고 있자니 소니아가 노점을 손가락으로 가리켰다. 저곳에서 물건을 사겠다는 뜻 같다.

소니아가 손가락으로 가리킨 물건을 내가 고르고, 마음 편히 이야기를 나누며 물건을 샀다.

"형씨, 데이트하나?"

"그렇게 보여?"

"그럼 그렇게 보이지. 이건 멋진 중년이 주는 서비스야. 맘껏 즐기라고."

그런 이야기를 주고받은 다음, 가게 주인인 남자가 서비스로 과일 주스를 하나씩 건넸다.

연인 사이로 착각할 줄은 몰랐던 소니아가 급하게 부정했지만 가게 주인인 남자는 소니아에게 억지로 쥐어주고 손을 흔들며 우리를 배웅했다.

"정말 억지스러운 사람이네……, 연인이 아니라고 했는데."

"뭐, 서비스는 받아두라고."

"아르 군이 곧바로 부정 안 하니까 그렇지! 속인 것 같잖아!"

"너무 그렇게 화내지 마. 맛있거든?"

"진짜……."

성에서 마시는 과일 주스보다 꽤 연했다. 하지만 몇 배는 더 맛있게 느껴졌다. 아무것도 안 해도 나오는 음료수보다 자기가 직접 나가서 사먹는 게 더 맛있기 때문일 것이다.

"정말이네. 맛있어."

불만스러운 표정을 짓던 소니아도 그 과일 주스를 마시고는 기분이 풀어진 모양이었다.

그 가게 주인에게 고마워해야겠네.

"그러고 보니까, 아르 군은 동생을 어떻게 생각해?"

"동생? 어떻게 생각하냐고?"

"좋은 부분을 전부 빼앗겼다고 할 정도니까, 동생은 뛰어난 인물이겠지?"

"그래. 남부의 이변도 해결했고, 백성들에게도 인기가 많아. 지금은 그야말로 영웅이지."

"……됐어. 표정만 봐도 알겠으니까."

"응? 그게 무슨 뜻이야?"

"좋아하는지 싫어하는지 물어보려고 했는데, 얼굴에 쓰여 있었어. 동생 이야기를 할 때 정말 자랑스러운 것 같더라."

소니아 말을 듣고 나는 얼굴을 눌렀다. 그런 표정이었나? 미처 눈치채지 못했다.

레오가 자랑스러운 동생이긴 하다. 하지만 지금까지는 이런 적이 없었는데.

역시 남부에서 사건이 벌어졌을 때 레오가 한층 더 성장했기 때문인가? 그 일갈은 정말 대단했다. 그 레오가 자신이 황제가 될 남자라고 선언했다고.

응, 역시 그 녀석은 자랑스러운 동생이야.

"맞아. 나는 그 녀석을 인정하고 있어. 그 녀석만큼 착하고 강한 녀석은 없을 것 같거든."

"그렇구나……, 그럼 믿을 수 있으려나."

소니아는 그렇게 말한 다음 내가 들고 있던 주머니를 슬쩍 뺏고는 빙글 돌아서 뒷골목으로 향했다. 그 모습을 보고 급하게 쫓아가자 소니아가 갑자기 주머니를 땅바닥에 내려놓았다.

그리고 갑자기 나를 껴안았다.

"잠깐만?! 뭔데?!"

"고든 전하가 '그녀'를 발견한 모양이야. 움직임을 추적하면 늦지 않게 발견할 수 있겠지."

"으윽?!"

나는 무심코 눈을 크게 떴다. 이렇게 놀란 게 대체 얼마만일까.

소니아는 귓가에 그렇게 속삭이고는 내게서 살며시 물러나 주머니를 들었다.

"너는……?"

"붙잡힌 뒤에 내가 움직이는 것보다 아르 군에게 맡기는 게 나을 것 같아서 알려준 거야. 나를 믿을지 아닐지는 아르 군에게 달렸고."

소니아는 그렇게 말한 다음 곧바로 달려갔다. 무심코 뻗은 손이 허공을 갈랐다. 내 손은 소니아를 붙잡을 수 없었다.

그리고 천천히 마음을 가라앉혔다. 지금 같은 상황에서 '그녀'라는 단어가 가리키는 건 단 하나. 레베카다.

"어떤 세력에도 하프엘프 관계자가 있다는 이야기는 못 들어봤는데……."

나는 소니아가 떠나간 쪽을 바라보았다.

소니아가 고개를 쏙 내미는 걸 기대했지만, 그런 일은 일어나지 않았다. 쾌활한 그녀의 농담도 아니다. 억지로라도 잡아두었어야 했다. 하지만 너무 놀라서 그런 생각을 하지도 못했다.

"……믿을 수밖에 없나."

어차피 단서는 없다. 소니아를 믿고 고든의 움직임에 맞출 수밖에 없는 것이다.

나는 그렇게 결심하고는 급하게 성으로 돌아갔다.

7

"함정인 것 아닙니까?"

세바스가 한 말을 듣고 나는 고개를 끄덕였다. 충분히 그럴 수 있다. 하지만 함정치고는 너무 조잡하다.

"애초에 잔드라와 고든을 주시하는 전략이었어. 고든이 레베카를 찾아냈다고 알려줘 봤자 우리가 행동지침을 더 편하게 정할 뿐이잖아."

"잔드라 전하 쪽 사람이라면 그쪽 움직임에서 눈을 돌리게끔 만들 수 있겠지요."

"그래, 나도 그런 생각은 했어. 하지만 잔드라 쪽에서는 우리가 움직이지 않았으면 할 거야. 레베카가 어디 있는지 알지 못한 채 계속 헤매기만 하는 게 제일 좋을 테니까. 제도 바깥만 따지면 고든의 정보망은 넓어. 각 지역의 군대를 동원할 수 있으니까. 그런 고든이라면 조만간 레베카를 발견할 테고, 그걸 뒤쫓는 우리도 현지로 가게 되잖아. 잔드라가 쓸데없이 적을 늘릴 것 같진 않은데."

"고든 전하와 레오나르트 님의 충돌을 노리는 것 아닐까요?"

"만약에 잔드라가 그걸 노린다면 고든이 발견했다고 애매하게 정보를 줄 이유가 없지. 고든이 움직이는 타이밍에 맞춰서 우리에게 레베카의 위치를 흘리기만 하면 되니까."

결국, 소니아의 행동이 함정이라면 너무 비효율적이다. 좀 더 괜찮은 방법이 얼마든지 있을 테니까.

"나와 소니아의 만남은 틀림없이 우연일 거야. 내 눈앞에서 다툼을 벌인다 해서 내가 도와줄 거라는 보장은 없어. 평판을 감안하면 도와주지 않을 확률이 더 높을 거라고."

"그 하프엘프 소녀를 꽤 믿으시는 것 같군요."

"거짓말을 하면 알아볼 수 있어. 그녀가 한 말은 거짓말이 아니었고. 고든이 레베카를 발견했다는 이야기는 분명 사실이겠지."

"그렇군요. 그럼 아르노르트 님의 눈을 믿는다고 하고……, 그렇게 중요한 정보를 알고 있는 그녀의 정체는 대체 뭘까요?"

"모르겠어. 말하는 걸 보니 레베카를 구해줄 생각인 것 같긴 한데, 고든의 관계자라면 배신이나 마찬가지겠지."

"고든 전하에게도 레베카 공은 중요한 인물이니까요. 잔드라 전하를 끌어내릴 비장의 수도 될 터이고, 곁에 두면 잔드라 전하의 약점을 쥘 수도 있습니다. 잔드라 전하를 마음대로 부릴 수 있게 되면 에릭 전하와의 차이도 줄어들겠지요."

"그렇긴 하지. 고든도 그렇게 생각하고 있을 거야. 하지만 고든이 레베카와 편지를 손에 넣었을 때 가장 무시무시한 사용 방식은 그게 아니야. 자기가 잘하는 분야로 주위를 끌어들이는 거지."

"그게 무슨 말씀이신지?"

"레베카와 편지를 잘만 이용하면 내란을 일으킬 수 있어. 아버님이 개인적으로 덮을 수 없는 중신 회의 때 공표해서 잔드라를 규탄하고 남부를 용서할 수 없다는 분위기를 만들면 아버님도 그걸 받아들일 수밖에 없겠지. 그렇게 되면 남부도 대놓고 반기를 들 거야. 그들을 토벌하는 건 고든일 테고."

"복잡한 시나리오로군요. 성공할 것 같지 않습니다만."

"힘들겠지. 고든 혼자서는."

그냥 아버님에게 들이대기만 하는 것으로는 부족하다. 아버님은 내란을 피하려 할 것이다. 거기에서 사고를 한 단계 나아가서 아버님이 내란을 받아들일 수밖에 없는 상황을 만들어낸다.

고든 곁에는 그런 흐름을 그릴 수 있는 책사가 없다.

"뭐, 그 한 수를 쓰지 못하더라도 고든이 잔드라의 약점을 쥐는 건 곤란해. 고든이 무슨 생각을 하고 있든, 레베카는 우리가 보호해야만 한다고."

"그렇다면 그녀를 믿으시겠다는 말씀이십니까?"

"그래. 감시 좀 부탁할게."

"알겠습니다."

세바스는 그렇게 말하고 소리도 없이 자취를 감추었다.

■ ■ ■

다음 날. 나는 곧바로 세바스에게 보고를 받고 있었다.

"고든 전하가 극비리에 훈련 중인 부대를 움직인 모양입니다. 목적지는 제도 근처에 있는 도시, 예나입니다."

"거기에 레베카가 있다는 건가? 어떤 부대지?"

"은밀 부대입니다. 겉으로 드러나진 않았습니다. 폐하께서도 동향까지는 파악하지 못하셨을 겁니다."

"고든에게는 안성맞춤인 부대라는 건가."

나는 성의 복도를 걸어가며 그렇게 중얼거리고는 아래쪽을 내려다보고 생각에 잠겼다.

이미 은밀 부대를 움직인 걸 보니 고든은 당장 움직일 것이다. 그 움직임은 잔드라도 당연히 파악하고 있을 것이다. 그쪽에는 남부 귀족과 범죄 조직이 있다. 정보 수집면에서 고든에게 뒤처지진 않을 것이다.

잔드라는 직접 관여하는 것을 우려하고 있기에 몸소 움직일 수가 없다. 움직이는 건 지시를 받은 범죄 조직일 것이다. 잔드라 밑에 있는 암살자와 비교하면 다소 뒤처진다. 군대의 은밀 부대라면 매우 불리한 상황이 아닌 이상 잘 해낼 것이다.

"자, 어떻게 어부지리를 취할까."

"아르노르트 님, 보고드릴 것이 하나 더 있습니다."

"응? 뭐지?"

"아무래도 고든 전하가 군사를 들인 모양입니다. 어떤 인물인 지까지는 모르겠습니다만, 매우 극비리에 움직이고 있었습니다."

"고든이 군사를?"

고든은 군부에서 많은 지지자를 얻었지만, 군사나 참모 같은 두뇌파들의 지지는 얻어내지 못했다. 그 때문에 고든 진영에는 그러한 인재가 부족했다. 그래서 새로 들였다는 건 이해가 되는데, 대체 어디에서 데리고 온 걸까.

그런 의문을 품고 있자니 복도 건너편에서 고든이 걸어왔다. 주위에는 측근들이 있었다.

"양반은 못 되겠네."

나는 복도 구석으로 물러나 고개를 숙였다. 그런 나를 보고 고든이 멈춰섰다.

"아, 고든 형님. 잘 지내셨습니까."

"흥, 여전히 무례한 녀석이로군. 마음속으로는 다른 사람들을 바보 취급하고 있다는 거 다 안다. 네놈 같은 녀석을 보면 구역질이 난다고. 꺼져."

"그거 안타깝군요. 그럼 실례하겠습니다."

"레오나르트에게 전해라. 까부는 것도 여기까지라고 말이야."

고든은 그 말을 남기고 다기 걸어가기 시작했다. 그 뒤를 측근들이 따라갔다.

그 사람들 끝에서 후드로 얼굴을 가리고 있던 작달막한 사람이 스쳐지나가며 중얼거렸다.

"이렇게 된 거니까. 잘 부탁해, 아르 군."

"……그렇구나."

나는 그렇게 말하며 떠나가는 고든 일행을 보았다. 방금 그 목소리는 틀림없다.

"고든의 새 군사는 소니아인가."

"정보를 알려준 사람이로군요. 함정일 가능성이 커진 것 아닙니까?"

"함정에 빠뜨릴 생각이었다면 정체를 숨겼겠지. 그리고 고든의 움직임은 진짜야. 함정이라 해도 우리는 갈 수밖에 없어."

"하지만……."

"위험하다는 건 나도 알아. 아무런 대책도 없이 가진 않을 거라고. 망설이긴 했지만, 이렇게 된 이상 비장의 수를 써야겠군."

"비장의 수 말씀이십니까?"

"아버님을 이용할 거야."

나는 그렇게 말한 다음 곧바로 옥좌의 방으로 향했다.

■ ■ ■

"기사 레베카가 예나까지 와 있다고 합니다."

"그런가, 보고하느라 수고 많았다. 거기까지 와 있다면 근위기사대를 파견하마."

"아뇨, 그러면 안 될 것 같습니다. 군부도 움직이고 있습니다. 아버님께서 움직이신다면 군부의 과격파에게 위기감을 주게 될지도 모릅니다. 이번에는 제가 가겠습니다."

"네가 보호할 수 있겠나?"

"힘들겠죠. 그러니 레오와 함께 가겠습니다. 레오와 레오의 측근. 그리고 세바스까지 있으면 어떻게든 될 겁니다. 그런데……."

"그런데 뭐지? 우려하는 게 있다면 말해보거라."

아버님은 진지한 표정으로 그렇게 말했다. 이 문제에 대해 진지하게 생각하고 있다는 증거다.

황제는 제위 쟁탈전에 개입하지 않지만, 지나친 행위는 제국을 좀먹는다. 이번 건은 제위 문제가 아니라 제국의 문제로 간주하는 모양이다. 그렇기에 비장의 수도 써먹을 수 있다.

"이 정보를 가르쳐 준 건 고든 형님의 군사입니다. 솔직히 말씀드려 함정일 가능성도 있습니다."

"함정일 가능성이 있다고? 그렇다면 더더욱 근위기사대를 파견해야지."

"폐하. 아르노르트 전하께 뭔가 생각이 있는 듯 합니다."

이미 결정했다는 듯이 말하는 아버님에게 재상인 프란츠가 그렇게 조언했다. 일부러 내가 말하러 온 시점에서 책략이 있다는 걸 짐작하고 있었을 것이다.

"방법이 있다면 어서 말해라."

"네. 저와 레오에게 제국 남부 시찰을 명령해 주십시오. 그 도중에 예나에 들르겠습니다. 아버님의 명령에 따라 움직이는 저희에게 무슨 짓을 하진 못하겠죠."

"번거로운 방식이로군. 어떻게 생각하나? 프란츠."

"좋은 방법 같습니다. 아르노르트 전하와 레오나르트 전하께서는 남부 사건에 깊게 관여하였습니다. 두 분께 남부 상황을 보고 오라고 말씀하시는 건 자연스러운 일입니다. 만에 하나, 전투가 벌어진다 하더라도 전력을 집중시켰기에 대항할 수도 있겠지요."

"레오나르트는 딱히 걱정하지 않는다. 일부러 무예가 서투른 아르노르트까지 갈 필요가 있나? 너도 직접 간다는 전제로 말하는 것 같다만, 괜찮은 게야?"

"걱정해 주시는 건 감사합니다만, 이번 시찰의 주요 목적은 사람을 찾는 것입니다. 이미 알고 계시겠지만, 저는 숨는 것도 그렇고 찾는 것도 잘합니다. 전투 때는 도움이 안 되겠지만, 제가 필요할 것 같습니다."

아버님이 인상을 살짝 찌푸렸다. 나는 예전부터 숨바꼭질을 잘했다. 진짜로 마음먹고 숨으면 찾아낼 수 있는 건 레오 정도밖에 없다. 그건 다른 사람의 행동을 예상할 수 있기 때문이고, 지금 같은 상황에서는 필요한 능력이다. 아버님도 그 사실을 알고 있기에 인상을 찌푸리고 있을 것이다.

"······좋다. 두 사람에게 남부의 시찰을 명하마. 무슨 일이 생기면 돌아오거라. 이번 임무는 제국에 있어서 중요한 것이다. 실패는 용납 못한다."

"알겠습니다."

나는 그렇게 말하며 제자리에 무릎을 꿇었다. 아버님을 끌어들인 이상, 실패는 정말로 용납되지 않는다. 최소한 레베카는 반드시 보호해야만 한다.

레오에게는 사후승낙을 받게 되겠지만, 그건 봐줬으면 좋겠다. 항상 그러기도 했고.

나는 그런 생각을 하며 옥좌의 방을 나섰다.

8

옥좌의 방을 나선 나는 어머님께 가고 있었다.

예나에서 레베카를 무사히 보호하면 곧바로 돌아오겠지만, 나와 레오가 함께 제도를 떠나게 된다.

제도에는 피네가 있고, 마리도 있다. 제도 내부에서 벌어지던 세력 다툼은 소강 상태에 접어들었기에 걱정할 필요는 없다. 고든과 잔드라는 레베카 쪽에 집중할 테고, 세력이 멀쩡한 에릭도 지금 같은 상황에서 괜히 움직여서 아버님의 심기를 상하게 하지는 않을 것이다.

아버님은 유민 문제에 민감하다. 이번 건에는 그것이 깊게 얽혀있다. 우리가 자리를 비운 틈을 타서 세력을 확대하기 위해 움직이면 아버님의 분노를 사게 된다. 에릭은 그렇게 어리석은 짓을 하지 않는다. 그러니 한동안 제도 내부의 세력 다툼이 겉으로는 벌어지지 않을 것이다.

물론 뒤에서는 이런저런 것들이 진행되고 있다. 상회들끼리 벌이는 싸움이 그중 하나다. 그쪽은 피네 담당이다. 잘 해줄 것이라 믿고 맡겼다.

"이렇게 보니 일손 부족이 심각하군."

이번에는 세바스도 데리고 간다. 피네의 호위조차 허술해진다.

물론 아인 상회의 아인들이 주위를 둘러싸고 있을 테니 그렇게까지 걱정되진 않는다.

적어도 린피아가 있어 준다면 편하겠지만, 없는 걸 보채봤자 소용이 없을 테고.

안타깝게도 에르나는 이번에 제도를 떠나서 수행할 임무를 앞두고 있기에 기대할 수 없다.

"강하기만 하면 되는 문제도 아니고. 믿지 못하면 호위로 써먹을 수가 없어. 에휴……, 실례합니다. 아르입니다."

"아르?! 어서 들어오렴!"

후궁에 있는 어머님의 방 앞에서 말을 걸자 안에서 날카로운 목소리가 들렸다.

나는 곧바로 이변이 생겼다는 것을 짐작하고는 조용히 방 안으로 들어갔다. 안에서는 어머님이 떨고 있는 크리스타를 안고 있었다.

"크리스타?!"

"흑흑……, 으흑……."

"갑자기 울기 시작하나 싶더니 아무 말도 안 하는구나. 아마 또 뭔가를 본 거겠지."

키워준 부모인 어머님께는 당연히 크리스타가 선천 마법을 지니고 있다는 사실을 알렸다.

평소에는 그러니? 라며 딱히 신경 쓰지 않는 어머님도 이렇게 된 이상 그냥 넘길 수가 없는 모양이었다. 나는 크리스타 곁으로 다가가 한쪽 무릎을 꿇고는 눈높이를 맞췄다.

"크리스타. 괜찮아? 아르가 왔어."

"……아르 오라버니, ……아르 오라버니!"

어머님에게 안겨 있던 크리스타가 나를 껴안았다.

그 몸은 조금씩 떨리고 있었다. 어지간히 무서운 걸 본 모양이다. 차분해질 때까지 계속 머리를 쓰다듬어주었다.

크리스타는 그제야 차분해진 것처럼 보였지만, 여전히 입을 열려 하지 않았다.

"……크리스타. 뭐가 보였어? 그렇게까지 무서운 걸 본 거야?"

"크리스타. 아르에게 말해보렴. 뭔가 할 수 있는 게 있을지도 모르니까."

"……작은 방, ……많은 아이들……."

그리고 크리스타는 조금씩 이야기하기 시작했다. 보인 것을 단편적으로 말했기에 이해가 잘 되지 않았지만, 마지막으로 결정적인 말을 꺼냈다.

"리, 리타가……."

"리타가?"

"죽어버려……! 내 눈 앞에서 리타가 죽어……!"

"뭐?!"

"그럴 수가……."

그것은 충격적인 말이었다. 예전에 크리스타가 봤던 미래는 들어맞기도 하고 빗나가기도 했다.

하지만 적중률로 따지면 크리스타가 직접 엮일 가능성이 큰 미래는 잘 들어맞는 편이다.

큰형의 죽음은 가족의 죽음이고, 키르가 습격당했을 때도 크리스타가 그곳에 있었다. 그런 의미로는 크리스타 앞에서 일어난다는 사건이 현실에서 일어날 가능성이 큰 미래라는 뜻이다.

하지만 하필이면 이런 타이밍에!

"아르 오라버니……, 리타를 구해줘……!"

"아르…….."

"……방금 막 아버님께 인사를 드리고 온 참입니다. 출발하기 전에……."

"어……? 안 돼! 아르 오라버니! 가지 마!"

크리스타는 내게 필사적으로 달라붙었다. 자그마한 손이 내 옷을 꼭 쥐고 있다.

어떻게 하지? 아버님에게 그냥 안 가겠다고 할까?

아니, 허락해 줄 리가 없다. 이유가 필요하다. 그리고 크리스타에 대해 설명하게 된다. 그러면 크리스타의 능력이 알려질 것이다. 불확실하다고는 해도 미래를 볼 수 있는 마법은 나라에 유익하기 때문이다. 아버님도 인간이다. 반드시 쓸 게 뻔하다.

그게 제일 최악이다. 크리스타가 위험해질 테고, 보고 싶지 않은 것까지 보게 된다.

하지만 이제 우리에게는 일손이 없다.

"아르. 내가 어떻게든 황제 폐하께 부탁드려 볼게. 그러면."

"……만약에 제가 남는다고 해도 후궁에 계속 머무를 수는 없어요."

비나 호위, 여관 이외에 후궁에 머무를 수 있는 것은 황족 여자나 열두 살 이하의 황자뿐이다.

아무리 황자라 하더라도 어느 정도 나이를 먹으면 후궁에 하루 종일 머무를 수가 없다. 그런 와중에 무슨 일이 생기면 나도 제때 대처할 수가 없다. 린피아가 있다면 어머님이 요청해서 후궁의 호위로 배속시킬 수 있겠지만, 나로서는 힘들다.

실버로 변장한다 하더라도 갑자기 후궁에 나타난다면 처벌 대상이 된다.

"상황으로 보아 크리스타도 어떤 사건에 휘말릴 거예요. 최대한 곁에 머무를 수 있는 호위가 필요하죠. 그것도 여자이면서 실력이 좋은 호위가……."

"……생각나는 사람은 한 명뿐이구나."

"그러게요."

이렇게 된 이상, 에르나에게 기댈 수밖에 없다. 어떻게든 임무를 거절하고 크리스타 곁에 있어달라고 부탁한다. 그게 안 된다면 다른 방법을 생각해볼 수밖에 없다.

"하지만 에르나는 임무를 받았어요. 부담이 된다는 점을 따지면 저와 마찬가지거나 그 이상이겠죠."

황자로서 임무를 받은 나와 근위기사로서 임무를 받은 에르나. 어느 쪽을 수행해야 할지는 어린애도 안다. 거절하는 이유에 따라서는 근위기사단에서 제적당할지도 모른다.

그럼에도 불구하고 우리는 에르나에게 기댈 수밖에 없었다.

9

에르나에게 가면서 나는 많은 것들을 생각하고 있었다.

어떻게 부탁하면 될까. 거절당할 경우에는 어떻게 할까.

너무 많은 것들을 생각한 나머지 머릿속이 뒤죽박죽되었다.

결국, 나는 생각을 미처 정리하지 못한 채 용작 가문의 저택에 도착해버렸다.

항상 그랬듯이 어서 오라는 인사를 받으며 나는 용작 가문 저택 안으로 들어섰다.

"아르. 무슨 일이야?"

"에르나……."

맞이해 준 사람은 에르나였다. 이왕이면 안나 씨가 마중을 나왔으면 좋았을 텐데. 솔직히 말해 에르나의 얼굴을 볼 수가 없다. 하지만 내 소꿉친구가 그렇게 부자연스러운 태도를 놓칠 리가 없었다.

"무슨 일 있었어?"

"아니……."

"둘러대 봤자 소용없어. 일단 방으로 가자."

나는 그렇게 에르나의 안내를 받아 객실로 향했다.

메이드들이 내준 홍차와 과자. 에르나는 그것을 받아든 다음, 다른 사람들을 물렸다. 그리고 나와 마주보는 형태로 의자에 앉자마자 곧바로 본론으로 들어갔다.

"다시 한번 묻겠는데, 무슨 일 있었어?"

"……골치 아프게 되었어."

"그렇구나. 내가 필요해?"

"……그래."

나는 그녀의 얼굴도 보지 않고 고개를 끄덕였다. 부탁하는 방식이 엉망진창이다. 하지만 나는 에르나의 얼굴을 볼 수가 없었다. 대체 무슨 염치로 부탁해야 하지?

내 임무는 결국 제위 쟁탈전을 위한 것이다. 아버님의 평가가 필요하기에 이제 와서 가지 않겠다고 할 수가 없다. 그렇다. 나는 여동생의 안전과 제위 쟁탈전을 저울에 달아보고 있는 것이다. 그러면서 어느 한 쪽을 선택할 수가 없기에 뻔뻔하게도 양쪽 모두 얻는 것을 목표로 에르나에게 부탁하러 왔다.

후궁은 여자의 세계. 호위는 여자가 적합하다. 그런 이유가 있긴 하지만, 그건 근본적인 이유가 아니다. 이제 겨우 우리에게 불어오기 시작한 순풍을 없애고 싶지 않은 것이다. 아버님은 우리를 호의적으로 보고 있다. 이런 흐름을 끊고 싶지 않다. 하지만 크리스타를 저버릴 수도 없다. 나는 선택할 수가 없는 것이다. 그래서 에르나에게 기대고 있다. 너무 한심해서 에르나의 얼굴을 볼 수가 없다.

그런데도.

"알겠어. 그럼 황제 폐하께 사퇴하겠다고 말씀드려야겠네."

"윽?! 그래도 괜찮겠어……?"

"뭐가?"

대답이 너무나도 쉽사리 나왔기에 무심코 고개를 들었다. 그러자 항상 보던 에르나의 얼굴이 거기에 있었다.

딱히 별 것 아니다. 에르나의 얼굴에는 그렇게 쓰여 있었다.

"그래도……, 사퇴한다는 건 불명예스러운 일이잖아……?"

"불명예 정도가 아니지. 그래도 내가 필요하잖아? 그렇다면 어쩔 수 없지."

"……나와 레오는 남부에서 도망친 기사를 보호하기 위해서 제도를 떠날 거야. 제위 쟁탈전을 유리하게 진행시키기 위해서, 아무래도 상관없는 남을 보호하러 가고 싶어서……, 네게 기대는 건데?"

"아무래도 상관없는 남이 아니니까 손을 뗄 수가 없는 거지? 내가 뭘 해야 하는 건지는 모르겠지만, 필요하다면 협력할게."

"어째서……."

"내가 말했잖아. 나는 아르를 저버리지 않아. 그거 알아? 너, 아까부터 계속 표정이 굳어 있거든? 무슨 일이 있었는지는 모르겠지만, 내가 필요한 거지? 그렇다면 임무 정도는 사퇴할 거야. 아르가 할 일이 있고, 맡길 사람은 나밖에 없다. 그렇게 생각해서 온 거지?"

에르나나는 아무렇지도 않다는 듯이 말했다.

그렇게 간단한 이야기가 아니라고. 그런 거라면 이렇게까지 죄책감을 느끼지도 않았어.

용작 가문의 후계자이자 근위기사인 에르나가 임무를 사퇴한다는 건 보통 일이 아니다. 물론 아버님도 억지로 강요하진 않는다. 성검을 다룰 수 있는 용작 가문 사람은 귀중한 존재고, 용작 가문과의 관계를 악화시키는 건 황제로서 피해야 할 일이기 때문이다.

하지만 명예를 훼손시키는 행동이라는 건 분명하다.

"너에게 있어서……, 명예는 소중하지 않아?"

"소중하지. 하지만 내 맹세는 내 명예보다 훨씬 더 소중해. 네가 필요로 한다면 나는 어디든 갈 거야. 자, 설명해 줘. 내가 뭘 하면 돼?"

에르나는 그녀답지 않게 부드러운 미소를 지었다. 그 미소가 마음에 박혔다.

하지만 계속 죄책감에 젖어 있기만 할 수는 없다.

"……크리스타는 선천적으로 마법을 쓸 수 있어. 미래 예지야."

"……놀랍네. 용케도 오늘까지 숨겼구나?"

"발현한 건 3년 전이야. 크리스타는 황태자의 죽음을 보았어. 그 이후로 미래를 맞추거나 빗나가기도 했지. 하지만 자신과 관련된 건 꽤 잘 맞아."

"이번에는 그런 패턴인 거고."

"그래. 레오와 함께 놀던 여자애, 리타 기억해?"

"물론이지. 그 애가 관련된 거야?"

"……크리스타가 말하기로는 그 애가, 죽는대. 크리스타 눈앞에서."

내 말을 들은 에르나가 굳은 표정을 지었다. 크리스타는 기본적으로 성이나 후궁을 떠나지 않는다. 그런 크리스타가 휘말린다는 건 성이나 후궁 사람이 뭔가 관여했다는 뜻이다. 그런 의미에서도 용작 가문이라는 최상위 귀족인 에르나가 호위를 맡는 건 유리하게 작용한다. 누군가가 방해하려 해도 에르나를 방해할 수 있는 사람은 별로 없으니까.

"내가 곁에서 크리스타 전하를 호위해 드리면 되는 거지? 그게 리타를 지키는 것과 이어질 거고."

"그래……, 크리스타의 미래 예지를 알고 있는 사람은 별로 없어. 아버님도 모르고. 그래서 그걸 이유로 임무를 사퇴할 수는 없거든?"

"괜찮아. 다음 임무는 커다란 호수 근처에서 수행해야 하는 거니까."

"……너, 설마?"

"황제 폐하께 물을 무서워한다고 말씀드릴게. 그러면 그렇게까지 큰 문제는 안 되겠지?"

"그야 그럴지도 모르겠지만……, 네 약점이 주위에 새어 나가게 되잖아? 괜찮겠어? 예전에는 그렇게까지 싫어했으면서?"

"지금도 싫어. 사퇴하면 진 것 같고, 용작 가문의 후계자가 물을 무서워한다니, 웃음거리가 되겠지."

"그렇다면……."

"하지만 그런 것보다는 맹세가 더 중요해. 곤란하지? 내가 없어도 괜찮겠어? 어떻게든 할 수 있어? 어떻게 해볼 수가 없어서 온 거지? 정말로 곤란한 거지? 그렇다면 도와줄게. 말만 내세우는 맹세는 아무런 의미도 없으니까. 나는 입만 산 여자가 아니라고."

에르나는 일어서서 내 곁으로 다가왔다. 그리고 내 이마에 자기 이마를 살며시 맞댔다.

나는 너무 갑작스러운 행동이라 놀랐지만, 에르나는 조용히 말했다.

"안심해. 이제 괜찮으니까. 아르가 지키고 싶어하는 건 전부 내가 지켜줄게. 아르의 손에서 아무것도 흘러내리지 않게끔. 내가 함께 손을 내밀어줄게. 그러니까 그렇게 괴로운 듯한 표정 짓지 마."

"에르나……."

"괜찮아. 아르는 크리스타 전하를 저버리는 게 아니야. 제위 쟁탈전도 소중하고, 크리스타 전하도 소중한 거야. 양쪽을 동시에 선택할 수 없다면 다른 한 쪽은 내가 맡아줄게. 아르는 제위 쟁탈전을 위해 도움이 필요한 사람을 도와주고 와. 내가 크리스타 전하를 지킬 테니까."

"……그 애는 이제 더 이상 괴로워하지 않았으면 좋겠어…….

어머니가 죽었을 때, 그 애는 텅 빈 껍질 같았다고. 그런데 이제 겨우 웃게 되었단 말이야……, 여동생을……, 크리스타를 부탁할 게. 너밖에 부탁할 사람이 없어…….”

“내게 맡겨. 우리는 소꿉친구이자 협력자잖아? 뭐든 의논해. 언제든지 내가 네 힘이 되어줄게.”

에르나는 그렇게 말하고 한 발짝 물러섰다. 그리고 쾌활한 미소를 보였다.

예전에 그 미소를 본 적이 있다. 처음 만났을 때도 그런 미소를 지으며 내가 지켜주겠다고 말했었지. 그렇구나. 이 녀석은 변함이 없구나.

지금이든 예전이든, 에르나는 내 편이구나.

■ ■ ■

“아르 오라버니! 가면 안 돼……!”

“크리스타. 아르를 곤란하게 하면 안 된단다.”

결국, 에르나는 커다란 호수를 이유로 내걸고 임무를 사퇴했다. 예전부터 물을 무서워했다고 아버님에게 솔직하게 고백한 것이다. 나와 레오가 있었기에 무리해서 대사 호위 임무를 맡긴 했지만, 역시 이번에는 임무에 지장이 생길 것 같다는, 그럴싸한 이유를 대고.

그렇게 말하자 아버님도 고개를 끄덕일 수밖에 없었기에 다른 근위기사를 그 임무에 파견하기로 했다.

그리고 어머님은 그렇다면 마침 잘 되었다면서 아버님에게 에르나를 자신의 호위로 붙여 달라고 말했다. 이쪽도 마찬가지로 아들들 이야기를 듣고 싶다는 그럴싸한 이유를 대면서. 그리고 아버님은 그걸 허락했다. 마침 에르나에게 적당한 휴가가 될 거라 생각한 모양이다.

그래서 나는 어머님과 크리스타에게 제도를 떠나겠다고 말하고 있었다.

"에르나가 호위로 함께 있어줄 거야."

"싫어……! 아르 오라버니 곁이 좋아……!"

"……크리스타. 나를 믿지?"

"응…….."

"그렇구나."

나를 껴안은 크리스타의 머리를 쓰다듬으며 뭐라고 말해야 할지 망설였다. 지금 억지로 나간다 하더라도 크리스타는 에르나를 믿지 않을 것이다. 뭐, 그래도 상관없긴 하지만, 가능하면 에르나를 믿어줬으면 좋겠다. 그래서 나는 생각하던 이야기를 꺼냈다.

"그런 내가 가장 신뢰하는 최고의 검을 두고 갈게."

"검……?"

"그래. 대륙 최고의 검이지. 어떤 상대로부터도 너를 지켜줄 거야. 그러니까 곤란한 일이 생기면 부탁해. 불안해지면 내 이름 대신 부르고. 반드시 달려와 줄 테니까."

"……알겠어……."

"착하구나. 이제 괜찮아. 에르나가 너와 리타를 지켜줄 거야."

나는 그렇게 말한 다음 크리스타를 꽉 껴안고는 발걸음을 돌렸다. 그곳에는 에르나가 서 있었다.

"여동생을 부탁할게."

"맡겨만 주십시오."

짤막하게 이야기를 주고받은 다음, 나는 곧바로 걸어가기 시작했다. 이제 돌아보진 않을 것이다.

불안할 게 아무것도 없기 때문이다.

10

고든이 레베카의 위치를 알아내고 은밀 부대를 움직였을 무렵.

"잔드라 전하. 협력하여 주십시오."

납치 조직에서 파견된 추적자들이 제도에서 잔드라를 찾아왔다.

모두 합쳐 다섯 명. 그들은 조직이 거느리고 있는 뛰어난 암살자들이었다. 그들 이외에도 많은 추적자들이 제도 주변에 흩어져 있었다. 그야말로 조직의 모든 힘을 기울여서 레베카를 추적하고 있었던 것이다. 하지만 아무리 거대한 범죄 조직이라 하더라도 제국의 은밀 부대 상대로는 승산이 별로 없다. 그렇기 때문에 잔드라에게 협력 요청을 한 것이다.

그만큼 레베카가 지니고 있는 편지는 조직에게 있어서 치명적인 물건이었다. 그리고 그 편지는 남부 귀족, 그리고 남부 귀족을 지지 기반으로 삼고 있는 잔드라에게 있어서도 치명적이었다.

"그래. 남부 귀족과 조직의 관계가 밝혀지면 나도 곤란하니까. 균터, 준비는 되었어?"

"네, 문제 없습니다."

예전에 아르를 노렸던 암살자, 균터가 잔드라 옆에서 고개를 살짝 숙였다. 그 뒤에는 잔드라가 각지에서 모은 암살자가 나란히 서 있었다. 그 숫자는 스무 명이 넘었다.

"나와 가까운 암살자들은 써먹을 수 없어. 그래서 나와 연결 고리가 없는 암살자들을 모았지. 그걸 조직에게 빌려줄 테니 마음대로 부려먹어. 실력은 보장할게."

"감사합니다. 그리고 고든만 움직이고 있는 게 아닌 것 같습니다만?"

"레오나르트 쪽 말이야? 그거라면 문제 없어. 레오나르트 쪽에는 암살자가 별로 없으니까. 표적을 추적하는 데 있어서 암살자보다 뛰어난 존재는 없지. 조심해야 할 건 아르노르트의 집사인 세바스찬뿐이야."

"알겠습니다. 그럼 은밀 부대만 경계하면 되겠군요."

조직의 암살자가 한 말을 듣고 잔드라가 고개를 끄덕였다. 이번에는 고든치고는 움직임이 빨랐다. 평소와 마찬가지일 거라 생각하면 쓴맛을 보게 될 것이다.

잔드라는 의자에 앉아서 다리를 꼬았다. 턱을 괸 채 해가 지기 시작한 바깥을 보았다. 제도는 슬슬 어둠에 감싸일테고, 그 어둠을 틈타 많은 세력들이 움직이기 시작한다.

이번 싸움에서 지면 잔드라가 가장 치명적인 타격을 입게 된다. 지지 기반인 남부를 잃게 되는 것이다. 그렇게 되더라도 각지에 있는 마도사들은 잔드라를 지지하겠지만, 어차피 개인이다. 제위 쟁탈전은 제위 후보자들이 개인적으로 벌이는 싸움인 것과 동시에 세력 다툼이기도 하다. 약소 세력은 절대로 제위에 오를 수 없다.

레오나르트 일행이 크라이네르트 공작의 협력을 얻어낸 것처럼, 배후에 힘을 지닌 공작이 있는지에 따라 세력의 힘이 크게 바뀌게 된다.

"고든은 이번에 나를 끌어내릴 셈이구나."

"에릭 전하는 아마 이번에도 방관하겠지요."

"에릭은 그런 남자야. 마지막 순간까지 절대로 자신의 손은 더럽히지 않아. 우리가 싸우다가 지치는 걸 기다리고 있는 거지. 하지만 그런 부분이 파고들 빈틈이기도 해. 이번만 버텨내면 지지 기반 걱정은 안 해도 되니까."

그리고 실험체 걱정도 할 필요가 없게 된다. 잔드라는 마음 속으로 중얼거렸다. 개인적으로 따지면 그쪽이 더 중요하다. 잔드라가 생각하기로는 제위 쟁탈전에 이기기 위해 반드시 필요한 것은 금술이지 세력이 아니었다.

연구 중인 금술만 완전하게 만든다면 세력 따위는 필요가 없다.

누구라 하더라도 잔드라를 거역할 수 없다. 모두가 자연스럽게 무릎꿇게 된다. 그것이 잔드라가 이상적으로 생각하는 세계였다.

"힘을 빌려주는 이상, 성과를 내도록 해. 기사는 반드시 죽여야 한다?"

"물론입니다. 그런데 편지는 괜찮으시겠습니까?"

"아버님은 사람을 보는 눈에 자신을 가지고 있어. 때로는 물증보다 사람의 말을 더 중시하며 움직이지. 남부 귀족의 부정부패를 기사가 호소하면 편지가 없더라도 아버님이 움직일지도 몰라. 반대로 편지만 있다면 위조를 의심해서 곧바로 움직이진 않을 거야. 숨이 끊어지는 걸 확인할 때까지 방심하면 안 된다?"

"알겠습니다."

조직의 암살자들이 인사를 하고는 자취를 감추었다. 그러자 잔드라가 모은 암살자들도 뒤따라 사라졌다.

남은 것은 측근인 균터 뿐. 그 균터가 입을 열었다.

"저는 대기하면 되겠습니까?"

"그래. 네가 해줘야 할 일이 있으니까."

잔드라의 곁에는 아직 정예 암살자가 몇 명 있다. 그들을 동원하면 힘으로 밀어붙이더라도 이길 수 있긴 하겠지만, 잔드라는 암살자들을 더 이상 잃는 것을 꺼려했다.

그렇기 때문에 그런 지시를 내렸지만, 지금은 승부의 갈림길이다. 지금 아끼다가는 돌이킬 수 없게 된다. 균터는 그렇게 생각하며 자신도 참전하겠다는 이야기를 꺼내려 했다.

하지만 그러기 전에 균터 뒤쪽에서 목소리가 들렸다.

"잔드라 님. 보고드릴 것이 있습니다."

암살자가 뒤를 잡혔다. 그것도 상대방이 말을 꺼낼 때까지 눈치채지 못했을 정도로 완벽하게. 굴욕적인 일이긴 했지만, 균터는 화가 나지도 않았다.

왜냐하면 자신의 뒤를 잡은 것이 즈잔이 거느리고 있는 최강의 암살자이자 자신이 만났던 암살자 중에서도 매우 뛰어난 존재였기 때문이다.

"말해보렴. 샤오메이."

균터의 뒤를 잡은 것은 즈잔의 메이드이자 암살자인 샤오메이였다. 일부러 즈잔 곁을 떠난 걸 보니 중요한 용건이 있다는 건 틀림없었다.

"레오나르트 전하와 아르노르트 전하가 황제 폐하께 남부의 시찰을 명 받았습니다. 그 호위라는 형태로 전력을 예나에 집중시키려는 모양입니다."

"아버님까지 끌어들이다니……, 고생이 많네. 하지만 이건 기회야."

"네. 크리스타 전하 주위가 허술해집니다. 나설까요?"

"그래. 그럴 생각으로 움직여. 하지만 우선은 정찰이야. 이건 절대로 실패해선 안 되니까. 잘만 하면 문헌에만 존재하던 선천 마법 사용자를 손에 넣을 수 있어. 아, 멋진 실험체가 되겠네……."

잔드라가 황홀한 듯이 중얼거렸다. 자신의 여동생이라는 사실은 이미 머릿속에 없었다.

그런 잔드라를 보고도 샤오메이는 아무런 말도 하지 않았다. 항상 그랬기 때문이다.

"그럼 제가 주변을 조사하겠습니다. 예나 건은 금방 정리되지는 않을 겁니다. 그동안에 타이밍을 봐서 나서겠습니다."

"알겠어. 균터, 너도 협력해."

"알겠습니다."

잔드라는 그 대답을 듣고 손을 저어 두 사람을 보냈다. 그리고 아무도 남지 않은 방에서 슬쩍 웃었다.

"만약에 예나 건이 실패로 끝난다면……, 삼촌을 저버리게 되겠지만, 어쩔 수 없겠지? 내가 황제가 되기 위해서니까. 안심해. 크리스타만 손에 넣는다면 내가 옥좌에 바짝 다가서게 될 테니까."

잔드라는 그렇게 말하며 무시무시한 미소를 지었다.

➡ 제2장 수색과 유괴

1

예나는 제도에서 말을 타고 한나절 정도 걸리는 거리에 있는 중간 규모의 성채 도시다. 주요 가도에서 벗어나 있고, 특산물이나 명소가 있는 것도 아니기 때문에 발전했다고는 하기 힘들다.

그곳을 다스리고 있는 것은 그림 백작. 딱히 뛰어난 구석이 없는 중년 귀족이다. 어떤 세력에도 소속되지 않은 중립이긴 하지만, 아들이 군에 소속되어 있다. 고든이 곧바로 반응할 수 있었던 이유가 그것 때문일 것이다.

우리는 밤중에 예나에 도착했다. 늦은 시간이기에 영주인 그림 백작이 잠들었다고 했기에 우리는 거리에서 가장 호화로운 숙소로 안내를 받았다.

"아버님에게 부탁하길 잘했네. 곧바로 도시 안으로 들어올 수 있었어."

"정식 임무가 아니었다면 발목을 잡혔을지도 모르지."

나는 의자에 앉으며 레오와 이야기를 나누었다. 문에 도착했을 때, 문지기가 우리를 잡아두려 시도했다. 영주가 인사를 하러 올 때까지 기다려줬으면 한다거나, 빈 숙소가 없다거나. 우리는 그 모든 변명을 막기 위해 아버님에게 받은 명령서를 보여주었다.

황자가 황제의 명령에 따라 움직이고 있는 이상, 어떤 이유가 있다 하더라도 요구에는 응해야만 한다. 우리는 시간을 거의 벌지도 못해서 당황한 문지기를 곁눈질하며 도시 안으로 들어섰다.

"꽤 일찌감치 움직였으니까. 아직 은밀 부대가 도착하지 않았을지도 모르겠는데."

"아니면 준비가 안 되었을 수도 있고. 그래도 위치를 알아내지도 못하지는 않았겠지만……."

"글쎄. 목격하긴 했지만 정확한 위치를 알아내지 못했을 수도 있어. 중간 규모 도시라고는 해도 사람 한 명을 찾아내는 건 꽤 힘든 일이니까. 레베카도 경계하고 있을 테고."

도망자는 초보가 아니다. 훈련을 받은 기사다. 게다가 제국 남부가 혼란스러워졌다고는 해도 여기까지 오는 동안 범죄 조직의 추적자도 따돌렸다. 변변찮은 중년 영주로부터 숨는 것 정도는 해낼 수 있을 것이다.

"어찌 됐든, 어서 보호하지 않으면 위험하다는 건 마찬가지지만 말이지."

"응. 고든 형님은 그녀를 이용할 생각일 테고, 잔드라 누님은 확실하게 입막음을 할 생각일 거야. 어느 쪽에 붙잡히든 그녀는 불행해질 거라고."

나는 레오가 한 말을 듣고 고개를 끄덕인 다음, 세바스에게 눈짓을 보냈다. 세바스는 알겠다는 듯이 인사를 하고는 자취를 감추었다.

세바스라면 레베카를 찾아내는 데 시간이 오래 걸리지 않을 것이다. 전혀 방해를 받지 않은 채 마음대로 움직일 수 있다면 말이지만.

"우리가 도착했으니 범죄 조직의 추적자들도 도시 안으로 들어왔겠지. 거기에 은밀 부대까지 끼면 밤이 한동안 서로 견제하는 시간이 될지도 모르겠어."

"그렇다면 우리가 낮에 움직이면 되잖아. 우리는 대놓고 움직일 수 있으니까."

"영주가 우리를 방해할 거야. 다그쳐 봤자 모르는 척할 테고, 우리를 접대하겠다면서 따라오면 골치 아프지."

레베카는 지금 누구를 믿어야 할지 모르는 상황일 것이다. 아무리 레오의 평판이 좋다 하더라도 이 도시의 영주와 함께 있으면 경계를 사게 된다.

"역할로 따지면 내가 영주를 끌어들이고 형이 레베카를 찾는 패턴인가?"

"뭐, 그런 패턴으로 갈 수밖에 없겠지. 나라면 적당히 어슬렁거린다 하더라도 자연스러울 테고."

"그럼 그렇게 하자. 짐작 가는 곳은 있어?"

"일단은. 그래도 세바스가 찾아내 주는 게 제일 낫겠지."

나는 그렇게 말하고 내일을 대비해서 잠들었다.

■ ■ ■

다음 날 이른 아침. 영주가 당황한 기색을 보이며 숙소로 찾아왔다. 하지만 그에게 대처하는 건 레오에게 맡기고 나는 몰래 숙소를 빠져나와 있었다.

"수확은 없어?"

"안타깝게도 없습니다. 이미 고든 전하의 은밀 부대와 잔드라 전하의 암살자가 모두 모였기에 저도 함부로 움직일 수가 없었습니다."

밤새 계속 움직였을 텐데도 세바스가 졸린 기색 하나 없이 내 뒤를 따라 걸어왔다. 이 녀석은 지칠 줄을 모르는 건가? 단련 방식이 다르다거나 살아온 세계가 다르다고 하면 할 말은 없지만.

"암살자라는 건 다들 너 같은 녀석들이야?"

"밤에 살고, 어둠 속에서 움직이는 존재가 암살자입니다. 졸음을 이기지 못하는 자는 반푼이만도 못하지요."

"그러니까 앞으로 며칠 동안은 밤에 서로 견제만 하는 상황이라는 건가⋯⋯."

솔직히 오래 끌고 싶진 않다. 밤에 싸우는 건 질색이고, 레베카도 위험에 처하게 된다.

"유익한 정보를 얻을 수 있다면 좋겠군요."

"얻을 수 있어. 여기라면 말이지."

나는 그렇게 말하며 어떤 건물을 올려다 보았다. 그곳은 예나의 모험가 지부였다.

모험가는 주위를 잘 살피기 마련이고, 술을 마실 때는 다들 입이 가벼워진다. 많은 정보가 오가고 있다. 이 지부 사람이라면 뭔가 알고 있을 것이다.

"변장하실 필요는 없습니까?"

"그럴 필요는 없겠지. 아무도 내 얼굴 같은 건 몰라."

제도라면 모를까. 이곳은 제도에서 멀리 떨어진 도시다. 주요 가도에서 벗어나 있기에 정보도 느리게 전달된다. 레오의 얼굴조차 모르는 녀석들 투성이일 것이다.

나는 그렇게 생각하며 예나 지부의 문을 열었다.

내부는 제도 지부와 크게 다르지 않았다. 접수처와 술집이 있고, 벽에는 의뢰서가 붙어있다. 술집 쪽에서는 모험가들이 기분 좋게 술을 마시고 있다.

하지만 그중 몇 명은 처음 보는 얼굴을 보고 경계하는 표정을 짓고 있다. 흥미와 짜증. 나는 그 두 가지 감정이 담긴 시선을 받으며 접수처로 갔다. 그런데.

"이봐, 이봐, 어디 도련님이야? 여기는 집사 같은 녀석을 데리고 다니는 도련님이 올 곳이 아니란 말이지."

한 모험가가 내 앞을 가로막았다. 술을 들고 있는 걸 보니 취한 모양이다. 주위 사람들은 어이없어할 뿐, 말릴 낌새를 보이지 않았다. 당황한 건 길드 직원뿐이다. 다른 모험가들에게도 내가 자신들의 영역을 침범한 이물질인 모양이다.

"정보가 필요해서 왔다. 사람을 찾고 있어."

"사람을 찾는다고? 하하하!! 웃기는군! 이곳은 모험가 길드인데? 정보를 원한다면 의뢰를 하라고! 받을 녀석이 있을지는 모르겠다만!"

남자는 그렇게 말하며 웃었다. 지부 안에 있던 모험가들도 덩달아 웃기 시작했다.

정말……. 모험가답다고 하면 모험가다운 건가? 자신들에게 돈을 써줄지도 모르는 상대라는 생각을 전혀 못하고 있다.

우리가 기분 좋게 술을 마시고 있는데 방해하지 마라. 그게 제일이고 나머지는 부차적인 문제일 것이다. 뭐, 싫진 않지만.

"가르쳐 줄까? 도련님. 남부가 혼란스러워진 덕분에 이 근처 모험가들은 의뢰가 넘쳐날 정도거든. 도련님의 장난 같은 사람 찾기는 아무도 도와주지 않을 거라고!"

남자는 그렇게 말하며 들고 있던 술을 내게 끼얹었다. 지부 안에서 웃음소리가 사라졌지만, 남자는 계속 웃고 있었다.

"내가 사는 거야! 맛있지?"

"그래, 맛이 좋군. 슬슬 물러나 주겠어? 나는 길드 직원에게 할 이야기가 있는데."

길드 직원은 이런 모험가들 이야기를 자주 듣곤 한다. 술을 마시면 무슨 말을 했는지 잊어버리는 모험가들보다 더 확실하다.

내가 남자 옆을 지나치려 하자 그 남자가 내 어깨를 잡았다.

"이봐……, 얕보는 거야? 내가 돌아가라고 했을 텐데?"

"그럴 수는 없지. 나는 볼일이 있으니까."

그렇게 대답하자 남자가 손에 힘을 주었다. 어깨 뼈가 비명을 지르기 시작했다. 힘만으로는 떨쳐낼 수가 없다. 가능하면 원만하게 넘어가고 싶은데.

그런 생각을 하고 있자니 갑자기 지부의 문이 열렸다.

"대체 무슨 소동이죠?!"

그렇게 말하며 들어온 사람은 뜻밖의 인물이었다.

갈색 머리카락을 세갈래땋기로 내린 여자. 이름은 에마. 제도 지부 소속, 실버를 담당하고 있는 접수처 아가씨다.

2

한눈에 상황을 짐작했는지, 에마는 곧바로 내 곁으로 달려와 남자의 손을 떼어놓았다.

"백성을 위하여. 모험가의 기본 원칙을 잊어버린 분은 길드에 필요없는데요?"

"에, 에마 씨……, 이건 이유가 있어서."

"변명 같은 건 듣고 싶지 않아요. 어차피 술에 취해서 들떴던 거겠죠. 말리지 않았던 모두의 책임이라고요!"

에마는 가만히 지켜보던 모험가와 당황하고만 있던 길드 직원들에게 소리쳤다. 제도의 접수처 아가씨이자 실버를 담당하고 있는 에마는 어지간한 지부장보다 더 강한 힘을 지니고 있다.

길드 직원들은 혼날 만도 하다는 듯이 몸을 움츠렸고, 모험가들은 괜히 덤터기를 썼다는 듯이 내 옆에 있던 모험가를 노려보았다.

예상치 못한 상황으로 인해 내 어깨를 붙잡고 있던 모험가가 당황했지만, 에마는 그를 무시하고 손수건을 꺼내 나를 닦아주기 시작했다.

"죄송합니다! 옷은 변상해 드리겠습니다! 이번에는 어떤 용건으로 오셨나요? 저희가 실수를 했으니 의뢰 쪽은 무료로 받아 드릴게요."

그녀는 연달아 고개를 숙이며 재주도 좋게 젖은 내 머리카락과 옷을 닦았다. 제도에서 접수처 아가씨로 일해서 그런지 문제에 대처하는 것도 완벽했다. 평범한 의뢰자라면 그 정도로 끝났을 것이다.

하지만 에마는 닦으면서 내가 몸에 걸치고 있는 옷과 장식품이 매우 비싼 것이라는 사실을 눈치챈 모양이었다. 점점 안색이 새파래졌다. 그리고 닦던 동안에 앞머리가 옆으로 제쳐지며 에마가 내 얼굴을 보았다. 그 순간, 그녀는 손수건을 떨어뜨렸다.

"……저, 전하……?"

나인지 레오인지는 확실하게 알 수 없지만, 황자라는 사실은 눈치챈 모양이었다.

"역시 제도의 접수처 아가씨야. 내 얼굴까지 알고 있다니, 대단하군."

"무, 무례를 범했습니다! 용서해 주십시오!!"

에마가 곧바로 내게서 물러나 무릎을 꿇었다. 무슨 일이 일어난 건지 모르고 있던 모험가와 길드 직원들에게 에마가 빠른 말투로 내 정체를 알렸다.

"제국 제7황자 아르노르트 전하십니다!"

"황자?!"

"그 유명한 찌꺼기 황자가 이곳에는 왜……."

"진짜로……?"

내 정체를 알고 놀란 사람들이 많았지만, 금방 찌꺼기 황자라면 괜찮을 거라는 분위기가 흐르기 시작했다. 내 어깨를 잡고 있던 모험가도 황자라는 단어로 인해 겁을 먹은 모양이었지만, 찌꺼기 황자라는 말을 듣고는 숨을 돌리고 있었다. 그런 분위기를 느낀 에마가 인상을 썼다. 알고 있을 것이다. 딱히 용건도 없이 내가 제도를 떠날 리가 없다는 사실을.

"이, 이번에는 어떤 용건으로 오셨는지요……?"

"황제 폐하의 명령을 받아 남부를 시찰하러 가는 도중이다. 사람을 좀 찾고 있어서 말이지. 정보가 필요하다."

"화, 황제 폐하의 명령?! 그러니까……, 정식 사자로 오셨다는 말씀이십니까……?"

"그렇게 되겠지."

지부 안에 있던 모든 사람이 새파랗게 질렸다. 황제의 정식 사자에게 무례를 범한 것은 황제에게 무례를 범한 것이나 마찬가지다. 아무리 모험가라고는 해도 그냥 넘어갈 수 있는 일이 아니다.

"요, 용서하여 주십시오! 아무도 전하라는 사실을 알지 못했습니다! 황제 폐하와 전하께 무례를 범할 생각이 있었던 것이 아닙니다!"

"그야 무례를 범할 생각으로 그랬다면 문제가 되겠지."

"부디 용서하여 주시길……."

에마가 고개를 크게 숙였다. 그 모습을 보고 남자 모험가도 무릎을 꿇으려 했다.

나는 그를 말렸다. 마음에 들지 않았기 때문이다.

"모험가는 권위에 얽매이지 않는다. 자유를 사랑하고 자신의 길을 나아가는 자들의 모임일 텐데. 길드 직원이라면 모를까, 모험가가 황자라는 걸 알아보자마자 무릎부터 꿇으려 하다니, 대체 어떻게 된 거지? 겨우 그 정도 각오로 모험가 일을 하고 있는 건가?"

"그, 그건……."

"자유를 관철할 거라면 마지막까지 관철해라. 기분 좋게 술을 마시고 있는데 난입한 게 마음에 안 든다면 황자든 황제든 내쫓으라고. 나는 그런 모험가들의 분위기를 좋아한다. 손바닥을 뒤집는 것 같은 모습으로 날 실망시키지 마라."

엄한 말을 들은 남자 모험가가 울먹이는 듯한 표정을 지었다. 사과조차 용납하지 않으니 어떻게 해야 할지 몰라서 그럴 것이다.

하지만 나는 딱히 울리고 싶은 것도 아니고 괴롭히고 싶은 것도 아니다.

"그렇게 관철할 수 없다면 앞으로는 다른 사람에게 시비를 걸지 말라고. 제국의 황족은 몰래 외출하는 경우가 많으니까."

"네, 네! 앞으로는 조심하겠습니다!"

"요, 용서해 주시는 겁니까……?"

"모험가에게 예의를 요구하진 않는다. 그리고 말이지, 제국의 황자나 황제의 사자는 애초에 이곳에 오지 않았다. 무슨 뜻인지는 알겠지?"

"네, 네……, 감사드립니다."

"인사는 됐다. 별실을 빌릴 수 있을까? 이야기를 좀 하고 싶다. 너하고."

나는 에마를 지명한 다음, 지부 안쪽에 있는 별실로 들어갔다.

■ ■ ■

"그, 그런데 어떤 용건으로 오신 건가요……?"

에마가 조심조심 물었다. 나는 대답하기 전에 에마가 여기 있는 이유에 대해 물었다.

"이야기를 하기 전에 물어보고 싶군. 왜 네가 여기 있지? 제도에서 옮겨온 건가?"

"아, 아뇨, 그런 게 아니라……, 아, 말씀드리는 게 늦었군요. 저는 제도 지부 소속 에마라고 합니다만……, 사실 남부에서 악마 소동이 벌어진 탓에 의뢰 숫자가 엄청나게 늘어나서 많은 길드 직원들이 일시적으로 남부에 와 있습니다."

"의뢰가 늘어나면 모험가들도 몰려들지. 그런 것들에 대처하기 위해서인가?"

"그렇습니다. 지금은 돌아가던 와중이고, 이 지부를 돕는 게 끝나면 제도로 돌아갈 생각이었습니다."

"그렇군. 그렇다면 협력을 좀 해줄 수 없나? 사실 황제 폐하의 명령을 받았다는 건 표면적이 이유거든. 나와 동생인 레오가 남부 시찰을 명 받긴 했지만, 진짜 목적은 이 도시다."

"그게 무슨 말씀이신지?"

에마가 무슨 뜻인지 이해하지 못하고 고개를 살짝 갸웃거렸다. 아무리 실력이 좋다 하더라도 자신과 관련이 없는 일에 대해서는 잘 알지 못하는 건가? 이건 정치 쪽 이야기니까.

"진짜 목적은 이 도시에서 사람을 찾는 것이다. 찾고 있는 사람은 남부의 기사 레베카. 시터하임 가문을 섬기던 여기사이고, 나이는 10대 중반. 남부 귀족의 부정행위에 관련된 편지를 가지고 있다. 다른 세력도 그녀의 신병과 편지를 노리고 있기에 신속하게 보호해야 한다. 레베카라는 이름은 흔하고, 본인에 대한 정보도 얼마 없어서 고전하고 있지. 뭔가 아는 거 있나?"

"……그게 정말이신가요?"

뜻밖의 대답이었다. 사태를 심각하게 파악하고 있는 것 같긴 했는데, 설마 진위 확인부터 할 줄이야.

보통 이런 경우에는 곧바로 짐작 가는 곳을 찾아보겠다는 말을 하기 마련인데…….

뭔가 수상하다. 나는 눈을 가늘게 뜨고 에마를 바라보았다. 에마도 그 시선을 눈치챈 건지 피하는 듯이 눈을 내리깔았다. 그리고.

"……전하께서는 레오나르트 전하와 함께 오셨다고 하셨습니다만, 다시 말해 이 도시에 레오나르트 전하께서도 계신다는 뜻이지요?"

"그래. 지금은 영주를 상대해 주고 있지."

"그러면……, 내일, 다시 와주실 수 있을까요? 정보를 모아두겠습니다."

"이미 군부의 은밀 부대와 레베카를 추적하고 있는 암살자도 이 도시에 와 있다. 시간이 없다고."

"……그래도 내일, 다시 와 주십시오. 반드시 좋은 정보를 드릴 테니까요."

"뭔가 알고 있다면 지금 말해 줬으면 한다만."

"……죄송합니다."

에마는 내 요구에 대답하지 않았다. 아무리 추궁해 봤자 마찬가지일 것이다.

그래서 나는 한숨을 쉬고는 포기하고 자리에서 일어섰다.

"그러면 내일 이른 아침에 여기로 오마. 그러면 되겠나?"

"네……, 감사합니다."

나와 세바스는 에마의 배웅을 받으며 지부를 나섰다.

"감시는?"

"몇 명 확인했습니다."

"그래……, 그렇다면 에마의 판단은 옳군."

"뭔가 알고 있는 것 같았습니다만."

"애초에 레베카라는 기사에 대해 에마는 전혀 의문을 품고 있지 않았다. 그건 알고 있다는 반응이었지. 흔적 같은 것을 전혀 남기지도 않고 범죄 조직의 추적을 피했던 게 신기했다만, 에마와 함께 행동했다면 납득이 되지. 모험가들의 도움도 받을 수 있으니까."

"그렇군요. 그녀가 숨기고 있었던 겁니까."

세바스가 한 말을 듣고 내가 조용히 고개를 끄덕였다. 곧바로 내게 대답하지 않았던 건 레베카에게 확인해 보기 위해, 그리고 우리가 감시당하고 있을 가능성을 고려했기 때문일 것이다.

"내일 아침, 에마가 레베카를 데리고 오면 보호해서 이탈한다. 단, 우리와 접촉한 이상, 에마도 감시 대상이 되었다. 야간에 호위를 맡기마."

"알겠습니다. 그런데 아무리 길드 직원이라 하더라도 일류 추적자를 따돌릴 수 있을 것 같진 않군요. 아마 위치를 들키게 될 것 같습니다."

"그렇게 되면 강경한 수단을 써야지. 준비는 해두마. 우리가 갈 때까지 네가 지켜라."

거친 수단을 동원한다면 우리도 맞설 뿐이다. 세바스라면 시간을 버는 건 여유로울 것이다.

나는 그렇게 생각하며 숙소로 돌아갔다.

3

그 무렵, 제도에서는.

에르나는 후궁에서 미츠바의 호위를 담당하게 되었지만, 실제로는 크리스타를 지키는 것을 중시하고 있었다. 미츠바와 크리스타가 따로 행동할 때는 반드시 크리스타 곁에 머물렀고, 미츠바도 그런 행동을 당연하게 받아들이고 있었다.

그리고 그날도 크리스타는 성에 있던 리타를 만나러 갔기에 에르나도 함께했다.

"짜잔~! 이거 봐! 크 짱!"

"그게 뭐야……?"

항상 만나던 성의 광장에서 리타가 코인을 꺼냈다. 그 코인은 척 보기에는 꾀죄죄한 쓰레기 같기만 했다. 하지만 리타는 그것을 뽐내는 듯이 크리스타에게 보여주었다.

"이게 뭘까~? 대체 뭘까~?"

"어~, 가르쳐 줘……!"

"으음~, 어떻게 할까아? 어떻게 할까아?"

"이제 됐어! 에르나에게 물어볼래! 에르나, 가르쳐 줘."

"어어~?!?!"

크리스타는 두 사람을 지켜보고 있던 에르나 곁으로 타박타박 걸어간 다음, 에르나에게 물어보았다. 그러자 에르나가 쓴웃음을 지었다.

기사 후보생인 리타가 쓰는 물건이니 정식 근위기사인 에르나
도 당연히 알고 있었다.

하지만, 그렇다고 해서 아이들의 천진난만한 대화에 어른이 끼
어드는 건 좀 그렇다고 생각한 에르나가 리타를 돌아보았다. 친
구에게 새 장난감을 자랑하고 싶다. 그런 표정을 짓고 있는 리타
를 보고 에르나는 예전의 자신을 겹쳐보았다.

새 검이나 마도구를 손에 넣을 때마다 아르와 레오에게 자랑하
러 갔던 자신을.

"그렇군요……, 저건 기사의 비밀 도구이니 그냥 가르쳐 드릴
순 없습니다. 저와 내기를 해서 이기시면 가르쳐 드리죠."

"내기……?"

"간단한 내기예요. 제가 쥔 돌이 어디 있는지 맞추시면 이기는
거죠. 리타도 이리 오렴."

"네에~."

에르나가 부르지 리타가 흥미진진하다는 듯이 에르나를 주목
했다.

동경하는 사람까진 아니지만, 유명한 언니라는 인상이 있는 에
르나는 리타에게 있어서 흥미로운 존재일 수밖에 없었다.

에르나는 화단에 떨어져 있던 돌을 주워들고 그걸 손바닥 위에
얹은 다음 두 사람에게 보여주었다.

"리타, 너도 참가하렴. 맞추면 설명을 양보해 줄게."

"정말로?! 리타도 할래!"

"응, 기운이 넘쳐서 좋구나. 자, 여기 아무런 특징도 없는 돌이 하나 있습니다. 지금부터 이 돌을 숨길 거예요. 잘 보고 계세요."

"응······!"

"놓치지 않을 거야~!"

빤히 바라보는 두 사람을 보고 훈훈한 마음이 든 에르나는 오른손에 있던 돌을 왼손으로 옮겼다. 그리고 이번에는 오른손으로. 처음에는 아이들도 알아볼 수 있는 속도였지만, 점점 알아보기 힘든 속도로 바뀌었고, 나중에는 보이지도 않을 만큼 빨라졌다.

자기들 눈앞에서 무슨 일이 일어나는 건지도 이해하지 못한 채, 두 사람이 멍해졌고, 금방 에르나의 손이 멈췄다.

펴고 있던 손은 주먹을 쥐고 있었고, 에르나가 방긋 웃었다.

"자, 어디에 있을까요?"

"으음~, 어느 쪽에 있지~?"

"모르겠어······."

"이런 건 감이지!"

"아, 안 돼! 리타! 이번에는 협력해! 나는 오른쪽, 리타는 왼쪽."

"오~!! 크 짱은 머리가 좋구나! 그래! 리타는 왼쪽!"

"나는 오른쪽······!"

아이들 나름대로 지혜를 짜낸 대답을 듣고 에르나가 더욱 활짝 웃었다.

하지만 에르나가 편 손에는 돌이 없었다. 있을 줄 알았던 돌이 없었기에 두 사람이 깜짝 놀랐고, 크리스타가 몸을 떨면서 중얼거렸다.

"에, 에르나가 먹어버렸어……."

"아, 아니에요! 두 분의 가슴 쪽 주머니에 있다고요!"

에르나는 엄청난 오해를 풀기 위해 두 사람의 가슴 쪽 주머니를 손가락으로 가리켰다.

두 사람은 그 말을 듣고 자기 가슴 쪽 주머니가 부풀어 올랐다는 것을 눈치채고는 그곳을 들여다보았다.

"오오오?! 두 동강 난 돌이 리타의 주머니 안에?!"

"두 동강……, 에르나, 바꿔치기했어?"

"치사한 짓은 안해요. 아까 그 돌 맞다고요."

"그래도 두 동강!"

"손날로 잘랐죠."

"우오오오오오!! 대단해! 대단하다고, 에르 언니!!"

"……."

리타가 흥분한 와중에 크리스타는 아르가 했던 말을 떠올리고 있었다.

나의 검이라는 말을. 그때는 그냥 비유를 든 거라고 생각했었는데.

크리스타는 에르나를 빤히 본 다음, 뭔가 납득한 듯이 고개를 끄덕였다.

"에르나는 검……, 만지면 위험해……."

"어, 어째서죠?!"

에르나는 그렇게 이야기를 나누며 약간 안심하고 있었다. 호위를 맡은 직후, 크리스타는 에르나에게 약간 거리를 두고 있었다. 그 거리를 없애기 위해 에르나는 아르의 예전 이야기를 해주며 크리스타에게 다가가려는 노력을 했다. 경계를 사면 호위를 할 수 없기 때문이다.

하지만 그 대가로 아르가 숨기고 있었던 실수 이야기를 크리스타가 몇 가지 알게 되었지만 에르나는 어쩔 수 없는 일이라 생각했다. 아르가 부탁한 일이니까.

지금은 완전히 마음을 터놓게 되었고, 크리스타는 에르나를 믿고 있었다.

"에르나, 둘 다 틀렸을 경우에는 어떻게 해……?"

"그러게요. 제가 이겼으니 제가 설명해드리죠. 리타, 코인을 줘봐. 둘 다."

"네! 에르 언니!"

그 호칭이 정착되었구나, 에르나는 그렇게 생각하며 꾀죄죄한 코인 두 개를 받아들었다. 그리고 그중 한 개를 크리스타에게 건넸다.

"잘 가지고 계세요."

"응……."

"그러면 좀 전과 마찬가지로 이 코인을 숨길 거예요. 찾아내 주세요."

에르나는 그렇게 말한 다음, 코인을 오른손과 왼손으로 번갈아가며 옮겼다.

그리고 속도를 높여서 코인이 어디 있는지 알지 못하게 한 다음, 두 손을 두 사람 앞으로 내밀었다.

"자, 어디 있을까요?"

"가슴 쪽 주머니!"

"허를 찔러서 왼쪽."

"두 분 다 틀렸어요."

에르나는 그렇게 말한 다음 손을 폈다. 손바닥 안에는 코인이 없었고, 두 사람의 가슴 쪽 주머니 안에도 없었다. 두 사람은 어디 있는지 찾아보았지만, 발견하지는 못했다.

"자, 크리스타 전하. 좀 전에 드린 코인을 꺼내보세요."

"이거……?"

"네. 손바닥을 펼치고 계세요. 리타도 코인에 손가락을 대."

"네!"

"자, 그럼 잘 보세요. '반데'."

에르나가 마력을 약간 담으며 중얼거리자 코인으로부터 희미하게 빛나는 실이 뻗어나갔다.

그것은 에르나의 치마 주머니로 이어졌다. 에르나는 다른 쪽 손으로 치마 주머니에서 코인을 꺼낸 다음, 거기에 이어진 실을 크리스타에게 보여주었다.

"이 코인의 이름은 '인연의 경화(鏡貨)'입니다. 두 개가 하나인

마도구죠. 한쪽을 건드리며 주문을 외우면 다른 한 쪽까지 실이 뻗어나가요. 이 실은 기본적으로 코인을 건드리고 있는 사람만 볼 수 있고요. 마법 실력이 정말 뛰어난 사람이라면 모르겠지만, 눈치챌 수 있는 사람은 별로 없을 거예요."

"대단하네……, 이걸로 동료하고 연락을 취하는 거야?"

"극비리에 만날 때 쓰는 경우도 있고, 유적에서 사용하는 경우도 있어요. 한 사람이 코인을 가지고 잠입해서 아지트를 알아낼 때 쓰기도 하죠. 아직 생산량이 부족해서 제도나 그 주변에 있는 기사들만 쓰고 있는 마도구지만, 언젠가는 제국 전체에 보급될 거예요. 그러니까, 리타, 잃어 버리면 안 된다? 성에 있는 훈련생이라서 빌려준 거니까. 이런 식으로 귀중한 물건을 관리할 수 있는지 여부도 교관이 보고 있거든?"

"네에~!"

기운이 넘치긴 하지만 긴장감이 부족한 대답을 듣고 에르나가 한숨을 쉬었다.

그런 에르나를 아랑곳하지 않고 리타가 크리스타와 함께 광장 쪽으로 놀러가버렸다.

"정말 저래서 기사가 될 수 있을까……."

기사 훈련생이 곧바로 근위기사가 된 적은 없다.

하지만 에르나는 리타가 제1호가 될지도 모르겠다고 기대하고 있었다. 크리스타 곁에는 리타가 필요할 거라고 생각했기 때문이다. 근위기사가 되면 황족을 호위할 수도 있다. 에르나처럼 용작 가문의 출신이 아닌 리타라면 크리스타가 원할 경우 전속 호위 기사도 될 수 있을 것이다.

에르나는 그런 미래를 상상하며 마음을 다잡았다.

그 미래를 지키기 위해 잔혹한 미래를 없애야만 하기 때문이다.

에르나가 굳게 결심한 순간, 크리스타가 비명을 지르는 듯한 목소리로 리타를 불렀다.

"리타!"

"괜찮아! 괜찮아! 앗."

광장에 있던 기둥을 올라가던 리타가 아래쪽에서 올려다보고 있던 크리스타를 본 순간, 균형을 잃고 손을 놓아버렸다. 리타의 몸이 땅바닥을 향해 떨어졌다.

하지만 순식간에 반응한 에르나가 리타를 가볍게 받아냈다.

"정말, 기사가 황족에게 걱정을 끼치면 어떡하니? 리타."

"아하하……, 죄송해요."

"리타! 괜찮아?! 어디 다친 데는 없어?!"

기둥이라 해도 그렇게까지 높진 않다. 떨어졌다 하더라도 목숨에 지장은 없었을 것이다. 에르나는 그 사실을 경험으로 알고 있었다. 예전에 특훈이라면서 아르를 올라가게 한 적이 있었기 때문이다. 몸을 못 쓰는 아르는 예상대로 떨어졌지만, 가벼운 상처에 그쳤다.

하지만 크리스타는 엄청나게 당황한 모양이었다.

미래를 봐버렸기 때문이다.

"괜찮아, 괜찮아. 항상 이 정도는 하잖아?"

"그러지 마! 위험한 짓은 하지 마!"

"전하, 좀 진정하시죠."

"그래도!"

"전하."

에르나는 조용히 크리스타를 달랬다. 지금 당황해 봤자 아무런 의미도 없기 때문이다. 언젠가 다가올 미래가 위험한 미래라 하더라도 지금은 아니다.

"제가 곁에 있습니다. 무슨 일이 생기더라도 괜찮으니까요."

"응……."

크리스타가 그렇게 말하며 고개를 끄덕인 순간, 에르나는 인기척을 느꼈다. 멀리서 바라보는 시선이었다.

위치는 성의 상층. 어떤 방의 발코니. 하지만 에르나가 찾아보았을 때는 이미 그 시선의 주인이 어디에도 없었다.

"……내가 착각한 건가?"

에르나는 그렇게 중얼거리며 한숨을 쉬었다. 미래에 대해 알게 되어서 약간 과민반응을 보이게 되었기 때문이다. 이곳은 성의 광장. 상층에서 황녀들이 놀고 있는 모습이 보이면 지켜보는 사람도 있을 것이다.

에르나는 그렇게 자신을 납득시키면서도 경계를 풀지 않고 다시 크리스타와 리타를 돌아보았다.

에르나가 그렇게 돌아보았던 상층의 어떤 발코니. 재빨리 몸을 움츠린 샤오메이가 식은땀을 흘리고 있었다.

"설마 이렇게 멀리 떨어진 거리에서도 들키다니……."

샤오메이는 크리스타를 납치할 빈틈을 노리고 있었지만, 설마 에르나가 직속 호위로 나설 줄은 예상하지 못했다. 멀리서 감시하면 들키지 않을 거라 생각했던 샤오메이는 이곳에서 세 사람을 보고 있었지만, 그럼에도 불구하고 에르나는 눈치챘다.

하지만 수확도 있었다. 에르나의 경계 태세가 보통이 아니었기 때문이다.

철저하게 훈련을 받은 그녀조차 하마터면 들킬 뻔했다. 잔드라 휘하의 암살자라 해도 아마 들켰을 것이다.

하지만 그렇게 엄중한 경계가 오히려 진실미를 더해 주었다. 제3황녀 크리스타는 틀림없이 미래를 보는 선천 마법을 지니고 있다. 그렇기 때문에 에르나가 호위로 붙은 것이다.

샤오메이는 확신을 품으며 천천히 어둠 속으로 사라졌다.

4

후궁. 제5비의 방에서 샤오메이가 잔드라와 즈잔에게 보고하고 있었다.

"그게 틀림없는 거지?"

"네, 틀림없습니다. 그 엄중한 경계는 보통이 아니었습니다."

"어렸을 때부터 암살자로서 교육을 받은 네가 그렇게 말하는 걸 보니 틀림없는 거겠지. 확실한 증거를 얻은 게 다행이네."

의자에 앉아있던 즈잔이 샤오메이에게 말했다. 그녀의 표정은 신뢰로 가득 차 있었다. 하지만 곧바로 그 표정이 굳어졌다.

아무리 욕심난다 하더라도 상대는 황녀다. 직접 손을 쓰는 건 너무 위험하다. 게다가 제2비의 딸이다. 무슨 일이 생기면 제일 먼저 자신이 의심받게 된다.

"납치할 수 있다면 납치하고 싶지만, 직접적으로 사건을 일으키면 틀림없이 내게 수사의 손길이 뻗칠 거야. 어차피 나는 아무 짓도 하지 않더라도 의심받는 신세니까 문제 없지만……, 수사가 시작되면, 분명 잔드라까지 파멸하고 말겠지."

"그걸 제쳐두더라도 호위로 붙은 인물은 그 암스베르그의 신동입니다. 저도 다가갈 순 없겠지요. 이번에는 책략을 써야 할 것 같습니다."

"어머? 말해 보려무나."

"잔드라 님께서 애용하시는 상인을 써먹으시지요. 그들에게 유괴를 의뢰하는 겁니다. 항상 그랬듯이."

"그게 무슨 소리야?! 그 녀석들이 붙잡히면 대체 누가 내게 아이들을 가져다주는데?! 크리스타를 납치한 뒤에도 그 녀석들은 필요하거든?!"

"잔드라. 조용히 하렴."

즈잔은 분노한 잔드라를 말리며 샤오메이에게 이야기를 하라고 눈짓을 보냈다.

잔드라가 화를 내는 것에 익숙한 샤오메이는 겁을 내지도 않고 고개를 끄덕인 다음, 계획에 대해 말하기 시작했다.

"남부에서 문제가 발생한 이상, 언젠가는 황제 폐하의 수사가 남부까지 뻗칠 겁니다. 그렇게 되면 남부에서 발생한 납치와 그 상인들이 결부되는 건 시간 문제겠지요."

"……우리까지 엮이기 전에 잘라내 버리라는 뜻이야?"

"그렇습니다. 잔드라 님."

샤오메이는 역시 대단하다는 듯이 미소를 지었다. 자신에게 실험체를 가져다줄 상인들을 이용하라는 말을 듣고 분노했던 잔드라도 샤오메이의 설명을 듣고 이해했다.

즈잔도 그렇고 잔드라도 이미 남부와의 관계를 끊기 시작하고 있었다. 어떻게 되더라도 크류거 공작 가문은 황제에게 찍혀 나갈 것이기 때문이다. 정치적 거리를 두는 건 당연한 행동이었다. 그렇다면 큰맘 먹고 다른 자들과도 거리를 두는 것 또한 괜찮은 방법이라 할 수 있다.

"남부에서 무슨 일이 생기더라도 우리가 입을 대미지를 억누를 수 있다……, 어쩔 수 없겠네."

"네. 그러니 이번에 그 녀석들을 이용하시지요. 성공하면 크리스타 전하를 손에 넣을 수 있고, 실패하더라도 그 녀석들만 괴멸당할 뿐입니다."

"살아남은 자가 우리 관계에 대해 실토하면?"

"걱정하지 마시길. 뒤처리는 제게 맡겨 주십시오."

샤오메이는 그렇게 말한 다음, 어두운 미소를 드리웠다. 즈잔과 잔드라가 보더라도 오싹해질 정도로 불길한 미소였다. 하지만 즈잔과 잔드라는 샤오메이를 저버리지 않는다. 압도적으로 뛰어난 실력. 그리고 다른 시녀들과 마찬가지로 샤오메이에게도 '목줄'을 채워 두었기 때문이다.

즈잔과 잔드라의 시녀에게는 금술을 이용한 '저주'를 걸어 두었다. 즈잔과 잔드라의 비밀을 다른 사람에게 이야기하면 처절한 통증이 몸 전체로 퍼지는 강력한 저주다. 그렇기 때문에 시녀들은 도움을 요청하지도 못하고 두 사람이 시키는대로 할 수밖에 없었다. 샤오메이 또한 그 저주에 걸린 것이다.

절대로 풀지 못하는 목줄을 채워 둔 강력한 암살자. 그것은 잔드라와 즈잔이 선호하는 인재였다. 그래서 두 사람은 샤오메이의 계획을 받아들였다.

잔드라는 지금까지 본 적도 없는 선천 마법을 생각하며 들떴고, 즈잔은 증오스러워서 견딜 수가 없는 제2비의 딸이 잔드라의 실험체가 되는 모습을 떠올리며 둘 다 미소를 지었다.

그렇게 계획이 실행에 옮겨졌다.

■ ■ ■

"제5비님께서 부르십니다. 크리스타 전하와 에르나 님과 하실 이야기가 있으시다고 합니다."

사자로 온 시녀가 그렇게 말한 것을 듣고 에르나는 인상을 찌푸렸다.

에르나도 제2비와 즈잔 이야기는 들었다. 제2비의 딸인 크리스타를 즈잔에게 데리고 가는 것은 맹수 소굴에 작은 동물을 데리고 가는 거나 마찬가지다. 무슨 짓을 당할지 모른다.

하지만 후궁 안에서는 비가 절대적이다. 황후부터 시작해서 상위의 비로 갈수록 권한이 강해진다. 특히 제3부터 제5비까지는 제위 쟁탈전과 동시에 후궁 내부에서도 세력 다툼을 벌이고 있으며, 그런 싸움에 전혀 관여하지 않고 있는 미츠바와는 힘의 차이가 엄청나게 컸다.

"미츠바 님께서 안 계시니 나중에 찾아뵙겠습니다."

"그 사실은 이미 알고 말씀드리는 겁니다."

이곳에 미츠바가 있었다면 거절할 수도 있었겠지만, 공교롭게도 미츠바는 황제에게 불려간 상태였다.

황제도 아르와 레오에게 연달아 임무를 내린 상황이기에 미츠바를 신경 써준 것이다.

에르나는 자기 뒤에 숨은 크리스타를 보았다. 끌려가도 지옥. 곁을 떠나더라도 지옥.

거절한다는 선택지는 없다. 그런 짓을 하면 미츠바가 트집을 잡혀서 무슨 짓을 당할지 모르기 때문이다.

하지만 어머니의 원수일지도 모르는 여자가 있는 곳에 크리스타를 데리고 간다는 것은 너무나도 잔혹한 짓이었다. 하지만 그 미래 예지가 있다. 곁을 떠나는 것도 너무 위험하다.

"잠깐만 시간을 달라고 제5비님께 전해줘."

"알겠습니다."

시녀가 그렇게 말하고 물러갔다. 하지만 이건 시간 벌이에 불과하다.

"아시겠어요? 전하."

"에르나……, 나, 가고 싶지 않아……."

"물론이죠. 전하께서는 여기 계세요. 저만 다녀오겠습니다."

"에르나, 가버리는 거야……?"

"제가 가지 않으면 미츠바 님께서 못된 짓을 당하실 거예요. 하지만 전하께서는 이 방에서 절대로 나가지 마세요. 당신들도 알겠지?"

에르나는 그리 말하며 미츠바 전속 후궁 경비병에게 명령했다.

후궁 경비병은 여자들로만 구성되어 있으며 후궁 내부의 경비를 담당하고 있다. 각 비에게 한 부대씩 배치되어 있고, 아무리 상위 비라 하더라도 다른 비의 경비병에게는 참견할 수 없다. 거의 비의 사병에 가까운 것이다. 유일한 예외는 후궁을 다스리는 황후뿐이지만, 지금 황후는 눈에 띄게 소동이 벌어지지 않는 한 움직이지 않기 때문에 경비병이 더욱 사병에 가까워졌다.

"네, 맡겨만 주십시오."

"무슨 일이 있더라도 방에서 나가게 하시면 안 돼. 아무리 전하께서 나가고 싶다고 하셔도."

"네!"

임시라고는 해도 미츠바와 크리스타의 호위를 맡고 있는 에르나는 그 경비병들의 지휘도 맡고 있었다. 하지만 에르나는 직속 부하들을 부릴 수 없다는 것에 불안한 마음을 품고 있었다. 일손이 부족하다. 마르크라도 데리고 올 수 있었다면 상황이 달라졌을 것이다. 하지만 후궁은 여자의 성이다. 허락도 없이 남자가 들어올 수는 없다.

"아시겠어요? 전하. 약속해 주세요. 절대로 방에서 나가지 않으시겠다고요."

"알겠어……. 절대로 안 나갈게……."

"감사합니다. 만약에 제 이름을 대더라도 나가시면 안 돼요."

에르나는 그렇게 말하고 크리스타의 머리카락을 쓰다듬은 다음, 방을 나섰다.

크리스타는 에르나가 떠나자 갑자기 불안해졌다. 그래서 크리스타는 침대에서 이불을 뒤집어쓰고 좋아하는 토끼 인형을 끌어안았다.

하지만 그렇게 평온함을 추구하던 크리스타의 마음을 찢어발기는 듯한 보고가 들어왔다.

"저, 전하! 큰일입니다! 아, 아르노르트 전하께서!"

"아르 오라버니?! 돌아왔어?!"

불안한 마음에 대답한 크리스타는 보고하러 온 시녀가 피투성이인 것을 봐버렸다. 시녀가 아무렇지도 않은 걸 보니 그 피가 시녀의 피가 아니라는 것을 알 수 있었다.

무슨 일이 생겼다. 그런 예감이 든 크리스타는 몸을 떨었다.

"무, 무슨 일이……."

"남부로 가시던 도중에 몬스터와 마주치신 모양이라……, 꽤 깊은 상처를 입으셨습니다."

"그럴 수가……."

"크리스타 전하를 찾으시기에 이렇게 모시러 왔습니다……, 바로 와 주십시오."

그 차가운 목소리가 크리스타의 마음을 뒤흔들었다.

크리스타는 곧바로 뛰어가려했지만, 경비병들이 말렸다.

"기다려 주십시오! 전하!"

"이거 놔! 아르 오라버니가!"

"에르나 님께서 무슨 일이 있더라도 방에서 나가게 하시면 안 된다고 하셨습니다!"

"오라버니가 위험해! 부탁이야! 가게 해줘!"

"미츠바 님께서도 와 계십니다! 어서 가시지요!"

시녀가 옆에서 말을 거들자 크리스타는 경비병을 뿌리치고 뛰어가기 시작했다. 크리스타에게 있어서 미츠바와 아르노르트, 그리고 레오나르트. 이 세 사람은 가족이자 자신의 모든 것이라 해도 과언이 아니었다. 그렇기 때문에 평정심을 잃어버렸다. 경비병들도 이제 어쩔 수 없겠다며 뒤를 따랐다. 피투성이가 된 시녀가 앞장서서 크리스타를 안내해주었다.

"이봐! 대체 어디까지 가는 거냐?! 이곳은 상인들이 드나드는 곳인데?!"

"소동을 피하기 위해 이곳을 통해 입성하셨습니다! 움직일 수도 없기에 이곳에서 바로 치료를!"

"서둘러!"

크리스타는 지금까지 뛰었던 것 중에 가장 빠른 속도로 달려갔다. 너무 걱정된 나머지 좋아하는 토끼 인형도 뛰어가는 데 걸리적거린다며 중간에 내팽개치고 왔다. 그런 크리스타가 모퉁이를 돌았을 때, 마차 옆에서 피투성이가 된 채 쓰러져서 치료를 받고 있는 사람이 보였다.

"오라버니!!"

크리스타는 그렇게 말하며 쓰러져 있던 사람에게 달려갔다. 하지만 다가가 보니 그 사람은 머리카락 색깔만 까맣고 전혀 다른 사람이었다.

"오라버니가……, 아니야……?"

"네, 함정입니다."

쓰러져 있던 사람 옆에 있던 통통한 남자가 그렇게 말하며 크리스타의 입을 수건으로 막았다.

"으으읍?!?! 으응……."

어떻게든 소리를 지르려 했지만, 어른의 힘으로 입을 세게 막으니 당해낼 수가 없었다.

수건에 스며들어 있던 약의 냄새로 인해 크리스타의 의식이 어두워져 갔다. 그와 동시에 사람이 쓰러지는 소리가 들렸다. 크리스타를 따라온 경비병들이 목에서 피를 흘리며 쓰러진 것이다.

"여전히 훌륭한 솜씨로군요. 균터 공."

"빈말은 됐으니까 얼른 해라."

잔드라 휘하의 암살자, 균터는 주위를 경계하며 통통한 남자를 재촉했다.

평소에는 마법을 사용해서 암살하는 균터도 이번에는 딱히 특징이 없는 나이프를 사용했다. 자신이 범행에 가담했다는 사실을 들키지 않기 위해서다.

황녀의 유괴는 중죄 중의 중죄다. 흔적은 절대로 남길 수 없다.

"그러면 제가 맡아두겠습니다."

"그래. 이미 알고 있겠지만."

"물론입니다. 손은 대지 않을 겁니다. 네, 물론이지요."

그렇게 말하며 천박한 미소를 짓는 통통한 남자를 균터가 수상쩍은 듯이 바라보았다. 균터는 그 남자가 제도에서 손꼽히는 상인이면서도 뒤에서는 각지에서 노예를 모아 팔아치우는 노예 상인이자 어린애를 좋아하는 변태라는 사실을 알고 있었다.

크리스타 정도 나이의 소녀를 정말 좋아할 거라는 사실도 짐작이 갔다.

"농담으로 끝날 일이 아닐 텐데? 알고 있나?"

"네, 네, 알고 있습니다."

균터의 눈을 본 통통한 상인은 겁을 먹고 애매한 미소를 지으며 부하에게 크리스타를 옮기게 했다.

잠든 크리스타를 넣은 곳은 손을 써둔 마차의 짐칸이었다. 바닥이 이중으로 되어 있어 불법 화물을 성에 들여올 때 사용한다. 바깥으로 나갈 때는 조사가 거의 이루어지지 않는다고 하더라도 황녀를 데리고 나가는 상황이다. 조심해서 나쁠 것은 없다.

상인에게는 죄책감이 없었다. 황녀는 처음이긴 하지만, 귀족 영애를 유괴해서 노예로 전락시킨 적도 많았기 때문이다.

물론 두렵긴 하다. 적이 너무나도 큰 존재이기 때문이다. 하지만 이걸 요구한 사람은 바로 잔드라였다. 그렇다면 괜찮을 것이다, 상인은 그렇게 생각했다.

실수만 저지르지 않으면 문제가 없을 것이다. 상인은 그리 마무리 짓고 웃으며 마차에 올라탔다. 그 모습을 바라보던 균터도 부하와 함께 시체를 치우고는 그곳을 급하게 떠났다. 흔적을 완전히 지우기에는 시간이 부족했지만, 언제 에르나가 달려올지 모르기 때문이다.

그리고 마차가 천천히 달리기 시작했다. 그런데, 그 마차를 쫓아가는 어린애가 있었다.

리타다. 리타는 크리스타의 토끼 인형을 들고 있었다. 겨우 마차의 짐칸에 달라붙어서 올라탄 리타는 바깥으로 토끼 인형을 던졌다.

"리타가 구해줄게……, 크 짱."

그로부터 얼마 후, 크리스타가 사라졌다는 사실이 성 전체에 알려지고, 과거에 유례가 없을 정도로 엄중한 경계 태세가 발령되었다.

하지만 그 무렵에는 이미 마차가 성을 떠난 뒤였다.

그렇게 제도는 점점 크리스타가 본 미래로 다가가고 있었다.

5

늦은 밤. 우리는 레베카가 있을 거라 추측되는 여관으로 서둘러 가고 있었다. 세바스가 적에게 위치를 들켰다고 보고했기 때문이다.

하지만 우리가 달려갔을 때. 이미 여관에서는 전투가 벌어진 뒤였다. 아마 에마가 뒤를 밟혔을 것이다. 도시 안에서는 활동 범위에 한계가 있을 수밖에 없다. 초보가 암살자를 따돌리는 것은 거의 불가능하다. 세바스를 호위로 붙이길 잘했지.

"고생 많았군."

"그리 고생하진 않았습니다. 군인 같은 상대는 없었으니까요."

내가 치하해주자 세바스가 아무렇지도 않다는 듯이 말했다. 이렇게 많은 상대와 싸우며 상대방을 관찰할 여유까지 있었다니, 놀랍다. 그래도 그 정보는 귀중하다 할 수 있다.

에마 일행을 습격한 것은 조직의 암살자들일 것이다. 고든이 보낸 은밀 부대는 아직 움직이지 않았다.

"네가 기사 레베카야?"

여관 방에서 에마와 다른 한 사람, 여자가 나왔다. 그 모습을 본 레오가 말을 걸었다. 그러자 그 여자가 무릎을 꿇었다.

"시터하임 백작 가문의 기사, 레베카라고 합니다."

"제국 제8황자인 레오나르트다. 무사해서 다행이야. 늦게 와서 미안해."

"아뇨……, 전하께 수고를 끼쳐드려 죄송합니다. 저 혼자서 제도까지 갈 생각이었습니다만, 힘이 부족한 탓에 여기 있는 에마와 모험가 파티에게도 도움을 받았습니다. 제 부족함이 부끄러울 따름입니다."

"신경 쓸 필요는 없어. 책임은 우리에게도 있으니까. 시터하임 백작에게는 미안하게 생각하고."

"……."

레베카는 레오가 한 말을 듣고 고개를 숙였다. 하지만 한없이 감상에 젖어 있을 수는 없다. 세바스가 상대한 건 분명히 제1파일 것이다. 제2, 제3파가 금방 온다.

"이야기는 나중에 해. 바로 이동하지. 에마, 말은 탈 수 있나?"

"탈 수 있습니다. 그런데 어째서 전하께서 여기 오신 겁니까?"

"미안하지만, 우리는 너희를 그렇게까지 믿고 있진 않아. 상대는 암살자야. 거리에서 감시당했는데도 따돌릴 만큼 실력이 대단하다면 지금쯤 제도에 도착했을 테니까. 그래서 세바스를 너희에게 붙여주고 언제든 나갈 수 있게끔 준비하고 있었어."

"그렇군요……."

아무렇지도 않다는 듯이 말하는 나를 본 에마가 쓴웃음을 지으며 납득했다는 듯이 고개를 끄덕였다. 너무 엄하게 대하는 것 같기도 하지만, 우리가 지금 하고 있는 건 제위 쟁탈전이다. 그리고 이번에는 고든도 그렇고 잔드라도 나름대로 정예를 보냈다. 초보를 믿기만 하다가는 비싼 대가를 치르게 될 것이다.

나는 곧바로 바깥에 대기시켜둔 말을 향해 에마와 레베카를 보냈다. 그 주위는 레오의 측근들이 지키고 있다. 레오 진영 중에서도 실력이 좋은 녀석들이다. 고든 휘하의 은밀 부대 상대로는 좀 힘들지도 모르지만, 암살자라면 상대할 수 있을 것이다.

"어차피 은밀 부대가 잠복하고 있겠지. 준비는 됐어?"

"물론이지."

말에 올라타서 레오에게 말을 걸자 레오가 검을 뽑아들며 대답했다. 이 일행 중에서는 레오가 가장 강하다. 선두에서 달려갈 사람도 레오고, 레오가 그렇게 열심히 싸워주면 주위 사람들도 꽤 편해진다.

"그럼 가볼까."

"응. 제도로 가자!"

레오의 호령을 들은 우리는 말을 타고 달려가기 시작했다.

■ ■ ■

예나를 돌파하는 것은 성공했다. 잠복하고 있던 적과 몇 번 마주치긴 했지만, 전부 레오의 개인적인 무예로 어떻게든 해볼 수 있는 수준이었다. 하지만.

"은밀 부대는 움직이지 않나……."

"감시는 하고 있습니다만, 어디까지나 감시만 할 셈인 모양이 군요."

나는 말을 타고 달려가며 세바스에게 보고를 들었다. 기습할 기회는 얼마든지 있었다. 그럼에도 손을 대지 않는 이유는 무엇일까.

은밀 부대라고는 해도 군의 일원이라는 사실은 마찬가지다. 황제의 명령에 따라 움직이는 우리를 습격하는 건 위험부담이 너무 크다는 판단일지도 모르겠다. 하지만 그게 전부일까.

그걸 신경쓰고 있다면 좀 더 신중하게 행동할 텐데. 이대로 가면 그 녀석들이 목적을 달성할 수가 없다.

"응……? 목적을 달성할 수가 없어……?"

은밀 부대로 선발된 군인이라면 정예일 것이다. 그들은 목적의 달성을 가장 우선시한다. 이런 상황을 유지하며 제도까지 갈까?

있을 수 없는 일이다. 생각해 볼만한 건 확실한 타이밍을 노리고 있거나 아니면.

"최소한의 목적을 달성했나……? 레베카! 편지는 무사해?!"

내가 묻자 레베카가 에마를 힐끔 보았다. 그리고 에마가 그 시선을 보고는 고개를 끄덕였다.

"레오나르트 전하, 아르노르트 전하. 실은 말씀드리지 않았던 것이 있습니다."

"편지는 저희가 가지고 있지 않습니다."

두 사람의 말을 듣고 나와 레오가 동시에 굳은 표정을 지었다. 우리 최소한의 목적은 레베카의 보호지만, 그것은 어디까지나 최소한이다. 최선은 레베카와 편지를 동시에 보호하는 것이다.

"편지는 지금 어디 있지?"

"함께 행동하던 모험가 파티에게 맡겼습니다. 제도 지부에서 만나기로 약속했고요."

"양쪽으로 나뉘었나……."

어리석다고 책망하긴 힘들 것이다. 일부러 자신을 미끼로 삼아 편지만이라도 제도로 보내겠다고 각오하며 실행한 작전이다. 상황에 따라서는 좋은 작전이라고도 할 수 있다. 하지만 상대가 너무 안 좋다.

지금 우리를 적대시하고 있는 것은 고든과 잔드라. 양쪽 다 제위 쟁탈전을 벌여온 상대다. 양쪽으로 나뉘는 작전 정도는 당연히 예측할 수 있다. 게다가 목적지는 확실하게 제도다. 어떤 수를 쓰더라도 제도에서 잠복하고 있으면 대처할 수 있다.

"이제 모험가들이 무사하길 기원하는 것밖에 방법이 없겠군."

"그러게……."

"자, 잘못 판단한 겁니까……?"

레베카가 나와 레오의 반응을 보고 당황하기 시작했다. 그 질문에 대한 답은 예스지만, 솔직하게 말하기는 껄끄럽다. 결국 우리가 빠르게 레베카를 찾아내지 못한 것이 원인이기 때문이다. 레베카는 궁지에 처한 상황에서 할 수 있는 일을 했을 뿐이다.

그래서인지 레오는 어떻게 대답해야 할지 망설이는 것처럼 보였다. 어쩔 수 없나.

"제도에는 틀림없이 잠복하고 있는 부대가 있을 거다. 우리와 함께 행동한다면 모를까, 모험가 파티만으로는 편지를 지켜내지 못할 거야."

"하, 하지만, 편지를 맡겼다는 사실은 모를 텐데요!"

"너희와 함께 행동하던 모험가라면 감시가 붙어 있을 거다. 상대는 실력이 뛰어난 암살자를 거느린 잔드라와 군부의 대부분을 장악하고 있는 고든이야. 어디에나 눈과 귀가 있다고. 고든의 은밀 부대가 움직이지 않는 걸 보니 편지는 고든의 손에 넘어갔다고 봐야겠지."

"형, 말이 좀."

"둘러대 봤자 소용없어. 상황은 꽤 위험하다고. 최소한의 목적인 레베카의 보호는 성공했지만, 편지는 놓쳤어. 고든의 행동에 따라서는 우리가 아버님께 질책당할 거다."

일부러 아버님에게 명령을 내려달라고 했는데도 만족스러운 결과를 내지 못했으니 당연한 일이다. 레베카와 편지를 동시에 확보했다면 아버님이 남부 문제를 신중하게 진행시킬 수 있었다. 하지만 편지는 고든의 손에 들어갔다. 사용 방식에 따라서는 아버님의 생각대로 일이 진행되지 못하게 된다.

"고든의 새 군사가 멍청한 녀석이기를 기원해야지."

그건 이루어질 가능성이 매우 낮은 소원 같은 말이었다. 일부러 우리에게 정보를 넘기고 상황을 컨트롤하고 있는 소니아가 편지의 효과적인 사용 방식을 모를 리가 없다.

소니아의 목적이 무엇이든, 고든의 군사가 된 이상 나름대로 조언을 할 테고, 그렇게 해야만 한다.

그 조언에 따라서는 고든이 더욱 유리해질 테고, 우리는 불리해지게 된다. 무엇보다 쓸데없이 내란이 일어나버릴지도 모른다.

"제도로 서둘러 가자. 계속 휘둘리기만 하는 건 상대방이 원하는 거니까."

나는 그렇게 말하며 말에 박차를 가했다.

6

제5비, 즈잔의 방으로 찾아간 에르나는 의자에 앉은 즈잔과 마주 보고 있었다.

"크리스타를 데리고 와달라고 부탁했을 텐데?"

뻔뻔하게 말하는 즈잔을 보고 에르나가 주먹을 쥐었다.

그런 건 부탁이 아니다. 협박이다.

하지만 에르나는 즈잔을 정면으로 바라보며 대답했다.

"크리스타 전하께서는 몸이 안 좋으셔서 방에서 쉬고 계십니다. 그래서 저 혼자 찾아뵈었습니다."

"그래. 몸이 안 좋다고……, 뭐, 상관없어."

즈잔은 그렇게 말하며 에르나에게 앉으라고 권했다.

에르나는 거절할 수 없었기에 의자에 앉았지만, 테이블 위에 있는 것에는 손을 대지 않았다.

에르나가 기억하고 있던 즈잔은 제2비가 죽었을 때 울던 모습이었다.

눈물은 진짜였다. 그렇기 때문에 소름이 돋았다. 증오하던 상대가 죽었는데도 눈물을 흘릴 수 있는 즈잔이라는 여자 때문에. 그만큼 자신을 속일 수 있다는 건 다른 사람도 아무렇지 않게 속일 수 있을 거라는 생각이 들었기 때문이다. 에르나의 아버지는 그런 즈잔을 뱀 같은 여자라고 말했다. 에르나는 새삼 그 말의 의미를 이해했다.

"이번에 부른 건 당신의 힘을 빌리고 싶기 때문이야."

그렇게 말하며 친근한 미소를 드리운 즈잔이 에르나에게는 혀를 내밀며 다가오는 뱀처럼 보였다. 천천히 다가오며 물어뜯을 순간을 엿보고 있다.

정신을 차리고 보니 몸이 얽매여서 옴짝달싹하지 못하게 되었다. 그런 자신을 상상한 에르나는 눈을 살짝 감았다. 그 환상을 떨쳐내기 위해서다.

"제위 쟁탈전에 대한 협력이라면 거절하겠습니다."

"어머……, 어째서?"

"암스베르그 가문은 대대로 제위 쟁탈전에 관여하지 않았습니다. 정치로부터는 거리를 두는 것이 저희 가문의 방식입니다."

"하지만 당신은 레오나르트를 도와주었잖아? 실제로 어머니를 호위해주고 있고."

"소꿉친구니까요. 개인적으로 협력할 수 있는 범위라면 도울 겁니다. 제가 호위를 맡음으로써 두 사람이 안심할 수 있습니다. 마음에 들지 않으시는지요?"

"아니, 멋진 우정이야. 그 우정을 잔드라에게도 나눠 줄 순 없겠니?"

진짜 싫다. 그렇게 생각했지만, 에르나는 그렇게 말할 수가 없었기에 애매하게 대답하며 둘러댔다.

"친해질 기회가 있다면 생각해 보죠."

"쌀쌀맞은 대답이구나. 그 아이도 그렇고 나도 당신을 높게 평가하고 있는데?"

"그러시군요."

에르나는 무뚝뚝하게 대답하며 묘한 느낌을 받았다.

암스베르그 가문 사람에게 높게 평가한다는 말이 통할 리가 없다. 암스베르그 가문의 지위는 굳건하다. 높게 평가해 줄 필요도 없다. 하지만 즈잔은 그렇게 무의미한 말을 꺼냈다. 그 위화감으로 인해 에르나가 눈살을 찌푸렸다.

"잔드라에게 협력해 주면 보상이 클 텐데? 당신 소꿉친구에게도 손을 대지 않겠다고 약속할게."

"감사한 말씀입니다만……, 제5비님. 하나 여쭈어도 될지요?"

집요한 권유. 그것을 적극적으로 거절하는 것은 바람직하지 못하다. 대충 둘러대다가 적당한 시기에 시간이 되었다며 떠나는 게 제일이다.

그 사실은 에르나도 알고 있었다. 그래서 묘했다.

그래서 에르나는 흐름을 끊고 일부러 질문을 던지기로 했다.

"뭔데?"

"어째서 크리스타 전하를 부르신 겁니까?"

"그 아이는 국경으로 돌아간 리제로테의 여동생이니까. 그 아이의 부탁이라면 리제로테도 우리 편을 들어줄 것 같거든."

"우리 편⋯⋯?"

에르나는 즈잔이 하는 말을 믿을 수가 없었다.

그런 일이 일어날 리가 없다. 제2비의 딸인 리제로테와 크리스타가 즈잔 편을 드는 건 있을 수 없는 일이다. 만약에 즈잔이 무죄라 하더라도 의심받고 있는 건 마찬가지고, 의심을 받고 있는 이상, 협력해줄 리가 없다.

그럼에도 불구하고 그렇게 대답한 이유는 무엇일까.

"지금은 크리스타가 없잖니. 그런 것보다는 당신 이야기를 하고 싶은데."

"시간을 벌고 계시는군요⋯⋯."

에르나가 경계하는 낌새를 드러내며 그렇게 중얼거렸다.

그러자 즈잔이 약간 놀란 기색을 보이며 고개를 갸웃거렸다.

"그게 무슨 말이니?"

"읏!"

에르나는 그 반응을 보고 확신했다. 자신이 유도당했다는 사실을. 일어선 에르나는 아무런 말도 없이 뛰어가기 시작했다. 즈잔은 그 행동을 나무라지 않았다. 후궁은 넓고, 각 비의 방은 꽤 멀리 떨어져 있다. 에르나가 이 방에 온 시점에서 시간 벌이는 충분했던 것이다.

에르나는 자신의 경솔함을 저주하며 후궁의 지붕 위로 올라가 최단거리로 뛰어갔다.

크리스타도 함께 부른 것은 그렇게 하면 내가 크리스타를 두고 올 거라는 사실을 알고 있었기 때문이다.

처음부터 떼어놓는 것이 목적이었다.

"큭!"

크리스타의 심정을 배려해 준 나머지, 오히려 크리스타를 위험에 처하게 만들어 버렸다.

무슨 일이 있더라도 곁에 있어야만 했다. 에르나는 그렇게 후회하며 미츠바의 방 근처에 도착했다. 상대방도 후궁 안에서 무슨 짓을 저지를 리가 없다. 그렇게 생각하며 방 안을 들여다본 에르나는 크리스타가 없다는 사실을 깨닫고 분한 듯한 표정을 지었다.

"전하는?! 어디 계셔?!"

"네, 네! 아르노르트 전하께서 부상을 입고 귀환하셨다는 보고를 들으셔서."

"그랬다면 더 큰 소동이 벌어졌을 거야! 따라와!"

에르나는 그곳에 있던 경비병을 데리고 크리스타를 쫓아갔다. 근처에 있던 사람들에게 물어보며 크리스타가 간 곳으로 향했다. 방향이 상인들이 이용하는 마차 승강장 쪽으로 이어지는 것을 본 에르나는 경비병들을 내버려두고 앞서가기 시작했다.

그리고 마차 승강장에 도착한 에르나는 그곳에 있던 상인들을 둘러보았다.

갑자기 에르나가 나타나자 다들 놀랐지만, 에르나는 그들을 무시하고 주위를 살펴보았다. 땅바닥에 얼룩이 있었다. 닦아낸 핏자국이다. 그것도 여럿.

닦아 낸 방식도 암살자가 자주 쓰는 수법이다. 무심코 혀를 찬 에르나는 고개를 들었다.

뭔가 단서가 없을까, 그렇게 생각하며 주위를 둘러보니 근처에 토끼 인형이 있었다. 크리스타의 물건이다.

"전하……!"

에르나는 무심코 목소리를 내며 인형 쪽으로 달려갔다.

하얀 인형이 더러워지긴 했지만, 피가 묻진 않았다. 일단 크리스타가 다치진 않았을 거라 생각한 에르나는 숨을 내쉬었다.

그때, 손에 뭔가 단단한 물건이 닿았다. 인형에 칼자국이 나 있고, 그 안에 무언가가 묻혀 있었던 것이다. 그쪽을 살펴보니 코인 하나가 들어 있었다.

에르나는 설마하는 생각에 조심조심 중얼거렸다.

"……'반데'."

그러자 코인으로부터 얇은 마력의 실이 뻗어나갔다. 그것은 성 밖으로 나가서 멀리 뻗었다.

"리타……!"

에르나는 무심코 이름을 외쳤다. 그 목소리에는 감사와 걱정 같은 감정이 뒤섞여 있었다.

리타가 이걸 넣어둔 걸 보니 크리스타를 따라간 모양이다. 하지만 크리스타와 함께 있다는 건 크리스타가 본 미래가 현실이 될 가능성이 크다는 뜻이다.

"폐하께 긴급 사태를 알려드려! 크리스타 전하께서 납치당하셨어! 모든 요인을 성으로 불러들이고 성문을 봉쇄해! 서둘러!!"

근위기사대를 이끄는 대장에게는 그럴 권한이 있었다. 긴급 사태 때는 어느 정도 독단이 용납되는 것이다. 그리고 에르나는 다른 지시를 내렸다.

"나는 쫓아가겠어! 폐하께 근위기사대의 파견을 요청해 줘!"

에르나는 그렇게 말한 다음 높게 뛰어올라 하늘을 날았다. 넓고 복잡한 제도에서 사람들을 피해가며 나아가는 것보다는 이게 더 빠르다.

어째서 평소에는 그러지 않는가 하면, 황제가 멋대로 비행하는 것을 금지했기 때문이다. 하지만 지금은 그런 걸 신경 쓸 때가 아니다.

에르나는 코인이 가리키는 쪽을 향해 일직선으로 향했다.

■ ■ ■

"좋아, 일단 이러면 되겠지."

마차에서 내려진 크리스타는 눈을 떴지만, 자신이 어디에 있는지 알 수가 없었다.

몸에 힘이 들어가지 않는데다 밧줄로 묶여 있다. 왠지 계단을 내려온 것 같기도 하지만, 정확하게는 알 수가 없다. 하지만 어둡고 음침한 방에 들어왔다는 건 틀림없었다.

"자, 황녀님. 당신에게 딱 맞는 목줄을 가져다 줄 테니까 기다리라고."

크리스타를 붙잡은 대머리 남자가 그렇게 말했다.

상인의 측근으로서 노예 관리를 맡고 있는 그 남자는 기쁜 듯이 안쪽으로 들어갔다.

목줄을 차게 된다. 그 사실로 인해 크리스타는 절망적인 기분이 들엇다.

인간에게 채우는 목줄은 상대방의 자유를 빼앗는 마도구인 경우가 대부분이고, 제국에서는 사용이 금지된 물건이다. 애초에 노예 자체가 금지되었기 때문이다.

그런 물건을 쓰는 자들에게 붙잡혔다. 그 사실로 인해 크리스타는 몸을 떨었다.

하지만 크리스타의 귀에 여기 있을 리가 없는 친구의 목소리가 들렸다.

"크 짱……!"

"리타……?"

작은 목소리로 크리스타를 부른 리타는 크리스타가 대답하자 미소를 지었다.

그리고 곧바로 들고 있던 단검으로 크리스타의 밧줄을 자르기 시작했다.

"어떻게……?"

"크 짱의 인형이 있길래 쫓아왔어. 그랬더니 크 짱을 마차에 태우는 게 보여서 리타도 마차에 탄 거야."

"위험한데……, 어째서……?"

"리타는 친구를 저버리는 비겁자가 아니라고."

리타는 그렇게 말하며 크리스타의 밧줄을 끊고는 크리스타를 부축하며 일으켜세웠다.

"안 돼……, 도망칠 수 없어……."

"괜찮아. 리타가 지켜줄 테니까."

리타는 그렇게 말하며 항상 그랬듯이 밝은 미소를 짓고는 크리스타를 데리고 출구로 향했다. 두 사람은 그렇게 복잡한 지하도를 한 발짝씩 확실하게 나아갔지만, 어차피 어린애다. 게다가 그중 한 명은 제대로 걸을 수도 없다.

금방 좀 전에 보았던 대머리 남자가 쫓아왔다.

"어디서 쥐새끼가 숨어들었나. 뭐, 상관없지. 너도 상품으로 삼아주마."

"왔어?!"

"리타만이라도 도망쳐……!"

"그럴 수는 없지!"

대머리 남자가 쫓아오자 리타와 크리스타가 진로를 바꾸었다. 출구는 아니지만, 일직선으로 나아가면 따라잡히기 때문이다.

몇 번 모퉁이를 돈 다음, 리타와 크리스타는 문이 열려 있던 방으로 들어가 문을 닫았다.

"휴우……, 겨우 따돌렸나?"

"말도 안 돼…….."

안심한 리타와는 달리 크리스타는 절망한 표정을 짓고 있었다.

그 방은 노예로 팔릴 예정인 아이들이 갇혀 있던 방이었다. 방 구석에는 목줄이 채워진 아이들이 잔뜩 서로 몸을 기대고 있었다. 크리스타는 그 방을 똑똑히 기억하고 있었다. 예지를 보았을 때 리타가 죽은 방이다. 리타는 이곳에서 무언가에 찔려서 죽는다.

"리타!! 도망쳐!!"

"응? 도망치고 있는데?"

"아니야! 제발!"

크리스타는 그렇게 애원했지만, 그 목소리를 묻어버리려는 듯한 목소리가 방 안쪽에서 들렸다.

"찾았다아~."

심장을 움켜쥐는 듯한 그 굵은 목소리는 좀 전에 쫓아오던 대머리 남자의 목소리였다.

그 남자는 척 보기에는 벽으로만 보이던 곳을 통해 방으로 들어왔다.

"이곳에는 여기저기에 숨겨진 문이 있거든. 숨는 건 불가능하다고."

"이럴 수가……."

"젠장~!!"

리타는 들어온 문을 열려고 했지만, 뭔가가 걸려 있어서 문이 열리지 않았다.

대머리 남자가 뭔가 손을 써둔 것이다.

"자, 술래잡기는 이제 끝이다."

"다, 다가오지 마!"

리타는 크리스타 앞으로 나서서 단검을 겨누었다.

그 모습을 본 대머리 남자는 일부러 놀란 듯한 표정을 보였다.

"오, 오, 무섭네, 무서워. 기사님 놀이하나?"

"시끄러워!"

리타는 어린애답지 않게 날카로운 단검 솜씨를 보였다.

방심하고 다가간 남자가 재빨리 물러섰지만, 다리에 피가 살짝 흘러내렸다.

"쳇……, 망할 꼬맹이……, 지금 당장 그 단검을 내려놓아라. 그러면 목숨만은 살려줄 수 있는데?"

"싫어!"

"리타! 그만해!"

"황녀님도 저렇게 말하잖아?"

"리타는 친구를 저버리지 않아!"

리타는 그렇게 말하며 단검을 겨누었다.

다시 대머리 남자가 리타의 간격 안으로 들어오자 좀 전과 마찬가지로 공격했지만, 이미 단검의 길이를 간파한 남자는 약간 물러나는 것만으로 피한 다음, 공격을 가해서 빈틈이 생긴 리타를 있는 힘껏 걷어차서 날렸다.

"아윽!!"

"아~, 제대로 들어갔네에."

"콜록! 콜록! 으으으……."

"리타! 리타!"

걷어차인 리타는 데굴데굴 굴러가 벽에 부딪혔다.

피를 토하며 기침하는 리타를 보고 크리스타가 달려갔지만, 리타는 얼굴을 눈물로 적시면서도 일어섰다. 그리고 다시 크리스타를 감싸려는 듯이 앞으로 나섰다.

"비틀거리면서도 기특하군. 기사로서 황족을 지켜야 한다고 배웠나?"

"아니, 야……."

"뭐가 아닌데? 그 녀석들은 성에서 편하게 지내면서 고생도 모르고 살아가는 녀석들이잖아? 너는 척 보기에 평민이고. 다 너를 위해서 하는 말이니까 단검을 내려놓아라. 노예라도 죽는 것보다는 낫잖아?"

"거절한다……."

"아~, 정말. 이런 어린애도 기사의 긍지 같은 걸 따지냐고."

남자가 욕설을 내뱉는 듯이 말했지만, 리타는 그런 남자를 노려보았다.

그리고 비틀거리며 단검을 겨누었다.

"리타는 기사가 아니야……, 크 짱은 친구니까 지켜주는 거야, 리타는 친구를 저버리지 않아!!"

"그러셔."

대머리 남자는 그렇게 말한 다음, 근처에 있던 쇠막대기를 주워들었다.

끄트머리가 뾰족했다. 아마 노예를 괴롭힐 때 쓰던 물건일 것이다.

대머리 남자는 그것을 리타에게 겨누었다. 그 광경이 크리스타가 본 미래와 겹쳐졌다.

아, 그런 거구나, 크리스타의 마음에 그렇게 체념이 싹텄다. 황태자가 죽는 미래를 본 날부터 크리스타는 다양한 미래를 봐 왔다. 아르나 미츠바에게도 이야기하지 않은 미래도 봐 왔다.

그렇기에 크리스타는 바뀌는 미래와 바뀌지 않는 미래의 기준을 대충 짐작하고 있었다.

사람의 죽음이 또렷하게 보이는 미래는 바뀌지 않는다. 어떻게 행동하더라도 그 미래에 도달하게 된다.

지금까지 여러 가지 방법을 시도해 보았지만, 사람이 죽는 미래만큼은 바뀐 적이 없다. 황태자는 물론이고 리제로테의 측근으로 오랫동안 섬겼던 군인이 죽는 미래나 시녀가 죽는 미래. 한 번도 바뀐 적이 없다.

그럼에도 불구하고 이번에는 발버둥을 쳤다. 리타가 죽지 않았으면 했기 때문이다. 하지만 결국, 자신의 행동이 그 죽음을 불러왔다. 노력해도 소용이 없다. 내버려 두어도 소용이 없다. 미래는 바뀌지 않는 것이다.

"그럼 죽어라."

대머리 남자가 그렇게 말하며 쇠막대기를 천천히 잡아당겼다. 그 모습을 본 크리스타는 절망했다. 자신의 무력함 때문에. 자신의 끔찍한 힘 때문에. 하지만, 그럼에도 불구하고 마음이 완전히 포기하지 않았다. 리타의 죽음만큼은 받아들일 수가 없었다.

그래서 크리스타는 최후의 희망에 기대기로 했다. 오빠가 남긴 말을 믿고.

"에르나아아아아아아아아아!!!!"

"소리질러 봤자 소용없다."

대머리 남자가 그렇게 말하며 쇠막대기를 내질렀다. 그 순간. 방의 벽이 부서지고 무언가가 대머리 남자를 덮쳤다. 한순간, 대머리 남자는 무슨 일이 일어난 건지 알 수가 없었다.

하지만 자신이 무언가를 맞고 벽에 부딪혔다는 것만은 이해할 수 있었다.

"무슨……."

"늦어서 죄송합니다, 전하, 리타. 괜찮으십니까?"

"에르나아……."

부서진 벽 너머에는 구멍이 연달아 뚫려 있었다. 남자는 그걸 보고 이해했다.

눈앞에 있는 기사가 일직선으로 이곳을 향해 벽을 돌파해 왔다는 것을. 그리고 그 기사의 검이 자신의 몸에 깊게 박혀 있다는 사실을. 남자는 눈치채 버렸다.

그 여자의 머리카락이 분홍색이고 눈동자가 비취색이라는 것을.

"암스……베르그……."

"그래……, 내 귀여운 후배를 괴롭힌 게 당신이야?"

"그렇다면……, 어쩔 거지……?"

"만 번 죽어 마땅해."

에르나는 그렇게 말한 다음 남자를 벽에 박아두고 있던 검에 힘을 주었다.

그러기만 했는데도 남자가 벽을 부수며 더 안쪽으로 날아가버렸다.

에르나는 남자의 행방을 신경 쓰지 않았다. 그런 것보다 먼저 확인해야 하는 게 있었기 때문이다.

"리타……!"

"에르 언니……."

"그래, 리타……."

에르나는 비틀거리는 리타를 부축하고는 배 쪽을 보았다. 살짝

만져본 감촉으로 보아 뼈가 부러진 것 같다. 간단한 치유 마법을 걸었지만, 복합 골절인지 통증을 가시게 해주는 정도에 불과했다. 곧바로 전문적인 치유 마도사에게 진찰을 받게 해야 한다.

"에르나……!"

"전하……! 죄송합니다. 제 책임입니다……."

"아니야……, 미안해……, 약속을 어겼어……."

크리스타가 울면서 에르나를 끌어안자, 그녀도 크리스타를 안았다.

그리고 곧바로 에르나는 리타의 상처가 악화되지 않게끔 리타도 살며시 끌어안았다.

"고마워……, 네 덕분이야. 리타……."

"헤헤……, 리타 기특해……?"

"그래, 정말 기특해. 훌륭하구나."

에르나는 그렇게 말한 다음 리타를 업고 일어섰다.

"에르나……, 아이들이……."

"알고 있습니다."

에르나는 검을 살짝 휘둘렀다. 그러자 아이들에게 채워져 있던 목줄이 차례차례 잘려나가기 시작했다.

"살고 싶다면 따라오도록 해."

에르나는 그렇게 말한 다음 리타와 크리스타를 데리고 방을 나섰다.

아이들도 망설임없이 그 뒤를 따라갔다.

"방금 그 충격은?! 대체 뭐야?!"

"괜찮은 거겠지?! 겐트너 회장!"

"괜찮습니다. 진정하십시오. 노예가 좀 날뛰었을 뿐이니까요."

그렇게 말하며 통통한 상인, 겐트너가 노예를 사러 온 손님들을 향해 냉정하게 설명했다.

겐트너는 댄스용 무대 같은 곳에 서 있었고, 손님들을 그를 객석에서 바라보고 있었다. 손님의 숫자는 스무 명도 되지 않았지만, 제도에서 노예를 선호하는 귀족들뿐이었다.

이곳은 겐트너가 경영하는 겐트너 상회의 지하. 비밀 경매장이다. 지하는 복잡하게 얽혀 있고, 가게 앞에는 많은 호위들이 있다.

침입자가 있을 리가 없다. 그래서 겐트너는 차분했다. 하지만.

"겐트너 상회의 회장이 노예 장사를 하다니, 놀라운데."

"뭐?! 끄악?! 아앗!! 다, 다, 다리가……."

무대 옆에서 천천히 나타난 사람은 에르나였다. 원래는 사로잡힌 노예가 나오는 곳이고, 좀 전까지 호위들이 있던 곳이다. 그 호위들은 전부 에르나에게 당했고, 지금은 크리스타와 다른 아이들이 에르나의 활약을 지켜보고 있었다.

겐트너는 이유에 대해 생각했지만, 도망칠 수가 없었다. 에르나가 두 다리에 참격을 가했기 때문이다. 죽지 않을 정도로 얕은 상처, 하지만 걸어서 도망치기에는 깊은 상처다. 그 정도로 절묘한 참격이었다.

"근위기사단 소속 3기사대 대장인 에르나 폰 암스베르그야. 당신을 황녀 유괴죄 및 노예 거래죄로 체포하겠어."

"아, 암스베르그?! 어, 어째서?!"

"어째서일까? 당신들도 마찬가지야. 움직이면 베겠어. 암스베르그로부터 도망칠 수 있을 거란 생각은 하지 마."

손님들은 일어서려다 다시 의자에 앉았다. 그들도 제도에 사는 귀족이다.

암스베르그가 얼마나 무서운지는 잘 알고 있다. 눈앞에 나타나면 끝장. 사신이나 마찬가지인 존재다.

"히, 히익! 사, 살려⋯⋯!"

"살려달라고? 황녀를 유괴해 놓고 그런 말이 잘도 나오네?"

"부, 부탁받았을 뿐입니다!"

"그렇겠지. 그러니까 지금은 죽이지 않겠어. 전부 실토해 줘야겠는데?"

"그건 곤란한데요."

목소리가 들린 것과 동시에 단검이 에르나를 향해 날아들었다. 에르나는 그것을 튕겨냈다.

그 빈틈을 놓치지 않겠다는 듯이 가면을 쓴 암살자가 겐트너를 향해 다가갔다.

에르나는 암살자가 내지른 단검을 검으로 아슬아슬하게 막아냈다.

"입막음 같은 걸 하게 두진 않을 거야."

"역시 당신부터 상대해야 하나요."

웅얼거리는 목소리다. 가면 때문인지, 남자인지 여자인지도 알 수가 없다.

요즘 가면이 유행하나? 에르나는 그렇게 짜증을 내며 암살자가 가한 일격을 막아냈다. 암살자의 공격은 빨랐다. 암살자는 양손에 각각 든 단검으로 에르나를 무대 구석까지 몰아붙였다.

"건물을 부수지 않게끔 힘을 조절하고 있는 모양이로군요."

"맞아. 하지만."

에르나는 암살자가 몸통을 노린 순간, 검을 휘둘러 올렸다. 지금까지보다 더욱 파고든 암살자는 피할 수가 없었다. 움직임을 완전히 간파한 카운터였다.

일찌감치 결판을 내려하는 암살자는 대미지가 큰 부위를 노린다. 에르나는 경험을 통해 그 공격을 예측한 것이다.

"크윽······!"

암살자의 어깨가 크게 찢겨나갔다.

암살자는 곧바로 거리를 벌렸지만, 에르나가 놓치지 않겠다는 듯이 좀 전까지와는 전혀 다른 속도로 거리를 좁혔다. 건물을 부수지 않게끔 배려하면서도 이렇게 강한 힘을 쓸 줄이야.

암살자는 곧바로 목적을 바꾸었다. 오른손으로 들고 있던 단검을 겐트너 쪽으로 던진 것이다. 그 대가로 에르나의 검이 암살자의 복부를 뚫었다.

"으아아아악!! 피, 피가?!"

"커헉……."

"쳇!"

에르나는 곧바로 검을 뽑아들고 겐트너 쪽으로 달려갔다. 겐트너의 가슴에는 단검이 깊게 박혀 있었다. 중상이다. 이대로 두면 살아남지 못한다.

그렇게 생각한 순간, 건물이 크게 흔들렸다. 그와 동시에 곳곳이 무너지기 시작했다.

"이건……?!"

"어서 탈출하시는 게 좋을 겁니다……."

암살자는 배를 누르며 에르나에게서 거리를 벌리고 있었다.

좀 전에 흔들린 것과 지금 상황을 감안하면 암살자가 건물에 무슨 짓을 한 것이 틀림없다.

겐트너 같은 중요한 정보원도 있고, 크리스타와 리타, 그리고 노예 아이들처럼 지켜야 할 존재도 있다. 에르나는 추격을 포기하고 탈출을 선택했다.

"모두 따라와!"

에르나는 겐트너의 상처를 묶은 다음, 그를 들쳐 업었다. 이렇게 된 이상, 빠르게 지상으로 나갈 수밖에 없다. 에르나는 아이들과 그곳에 있던 손님들을 데리고 출구로 향했다.

■ ■ ■

출구까지 얼마 남지 않았다. 마지막 계단을 오르려던 순간.

크리스타가 부축하고 있던 리타가 쓰러졌다.

"으으으……."

"리타!"

뒤에서 목소리가 들리자 에르나가 돌아보았다. 리타는 걷어차인 곳을 누르며 몸을 웅크리고 있었다. 움직인 탓에 상처가 악화된 것이다.

"그대로 두세요!"

에르나는 겐트너를 들쳐 업은 채 리타 곁으로 달려갔다. 더 이상 걷게 하는 건 위험하다.

그렇게 판단한 에르나는 한 손으로 겐트너를 들쳐 업고 다른 쪽 손으로 리타를 들쳐 업으려 했다. 그 모습을 본 손님들 중 한 명이 소리쳤다.

"지금이다! 뛰어!"

그 목소리를 듣고 노예 경매에 참가했던 손님들이 너도나도 출구 쪽으로 달려가기 시작했다. 모두가 도망치지 못한다 하더라도 누군가는 도망칠 수 있을지 모른다. 그리고 그들은 그 누군가가 자신일 거라는 사실을 믿어의심치 않았다.

그 행동을 본 에르나는 무심코 혀를 찼지만, 그런 것보다 우선시해야만 하는 게 있었다. 방치해도 되는 범죄자는 아니지만, 그들보다 크리스타와 리타가 더 소중했기 때문이다.

리타의 상처에 영향이 없게끔 살짝 들쳐 업은 에르나와 크리스타가 출구로 향했다.

그리고 겨우 지상으로 나온 순간, 에르나는 뜻밖의 광경을 보았다.

"이건⋯⋯."

손님들이 출구 근처에서 잠들어 있었다. 주위에는 아직 근위기사들이 도착하지 않았다. 당연하다. 아무리 에르나가 요청했다고는 해도 근위기사가 가장 우선시하는 것은 황제의 안전이다. 우선 성의 경비를 엄중하게 만든 다음 출동한다. 그리고 출동했다 하더라도 에르나가 어디로 갔는지 모르는 이상, 탐문 수사부터 시작하게 된다. 소동이 일어난 것을 알아채고 오려면 시간이 좀 더 걸릴 것이다.

그래서 에르나는 손님들 중 일부가 도망치더라도 어쩔 수 없을 거라 생각했다. 하지만 이유가 무엇인지 그 손님들은 잠들어 있다.

"아파아⋯⋯."

"리타⋯⋯!"

에르나의 의문을 가로막은 것은 리타의 쉰 목소리였다.

에르나는 곧바로 자신의 망토를 땅바닥에 깔고 리타를 그 위에 내려놓았다. 걷어차인 부분이 새까맣게 변색된 상태였다. 부러진 뼈가 내장을 다치게 했을지도 모르겠다.

에르나의 치유 마법으로는 고도의 처치를 할 수가 없다. 치료하려면 치유 마법 실력이 뛰어난 근위기사를 불러올 수밖에 없다.

단숨에 성까지 날아가 누군가를 데리고 온다. 에르나가 그런 계획을 세웠을 때, 후드를 쓰고 몸집이 자그마한 사람이 살며시 다가왔다.

"보여줘. 나는 치유 마법을 쓸 수 있으니까."

"어? 당신은 누구야?"

"누구든 상관없잖아. 거기 있는 아저씨도 치료해 줄게."

목소리는 약간 중성적이다. 아마 여자일 것 같다는 생각이 들었다. 적의가 없다는 걸 눈치챈 에르나는 어쩔 수 없이 물러나 그 사람에게 리타를 맡겼다. 천천히 리타의 상처를 만져본 그 사람은 작은 목소리로 마법을 걸며 치료에 들어갔다. 그것은 에르나도 본 적이 없는 마법이었다. 손이 희미하게 빛나기 시작하자 리타의 통증이 서서히 가셨다.

"왠지 나았을지도 모르겠어……!"

"후후, 아직 안쪽 상처가 아물지 않았으니까 움직이면 안 돼. 뼈도 완벽하게 붙지 않았고. 나중에 성에 있는 사람에게 진찰을 받아야 한다?"

"알겠어! 귀가 긴 언니!"

치료를 받고 있던 리타에게는 후드 안의 얼굴이 보였다. 그 사람은 인간보다 귀가 뾰족했다. 에르나는 그 특징에 대해 듣고 엘프의 마법이라는 사실을 깨달았다.

"그렇구나. 어쩐지 본 적이 없더라니. 잠든 녀석들도 당신이 그렇게 만든 거야?"

"일단은. 그리고 독학으로 배운 거니까 효과는 너무 기대하지마. 책으로 배운 거라 금방 깨어날 거야."

그 사람은 그렇게 말하고 쓴웃음을 지으며 젠트너도 치료했다. 그런데 그렇게 치료하던 도중에 바람이 살짝 불었다. 한순간, 후드가 움직여서 에르나의 눈에 얼굴이 보였다. 연보라색 머리카락, 그리고 엘프치고는 짧고 인간치고는 긴 귀. 거기 있었던 건 소니아였다.

후드가 움직이자 소니아는 인상을 살짝 찌푸렸지만, 곧바로 다시 젠트너를 치료하기 시작했다. 그리고 상처가 아문 것을 확인하고 나서 일어섰다.

"이 아저씨의 상처는 별것 아닌데, 상태가 이상해. 제대로 조사해보는 게 좋을 거야. 혹시나 독을 썼을지도 모르니까."

"아, 잠깐만! 보답을 하게 해줘!"

"신경 안 써도 돼. 변덕으로 나선 거니까."

"성이나 우리 저택에 와주면 포상을 줄 수 있는데……."

"미안해. 흥미가 없거든."

"그래……, 그럼, 고마워. 내 이름은 에르나 폰 암스베르그. 이 빚은 잊지 않겠어."

"잊어도 돼. 당신에게는 그게 더 나을 테니까."

소니아는 그런 말을 남기고 그곳을 떠났다. 근위기사들이 그녀와 교대하는 듯이 현장에 도착했다.

에르나는 소니아를 쫓아가고 싶은 마음을 억누르고 도착한 근위기사들에게 지시를 내렸다.

"중요한 정보를 지니고 있어! 잠든 녀석들을 모두 체포해!"

지시를 받은 근위기사들이 잠든 손님들을 붙잡기 시작했다. 그제야 손님들도 깨어났지만, 때는 이미 늦었다.

"여유가 있는 사람들은 겐트너 상회의 다른 점포에 가서 간부를 포박하고!"

지시를 마친 에르나는 잘 알고 지내는 근위기사 중 한 명에게 말을 걸었다.

에르나보다 치유 마법 실력이 뛰어난 기사다. 그 기사에게 리타를 봐달라고 요청했다.

"이제 괜찮아. 리타……, 열심히 했구나."

"으음……, 아직 뭔가 위화감이 있어."

"금방 나을 거야."

"리타……."

리타는 누운 채 그곳에서 바로 치료를 받았다. 옆에서는 크리스타가 걱정스러운 듯이 리타의 손을 잡고 있었다. 겨우 깨어 있었던 리타가 안심했기 때문인지 천천히 의식을 잃었다.

"왠지……, 잠이……, 와……."

"리타?!"

"괜찮습니다, 전하. 쉬게 해주시지요."

"그래도……."

"전하. 맡겨주십시오."

에르나가 재촉하자 크리스타가 일어섰다. 그리고 울상을 지으면서도 리타의 곁을 떠났다. 아무튼 빨리 황제에게 무사하다는 사실을 전해야만 한다. 에르나는 그렇게 생각하다가 말발굽 소리가 잔뜩 울리는 것을 듣고 조용히 무릎을 꿇었다.

"크리스타!"

크리스타의 이름을 부르며 그곳에 달려온 사람은 황제, 요하네스였다.

그 뒤에는 프란츠와 호위 기사들이 잔뜩 있었다. 가만히 있을 수가 없어서 현장까지 와버린 것이다.

"오오! 크리스타! 무사한 게야?! 다친 곳은 없고?!"

"네, 네……, 아버님, 아, 아뇨, 황제 폐하."

"아버님이라 불러도 된다! 다행이구나, 정말로 다행이야……."

요하네스는 크리스타를 끌어안으며 다행이라는 말을 조용히 연달아 되풀이했다.

그동안에 프란츠가 근처에 있던 일반 시민들을 주위에서 물러나게 했다. 황제의 안전과 시민들이 어떤 상황에 휘말리는 것을 피하기 위해서다.

그리고 주위에 기사들만 남았을 무렵. 요하네스는 조용히 일어서서 에르나를 보았다. 그 눈은 분노로 인해 타오르고 있었다.

"아버님……?"

"네가 곁에 있었으면서도 이게 대체 무슨 일이냐! 에르나! 근위기사대장이면서도 황녀 한 명도 제대로 지키지 못하는 게야!!"

"죄송합니다……, 전부 제 책임입니다."

"그렇겠지! 암스베르그 가문의 명성은 땅에 떨어졌다!"

"아, 아버님……, 에르나는……."

"조용히 있거라. 지금 나는 에르나와 이야기를 하고 있다."

"죄, 죄송합니다……."

황제가 엄한 눈빛으로 바라보자 크리스타는 몸을 움츠리며 겁을 먹은 기색을 보였다.

그리고 크리스타는 에르나를 보았지만, 에르나는 천천히 고개를 저었다.

"에르나. 뭔가 변명할 게 있는가?"

"없습니다."

즈잔에게 불려갔다고 말하는 건 간단하지만, 즈잔은 크리스타도 함께 불렀다. 혼자 갔던 것은 어디까지나 에르나의 판단이다.

이번 건을 수사하는 과정에서 즈잔과 잔드라가 의심받는다 하더라도 그것은 에르나의 책임과 별개다. 후궁에서 억지스러운 수단을 쓸 리가 없다. 그런 선입관으로 인해 에르나는 크리스타 곁을 떠나버렸다. 그것은 틀림없이 에르나의 실수였다.

"처벌은 나중에 전달하마. 그때까지는 자택에서 근신하거라."

"네……."

요하네스는 그렇게 말한 다음 크리스타를 데리고 성으로 돌아갔다.

에르나는 한동안 그대로 서서 고개를 숙이고 있었다.

■ ■ ■

"상황은 어떻게 되었지?"

"암살에는 실패했습니다. 하지만 살아남는다 하더라도 한동안 은 깨어나지 못할 겁니다. 칼날에 독을 발라두었으니까요."

"그래. 고생 많았다."

가면을 쓴 암살자, 샤오메이는 주인에게 보고했다. 몸에는 저 주로 인해 거센 통증이 솟구쳤지만, 엄격한 훈련을 받은 샤오메 이는 짧은 시간 정도라면 견딜 수 있는 고통이었다.

"이제 레오나르트 쪽도 가만히 있진 않겠지. 잔드라 진영과 본 격적으로 맞붙게 될 거야. 괜찮은 흐름이군."

"하지만 암스베르그의 신동은 아마 이번 건으로 인해 근위기사 에서 해임당할 겁니다."

"일시적으로 말이지. 벌을 주지 않을 수는 없을 테니까. 적당히 분위기가 차분해지면 다시 근위기사로 되돌려 놓을 거다."

"일시적이긴 하더라도 레오나르트 진영에서는 그 기간동안 마 음대로 에르나 폰 암스베르그를 이용할 수 있습니다. 그녀는 위 험합니다. 검을 들지 않았을 때도 대단했지만, 검을 들면 다른 사 람이 됩니다. 그건 분명 괴물일 것 같습니다."

"암스베르그 가문이니까. 전투시에는 의식을 전환하지. 딱히 놀랍지도 않아. 만약에 거슬리게 되면 건의해서 다시 근위기사로 되돌리면 되고."

"제거해야 하지 않을까요?"

"그 녀석은 장래의 유망한 신하다. 암스베르그 가문과 사이좋게 지내지 못한 황제는 오래가지 못했지. 은혜를 베풀어 두는 정도가 딱 좋아."

"허나……."

샤오메이는 고통을 견디며 호소했다. 에르나의 힘은 전투에서나 발휘된다. 완전히 제위 쟁탈전 바깥으로 배제하면 된다. 샤오메이는 아무리 원한을 사게 되더라도 그럴 만한 가치가 있는 적이라고 느꼈다. 하지만 주인은 다른 생각을 품고 있다.

"나는 다른 후보자들과 다르다. 그 녀석들은 필사적으로 제위를 노리고 있지만, 나는 제위에 오른 뒤까지 생각하고 있지. 그런 의미로는 격이 달라. 나중에 부려야 할 말에게 원한을 사는 건 사양하겠어. 그리고 내가 움직이지 않더라도 잔드라와 고든이 움직일 거다."

"……알겠습니다."

"계속 후궁에서 어머님의 지시에 따르도록. 우선 지금은 상처를 치료하고. 아직 우리가 움직일 때가 아니다."

"네……, 알겠습니다. 에릭 전하."

샤오메이는 그렇게 말한 다음 주인인 제2황자 에릭 곁에서 사라졌다.

그 모습을 바라보던 에릭은 천천히 걸어가기 시작했다. 속내를 알 수 없는 미소를 지으면서.

8

제도로 돌아온 우리는 곧바로 모험가 길드 제도 지부로 향했다. 예정대로라면 에마 일행에게 협력하던 모험가 파티와 만날 수 있을 텐데…….

"물어보고 오겠습니다."

에마가 제도 지부로 들어갔다. 그동안 성에 보냈던 세바스가 돌아왔다.

"어때?"

나는 그렇게 물어보면서도 결과에 대해서는 걱정하지 않았다. 에르나를 호위로 붙여준 이상, 리타와 크리스타의 목숨은 보장된 거나 마찬가지다. 에르나를 그만큼 믿고 있다. 그리고 그 믿음은 엇나가지 않았다.

"크리스타 전하의 유괴 소동이 일어났다고 합니다. 크리스타 전하께서는 무사하시지만, 친구인 리타 공이 부상을 입은 모양입니다."

"리타가?! 심한 부상이야?"

레오가 걱정스러운 듯이 물었다. 사건이 일어날 것을 알고 있던 우리와는 달리 레오는 갑자기 크리스타의 유괴 소동과 리타의 부상 이야기를 듣게 되었다. 걱정하지 말라고 할 수는 없을 것이다.

"목숨에 지장은 없다고 합니다. 하지만 호위를 맡고 계시던 에르나 님께서는 책임을 추궁당해 지금은 저택에서 근신을 명 받으셨습니다."

"에르나가?!"

황녀가 유괴당했으니까. 그 정도로 끝났다면 오히려 다행이다. 이렇게 되는 것 정도는 이미 알고 있었다.

크리스타의 미래시는 사람의 죽음과 관련되면 정확도가 크게 올라간다. 그것을 뒤엎으려면 힘으로 해결할 수 있는 실력자가 필요했다. 나는 에르나라면 가능할 거라 예상했던 것이다. 그와 동시에 크리스타의 유괴까지는 막지 못할 거라 생각했다.

다시 말해, 에르나가 근신 처분당하는 걸 알고 있었다는 뜻. 그럼에도 불구하고 나는 에르나에게 크리스타를 맡겼다. 에르나의 착한 마음에 응석을 부린 것이다.

거센 후회가 밀려들었다. 하지만 달리 방법이 없었던 것도 사실이다. 이제 와서 후회해봤자 어떻게 해볼 수는 없다. 내가 할 수 있는 건 에르나의 착한 마음을 허사로 만들지 않는 것뿐이다.

그렇게 나 자신을 타이르고 있자니 에마가 돌아왔다.

"어때? 모험가 파티가 있던가?"

"돌아오기는 한 모양입니다……, 하지만 모두가 만신창이가 된 상태로 발견되었고, 지금은 여관에서 쉬고 있다고 합니다."

"역시 잠복에 걸렸나. 목숨을 건진 것만으로도 다행이지."

예상하고 있던 상황이었기에 무심코 한숨이 나왔다. 죽이지 않은 이유는 모험가 길드와의 관계를 고려했기 때문이다. 모험가가 제위 쟁탈전에 휘말려서 죽는다면 길드가 가만히 있지 않는다.

은밀 부대는 오는 도중에 우리를 습격하지 않았다. 그 행동으로 보아 편지는 역시 고든에게 빼앗겼다고 봐야 할 것이다. 편지를 가지고 있던 모험가들을 괴롭히는데 정신이 팔려서 편지를 빼앗는 걸 잊어버릴 정도로 멍청하진 않을 테니까.

"그들에게 이야기를 들으러 갈 거야?"

"그래. 네가 병문안 겸 가봐. 아마 무슨 일이 일어난 건지 모르겠다고 하겠지만."

제국군의 정예가 모인 은밀 부대는 어지간한 암살자들보다 실력이 좋을 것이다. 모험가들의 허를 찔러서 모습을 드러내지도 않고 무력화시키는 것 정도는 식은 죽 먹기겠지.

그들이 무사하다는 건 기쁜 일이지만, 상황은 최악까지는 아니더라도 안 좋은 편이다.

레베카를 보호할 수는 있었지만, 편지는 고든의 손에 떨어졌다. 크리스타와 리타는 무사했지만, 에르나가 명성과 입장을 잃었다. 그리고 크리스타가 유괴당함으로써 제도의 분위기가 어수선해진다. 주인인 황제가 분노했기 때문이다. 그 분노는 우리에게도 쏠릴 것이다.

기뻐할 만한 보고를 하지 못하는 이상, 질책은 피할 수 없다.

나는 다시 한숨을 쉬며 성으로 향했다.

■ ■ ■

"상황은 어떠냐? 아르노르트."

성으로 돌아온 나는 제일 먼저 아버님에게 갔다. 크리스타에게 가고 싶은 마음이 굴뚝같긴 했지만, 아버님에게 보고하는 것을 가장 우선시해야만 하기 때문이다.

"기사 레베카를 보호하는 데는 성공했습니다."

"이야기를 들어보니 편지는 잃은 모양이지?"

아버님의 싸늘한 목소리가 옥좌의 방에 울려 퍼졌다. 그 물음에 대해 나는 조용히 그렇다고 대답했다. 죄송해하거나 벌을 두려워하는 듯한 낌새를 보이면 불에 기름을 붓게 된다.

"레베카는 편지를 모험가에게 맡기고 자신이 미끼 역할을 맡았습니다. 제가 정보를 늦게 수집하는 바람에 그 행동에 대처하지 못했고, 편지는 아마 고든 형님께 넘어간 것 같습니다."

"일부러 임무를 주고 너까지 보낸 건 어떤 사태에도 유연하게 대처할 수 있게끔 하기 위해서였다. 레오나르트에게 부족한 부분을 메꿔주기 위해 네가 있는 거 아니냐?"

아버님은 조용하면서도 분노가 담긴 목소리로 말했다. 최소한의 결과를 가져오긴 했지만, 그것만으로는 아버님을 만족시킬 수 없다. 근위기사를 보내겠다는 아버님의 제안을 거절하면서까지 내가 나섰기 때문이다.

"죄송합니다. 상대방의 움직임만 생각하느라 레베카가 어떻게 움직일지까지는 미처 고려하지 못했습니다."

"여전히 종잡을 수 없는 태도로구나? 이건 실수일 텐데?"

"네. 계획을 제안한 제 책임입니다. 어떤 벌이라도 받겠습니다. 그저……."

"그저, 뭐지?"

"벌을 받는 시기를 조금만 미뤄주실 순 없겠습니까? 다음을 대비할 필요가 있으니까요."

나 때문이라는 형태를 잡은 이상, 레오에 대한 처분은 가벼울 것이다. 그렇게 만족해야겠지만, 다음을 생각하면 벌 같은 걸 받고 있을 때가 아니다.

아버님의 눈빛이 날카로워졌다. 아버님도 분명히 다음 상황에 대해 생각하고 있을 것이기 때문이다.

"다음이라……, 만회할 기회가 필요하다는 뜻이냐?"

"아뇨. 만회할 필요는 없습니다. 벌은 제대로 받겠습니다. 그저 다음도 대비해야만 한다고 생각합니다. 고든 형님에게는 실력이 뛰어난 군사가 붙었습니다. 분명히 편지를 가장 효과적으로 사용할 겁니다. 그렇게 되면 최악의 경우, 남부 귀족과의 전쟁, 다시 말해 내란이 일어납니다."

"기분 나쁜 소리를 하는 녀석이로군. 이미 그쪽에 대해서는 프란츠가 움직이고 있다. 하지만……, 그 프란츠가 중신 회의 때 편지가 나오면 남부 귀족을 용납할 수 없다는 분위기가 생길 거라고 하더구나. 그렇게 되면 나도 가만히 있을 수는 없다."

역시 우리가 실패할 것까지 예상하고 움직였구나.

편지를 빼앗은 건 고든이지만, 증거는 없다. 고든이 다시 빼앗았다고 주장하면 더 이상 추궁하기가 힘들어진다. 곧바로 중신들에게 남부 귀족의 부정부패가 알려지면 프란츠가 말한 대로 될 것이다.

골치 아픈 건 막을 방법이 없기 때문이다. 탈취하려 해도 어디 있는지 모르고, 아버님이 권한을 발동해서 고든의 움직임을 제한하면 고든이 부당하다며 떠들어 댈 것이다. 그러면 군부의 불온 분자들을 자극하게 될지도 모른다.

"크류거 공작은 남부의 대부분을 장악하고 있다. 반란을 일으키면 진압하는데 시간이 걸릴 테고, 복구하는 데 더 오랜 시간이 필요하다. 그런 와중에 다른 나라에서 쳐들어올지도 모르지."

"최악은 그 녀석들이 손을 잡는 거겠죠. 뭐, 공작 자리에 있는 사람이니 다른 나라와 접촉 정도는 하고 있을 테고, 그럴싸한 미래입니다."

"굳이 최악의 예상을 말하지 마라. 기분 나쁘다."

"하지만 대책은 필요합니다. 그러니 대책을 생각할 시간을 주실 수 없겠습니까?"

"……자신은 있는 게야?"

"아뇨, 전혀. 하지만 뭐, 해볼 수 있는대로 해보겠습니다. 최대한 사람이 죽지 않는 방법을 생각할 의무가 있으니까요. 일단은 황족이니."

"……누가 제위에 오르든 상관은 없다만, 자신이 제위에 오르기 위해 전쟁을 일으키고 나라를 어지럽혀선 안 된다. 제국을 위하여. 그것이 제위 쟁탈전의 규칙이니까. 고든은 그 규칙을 어기려 하고 있다. 하지만 크류거가 반란을 일으키고 남부와 내란을 벌이게 된다면 고든에게 토벌군을 맡길 수밖에 없다. 국경군을 일일이 움직일 수는 없으니까."

크류거 공작은 잔드라의 삼촌이다. 예전부터 가슴 속에 야심을 품고 있었을 것이다. 반란을 일으킬 준비 정도는 계속 해왔을 테고. 그러니 어설픈 장군을 보낸다면 오히려 당할지도 모른다.

제국군에는 원수 세 명이 있다. 동쪽과 서쪽 국경에 한 명씩. 그리고 제도에 한 명이 있다. 하지만 제도에 있는 원수는 나이가 많다. 어디까지나 군의 총감독 역할이다. 전선으로 보낼 장군들 중에서 가장 무훈을 많이 세운 사람은 고든이다. 아껴둘 상황은 아니다.

"최대한 원만하게 해결할 방법을 생각하거라. 그때까지 벌은 내리지 않으마."

"알겠습니다."

나는 인사를 하고 물러나려했다. 그런데 아버님이 나를 불러세웠다.

"아르노르트."

"네? 왜 그러시죠?"

"크리스타가 불안해하더구나. 만나주거라."

나는 그 말을 듣고 고개를 끄덕였다. 에르나에게 가도 되겠냐고 물어보고 싶은 충동을 억눌렀다. 아버님이 책임을 물어 근신시킨 에르나에게 곧바로 내가 찾아가는 건 바람직하지 못하다. 시간을 둘 필요가 있다. 지금 내가 아버님의 심기를 건드리는 건 너무나도 쓸데없는 짓이다. 나는 감정을 억누르며 그곳을 떠났다.

■ ■ ■

"아르 오라버니!"

후궁, 어머님의 방으로 가자 크리스타가 나를 끌어안았다.

"그래, 그래. 다친 데는 없어? 크리스타."

"나는 괜찮아……, 그런데 리타가 다쳤고……, 에르나가……."

"이야기는 들었어. 네가 걱정할 필요는 없는데."

"그래도……, 내가 에르나가 한 말을 듣지 않아서……."

"신경 쓰지 마. 네가 무사하다면 에르나도 불평하진 않을 거야. 내가 확실하게 사과해 줄게."

나는 그렇게 말하며 크리스타의 머리를 쓰다듬었다. 그리고 어머님을 돌아보았다. 어머님 옆에 있는 침대에는 리타가 잠들어 있었다. 부상이 완치될 때까지는 어머님이 돌봐 주려는 모양이다.

"아르하고 레오도 무사해서 다행이구나."

"저희는 괜찮아요. 그렇게까지 위험한 임무가 아니었으니까요."

"그런데 표정이 신통치 않네? 실패한 거니?"

"아버님의 기대에는 부응하지 못했다고 해야 할까요."

내가 그렇게 대답하자 어머님이 쿡쿡 웃었다. 보통 황제의 기대에 부응하지 못했다는 건 보통 일이 아니지만, 이 사람에게는 중요하지 않은 것 같다.

"다른 사람들은 제멋대로 기대를 하곤 하지. 그런 건 신경 안써도 된단다."

"그럴 수는 없죠."

"하지만 계속 질질 끌어봐야 소용없어. 실패했을 때 할 일은 어째서 실패한 건지 생각하고 다음 기회를 살리는 거야. 절대로 실패해선 안 될 때 실패하지 않게끔."

"……그러게요. 제대로 반성해서 다음 기회를 살릴게요. 다음에는 실패해서는 안 되니까."

내 대답을 듣고 만족한 건지, 어머님이 미소를 지었다. 그 미소는 예전과 달라진 게 없었다. 마음대로 하게 두고 정말로 필요할 때만 참견한다. 방임주의의 극치 같은 사람이지만, 그렇다고 해서 내팽개치는 건 아니다. 언제나 지켜봐 주고 있다.

나는 그곳을 떠나 마음을 다잡았다. 내게는 해야 할 일이 산더미처럼 쌓여 있기 때문이다.

9

제도로 돌아오고 며칠이 지났다. 고든은 신중을 기하고 있는지 아직 움직임을 보이지 않았다. 그동안 아버님은 성에 많은 귀족들을 불러모으고 있었다. 크리스타의 유괴에 관한 조사와 노예에 관한 조사를 하기 위해서다.

덧붙여 말하자면 남부 귀족과 관계가 있는 제도의 귀족들 중에서 수상쩍은 움직임을 보이는 자가 있는지 살펴보기 위한 목적도 있을 것이다.

그런 관계로 성이 많은 귀족들로 인해 떠들썩했다. 성을 돌아다니는데 걸리적거려서 견딜 수가 없다.

"이봐, 들었어? 아르노르트 전하가 폐하께 질책당했다는데?"

"찌꺼기 황자니까. 딱히 놀랄 일도 아니지."

"아니, 이번에는 폐하와 단둘이 있는 자리에서 질책당했대. 무슨 짓을 저지른 걸까."

"또 레오나르트 전하의 발목을 잡고 있는 건가? 정말 답이 없는 황자로군."

여기저기에서 험담이 들린다. 아버님에게 질책당했다는 소문이 눈깜짝할 새에 퍼졌다. 임무의 내용은 극비지만, 질책당했다는 사실은 퍼졌다. 아마 성의 시녀들이 분위기를 통해 짐작했을 것이다.

어차피 소문이지만, 어디에 가든 그 이야기가 들린다.

머무를 곳이 없다. 나는 그런 기분을 느끼고 자조했다. 그런 입장을 원한 건 나 자신이다. 이제 와서 평범하게 지내고 싶어하는 건 사치스러운 생각일 것이다.

레오와 함께 같은 길을 걷는다는 선택지도 있었다. 그것을 선택하지 않은 건 나다.

레오가 햇빛이 쬐는 길을 선택했다면, 나는 그늘진 길을 선택했다. 다른 사람이 칭찬해 주지 않아도 된다. 아무도 눈치채지 않아도 된다. 그렇게 생각하며 선택했다. 그게 제일 나을 거라 생각했으니까.

"여어, 아르노르트."

그런 생각을 하고 있자니 짜증나는 녀석이 다가왔다.

부하들을 데리고 온 기드다. 오늘도 정말 어울리지 않는 옷을 입고 있다. 용케도 그런 옷을 입고 성에 올 생각을 했구나. 역시 이 녀석의 센스는 끝장난 것 같다.

"기드냐."

"으응? 뭐야? 일부러 찌꺼기 황자인 네게 내가 말을 걸어 줬는데. 울면서 기뻐해야 할 일 아니야?"

"에휴……, 그래, 그래. 고마워."

"마음에 안 드는데. 요즘 까불어 댄다면서? 레오나르트가 공적을 세워봤자 네 힘으로 세운 건 아니라고. 레오나르트가 활약하면 할수록, 네 무능함이 드러날 뿐이지. 벌써 소문이 파다하던데? 폐하께 질책당했다면서. 다들 네가 있는 이상, 레오나르트는 이길 수 없다고 생각한단 말이지."

"그래……."

그런 판단밖에 못 내리는 녀석은 필요가 없는데.

그런 진영에 참가해서 자신이 바꾸어 주겠다는 기개가 있는 녀석이 필요하다.

레오에게는 아군이 필요하다. 제위 쟁탈전은 황족들끼리 벌이는 싸우이지만, 세력 다툼이기도 하다. 아무리 레오가 다른 세 사람과 나란히 서더라도 세력에서 밀리면 황제가 될 수 없다.

"뭐야? 풀 죽었어? 그렇겠지. 너도 각광을 받고 싶을 거야. 하지만 너는 그럴 수 없다고!"

기드는 그렇게 말하며 부하들과 함께 웃어댔다.

정말. 한가한 녀석들이구나. 아버님도 어서 조사를 마쳐 줬으면 좋겠는데. 이 녀석들이 성에 와 있는 건 이 녀석들이 조사를 받기 때문이 아니다. 어디까지나 작위를 지닌 부모를 따라온 것이다. 조사가 끝나면 용건이 없기에 성에 올 수 없게 된다. 어렸을 무렵과는 다르니까.

내가 어이없어하는 표정으로 바라보자 기드가 씨익 웃었다.

"그런 아르노르트에게 좋은 소식이 있어. 나를 레오나르트에게 추천해라. 내가 아군이 되어주마."

"……뭐라고?"

"못 들었어? 그럴 수도 있지. 나는 명문 호르츠바트 공작가의 장남이니까. 아군이 된다면 나만큼 믿음직한 사람은 없을 거야."

기드는 마치 연기를 하듯 과장되게 앞머리를 쓸어올렸다.

하지만 나는 그런 걸 신경 쓰지 않았다. 일부러 기드가 세력 다

163

틈에 끼어들려 하다니. 틀림없이 호르츠바트 공작의 지시일 거다.

호르츠바트 공작은 고든 쪽에 접근하고 있고, 차남은 에릭 밑으로 보냈다. 그러면서 기드가 레오에게 접근하는 걸 보니 누가 이기더라도 은혜를 베풀 수 있게끔 한다는 뜻이다.

잔드라에게 접근하지 않는 건 호르츠바트 공작 가문이 예전부터 남부 귀족과 사이가 좋지 않았기 때문이다. 다시 말해 호르츠바트 공작이 레오를 인정했다는 뜻이다.

이런 기회를 놓치는 건 아쉽다. 하지만……, 솔직히 기드는 필요가 없다. 기드는 호르츠바트 공작 가문의 장남이지만, 차남이 더 큰 기대를 받고 있고 실력도 좋다. 가장 유력한 후보인 에릭 밑으로 보낸 것만 봐도 알 수 있다.

기드 같은 녀석을 아군으로 끌어들이면 오히려 세력이 와해될지도 모른다.

"나를 아군으로 끌어들인 공적은 네 것으로 삼아도 좋아. 어때? 아르노르트."

"미안하지만 사양하지. 레오 편을 들고 싶다면 레오에게 말해."

"뭐라고오?"

설마 거절당할 줄은 몰랐는지, 기드가 인상을 썼다.

기드가 레오에게 부탁할 수 있을 리가 없다. 지금까지 기드가 표면상으로는 레오와 잘 지내왔지만, 피네와 내가 외출했을 때 그는 나를 때린 적이 있다. 그리고 그때, 나는 레오 행세를 했다. 다시 말해 기드는 자신의 악행을 레오가 알고 있다고 생각하는 것이다. 뭐, 그 일이 없었다 하더라도 레오는 이미 알고 있겠지만.

그렇다고 해서 내게 온 게 기드다운 것 같기도 하다. 너무 멍청하다.

"까불지 마라? 이건 부탁이 아니라고."

"뭐라 해도 받아들일 생각은 없어."

"이 자식! 까불지 말라고! 보호자 행세를 하던 에르나는 멍청한 짓을 하다가 지금 근신 중이야! 널 도와줄 사람은 아무도 없다고!"

그건 그냥 넘길 수 있는 말이 아니었다.

머리로는 그냥 무시해야 한다는 걸 알고 있었다. 진정하라며 나 자신을 타이르는 또 하나의 나 자신이 있었다. 하지만 나는 그렇게 말하는 자기 자신을 뿌리쳐 버렸다.

"방금……, 뭐라고 했지?"

"뭐? 아무도 도와줄 사람이."

"그 전에 말이야……, 멍청한 짓이라고 했나?"

"응? 그래, 맞아! 에르나가 멍청한 짓을……, 으윽?!?!"

나는 기드를 노려보았다. 지금 당장 실버리 레이를 때려넣고 싶은 마음이 솟구쳤다. 이 녀석을 이 세상에서 소멸시킬 수 있다면 얼마나 마음이 개운해질까. 그런 마음으로 노려보자 기드가 공포에 질려 숨을 제대로 쉬지 못하게 되었는지, 몇 발짝 물러서서 엉덩방아를 찧었다.

"아, 아……."

"취소해라……, 기드."

조용히, 그저 조용히 용건만 말했다. 하지만 기드는 대답을 하지 않았다.

부하들도 굳어버렸기에 아무도 기드와 내 사이를 가로막지 못했다. 싸구려 관계다.

"에르나는 크리스타의 목숨을 구했어. 그건 누구도 바꿀 수 없는 사실이야. 내 앞에서 그런 에르나를 모욕하는 건 용납할 수 없다. 알겠으면 취소해라. 기드 폰 호르츠바트. 아니면 죽고 싶나?"

"아, 니, 그, 그게……."

"얼른 말해."

"취, 취, 취소한다……."

"또 할 말은 없고?"

"미, 미아……."

"미안하다고?"

"시, 실언을 해서, 죄송합니다……! 전하……!"

기드에게 그가 한 말을 확실히 취소하게 만들고 사과를 받은 다음, 나는 그곳을 떠났다.

기드와 같은 공기를 마시는 것만으로도 구역질이 날 것 같았고, 방금 그렇게 이야기를 주고받느라 주목을 약간 받아버렸다. 누군가가 건드리면 골치가 아파진다. 지금 나는 냉정하지 못하니까.

나는 그런 생각을 하며 귀족들을 피하듯이 성 밖으로 향했다.

"……휴우."

밖으로 나오자 나 자신의 어리석음 때문에 한숨이 나왔다. 무능한 척하자고 생각한 직후였는데, 금방 그걸 뒤엎는 듯한 짓을 해버렸다. 한심하기 짝이 없다.

"한숨을 쉬실 거라면 차라리 참으시지 그러셨습니까."

그런 나를 나무라는 듯이 세바스가 뒤에서 말을 걸었다.

진짜 싫다. 어째서 이 녀석은 잔소리를 해대는 걸까.

바보 같은 짓을 했다는 건 내가 가장 잘 알고 있다.

"참지 못했으니까 어쩔 수 없잖아? 지금은 냉정해. 바보 같은 짓을 했다고 생각한다고. 뭐 하나 이득 본 게 없어. 나 자신의 패를 드러냈을 뿐이야."

"노려보기만 해서 입을 다물게 만드는 건 쉬운 일이 아니니까요. 보는 사람에 따라서는 나름대로 산전수전 다 겪었다는 걸 알아볼 수 있는 광경이었습니다."

"그래, 그래. 나도 안다니까?"

"그렇다면 상관없습니다. 에르나 님께서는 아르노르트 님께 특별하신 분이니 어쩔 수 없다고도 할 수 있겠지요. 상황을 감안하면 평소에 화를 내지 않던 사람이 화를 내서 깜짝 놀랐다고도 할 수 있을 겁니다. 그렇게까지 신경 쓰지 마십시오."

세바스가 그렇게 나를 위로해주었다.

특별하기 때문에 화를 냈다. 그걸 어쩔 수 없다고 하는 건 간단하다. 하지만 그렇게 화를 낸다면 내가 앞으로 얼마나 화를 많이 내야 하는 걸까.

"요즘은 나 자신이 한심해……."

"그럴 때도 있는 겁니다. 완벽한 사람은 없습니다. 어떤 감정이든 계속 억누르고 살 수는 없는 법이지요. 아, 그건 그렇고, 마차를 준비해 두었습니다."

"……행선지는?"

"암스베르그 용작 가문입니다. 미츠바 님께서 황제 폐하께 말씀드려 아르노르트 님과 레오나르트 님이 에르나 님을 만날 수 있게끔 허락을 받아주셨으니까요."

"그래……, 역시 어머님은 대단하네. 그럼 가볼까."

나는 그렇게 말한 다음, 마차 쪽으로 갔다.

10

"어서 오십시오, 아르노르트 님."

"그래, 그래, 다녀왔어."

나는 경비를 맡고 있던 기사와 그렇게 이야기를 주고받으며 암스베르그 용작 가문의 저택으로 들어갔다. 저택 안으로 들어가자 항상 보던 집사가 고개를 내밀었다. 집사는 에르나와 안나 씨가 식사 중이라고 말한 다음, 두 사람에게 물어보지도 않고 나를 안내해주기 시작했다.

내가 올 때는 보통 이런 느낌이다. 개방적이라고 해야 하나, 뭐라고 해야 하나.

나는 그런 생각을 하며 두 사람이 있는 곳으로 향했다.

"어머? 아르잖아. 어서 오렴."

"실례합니다. 안나 씨."

안나 씨는 놀라지도 않고 방긋 웃으며 나를 맞이해 주었다.

그리고 일어선 뒤에 세바스를 데리고 이동했다. 아마 내 식사나 간식을 준비해주려는 것 같다.

나는 그 호의를 받아들여서 에르나 앞자리에 앉았다.

"아르? 무슨 일이야? 갑자기."

"성에 귀족이 잔뜩 있길래 빠져나왔어."

"괜찮은 거야? 그리고 허가는 받았겠지?"

"글쎄. 뭐, 나라면 괜찮겠지. 허가는 받았어. 어머님이."

"또 그런 말이나 하고……."

에르나가 어이없다는 듯한 표정을 지었다. 평소와 다를 게 없는 에르나다. 풀죽은 낌새는 보이지 않는다. 그래도 평소와는 뭔가 다른 것 같은 느낌이 드는 건 나 때문일 것이다.

나는 눈에 띈 포도주를 들고 옆에 있던 잔을 두 개 들었다.

"나는 안 마실 건데? 아직 낮이잖아?"

"어울려 준다는 것도 몰라?"

"에휴……, 조금만이다?"

에르나에게서 타협을 이끌어낸 나는 그녀가 말한 대로 한쪽에는 조금만 따르고, 다른 한 쪽에는 잔뜩 따랐다. 그리고 조금 따른 잔을 에르나에게 건넸다.

그리고 잠깐 말이 없는 시간이 흘렀다. 에르나는 아무런 말도 하지 않았다. 아마 내가 무슨 말을 하려는 건지 알고 있을 것이다. 그래도 재촉하지는 않는다.

나는 그걸 고맙게 느끼며 조용히 고개를 숙였다.

"미안해……."

"왜 사과하는 건데."

"……크리스타가 본 미래는 아무리 애를 써도 똑같은 광경에 도달해. 에르나가 어떻게 했더라도 크리스타가 납치당하는 건 확정되어 있었다는 뜻이야. 하지만 나는 네게 호위를 의뢰했어. 치욕을 준 거나 마찬가지라고……."

"그래? 그래도 결국 리타는 살아났는데?"

"너만큼 강한 힘을 지니고 있다면 어떻게든 할 수 있을 거라 생각했어. 하지만……, 미래가 바뀌지 않을 거라 말했다면 움직임에 망설임이 생겼을지도 몰라. 그래서 비밀로 했지. 나는……, 너를 속인 거야. 그러니까 미안해……."

"……모욕이야."

에르나가 조용히 중얼거렸다. 하지만 말한 내용과는 달리 목소리에는 분노가 담겨있지 않은 것 같았다. 고개를 들자 에르나가 나를 똑바로 바라보고 있었다.

"사과하는 건 나를 모욕하는 거라고. 아르."

"……그래도, ……너는 근위기사를……."

"꿈이긴 했지. 그걸 목표로 노력했어. 근위기사가 되어서 제국을, 황족을 지키는 게 암스베르그 용작 가문의 사명이고, 책임이라는 이야기를 들으면서 자랐으니까. 그래서 근위기사가 되었을 때도 기뻤어. 근위기사단의 단장 자리도 노리고 있었고, 모두가 그게 당연한 거라 생각했어. 하지만 이번 일 때문에 그 꿈이 멀어지긴 했을 거야. 그래도 상관없어."

에르나는 그렇게 말하며 웃었다. 정말로 문제가 안 된다는 듯한 미소였다.

하지만 나는 알고 있다. 근위기사가 되기 위해서. 암스베르그 용작 가문의 이름을 부끄럽게 여기지 않기 위해서. 에르나가 얼마나 노력했는지를. 그 노력을 물거품으로 만들었는데도 정작 에르나는 화를 내지 않고 그저 웃고만 있다.

그게 괴로웠다. 차라리 화를 내주는 게 더 낫다.

"······."

"또 그런 표정 짓네. 말했을 텐데. 내 맹세는 내 명예보다 훨씬 더 소중해. 그러니까 신경 쓰지 않아도 돼. 나는 아르를 저버리지 않아. 나는 그 맹세에 따라 움직인 거야. 아르 책임이 아니라고. 많은 가능성이 있다는 걸 알면서도 나는 내 책임으로 움직였어. 멋대로 내 책임을 뺏지 말아줄래? 그리고 내가 도움이 되었지?"

"······그래, 물론이지."

"다행이네. 그럼 된 거 아니야? 크리스타 전하와 리타는 무사했어. 나도 도움이 되었고. 그렇다면 내 승리지. 굳이 말하자면 좀 더 화려하게 구해내고 싶었는데 말이야."

에르나는 그렇게 말한 다음, 장난기 어린 미소를 보이며 포도주가 든 잔을 들었다.

그리고.

"알겠으면 그렇게 칙칙한 표정 짓지 마. 여기에 뭐하러 온 거야? 사과만 하러 온 거면 이제 용건은 끝났지? 그럼 축하하자. 내 조촐한 승리를."

에르나는 정말로 뽐내는 듯한 미소를 지으며 잔을 들었다.

그 모습을 보고 계속 답답해할 정도로 촌스럽진 않다. 나는 망설임과 후회를 떨쳐내고 잔을 들어 올렸다. 에르나는 지금까지의 흐름을 승리라고 했다. 많은 사람들이 변명이라고 할 것이다. 하지만 나는 그게 확실한 승리라는 걸 알고 있다.

축하해야 한다. 내 검이 승리했으니까.

"에르나의 조촐한 승리를 위하여."

"그래, 내 조촐한 승리를 위하여."

우리는 그렇게 말하고는 잔을 부딪치며 건배했다.

곧바로 에르나는 조용히 잔을 기울였지만, 나는 단숨에 전부 마셔버리고 다시 포도주를 따랐다.

"그런 식으로 마시면 후회할 텐데?"

"괜찮아. 축배라면 시원스럽게 마시는 게 예의지."

"마치 모험가 같은 말투네. 뭐, 싫진 않지만."

에르나가 그렇게 말한 순간. 내 손이 잠시 멈췄다.

죄책감에 휩싸여 모든 것을 말해 버릴까 하는 마음이 들었다. 하지만 그걸 마지막 순간에 억누르고는 포도주와 함께 삼켰다.

지금 비밀을 밝혀도 이익은 없다. 쓸데없는 비밀을 에르나에게 짊어지게 만들 뿐이다. 언젠가 말해야만 할 것이다. 하지만 지금은 아니다. 계속 폐만 끼쳤다. 지금 응석을 부리는 건 간단하지만, 더 이상 그럴 순 없다.

내게도 오기는 있다.

"에르나……, 나는 반드시 레오를 황제로 만들 거야."

"갑자기 왜 그래?"

"취했나…….."

"후후, 그렇게 술이 약하진 않잖아?"

"가끔 약해질 때가 있다고……, 레오가 황제가 되면 바보 같은 제위 쟁탈전 같은 관례도 없애줄 거야. 제위 쟁탈전이 황제를 육성하기 위해 효과적일지도 모르지. 다른 나라에 비해 제국은 어리석은 황제가 생길 확률이 꽤 낮으니까. 그래도 그것 때문에 피를 흘리는 건 바보 같은 짓이야……, 그 녀석이라면 좋은 방법을 생각해 줄 것 같거든."

죽고 싶지 않다는 마음은 있다.

마음대로 살고, 마음대로 모험가 일을 하고, 마음대로 죽고 싶다. 그게 내 인생 설계다.

그러기 위해서는 레오가 황제가 되는 게 제일 낫기에 레오를 황제로 밀어주고 있기도 하다. 하지만 이렇게 바보 같은 관례가 계속 이어지는 한, 내 인생 설계는 달성되지 않는다.

만약에 이번에 이겨서 살아남는다 하더라도 아이가 생기면 그 아이가 제위 쟁탈전에 휘말리게 될 것이다.

제위 쟁탈전에 참가한 내가 휘말리는 건 뭐, 백 보 양보해서 그럴 수도 있다. 하지만 크리스타는 그렇지 않다. 나중에 태어날 많은 황족 아이들도 그렇지 않을지 모른다.

제위를 노리지도 않는데도 휘말리고, 휘둘리는 건 너무나도 부조리하다.

"과연 그럴까? 계속 변함이 없었던 제도잖아? 훌륭한 후계자를 배출하는 건 황족의 사명이야. 드넓은 제국을 다스릴 수 없을 정도로 어리석은 황제가 나타나면 제위 쟁탈전 때문에 흐르는 피보다 더 많은 피를 흘리게 돼. 그것도 백성의 피를."

"나도 알아. 억지를 쓰는 거겠지. 황족으로 태어난 이상, 황족의 책무로부터는 벗어날 수 없어. 그게 대가라는 건 알아. 하지만……, 그렇게 납득한다면 아무것도 바뀌지 않아. 나처럼 생각하던 황족도 많이 있었을 거야. 그럼에도 불구하고 아무도 움직이지 않았지. 미래에 기대만 해봤자 바뀌는 건 없어."

"그렇다면 아예 황제가 되어버리지 그래?"

"바보 같은 소리하지 마……. 나는 부조리한 관례라고 생각하는 것과 동시에 효과적이라고도 생각해. 분명히 현실적인 판단을 내려야 하는 상황에 직면하면 관례를 없애지 않는 쪽을 선택하겠지. 그러니 나는 레오를 황제로 만들 거야."

"레오도 그런 판단을 내리면?"

"레오는 그러지 않아. 그 녀석은 나와 다르거든. 현실적이고 효과적인 방법보다는 이상적이고 효과적인 방법을 찾을 녀석이야."

에르나는 내 말을 듣고 웃었다. 그리고 내게 잔을 내밀었다.

"그러게. 나도 그렇게 생각해. 레오에게는 기대하게 만드는 무언가가 있는 것 같아. 그래서 많은 사람들이 레오에게 협력하는 거겠지."

"그렇지?"

"자랑스러운 동생을 칭찬해 주니 좋아?"

"그야 물론이지."

나와 에르나는 그렇게 이야기를 주고받으며 눈 깜짝할 새에 한 병을 전부 마셔 버렸다.

세바스와 함께 돌아온 안나 씨에게 한 병 더 달라고 떼를 썼지만, 내주진 않았다. 하지만 에르나와 이야기를 하는데 술이 꼭 필요한 것은 아니다.

나는 오랜만에 에르나와 이런저런 이야기를 나누며 기분좋게 그 날을 마무리했다.

11

성 중층. 그곳에 있는 고든의 방 안에 소니아가 있었다.

"네 말대로 편지를 탈환하고 나서 시간을 두었다. 이러면 되는 거겠지?"

"네. 그동안에 전하께서 편지를 되찾았다는 식으로 꾸밀 겁니다. 그러면 편지를 가지고 있다고 추궁하더라도 둘러댈 수 있을 겁니다."

고든은 소니아가 한 말을 듣고 고개를 끄덕였다. 평소 때 고든이라면 편지를 이용해서 곧바로 잔드라를 협박했을 것이다. 하지만 소니아가 말렸다. 제위 쟁탈전에서 승리할 생각이 있다면 잔드라를 협박하는데 편지를 써먹는 건 아깝기 때문이다.

"중신 회의 때 이 편지의 존재를 밝히고 남부 귀족의 우두머리, 크류거 공작을 용서해선 안 된다고 호소한다. 그러면 폐하도 남부 귀족을 방치할 수 없겠지. 크류거 공작도 그렇게 되면 대놓고 반기를 들 테고. 그러면 내 특기 분야가 된다. 훌륭한 조언이었다, 소니아 라스페이드. 역시 천재 참모의 딸이로군."

고든이 칭찬하자 소니아는 무표정하게 고맙다고 말했다. 그 태도를 본 고든은 살짝 미소지었다.

"안심해라. 네가 내 힘이 되어준다면 아버지와 조부모에게 손을 대진 않을 거다."

"……약속은 지켜주셔야겠습니다. 제가 당신께 힘이 되어드리는 건 앞으로 '두 번'뿐이에요."

소니아는 제위 쟁탈전 따위에는 흥미가 없었다. 자신과 주위 사람들이 피해를 입지 않는다면 누가 황제가 되더라도 상관이 없기 때문이다. 그건 제국에 사는 사람들 대부분도 마찬가지였다.

하지만 소니아는 평범한 사람이 아니었다. 그렇기에 휘말렸다. 10년 전. 소니아는 하프엘프라는 이유로 어머니와 함께 엘프의 마을에서 쫓겨나 페를랑 왕국과 제국의 국경에 있는 마을 변두리에서 조용히 살고 있었다.

하지만 제국군과 왕국군의 싸움에 휘말린 탓에 마을이 괴멸적인 피해를 입었고, 소니아는 어머니와 헤어져 버렸다. 그리고 불꽃에 휩싸인 마을 안에서 폭도가 된 왕국군의 잔당에게 습격당하던 와중에 양아버지가 구해준 것이다.

제국군의 천재 참모로서 군 내부에서 유명했던 소니아의 양아버지는 소니아를 구해준 뒤에 중상을 입고 군에서 은퇴했다. 제국군의 어떤 지휘관이 소니아의 양아버지가 하는 말을 듣지 않고 무모한 추격 끝에 반격당했기 때문이다. 그 부대를 구출하기 위해 소니아의 양아버지는 자신의 목숨을 걸고 후위 부대를 지휘하여 멋지게 탈출시켰다. 그 지휘관이 바로 10대였던 고든이었다.

고든은 몇 번이나 양아버지의 조언을 무시하고 무의미하게 전선을 확대시켰다. 그 결과가 소니아의 마을이었다. 게다가 공을 세우려는 마음에 초조해져서 양아버지가 큰 부상까지 입게 만들었다.

소니아에게 있어서 고든은 증오스러운 적이다. 그럼에도 불구하고 소니아는 고든에게 조언을 해야 하는, 어쩔 수 없는 사정이 있었다.

소니아는 군대에서 은퇴한 양아버지와 그의 부모 밑에서 건강하게 자라났다. 하프엘프라는 것으로 인해 차별을 당했지만, 자상한 양아버지와 조부모가 있었기에 괜찮았다.

그렇게 평화로웠던 나날을 끝낸 것도 고든이었다. 예전부터 양아버지에게 자신의 군사가 되라고 요구하던 고든은 승낙을 받지 못하자 강경 수단을 동원했다.

양아버지의 부모님을 인질로 잡은 것이다. 하지만 후유증으로 인해 장거리 이동을 할 수 없는 양아버지가 제도로 가는 건 무모했다. 그래서 대신 소니아가 온 것이다.

양아버지의 서재에 있던 귀중한 서적. 군략과 마법에 대해 적힌 그 책이 소니아의 교과서이자 장난감이었다. 책을 읽고, 지식을 쌓으면 양아버지와 심오한 대화를 나눌 수 있다. 이윽고 소니아는 천재 참모와 전술에 대한 이야기를 나눌 수 있을 정도로 성장했다.

그렇기 때문에 소니아는 스스로 나서서 양아버지 대신 제도에 왔다. 조언을 하는 건 세 번뿐이라는 조건을 내걸고. 따르지 않는다고 해서 인질을 잡는 고든이 얌전히 약속을 지킬 거라 생각하진 않았지만, 그냥 이용당하기만 할 수는 없었다.

다행히 고든이 지금 하고 있는 것은 제위 쟁탈전이다. 대항 세력이 있다. 다른 세력이 소니아의 힘에 눈독을 들인다면 권유를 받을 기회도 생길 것이다. 그때 양아버지와 조부모의 구출을 조건으로 내건다는 것이 지금 소니아가 세울 수 있는 유일한 작전이었다.

그러기 위해서는 마음에 들지 않더라도 진지하게 책략을 생각해야만 한다. 소니아는 감정을 억누르고 첫 번째 조언으로 편지의 운용 방법을 고든에게 말해준 것이다.

"네 지혜를 앞으로 두 번밖에 빌릴 수 없는 건가? 아니면 앞으로 두 번이나 네 지혜를 빌릴 수 있는 건가? 과연 어느 쪽일까?"

"제가 조언해 드리는 건 앞으로 두 번. 그 질문에 대한 대답으로 한 번을 쓰시겠습니까?"

"흥, 그만두지. 편지는 한동안 내버려 두마. 물러가라. 곧바로 네 힘을 빌릴 일은 없을 테니까. 진짜 필요해지는 때는 전장에 나갔을 때다."

고든의 말을 듣고 소니아는 인사를 한 뒤 방을 나섰다. 그리고 향후에 대해 머릿속으로 생각했다.

황제가 의심하면 크류거 공작이 높은 확률로 반기를 들 것이다. 황제는 그들을 토벌하기 위해 고든에게 중앙군을 맡길 것이다. 내란 발발이다.

그 틈을 타서 다른 나라가 제국 침략을 시도한다. 제국의 국경 수비군은 뛰어나기 때문에 내부에 침략당할 일이 없다고는 하더라도 완벽하게 물리칠 수 있을지는 미묘하다. 정체된 국경 전선에 투입되는 것은 내란을 마친 고든이다.

에릭이 외교 쪽으로 활약하겠지만, 고든은 그 못지 않은 공을 세우게 된다. 적어도 세울 수 있는 기회가 온다. 그래서 소니아는 잔드라를 협박하는 것을 반대했다. 고든의 목적은 제위이고, 그쪽 라이벌은 잔드라가 아니라 에릭이기 때문이다.

하지만 고든의 특기 분야는 전투다. 그것을 살리기 위해 내란을 일으키면 많은 사람들이 죽는다. 전혀 상관도 없는 백성이 목숨을 잃게 될 것이다.

"……나도 마찬가지려나."

소니아는 홀로 중얼거렸다. 고든은 제위 쟁탈전에서 이기기 위해 수단을 가리지 않았다. 소니아도 양아버지와 조부모를 구하기 위해 수단을 가리지 않는다. 내란을 일으켜서 제국의 백성이 아무리 많이 죽는다 하더라도 소니아는 양아버지와 조부모를 구해내기로 결심했다. 이번이 바로 은혜를 갚을 때이기 때문이다.

하지만 생각하면 할수록, 죄책감이 마음을 따끔따끔 찔러댔다.

예전에 양아버지가 했던 말을 떠올린 소니아는 쓴웃음을 지었다.

"역시 나는 군사하고는 안 맞네."

전장에서 얼마나 많은 사람이 죽을까. 그것을 머릿속으로 파악하면서 이기기 위한 책략을 생각하는 것이 군사다. 책상 위에서 가볍게 다루는 말 하나하나가 살아있는 사람이라는 것을 이해하면서 그 말들을 이기기 위해 효율 좋게 써먹는다. 그러지 못한다면 아무리 지식과 지혜를 지니고 있다 하더라도 군사가 될 수 없다.

많은 사람들이 현장에서 수많은 벽을 뛰어넘으며 진짜배기 군사에 다가선다. 하지만 소니아는 그 경험이 부족했다. 그럼에도 불구하고 소니아는 할 수밖에 없었다.

퇴로는 이미 끊겨버렸으니.

12

"결국 오늘도 찾아내지 못했나…….."

편지를 빼앗긴 지 벌써 2주일이 지났다. 편지를 둘러싼 상황에는 변화가 없고, 고든 쪽도 움직임을 보이지 않았다. 우리도 편지를 찾고 있긴 하지만, 온 힘을 다해 숨기면 찾아낼 방법이 없다.

며칠 뒤에는 중신 회의가 열린다. 고든은 그때까지 움직이지 않을 것이다.

나는 살짝 한숨을 쉬었다.

"역시 위험한 상황인가요?"

피네가 내게 홍차를 따라주며 걱정스러운 듯이 물었다.

안심시키기 위해 웃어보였지만, 그 때문에 피네의 표정이 더욱 어두워졌다.

"뭐, 그럭저럭 위험하지."

"거짓말을 하시네요……, 사실은 정말 위험한 거죠?"

"역시 들켰나."

나는 머리를 긁으며 한숨을 크게 쉬었다.

원래는 우리가 편지를 손에 넣어서 아버님에게 건넬 예정이었다. 그러면 아버님은 자신에게 유리한 타이밍에 남부 귀족의 부정부패를 다룰 수 있게 된다. 내란이 일어나지 않게끔 세밀하게 조정할 수 있는 것이다.

하지만 편지는 고든의 손에 넘어갔다. 아버님은 고든의 타이밍에 맞춰서 남부 귀족의 부정부패를 건드리게 된다. 그렇게 빨리 남부 귀족의 부정부패가 드러나면 반란을 피할 수가 없다. 아버님이 움직이지 않더라도 크류거 공작이 반기를 들 것이다.

이렇게 된 이상 원래 계획은 써먹을 수 없다. 대규모 내란이 일어나면 틀림없이 다른 나라가 제국을 노릴 것이다. 고든에게 있어서 그런 전개는 바라던 바일 것이다.

아버님도 전쟁이 일어나면 고든을 써먹을 수밖에 없다.

"이제⋯⋯, 내란은 피할 수 없을지도 몰라. 고든은 장군이야. 공을 세우려면 전쟁이 일어나는 게 당연히 좋겠지. 고든의 지지자들도 기뻐할 거야. 하지만 그 녀석에게는 그것을 실현시킬 책략이 없었어. 그런데 지금은 있지."

"하프엘프 군사 씨 말이군요?"

"그래. 소니아는 버거운 상대야. 고든 진영의 약점을 잘 보완할 수 있는 인재지. 하지만 고든이 계속 그녀의 조언에 따를 것 같지는 않아. 언젠가 고든은 그녀를 믿지 않게 되겠지. 지금 고든은 그럴 만한 그릇이 못 돼. 하지만⋯⋯."

"그걸 기다릴 시간이 없다는 뜻이네요."

나는 피네가 한 말에 고개를 끄덕였다. 소니아의 책략이 순조롭게 진행되는 동안에는 내분이 일어나지 않는다. 조언이 전부 완벽하게 들어맞는 군사는 존재하지 않는다. 언젠가는 예상했던 것과 다른 일이 일어난다. 고든은 그것을 용납하지 않을 것이다.

할 수만 있다면 그렇게 만들고 싶다. 하지만 소니아는 고든 뒤에서 정세를 예상하는 데 전념하고 있다. 그런 상황에서 예상을 빗나가게 만드는 건 힘든 일이다.

"마음대로 안 되네."

"그러고 보니 크리스타 전하께서 유괴당하셨을 때, 후드를 쓴 분이 도와주셨다고 하네요."

"……귀가 뾰족했어?"

"그런 모양이에요."

"그렇구나……, 원래는 착한 사람이겠지."

제도에 엘프가 그렇게 많을 리가 없다. 게다가 크리스타의 유괴 현장에 우연히 나타나다니, 말도 안 되는 확률이다. 그것보다는 소니아가 소동이 일어난 것을 눈치채고 재빠르게 움직였다는 게 더 그럴싸하다.

"싸우고 싶지 않으신가요?"

"왜 그렇게 생각하는데?"

"싫은 듯한 표정을 지으셔서요."

"그렇구나. 뭐, 싫긴 하지. 확실히 그녀하고는 마음이 잘 맞았어. 하지만……, 그것뿐이야. 그녀에게도 지켜야만 하는 게 있는 거겠지. 각오를 다졌고, 이유도 있을 거야. 무겁고 강한 이유가. 그렇지 않다면 고든을 도와줄 리가 없지. 그래도 적이라면 쓰러 뜨릴 뿐이야."

"슬프네요."

"슬프지. 하지만 개인적인 감상이야. 고든은 그녀의 조언에 따라 내란을 일으킬 거라고. 싸우지 않겠다고 말하는 건 간단할 거야. 하지만 그 내란으로 인해 피해를 입은 백성을 무슨 염치로 봐야 하지? 하찮은 제위 쟁탈전의 결과로 내란이 일어나는 건데. 그쪽이 훨씬 더 슬퍼."

피네는 내가 한 말을 듣고 슬픈 듯이 눈을 내리깔았다. 딱 잘라 생각하는 것이 중요한 것을 피네도 이해했을 것이다. 그럼에도 불구하고 슬픈 감정을 얼굴에 드러내는 건 내 대신 그렇게 해주려 하기 위해서일 것이다.

나는 개인적인 감정보다 중요한 것을 위해 움직일 수밖에 없다. 제위 쟁탈전에 끼어든 시점에서 나는 개인의 감정을 우선시하면 안 되는 입장이 되었다. 그 입장에 휘둘릴 생각은 없지만, 융통성을 발휘하지 못할 때도 있다. 그게 바로 지금이다.

"너는 착하구나."

"아르 님만큼은 아니에요."

"나는 착하지 않아. 반드시 죽여야만 하게 되면, 나는 소니아를 죽일 거라고."

"그때는 분명히 다른 누군가에게 살해당하지 않게끔 죽여야 할 때겠죠. 구하지 못하고, 지켜주지 못한다면 적어도……, 그래서 아르 님께서는 그 누구보다 착하신 분일 거예요."

나는 과대평가라고 말하며 웃었다. 하지만 피네가 그런 말을 해주니 나쁜 기분이 들지는 않았다. 피네가 생각해 주는 나 자신으로 있자는 생각이 든다. 그러기 위해서는 지금 상황을 뛰어넘을 필요가 있다.

내란을 막는 것을 포기하면 얼마든지 방법이 있다. 내란은 우리가 편지를 입수했더라도 일어났을 가능성이 크다. 안타까워할 필요는 없을지도 모르겠다. 하지만 안타까워하지 않는 것과 포기하는 것은 별개다.

막을 노력을 게을리해도 되는 건 아니다. 최선은 역시 내란이 일어나지 않게끔 만드는 것이다.

감정적인 것을 제외한다 하더라도 대규모 내란이 발생하면 레오의 평가가 크게 떨어지게 된다. 편지를 손에 넣었다면 막을 수 있었을지도 모른다는 이야기를 듣게 되기 때문이다.

제국, 백성, 그리고 제위 쟁탈전. 내란을 막을 수 있다면 그 모든 것에 이익이 된다.

"세바스에게는 편지의 수색을 명령했지만, 아무리 세바스가 대단하더라도 힘들겠지. 여러모로 각오하고 실버로서 레오에게 협력해야 했나……?"

후회해 봤자 소용이 없다. 시간은 되돌릴 수 없다. 하지만 그렇게 할 걸 그랬다는 생각을 막을 수가 없다.

레베카를 보호하러 갈 때, 처음부터 실버로서 움직였다면 들킬 우려는 없었다. 그랬다면 곧바로 전이라는 방법을 쓸 수 있었다. 그렇게 해서 편지를 찾아낼 수 있었을지는 모르게지만, 황자 모습으로 행동하는 것보다는 동원할 방법이 많았다.

하지만 그것에는 치명적인 문제가 있다.

"하지만 그렇게 되면 실버 님께서 개인적으로 레오 님께 협력하고 있다는 사실을 들키게 되어버리죠. 지금까지는 몬스터 토벌이라는 변명 거리가 있었지만요…….”

“그렇지. 고대 마법을 다루는 자가 제위 쟁탈전에 끼어드는 거니까. 틀림없이 반감을 사게 될 거야.”

제위 쟁탈전과 깊은 관계가 있는 레베카의 보호 임무에 실버로서 동행하면 지금까지 지켜왔던 일정한 선을 넘게 된다.

제도의 수호자이자 백성의 수호자. 그렇기 때문에 실버의 행동이 용납되었다. 몬스터와 관련이 있는 것도 아니고, 제국의 위기도 아니라 단순한 세력 다툼인데도 어느 한쪽에 지나치게 도움을 주고 있다는 사실이 들통나면 어떤 소문이 퍼질지도 예측불가. 소니아라면 그런 상황을 잘 이용할 것이다.

최악의 경우, 위협적인 존재라는 소문이 퍼져서 실버로서 활동하지 못하게 될지도 모른다. 제국에는 그만큼 고대 마법과 황족의 조합에 트라우마가 있다.

그렇게 되면 우리는 편지와 맞바꾸어 비장의 수를 잃게 된다. 그런 위험을 무릅쓸 수는 없다.

“에휴……, 생각해 봤자 소용이 없지. 후회해 봤자 해결되는 것도 아무것도 없고.”

뭐, 딱히 그때뿐만이 아니라 실버에게는 여러 가지 제약이 있다. 그래서 움직일 수 있는 타이밍이 제한된다.

너무 강한 데다 금기까지 건드린다. 몬스터가 관련된 문제 이외에 움직일 때는 나름대로 이유가 필요한 것이다. 그렇기 때문에 이번에는 고전하고 있다. 아예 몬스터를 끌고 와주는 게 더 편한데.

"어서 해결 방법을 찾아내지 못하면 모처럼 얻었던 아버님의 신뢰를 잃게 될 거야. 그러면 지금까지 해온 고생 자체가 물거품이 될 테고."

"남부 귀족 분들과 대화를 나눌 수는 없을까요?"

"거의 다 부정부패를 저질렀던 귀족들인데? 대화 같은 건……."

나는 그렇게 말하다가 입을 다물었다. 그 녀석들은 교섭 따위에 응하지 않는다. 계속 그렇게 생각하고 있었다.

하지만 틀림없이 단 한 번, 응할 순간이 오게 된다.

"피네……, 너는 천재야."

"네?"

"미안한데, 레오를 불러와 줄 수 있을까? 좋은 방법이 생각났거든."

나는 그렇게 말한 다음, 붓을 들고 머릿속에 떠오른 계획을 종이에 적기 시작했다.

그 모습을 본 피네는 당황하면서도 곧바로 레오를 부르러 갔다.

■ ■ ■

"형, 좋은 생각이 났다는 게 사실이야?!"

"잠깐만 기다려. 음~, 과제는 이 정도려나? 이제 호위만 남았군. 호위를 어떻게 할지가 문제인데."

나는 끙끙대며 팔짱을 끼고 고민했다.

그런 나를 보고 레오가 책상 위에 있던 내 난잡한 계획서를 들고 훑어보았다.

"……형, 이거 제정신이야?"

"물론이지. 실행하는 건 내가 아니지만 말이야."

내가 가벼운 말투로 말하자 레오가 정색하는 표정을 지었다. 내가 생각한 책략을 실행할 사람은 레오다.

"어떤 책략인가요?"

"간단히 말하자면, 교섭을 하겠다고 속여서 기습할 거야."

"네……?"

"적의 본거지에 쳐들어가서 재빠르게 제압하는 거지. 남부 귀족들 중 대부분은 크류거 공작을 두려워하고 있을 뿐이야. 공작이 패배하면 곧바로 항복할 거라고."

후계자가 될 만큼 유력한 귀족도 없고, 그럴 만한 의의도 없다.

고든을 통해 남부 귀족의 부정부패가 황제에게 전달되었을 때, 크류거 공작은 반기를 들 것이다. 하지만 목적은 제국의 찬탈이 아니다. 황제로부터 양보를 끌어내 자신들의 안전을 확보하고 싶기 때문이다. 가만히 앉아서 기다리기만 하면 확실하게 심판을 받게 된다. 그렇게 되지 않기 위한 수단. 그것이 반란이다.

크류거 공작이 붙잡히면 애초에 황제와 대등하게 교섭할 수 있는 리더를 잃게 되고, 조직으로서 한데 뭉치지도 못하게 된다.

"저는 대화를 나눌 수 있다면 좋을 것 같다고 말씀드린 것 같은데요…….”

"그게 천재적인 발상이었어. 그 녀석들은 결코 대화에 응하지 않겠지만, 단 한 번, 응할 만한 기회가 있지."

"내란이 시작되기 직전. 황제가 보낸 사자에게라면 틀림없이 교섭에 응할 것이다. 무슨 말을 하고 싶은 건지는 알겠는데…….”

"너는 남부의 반란이 자기 책임이라고 말할 수 있는 입장이야. 명예를 만회할 기회를 달라고 아버님에게 호소하면 그 역할을 얻어낼 수 있지. 물론 네게 그럴 생각이 있다면 말이지만."

"그걸 문제 삼는 건 아니야. 나 자신은 이 책략을 매우 찬성한다고. 잘만 되면 그야말로 최선이니까."

그렇다. 적 본거지에 잠입한 뒤 기습. 성공하면 그야말로 일격 필살. 고든의 음모를 완전히 저지할 수도 있고, 쓸데없이 남부의 백성을 괴롭히지도 않게 된다.

하지만 과제도 많다. 우선, 첫 번째로 호위 부대가 필요하다.

"호위로 따라갈 소수 부대. 그들이 반드시 정예여야만 해. 세바스를 데리고 간다고 하더라도 전투 실력이 뛰어난 부대를 데리고 갈 필요가 있지."

"하지만 근위기사대는 데리고 갈 수가 없어. 분명히 경계당할 테니까."

"그래. 그런 부대를 찾아야만 해. 하지만 문제는 그것뿐만이 아니야."

그리고 두 번째. 성공 확률을 높여서 황제인 아버님에게 허락을 받는 것.

"아버님께서 허락해 주실 것 같진 않은데."

"분명히 위험하고, 인질로 잡히면 향후 형세에도 영향이 생길 테니까. 군대를 투입하는 건 이런저런 것들을 따질 필요도 없고. 그러니 납득시킬 수 있을 만한 재료를 갖출 필요가 있어."

"어떻게 성공 확률을 높일 건데?"

"우선 정예 부대를 갖출 거야. 그리고 상대방을 방심하게 만드는 거지. 우선 이 두 가지를 철저하게 밀어붙여야 할 거야."

레오가 사자로 가게 되는데도 불구하고 근위기사대를 동원할 수 없다.

그렇게 하면 적이 방심하는 상황을 이끌어낼 수 있긴 하겠지만 부족하다. 적이 더욱 방심하게 만드는 방법을 생각해내고 근위대 버금가는 정예 부대를 찾아낼 필요가 있다.

"힘들겠네."

"뭐, 활로가 보이지 않는 것보다는 훨씬 낫지. 피해를 최소한으로 억누르고 내란을 막는 거야. 허들이 높긴 하지만, 해볼 만한 가치는 있어."

그렇게 우리 작전 회의가 시작되었다.

13

다음 날. 우리는 곧바로 이번 작전에 대해 전문가에게 물어보기로 했다.

"아르다운 작전이네."

"그래? 꽤 나이스한 작전이지?"

"그래, 아무렇지도 않게 기습하려는 생각인 게 아르다워."

전문가, 에르나의 솔직한 감상을 듣고 나는 인상을 찌푸렸다. 내가 기사도 정신과는 인연이 없는 남자이긴 하다. 사자 행세를 하며 기습 부대를 잠입시키는 것은 어떤 의미로 비겁함의 극치일 것이다.

하지만 그렇게 해서 희생을 줄일 수 있다면 해야만 한다.

"그래도 효과적이잖아?"

"그래. 하지만 이대로는 절대로 성공하지 못할 거야."

에르나가 그렇게 딱 잘라 말했다. 에르나는 근위기사로서 각지에서 임무를 수행한 경험이 있다. 그렇게 일을 하며 남부 최대의 도시이자 크류거 공작의 본거지인 분메에 간 적도 있을 것이다.

그런 에르나가 성공하지 않을 거라고 하는 걸 보니 그만큼 분메가 견고한 곳이라는 뜻이다.

"분메가 그렇게 견고해?"

"성채 도시로서의 외벽은 사자로서 넘어 갈 수 있으니 문제가 안 될 거야. 중요한 건 내부에 있는 성이지. 크기가 큰 데다 내부에서 길을 찾기 힘들어. 복잡한 구조라서 위로 올라가는 것도 힘들고."

"내부의 지도가 필요한가……."

"그래. 그게 없다면 말도 안 되지. 그리고, 그 지도가 있다면 말인데……."

에르나는 그렇게 말한 다음 나를 보았다.

비취색 눈동자가 의미심장하게 빛났고, 그녀는 자기 자신을 가리키며 방긋 웃었다.

"내가 가면 확실하거든?"

"네가 있다는 걸 알면서도 문을 열어줄 성 같은 곳은 대륙 어디에도 없을 거라고……."

"뭐라도 좀 생각해봐. 변장한다든가."

"변장 정도로 속일 수 있겠어? 마법약이라도 쓰면 혹시나 성공할 수 있을지도 모르겠지만……, 이번에는 네가 안 가는 전제로 생각해 줘."

"성검으로 성을 박살 내면 한방인데."

"용작 가문이 사자인 척하다가 기습하다니, 평판으로 따지면 최악이잖아……."

용작 가문의 힘은 어디까지나 제국 바깥을 향해 써야 한다. 그러지 않으면 공포가 제국 전체로 퍼지게 되어버린다. 그리고 그 공포는 이윽고 거대한 의심으로 이어질지 모른다.

용작 가문은 쓰지 않아도 된다면 안 쓰는 게 낫다.

"그리고 네가 남부에 간다면 여차할 때 국경에 파견할 수 없게 되잖아."

"다른 나라를 견제하기 위해 남으라고?"

"내란의 낌새가 강해지면 움직이는 나라도 있을 거야."

"뭐, 아르가 그렇게 말한다면 내가 가지 않는다는 전제로 생각해볼게."

에르나는 그렇게 말한 다음 턱에 손을 대고 잠시 생각에 잠겼다. 그리고 고개를 몇 번 끄덕이고는 손가락을 두 개 펴들었다.

"이 작전을 성공시킬 가능성이 있는 부대는 두 군데뿐이야."

"한 군데는 대충 짐작이 되는데."

"그렇겠지. 알고 있듯이, 근위기사단. 하지만 그건 안 되지?"

"크류거 공작은 제5비의 오빠야. 제도에 몇 번이나 왔었지. 근위기사단 단원들을 잘 알고 있어. 낯익은 얼굴이 보이면 들여보내주지 않을 거야."

"나도 그렇게 생각해. 그렇다면 나머지 한 군데뿐인데……."

에르나가 씁쓸한 표정을 지었다.

뭐지? 별로 말하고 싶지 않다는 느낌인가? 에르나치고는 드문 표정인데.

"왜 그래?"

"솔직히 별로 추천하고 싶지 않아."

"그래도 말해줘."

"에휴……, 애초에 아르가 고든 전하 따위에게 편지를 뺏긴 게 잘못인데, 왜 내가 걱정해야 하는 거냐고……."

에르나가 원망스러운 듯이 나를 노려보았다. 갑자기 불평이 튀어나오자 나는 눈을 연달아 깜빡였다.

갑자기 왜 그러는 건데.

"화났어?"

"화난 건 아니야. 어이가 없는 거지……, 항상 골치 아픈 일에만 휘말리고. 다치기라도 하면 어쩔 건데?"

"미안해. 하지만 제위 쟁탈전 중이라고. 어쩔 수 없잖아?"

"정말……, 지금부터는 나도 협력해 줄게. 그걸 알아둬."

"협력해 주겠다니……."

"물론 폐를 끼치지 않는 범위 안에서. 역시 집에 가만히 있는 건 내 성격하고 안 맞아."

그렇게 말한 에르나는 나를 똑바로 바라보았다. 에르나는 강력하다. 하지만 실버와 마찬가지로 제약이 많다. 뭐, 그런 부분은 본인도 잘 알고 있을 테니 받아들일 수밖에 없나.

"문제가 되지 않는 범위에서다?"

"물론이지. 그럼 결론이 나왔네."

에르나는 그렇게 말하며 기쁜 듯이 웃었다.

이렇게 제안을 하는 걸 보니 에르나도 나름대로 도울 수 있는 방법이 있는 모양이다. 아니면 도와줄 수 있는 사람을 알고 있는 건가?

하지만 근위대 말고 다른 부대로는 짐작 가는 곳이 없다. 그만큼 눈에 띄지 않는 부대라는 뜻이다. 그게 더 편하긴 하지만, 그만큼 실력이 좋으면서 눈에 띄지 않는다는 건 뭔가 이유가 있다는 뜻이기도 하다.

"근위기사단보다는 뒤처지지만, 아마 잠입만 놓고 따지면 근위기사들보다 실력이 더 좋은 사람들일 거야. 아르도 이름은 들어본 적이 있지 않을까? 제국군의 유일한 기사단. '네르베 리터'."

"?! 상처 자국의 기사들 말이구나……!"

물론 이름은 알고 있다.

네르베 리터. 제국군 내부에서 유일하게, 기사단으로 인식되는 독립부대.

그들은 모두 기사 출신으로 구성되어 있다.

어째서 기사 출신들이 제국군에 있는가 하면, 그들의 과거와 연관이 있다.

"다양한 이유로 인해 자신들의 주군을 고발하거나, 때로는 베어버린 기사들. 그들은 충성보다 정의를 선택했고, 그랬기 때문에 머무를 곳을 잃은 사람들이야. 섬기던 주군의 가문에 상처를 입히고 돌아다닌 그들은 상처 자국의 기사라 불리지."

"주군의 부정행위를 바로잡고 정의를 행했지만, 한번 주군을 배신한 기사를 거두어 줄 귀족은 별로 없지. 그런 그들을 받아주기 위해 만들어진 부대라고 들었는데."

정의의 기사라고 칭찬하더라도 실제로 자신 곁에 두려 하는 자는 없다. 아니, 그렇게까지 자신이 있는 귀족은 극히 소수다. 청렴결백한 사람은 별로 없고, 그렇게 훌륭한 사람도 때로는 자신의 주의에 어긋나는 짓을 해야만 할 때도 있다.

하지만 그들을 받아들이면 그 주의를 어긴 순간에 베일지도 모른다. 어디까지나 가능성이다. 그들도 전혀 융통성이 없는 건 아니다. 하지만 가능성이 있다는 것만으로도 받아들일 수 없다.

"그래, 그 인식은 잘못되지 않았어. 한번 그들에게 검술 훈련을 해주러 간 적이 있었는데, 정말 엄청난 훈련을 하고 있더라. 숙련도도 높고, 베테랑도 많았어. 아마 제국군 내부에서는 세 손가락 안에 꼽힐 정예일 거야. 게다가 어떤 진영에도 소속되지 않았고."

에르나가 내놓은 답은 만점에 가깝다.

하지만, 그럼에도 불구하고 에르나가 추천하지 않겠다고 한 건 그들의 과거 때문일 것이다.

"적지에 잠입하는 임무. 게다가 황자의 호위를 맡기는 건 위험하다는 거야?"

"뭐, 그것도 좀 있긴 하지만……, 적지에서 임무를 수행하는 이상, 동료를 확실하게 믿지 못하면 힘들 거야. 그들은 자아가 강해. 신뢰를 확실하게 얻어내지 못하면 자신들의 방식을 내세울 거야."

"연계 문제구나."

"물론 명령을 내리면 호위하러 따라가긴 하겠지만, 그들이 스스로 나서서 임무에 임해주지 않는다면 이 책략을 성공시키긴 힘들겠지."

명령에 따라 움직이는 게 아니라 그들 자신의 의지로 참가하는 게 이상적이라는 뜻이구나.

어려울 것 같다. 애초에 너무 위험한 임무고. 신뢰 관계를 만드는 게 가장 중요한 건가.

"납득시킬 수 있게끔 레오를 보낼까……."

"으음~, 그건 좀 미묘할 것 같은데. 레오는 순수한 기사들에게 정말 매력적으로 보이겠지만, 그들이 꼭 그럴 거라는 보장은 없으니까."

"그렇다면 어떻게 하지?"

"레오가 못하는 일은 아르가 하는 거잖아?"

에르나가 당연하다는 듯이 그렇게 말했다.

이봐, 이봐, 농담이지? 내가 설득하라고? 척 보기에도 다루기 까다로울 것 같은 기사 출신들을?

"아니, 그건 좀 힘들지 않을까……."

"괜찮아. 나도 따라가 줄 거고, 이건 내 생각인데, 아르가 더 신뢰를 잘 얻어낼 수 있을 것 같아. 아르가 신뢰를 얻어내고, 동생을 지켜달라고 하면 그들도 분명히 협력해 줄 거야."

에르나는 간단한 일이라는 듯이 미소를 지으며 그렇게 말했다. 나는 정색하며 물었다.

"그 근거가 뭔데?"

"어머? 몰랐어? 나도 기사 출신이거든? 그런 내가 아르를 더 적합한 사람으로 생각하잖아. 그게 근거야."

정말 대단한 근거구나, 나는 그렇게 생각하며 한숨을 크게 쉴 수밖에 없었다.

➡ 제3장 반격의 한 수

Episode 3.

1

며칠 뒤. 겨우 중신 회의 개최 소식이 들려왔다. 고든이 움직일 것은 거의 틀림없기에 나는 아버님에게 참가를 희망했고, 허락이 떨어졌다.

"준비는 겨우 제때 맞췄네."

"뭐, 아직 큰 일이 남아있긴 하지만 말이지."

준비는 대충 갖춰졌다. 하지만 네르베 리터와의 교섭만은 아직 끝나지 않았다. 그들이 비밀리에 훈련하러 어디론가 떠난 상태였기 때문이다.

나는 곧 에르나와 함께 그들에게 힘을 빌려달라고 부탁하러 간다. 단, 그 전에 중신 회의가 있다. 어차피 중신 회의에서 남부 귀족의 부정부패가 밝혀진다 하더라도 크류거 공작이 움직이게 되는 건 며칠 뒤다. 아직 시간이 있다.

"그건 형에게 맡길게."

"레오가 더 적합할 것 같은데 말이지……. 나는 함께 가지도 않 잖아?"

"그래도 에르나가 형이 더 적합할 것 같다고 생각했다면서? 그렇다면 분명히 형이 더 적합한 거야."

가끔 에르나가 무슨 생각을 하는 건지 이해가 잘 안 된다.

하지만 에르나의 직감은 잘 들어맞는다.

"해보기는 하겠지만 말이지……, 기대하진 마라?"

"아니, 아니, 기대할 건데."

"하지 말라고."

우리는 그렇게 이야기를 나누던 동안, 옥좌의 방에 도착했다.

■ ■ ■

"다들 고생이 많구나. 잘 모여주었다. 바쁜 와중에 미안하다."

제국의 중신들이 모이는 중신 회의. 각 대신과 더불어 요직을 맡고 있는 자들도 참가한다. 그곳에 내가 있다는 건 정말 어울리지 않지만, 아무도 신경 쓰지 않았다. 레오의 들러리 정도로만 생각하기 때문일 것이다.

"폐하께서 가장 바쁘시겠지요. 최근에 제국에서는 많은 문제가 발생하여 폐하를 몇 번이나 번거롭게 해드렸습니다. 그것도 전부 신하인 저희의 힘이 부족한 탓. 용서하여 주십시오."

중신들을 대표해서 에릭이 아버님에게 그렇게 말했다. 그 뒤를 이어 모두가 용서하여 주십시오라며 고개를 숙였다. 실제로도 아버님의 업무량은 과로로 쓰러졌는데도 줄어들지 않았다.

여유가 있었다면 편지 건에도 개입했겠지만, 그럴 틈이 없었다. 몬스터의 대량 발생으로 인해 각지가 혼란에 빠지고, 동부는 여전히 복구 중이다. 남부에서는 악마가 나타났고, 시터하임 백작 가문이 소멸했다.

황제로서 해야 할 일이 산더미처럼 쌓인 상황인 것이다. 그렇기 때문에 편지 건도 우리에게 맡겼을 것이다. 황자로서 조금이나마 편하게 해드리고 싶었지만, 그러지 못했다.

뭐, 그렇다고 해서 화를 낼 아버님도 아닐 것이다. 화를 낼 에너지를 대책에 쏟을 것이다. 남부에서 반란이 일어난다 하더라도 제국이 끝장나는 건 아니다. 다른 나라에서 개입할 수도 있기에 위험은 하지만, 그로 인해 무너져내릴 정도로 제국은 약하지 않다.

하지만 고든 생각대로 상황이 돌아가는 건 마음에 들지 않는다는 표정은 지을 것 같다. 내 아버지니까.

그런 생각을 하고 있자니 중신 회의가 시작되었다. 우선 크리스타의 유괴 사건이 화제로 언급되었고, 동부와 남부의 복구 상황에 대해서도 다루었다. 각 대신이 할 수 있는 일을 하고 있지만, 단숨에 복구를 마칠 수는 없다.

백성들의 생활을 다시 돌려놓는 데는 시간이 걸린다.

"흐음……, 좋은 방법이 있겠나? 프란츠."

"이것만큼은 꾸준히 해나갈 수밖에 없습니다. 가능한 지원은 하고 있습니다. 각지의 영주들도 최선을 다해 진행하고 있을 테고요."

"실례합니다."

프란츠가 하는 말을 가로막으려는 듯이 갑옷 차림인 고든이 옥좌의 방으로 들어왔다. 그 뒤에는 부하들도 있었다.

중신들이 무슨 일인가 싶어서 눈살을 찌푸렸고, 주위 사람들과 작은 목소리로 이야기를 나누기 시작했다. 표정이 바뀌지 않은 것은 에릭 정도뿐이다. 역시 상황을 파악하고 있었던 것 같다.

문득, 에릭과 눈이 마주쳤다. 그러자 에릭이 슬쩍 미소를 지었다. 우리 실력을 지켜보겠다는 듯한 미소다.

가만히 구경만 하겠다는 건가? 그게 제일 나을 거라고 생각하겠지만, 그런 여유가 언제까지 통할까?

이번 건이 끝나면 레오의 평가는 더욱 올라가게 된다.

내가 레오를 네 옆에 나란히 세울 거다. 그때 그 여유로운 미소를 날려보내 줄 테니까 각오해두라고.

"지금은 중신 회의 중이다만? 고든. 장군이라 하더라도 허락 없이 들어오면 죄가 된다."

"네! 그걸 알면서도 긴급히 보고를 드리러 왔습니다."

고든이 그렇게 말하며 무릎을 꿇은 채로 편지 한 장을 내밀었다. 피로 물든 그 편지는 시터하임 백작이 레베카에게 맡긴 편지일 것이다.

"그건 뭐냐?"

"남부 최대의 귀족, 크류거 공작을 중심으로 한 남부 귀족들의 부정부패에 대하여 적힌 편지입니다. 편지를 쓴 인물은 시터하임 백작이며, 남부에서 소동이 일어났을 때 기사에게 맡긴 것 같습니다.”

“시터하임 백자의 편지라……, 읽을 생각이 안 드는구나.”

아버님은 그렇게 말하며 편지를 프란츠에게 건넸다. 아버님이
지금 여기서 편지를 소리 내어 읽을 필요는 없다. 나중으로 미루
는 것은 자주 있는 일이다. 하지만 그러자 고든이 일어섰다.

“무례를 용서하여 주십시오. 폐하, 그 편지의 내용은 이미 확인
했습니다. 내용은 시터하임 백작의 고발입니다. 남부 최대의 귀
족인 크류거 공작을 중심으로 남부 귀족들이 납치 조직과 손을
잡고 많은 부정행위를 저질렀다는 내용입니다.”

“……어째서 내게 건네기 전에 네가 확인한 게냐?”

“부하가 보고한 정보를 통해 그런 편지가 있다는 이야기를 들
었습니다. 하지만 찾아낸 건 우연입니다. 크류거 공작과 연관이
있을 것으로 보이는 범죄 조직의 거점을 제압했을 때 발견했습니
다. 폐하께 관계가 없는 편지를 드릴 수는 없었기에 제가 확인했
습니다. 주제넘은 짓을 했다고 반성하고 있습니다.”

말이 줄줄 나오는 걸 보니 이미 예상하고 있었던 모양이다. 아
버님이 인상을 살짝 찌푸렸지만, 곧바로 표정을 다잡았다.

“그런 것이라면 안 볼 수는 없겠구나. 마법의 혈인이 찍힌 편지
인가.”

아버님은 그렇게 중얼거리고는 편지의 내용을 보았다. 대략적인
이야기는 들었겠지만, 자세한 내용까지는 모른다. 그래서인지 아
버님은 노골적으로 인상을 찌푸리며 낮은 목소리로 중얼거렸다.

"……크류거 공작, 이 녀석이."

중신들은 그 말만으로도 고든이 한 말이 사실이라는 걸 짐작했다. 그러자 중신 회의의 내용도 바뀌었다.

"폐하! 사실이라면 내버려 둘 수가 없습니다!"

"맞습니다! 제국의 공작이 납치 조직과 손을 잡다니……, 납치?"

중신들은 당연한 의문에 도달했다. 최근에 이 성에서 납치 사건이 발생했기 때문이다.

"설마……, 크리스타 전하의 유괴도?!"

"말도 안 되는 짓을! 인질로 삼을 셈이었던 건가!"

"폐하! 어떻게 하시겠습니까?!"

중신들 사이에 남부 귀족을 용서할 수 없다는 분위기가 퍼져나갔다. 그 모습을 본 고든이 미소를 지었다. 이렇게 된 이상, 아버님도 물러설 수가 없다. 한 방 먹인 것이다.

"이번 일을 그냥 넘기면 다른 귀족들도 기어오를 것입니다. 단호한 조치를 취해야만 합니다."

"……이 편지가 진짜인지 여부는 모르잖나."

"마법의 혈인이 찍혀 있고, 편지를 운반하던 기사는 레오나르트가 보호했다고 들었습니다. 확인해 보시는 게 어떻겠습니까?"

"그렇군. 다들, 일단 물러가도록. 레오나르트, 그 기사를 데리고 오너라."

"네."

아버님은 그렇게 말하며 중신들을 물리고는 레베카를 불렀다.

■ ■ ■

"기사 레베카. 그 편지는 정말로 시터하임 백작이 쓴 것이냐?"

"틀림없습니다……, 백작이 쓴 편지입니다."

아버님 앞에 무릎을 꿇은 레베카는 그 편지를 보며 그렇게 말했다. 눈에는 한 줄기 눈물이 흘러내리고 있었다. 그런 레베카에게서 다시 편지를 받아든 아버님은 프란츠에게 그 편지를 건넸다.

이제 크류거 공작의 죄는 확정되었다. 하지만 그것은 시터하임 백작도 마찬가지다. 협박당했다고는 해도 그런 행동을 했다는 것은 변함이 없다.

그럼에도 불구하고 바로잡으려 했다. 그 용기는 칭찬할 만할 것이다.

"음, 진실로 판명된 것인가……, 어찌 처분해야 할까? 이번 건에 대해."

"시터하임 백작은 황제 폐하의 어명인 유민 보호를 지키지 않았기에 자업자득이라고도 할 수 있겠습니다만……."

"그렇지. 부정행위에 가담했다는 사실은 사라지지 않는다. 시터하임 백작의 작위를 박탈하겠다."

그야 그렇겠지. 용기는 칭찬할 만하다. 하지만 그 전에 저지른 죄는 사라지지 않는다.

나는 레베카를 힐끔 보았다. 레베카는 얼굴이 새파랗게 질려

205

있었다.

각오는 하고 있었을 것이다. 시터하임 백작은 명예를 버리고 길을 바로잡는 것을 선택했다. 이제 와서 명예를 회복할 수는 없다. 하지만 그래선 레베카가 너무나도 가엾을 것이다.

그런 생각을 하고 있자니 레오가 말을 꺼냈다.

"폐하. 한 가지만 말씀드려도 되겠습니까?"

"뭐지?"

"기사 레베카에게 포상을 내려주시길 부탁드립니다. 편지를 폐하께 가져다 드릴 수 있었던 것은 그녀의 공적입니다. 편지를 빼앗긴 이유는 저희가 늦게 구해주었기 때문이며, 그녀의 잘못이 아닙니다."

"그렇군……, 네가 그렇게 말한다면 어쩔 수 없겠지."

아버님은 그렇게 말하며 고개를 끄덕였다.

레오는 기사에게 시터하임 백작 가문의 명예 회복을 약속한 모양이지만, 쉽사리 그럴 수는 없다.

하지만, 방법이 전혀 없는 것은 아니다.

"그렇다면 제8황자 레오나르트 렉스 아드라가 기사 레베카를 귀족으로 추천하겠습니다. 그녀에게 작위를 내려주십시오."

"……좋다."

레오가 무슨 말을 하려는 건지 이해한 모양이다.

아버님이 고개를 크게 끄덕였다. 그리고 아버님의 눈이 레베카에게 쏠렸다.

"기사 레베카. 어떤 작위를 원하는가?"

"화, 화, 황제 폐하……, 자, 작위는 필요없습니다……, 그, 그 대신."

"그런 말은 꺼내지 말거라. 데니스는 죄를 저질렀다. 이유가 어찌 됐든, 벌을 내려야만 한다."

"그, 그건 너무하신 처사입니다! 영주님은 제국 귀족으로서 긍지를 보이셨습니다! 너무나도 안타깝습니다!"

"부정행위를 저지른 자가 최후에 선행을 했다고 해서 칭찬할수는 없다. 그 전에 저지른 부정행위는 사라지지 않는다."

아버님이 그렇게 말하자 레베카의 눈에서 큼직한 눈물이 흘러내렸다.

그런 레베카를 보고 아버님이 한 마디 말했다.

"기사 레베카. 네게 귀족 작위를 내리마."

"……네."

"──기사 레베카에게 시터하임 자작 작위를 내린다. 그리고 시터하임 자작에게 제국 동십자 훈장을 수여하마. '잘했다'."

제국 동십자 훈장은 제국에 큰 공헌을 한 자만 받을 수 있다.

그 위에 은십자, 금십자 훈장이 있긴 하지만, 동십자 훈장도 수여되는 경우가 별로 없다. 그것은 아버님의 감사하는 마음이 담긴 증거다. 부정행위를 저지른 시터하임 백작을 그냥 칭찬할 수만은 없다. 그래서 레베카에게 시터하임이라는 이름을 옮겨준 다음, 칭찬했다.

레오가 귀족으로 추천한 것은 그러기 위해서다. 예전에 이런 사례가 몇 번 있었다.

황제라는 입장이기에 직접 칭찬할 수 없을 경우, 이렇게 변칙적인 방법을 쓰곤 한다.

"레베카 폰 시터하임 자작. 폐하께 답례를."

"……사, 삼가 받들겠습니다……, 감사합니다."

떨어지는 눈물의 의미가 바뀌었다.

마지막에 언급한 잘했다는 말은 레베카에게 한 말인 것과 동시에 시터하임 백작에게 한 말이다.

레베카도 그것을 느꼈을 것이다. 그녀는 한동안 조용히 눈물을 계속 흘렸다.

"……남부의 문제는 뿌리가 깊구나. 이렇게 된 이상, 나는 그녀석들을 용서할 수 없다. 프란츠, 알겠나?"

"강경한 태도를 보이시면 상대방도 그렇게 나올 겁니다만?"

"신하에게 얕보일 수 있겠나. 이 나라의 황제는 나다. 이 나라의 백성도, 귀족도 나의 일부다. 마음대로 행동할 수 있는 건 나뿐이다. 남부는 내가 직접 수사하겠다. 그 사실을 남부 모든 귀족에게 알리거라."

아버님은 그렇게 말하며 태도를 표명했다.

그것은 내란도 불사하겠다는 뜻이다. 만약에 나라가 약해진다 하더라도 신하의 횡포는 그냥 넘길 수 없다. 그 사실을 모든 신하에게 보여주겠다는 생각이다.

사태는 고든이 생각했던 대로 흘러간다. 하지만, 마음대로 하게 두진 않을 것이다.

　"그리고 제5비 즈잔과 잔드라는 방에서 근신하게 하라. 관여했든 아니든, 상관없다. 크류거의 관계자다."

　지시를 들은 프란츠는 인사를 하고 움직이기 시작했다.

　그런 다음, 중신들에게는 회의가 나중에 다시 열릴 거라 전달되었고, 사태가 급격하게 움직이기 시작했다.

2

　"아버님은 잔드라 누님과 제5비에게 근신 처분을 내렸어. 본인들은 남부 귀족들의 부정부패에 대해 관여하지 않았다고 부정한 모양이지만."

　제도에서 네르베 리터의 주둔지로 향하던 도중, 나는 마차 안에서 에르나에게 설명해 주었다.

　잔드라와 제5비는 에르나도 좋은 추억이 없었을 테니 고소해할 줄 알았는데, 반응은 딱히 없었다.

　"그렇구나. 그 사람들이라면 그렇게 말했겠지."

　"아무래도 상관없다는 반응인데?"

　"아무래도 상관없으니까. 그저……, 자기 오빠나 삼촌이 폐하에게 의심을 받았는데도 관여한 걸 부정부터 하는 게 납득이 되네. 그 사람들다운 것 같아. 납득은 되더라도 이해는 안 되지만."

가족이라는 개념이 그 두 사람에게 있을지 없을지.

그 두 사람에게 있어서 가족이라는 개념은 우리와 다르다는 게 거의 확정이다.

에르나는 이해 못하긴 할 것 같다. 나도 이해가 안 된다.

"남부는 잔드라의 소중한 지지 기반이야. 잃게 되면 잔드라는 실질적으로 제위 쟁탈전에서 탈락하겠지. 그래서 아버님은 곧바로 잔드라를 근신시켰어. 잔드라가 남부로 도망쳐서 제위를 주장하면 골치 아프게 될 테니까."

"폐하께서도 힘드시겠네. 제국을 운영하면서 제위 쟁탈전의 상황까지 지켜봐야 하다니."

"그게 제위 쟁탈전이잖아. 들었던 대로 엉망진창이라고."

"……아버님께서 최근에 신기한 말씀을 하셨어."

에르나가 마차 창밖을 보며 중얼거렸다.

에르나가 용작 이야기를 하다니, 신기하네. 이곳저곳을 돌아다니는 사람이다. 애초에 만날 기회가 별로 없다.

"용작이 뭐라고 했는데?"

"이번 제위 쟁탈전은 이상하다는 모양이야."

"이상하다고?"

"정확히는 최근에 들어서 말인데. 아버님께서 보더라도 너무 지나치대."

"너무 지나쳐?"

그게 무슨 뜻이지?

에르나도 감이 잘 오지 않는 모양이었다. 고개를 갸웃거리며 내 질문에 대답했다.

"잔드라 전하와 고든 전하가 크게 바뀌었다고 말씀하셨어."

"지금까지 내숭을 떨었던 것뿐이지. 최근에서야 본성을 드러낸 거 아냐?"

"나도 그렇게 말했지. 그런데 아버님께서는 납득이 안 되시나 봐. 아무리 본성이 그렇다 하더라도 그전까지의 모습을 꾸며낼 만한 그릇이 있었을 거라고 하시던데."

"용작은 어렸을 때부터 그들을 알고 있으니까. 변해버린 모습이 믿기지 않는 거겠지."

예전에는 착한 아이였다는 건 자주 있는 일이다. 사람은 무슨 계기로 변해 버릴지 모른다.

하지만 그런 건 나 같은 녀석보다 용작이 더 잘 알고 있을 것이다.

그런 이야기를 했다면 역시 무언가가 신경 쓰였던 것 같은데.

"나도 그렇게 생각하는데……, 요즘은 제국의 이익을 존중하지 않게 되었다고 하셨어. 지금까지는 어떤 후보도 그런 짓을 하지 않긴 했지. 자기가 제위에 올랐을 때 제국이 약해진 상태라면 아무런 소용도 없으니까."

"그러게. 이야기를 들어보니 이상한 건지도 모르겠는데."

제위 쟁탈전의 독기에 당해 버렸다면 할 말이 없지만…….

다음에 할아버지에게 물어볼까. 우리 주위에서 제위 쟁탈전을 가장 많이 봐온 사람이다. 뭔가 알고 있을지도 모른다. 뭐, 진지하게 대답해 줄지는 의심스럽지만.

"일단, 그건 제쳐두자. 그 녀석들의 변화에 대해 고찰하고 있을 만큼 우리는 여유롭지 않아."

"그렇긴 하지……, 이미 지켜보고 있어."

에르나가 그렇게 말하며 주위를 날카로운 눈빛으로 보았다.

지금 우리가 달리고 있는 곳은 숲속에 있는 외길이다.

숲속부터 벌써 감시당하고 있는 건가? 대단한 부대네.

"내가 설득할 수 있을까?"

"자신을 가져. 아르라면 괜찮을 거야."

"말은 그렇게 해도 말이지……, 상대방은 정의의 기사 출신들이잖아?"

"그러니까 괜찮아. 내가 함께 있으니까. 여차하면 내가 모두 때려눕혀 줄게."

"그래선 협상이 박살 날 테고, 내가 온 의미가 없잖아……."

에르나가 한 말을 듣고 한숨을 쉬고 있자니 마차가 멈췄다.

보아하니 도착한 것 같다.

제국군의 유일한 기사단. 네르베 리터의 주둔지에.

■ ■ ■

그야말로 군사 기지라는 느낌인 주둔지. 나는 그곳에 발을 내디뎠다.

"미리 연락을 해두었을 텐데……."

"안내해 줄 사람은 아직 안 나온 모양이네."

주둔지에 있던 네르베 리터 병사들은 우리를 멀리서 지켜보기만 할 뿐, 다가오려 하지 않았고, 말을 걸기 위해 다가오려는 낌새도 없었다.

많은 병사들이 빤히 살펴보는 듯이 바라보고 있으니 껄끄러울 수밖에 없었다.

"별로 안 좋은 느낌이네."

"가자."

"안내 담당자가 아직 오지도 않았는데?"

"안내해 주진 않을 거야."

보고 싶으면 멋대로 봐라. 찾고 싶으면 멋대로 찾아봐라. 그렇게 받아들인 나는 주둔지 안을 걸어가기 시작했다.

설비는 꽤 괜찮다. 애초에 황제가 만들게 한 특수한 부대라서 그런지 돈을 꽤 들였을 것 같다. 그런 생각을 하고 있자니 뒤에서 목소리가 들렸다.

"저거 봐. 그 유명한 찌꺼기 황자라고."

"사회 견학 같은 건가?"

"용작 가문의 아가씨를 데리고 와야 사회 견학을 할 수 있다니, 한심하군."

두 병사가 나를 손가락질하며 웃고 있었다. 그 순간, 나는 곧바로 에르나의 팔을 붙잡았다.

에르나가 오른손을 이미 검에 가져다 대고 있었다.

"이거 놔."

"신경 쓰지 않으니까 괜찮아."

"내가 신경 쓴다고……, 됐으니까 놔."

"굳이 꼭 검을 뽑고 싶다면 떨쳐내지 그래?"

내가 그렇게 말하자 에르나는 슬픔과 분노가 뒤섞인 듯한 표정을 지으며 검에서 천천히 손을 떼었다. 지금 검을 뽑아들면 큰 소동이 벌어질 테고, 교섭을 할 상황도 아니게 된다.

그런데 정말 대단하네. 화가 난 에르나를 보고도 아무렇지 않은 것 같다. 에르나의 실력에 대해 잘 알고 있을 텐데, 그럼에도 불구하고 태연한 모습을 보이는 걸 보니 담력이 엄청나다.

자신들의 주군을 바로잡아 온 기사 출신이라 그런가?

"왜 그러시나요~? 황자 전하? 용작 가문의 아가씨가 지켜드리지 않아도 되는 건가요?"

"내 기사가 실례했군. 그녀는 진짜배기 기사라서 나를 바보 취급하면 화를 내버리거든. 충의도 모르는 어떤 녀석들과는 다르게 말이야."

그렇게 큰 목소리로 도발하자 주둔지의 분위기가 확 바뀌었다.

지금까지는 왠지 놀려대며 시험해 보는 분위기였지만, 그 분위기가 단숨에 팽팽해졌다.

아무리 생각해 봐도 하면 안 되는 말을 한 것 같지만, 뭐, 상관없을 거다. 먼저 건드린 건 그쪽이니까.

"도발해서 어쩌게?"

"딱히 상관없지 않나? 먼저 시험한 건 상대방인데."

"그럼 왜 나를 말린 거야?"

"시험받고 있는 게 나니까."

그렇게 이야기를 나누고 있자니 병사들이 우글우글 몰려들었다. 모두가 건장한 남자들이었다. 단련된 그들이라면 마법을 쓰지 않는 나 정도는 무기를 쓰지 않고도 죽일 수 있을 것이다.

"왜 그러지? 화났나?"

"취소해 주시지. 황자 전하."

"충의도 모르는 녀석들이라는 말 말인가? 주군의 가문에 상처를 입힌 상처 자국의 기사들. 너희에게는 어울리는 말 같은데?"

그렇게 비웃는 듯이 말하자 병사들이 참을 수 없다는 듯이 거리를 좁혔다.

주위가 완전히 포위되었다. 황족 상대로 이런 태도를 드러내는 걸 보니 한 사람 한 사람의 강한 자아가 엿보였다. 그들은 자신이 납득하지 못하는 것에 대해서는 결코 고개를 끄덕이지 않는다. 그런 정신을 지니고 있다. 재미있는 녀석들이다.

"황자 전하……, 마지막 충고입니다. 취소해 주시지요."

"취소를 원한다면 다른 모습을 보이라고. 먼저 덤벼든 건 너희들이야. 설마 영광스러운 네르베 리터 대원들은 얻어맞을 각오도 없이 다른 사람을 바보 취급하나?"

뿌드득, 이를 가는 소리가 들렸다.

그리고 젊은 기사가 한 발짝 앞으로 나섰다. 그 순간, 목소리가 날아들었다.

"기사단장님께서 오신다! 길을 비켜라!"

그 목소리가 들린 순간, 모든 병사들이 옆으로 물러난 다음 제자리에서 직립부동 자세를 취했다.

갑자기 태도가 확 바뀌었다. 이곳 기사단장이 이 녀석들을 완전히 장악하고 있는 모양이다.

좀 전까지 패기가 넘치던 병사들이 긴장하고 있다.

그리고 병사들이 비켜서 만든 길을 한 남자가 걸어왔다. 나이는 30대 중반 정도려나. 어른스러운 분위기를 띤 미장부가 그곳에 있었다. 마치 예술가가 만든 석상 같은 남자다.

시원스러운 미소를 드리운 그 남자가 나를 보고는 흥미롭다는 듯이 웃었다.

"변덕스러운 마음에 온 황자라면 부하의 협박에 겁을 먹고 돌아갈 거라 생각해서 말리지 않았습니다. 용서해 주시길."

남자는 그렇게 말하며 경례했다.

모든 병사가 그를 따라 내게 경례했다.

"네르베 리터의 기사단장을 맡고 있는 라스 바이글 대령입니다. 부하가 실례를 범했군요, 아르노르트 전하."

"아니, 꽤 재미있는 연출이었어, 대령. 에르나가 없었다면 도망쳤겠지."

"농담이시겠지요. 겁을 먹었는지 여부는 눈을 보면 알 수 있습니다. 이쪽으로 오시지요. 말씀을 듣겠습니다."

그렇게 나는 상처 자국의 기사들을 이끄는 남자와 만난 것이다.

3

"부하의 무례를 다시 사죄드립니다. 죄송합니다."

"딱히 신경 안 쓰는데."

"그러신 모양이군요. 굳이 말씀드리자면 에르나 양이 더 신경 쓰는 것 같습니다만."

"······저번에 왔을 때는 좀 더 신사적이었을 텐데?"

에르나가 묻자 라스가 걸어가며 쓴웃음을 지었다.

그리고 별것 아니라는 듯이 말했다.

"부하들은 아르노르트 황자님 같은 타입을 싫어해서요."

"싫어한다고······?"

에르나가 눈썹을 움찔거리며 치켜올렸다. 그러자 라스가 아무렇지도 않게 고개를 끄덕였다.

나는 무심코 웃어버렸다. 솔직한 사람이다.

"하하, 그야 그렇겠지. 당신들의 과거를 감안하면 난 싫어할 타입일 수밖에."

"네, 저희는 지위에 안주하는 자들을 좋아하지 않습니다. 물론 저도요."

라스는 나를 똑바로 바라보았다.

여자라면 이렇게 자기를 바라보았을 때 두근거리겠지만, 공교롭게도 나는 남자고, 이 라스라는 남자가 여전히 나를 재보고 있다는 것도 알고 있다.

내가 어깨를 으쓱이는 반응을 보이자 라스도 애매하게 웃으며 넘어갔다. 그리고 우리는 라스의 안내에 따라 주둔지의 방에 들어갔다.

그곳에는 방패에 가위표가 쳐진 문장이 장식되어 있었다. 네르베 리터의 부대 문장이다.

"자, 앉으시지요."

"실례하지."

나는 그렇게 말하며 의자에 털썩 앉았다. 에르나도 내 옆에 앉았지만, 시선은 날카로웠다.

아무리 봐도 네르베 리터가 나를 환영하지 않았기 때문이다.

"그런데 이번에는 어떤 용건으로 황자 전하께서 몸소 오신 겁니까?"

"부탁을 들어줬으면 해서 왔는데……, 좀 힘들 것 같군."

나는 라스 옆에 있던 병사를 보고 쓴웃음을 지었다.

에르나를 보는 눈빛과 나를 보는 눈빛이 확실하게 달랐다. 에르나에게는 경의를 표하고 있지만, 내게는 그게 없다. 익숙하긴 하지만, 뭔가 평소와는 다른 것 같다.

왠지 그들과 내 사이에는 깊은 골이 있는 것 같다.

"힘들지 여부는 이야기를 나누어 봐야 알겠죠. 부하가 불쾌하시다면 물릴까요?"

"아니, 됐어. 그런 것보다는 그쪽 이야기를 듣고 싶은데."

"저희 말씀이십니까?"

"그래. 당신들은 충의보다 정의를 선택한 기사 출신들이야. 그렇게 들었는데, 아무래도 들었던 이야기와는 조금 다른 것 같군."

내가 그렇게 말하며 웃자 라스도 웃었다. 조금 정도가 아니다. 세간 일반에 알려진 이미지와는 정반대라 할 수 있다. 그들은 정말로 기사 출신인지 의심스러울 정도로 거칠었다.

거기에는 분명히 이유가 있을 것이다. 그것을 알아내지 못하는 한, 그들의 협력은 얻어낼 수 없다.

"정의 말씀이십니까⋯⋯."

라스는 조용히 중얼거렸다.

그리고 의자에 앉은 채 자세를 바로잡고는 나를 꿰뚫어보는 듯한 눈빛으로 바라보았다. 마음이 약한 사람이라면 그 눈빛만으로도 겁을 먹을 듯한 시선이다. 몇 번이나 위험한 일선을 넘어온 강자의 시선.

라스는 그런 시선으로 나를 보며 말했다.

"많은 사람들이 생각하는 것과 달리, 저희는 그 말을 좋아하지 않습니다."

"호오."

나는 에르나를 보았다. 그리고 작은 목소리로 물었다.

"이게 추천하지 않았던 이유야?"

"맞아. 그런데 내가 생각했던 것보다 더 심각할지도 모르겠네."

에르나가 레오 말고 내가 적합하다고 한 건 그들이 특이하기 때문일 것이다.

정의를 좋아하지 않는다면 레오보다는 내가 더 적합하긴 하겠지만⋯⋯.

"황자 전하. 저희는 모두 한 번은 불충을 저지른 자들입니다. 주인을 배신했다고 하면 부정할 수가 없습니다."

"하지만 문제는 주인에게 있었지."

"그렇습니다. 그래서 저희는 불충을 각오하고 주인을 배신했습니다. 그것이 나라를 위하고 백성을 위한 행동이라 생각했기 때문입니다. 하지만 저희를 기다리고 있던 것은 머무를 곳이 없는 지옥이었습니다. 모두가 저희를 칭찬했지만, 저희에게 손을 내밀어주지는 않았지요. 그러다 이곳으로 흘러든 겁니다."

"정의의 대가로 머무를 곳을 잃었다. 그 때문에 거칠어졌다는 건가?"

"뭐, 대충 그런 겁니다. 황제 폐하께서도 저희 같은 자들이 사라지면 곤란하실 겁니다. 하지만 한 번 배신한 자는 믿을 수가 없지요. 그렇다고 해서 그대로 두면 다음에 저희 같은 자들이 나타나지 않을 테고요. 그래서 이 부대가 만들어진 겁니다. 저희는 정의를 행했기에 골치 아픈 자들 취급을 받게 된 겁니다. 나라를 위하여, 백성들을 위하여 움직였는데도 불구하고요."

무슨 말인지는 이해가 된다. 네르베 리터 같은 자들이 있으면 귀족들도 멋대로 행동할 수 없게 된다. 뭐, 그 효과는 그리 크진 않겠지만, 그래도 없는 것보다는 있는 게 낫다.

하지만 후한 대접을 해줄 수는 없다. 조직 안에서 개인의 정의를 우선시하는 자는 다루기가 지극히 껄끄럽기 때문이다.

만약에 그 행동이 나라를 위하여, 백성을 위하여 한 행동이라 하더라도. 어디까지나 움직인 것은 개인이다. 황제의 명령에 따라 움직인 것이 아니다.

"하지만 당신들은 에르나가 인정할 만한 실력을 지니고 있지. 이유가 뭐야?"

"분노하면서 토라져 봤자 소용이 없잖습니까? 저희 가치는 저희가 만들어 가는 것입니다. 힘은 단순하지요. 강하면 가치가 생깁니다."

그렇군. 대충 이해가 된다. 그들은 기사 출신인 것과 동시에 정의의 사자 출신이라는 느낌이구나.

이상이나 정의, 그런 것들을 과거에 두고 온 자들. 그 결과, 현실주의자가 되어 성질이 기사에서 군인으로 바뀐 건가?

하지만 사람의 본질은 그리 쉽게 바뀌지 않는다.

"당신들은 주인을 배신했다고 하는데, 당신들이 보기에는 나라나 백성이 당신들을 배신했다고 보는 게 맞겠지. 그럼에도 불구하고 당신들은 단련을 계속해 나가고 있어. 그건 나라나 백성에 대한 충의가 남아있기 때문인가?"

"저희는 군인입니다. 나라를 섬기고, 백성에게 봉사하는 것이

의무입니다. 거기에 개인적인 감정이 개입할 여지는 없습니다."

"말을 꾸며내지 마, 대령. 확실하게 말하지 그래? 당신들은 아직 활약할 기회를 원하고 있어. 필요로 해주기를 원하고 있다고. 안 그래?"

"그렇다면요?"

라스가 나를 시험하는 듯이 그렇게 되물었다.

그들에 대해서는 이해했다. 이제 설득하기만 하면 된다.

명령이기 때문이라는 변명을 하지 못하게끔. 그들이 스스로 무대에 오를 수 있게끔.

"내가 마련해 주지. 당신들에게 어울리는 기회를."

"말씀을 들어보지요. 당신께서 마련해 주신다는 기회라는 게 뭡니까?"

"남부 정세는?"

"나름대로 파악하고 있긴 합니다. 아마 내란이 일어나겠지요."

"그걸 저지한다. 정예 부대로 기습을 가해 본거지를 치고, 크류거 공작을 쓰러뜨린다. 전쟁이 시작되기 전에 끝낼 거다."

"……성공할 수 있을 것 같진 않습니다만."

"레오나르트가 사자 행세를 하면서 갈 거다. 그 호위에 정예 부대를 붙여줄 거고. 근위기사단은 경계를 살 테니 그에 필적할 만한 부대가 필요하다. 그 역할을 부탁하러 왔다."

내 말을 듣고 라스의 부하들이 눈살을 찌푸렸다. 너무나도 위험하다는 것을 그들이 금방 눈치챈 것이다.

라스도 마찬가지일 것이다.

"허면 당신의 동생을 지키기 위한 벽이 되라는 말씀이십니까?"

"그래. 그렇게 받아들일 수도 있겠지."

"……정식 명령이라면 받아들이겠습니다. 그것이 저희 역할입니다."

"그래선 안 돼. 명령 때문에 어쩔 수 없이 참가하는 녀석들은 필요 없어. 미안하지만, 기꺼이 목숨을 바쳐 줬으면 하는데."

억지스러운 제안이다. 그들은 나라와 백성에 실망했다. 그럼에도 불구하고 거기에 목숨을 바치라고 한다. 게다가 그곳에 가지도 않을 내가.

"힘들겠군요. 저희는 부려 먹히는 말이 아닙니다."

"나도 알아. 그걸 알면서 부탁하는 거다."

"많은 백성들을 위해서입니까? 내란이 일어나면 많은 백성들이 괴로워하겠지요. 그 고귀한 대의를 위해 저희에게 사지로 향하라는 겁니까?"

"아니야. 그런 대의를 내거는 건 레오지 내가 아니라고. 나는 좀 더 개인적인 감정으로 부탁하는 거다."

"그게 어떤 감정이요?"

"동생이 소중해. 죽지 않았으면 한다고. 그러니까 지켜다오."

라스는 무심코 눈을 크게 떴다. 설마 지금 그런 말이 나올지는 몰랐을 것이다.

나는 씨익 웃으며 라스의 시선을 똑바로 받아쳤다.

"제위 쟁탈전이나, 나라를 위해서라든가, 백성의 희생이라든가, 그런 건 어찌 되든 상관없어. 동생을 사지로 보내는 이상, 최대한 강력한 아군을 붙여주고 싶어. 내 진심은 그거다. 당신들은 강하지. 당신들이 기꺼이 나서서 레오를 지켜준다면 안심할 수 있어."

"……예상하지 못했던 대답이군요. 하지만 저 개인으로서는 마음에 드는 대답이었습니다."

라스는 웃으며 그렇게 말하고는 일어섰다.

그리고 천천히 고개를 숙였다.

"저 개인으로서는 당신을 위해 목숨을 바치는 것도 아깝지 않습니다. 하지만 제 부하들은 그렇지 않을 겁니다. 당신께서 바라는 전개는 저희 모두가 기꺼이 임무에 나서는 거겠지요. 부하를 설득하실 수 있겠습니까?"

"장소를 마련해 주겠나?"

"좋습니다. 하지만 그럴 만한 것을 보이지 못하면 부하들이 목숨을 바치진 않을 겁니다. 그러실 자신은 있으신지?"

라스가 묻자 나는 고개를 저었다. 그러자 라스의 미소가 더 밝아졌다.

그리고 그는 문 쪽으로 가서 문을 열고 말했다.

"부하들을 모으겠습니다. 당신께서 어떤 식으로 설득하실지 기대되는군요."

"기대하지 마. 나는 찌꺼기 황자니까. 대단한 일은 못한다고."

"이 사람을 위해서라면 목숨을 바치더라도 좋다고 생각하게 만드는 사람은 두 종류가 있는 것 같습니다. 첫 번째는 많은 것들을 지니고 있고, 정말 매력적이라 따라가고 싶다는 생각이 드는 사람. 두 번째로는 많은 것들이 부족해서 도와주고 싶다는 생각이 드는 사람. 하지만 당신은 신기하군요. 후자인 것 같으면서도 제게는 전자로도 보입니다."

"칭찬이야?"

"절찬입니다."

나는 그런 이야기를 나눈 뒤, 네르베 리터 앞에 서게 되었다.

4

네르베 리터는 약 천 명 규모의 부대다. 독립 대대라고 해야 하나. 그런 그들이 라스의 호령에 따라 내 앞으로 모였다.

"황자 전하께서 하실 말씀이 있으시다고 한다."

라스는 그렇게 말하며 마련된 단상을 내게 양보해주었다. 그곳에 오르자 천 명 가량의 단원들 얼굴이 보였다.

모두 험상궂은 표정으로 나를 보고 있다.

그런 그들에게 나는 말을 돌려서 하지 않고 본론부터 꺼냈다.

"남부에 싸움이 일어날 징조가 보인다. 내란이 일어나면 규모가 매우 커질 것이다. 나와 동생인 레오나르트는 그것을 막기 위해 기습 작전을 세웠다. 그러기 위해서는 정예 부대가 필요하다.

오늘은 그 이야기를 하러 왔다."

대충 설명한 다음, 한 박자 쉬었다.

예상했던 내용이라는 표정이 대부분이다. 그만큼 남부의 움직임이 활발하다는 뜻이다. 무기와 식량. 흐름을 따라가 보면 부자연스럽다는 결론에 이르게 된다. 뭘 하려는 건지, 군인이라면 금방 알 수 있을 것이다.

"작전은 레오가 사자로 가서 본거지에 잠입하고, 적의 우두머리인 크류거 공작을 쓰러뜨리는 것이다. 명령이 떨어지면 당신들은 레오의 호위를 맡게 될 거다. 하지만 위험하고 난이도가 높은 임무가 될 것이다. 명령이라며 어쩔 수 없이 따르는 자에게 동생을 맡기고 싶진 않다. 나는 당신들이 스스로 지원해 주었으면 한다."

그렇게 말하자 잠시 침묵이 흘렀다.

말도 안 되는 제안에 놀란 사람. 척 보기에도 경멸하는 사람. 각자 표정이 다르긴 했지만, 호의적인 반응은 전혀 없었다.

그야 그렇겠지. 말하고 있는 나도 어이가 없는 제안이라고 생각하니까.

"남부에서 내란이 일어나면 많은 백성들이 괴로워하게 된다. 제국도 약해지겠지. 그래서 레오는 위험하다는 걸 알면서도 남부로 갈 거다. 형으로서 편애하는 감정을 제외하더라도 훌륭하다고 생각한다. 내세운 대의도 훌륭하지. 그러나 나는 레오와 다르다. 번드르르한 말을 아무리 늘어놓는다 하더라도 진심은 변하지 않는다. 동생이 죽지 않았으면 하기 때문에 나는 당신들이 목숨을 걸고 동생을 지켜 주었으면 한다. 이건 매우 개인적인 부탁이다."

귀족은 제멋대로 구는 존재다. 황족은 그 이상으로 제멋대로 구는 존재다. 어지간한 것들은 용납되고, 황족의 명령은 다른 자들의 명령과 같지 않다. 태어났을 때부터 보호를 받으며, 그 태생에 따라 그 이후로도 계속 보호를 받는다.

나나 드라우 형처럼 대충 산다 하더라도 누가 말리지 않는다. 일을 하지 않더라도 굶을 일도 없다. 기껏해야 바보 취급당하거나 쓴소리를 듣는 것 정도다.

그런 황족이 하는 말은 네르베 리터의 단원들이 그냥 들어넘길 수 없는 말이었던 모양이다.

"황자 전하. 질문을 드려도 되겠습니까?"

"그래."

한 젊은 병사가 손을 들고 내게 질문했다. 그 눈빛은 매우 올곧았다. 분명히 그런 눈빛을 보이며 예전의 주인을 바로잡으려 했을 것이다.

그런 생각을 하고 있자니 병사가 말을 꺼냈다.

"황자 전하께서는 그 기습 작전에 참가하십니까?"

"아니."

"그렇군요. 그러면 당신은 아무것도 걸지 않으면서 저희에게 사지로 가라고 말씀하시는 거로군요."

단원들의 얼굴에 경멸하는 낌새가 드리웠다. 안전한 곳에서 무슨 말을 해봤자 다른 사람에게는 닿지 않는다.

227

위험부담을 나누려 하지도 않고, 책임을 지려고 하지도 않는다. 그런 사람이 하는 말을 다른 사람이 들어줄 리가 없다.

윗사람이 아랫사람을 움직일 때 필요한 것은 강한 각오이기 때문이다.

"아니. 나도 확실하게 걸 거다."

"뭘 거신다는 겁니까? 돈입니까? 아니면 입장입니까?"

"그렇게 초라한 것으로 인해 네르베 리터가 움직일 거라 생각하진 않아. 나는 목숨을 걸겠다."

한 순간, 단원들이 멍해졌다. 그리고 곧바로 희미한 웃음소리가 들렸다. 이 황자가 대체 무슨 소리를 하는 거냐는 듯한 웃음소리다.

목숨의 무게나 죽을 각오도 모르는 애송이의 헛소리. 목숨이라고 말하면 모든 게 해결되는 거냐고 생각하는 모양이다. 그런 마음이 뻔히 보였다.

그런 그들 앞에서 나는 가지고 있던 단검을 뽑아들었다.

"모두가 나를 찌꺼기 황자라고 부른다. 그건 잘못된 말이 아니지. 나는 어머니 뱃속에서 많은 것들을 레오에게 뺏겼다. 하지만 내게 아무것도 없는 건 아니다."

나는 그렇게 말하며 오른손으로 쥔 단검을 왼손에 가져다 댔다.

황족에게는 '피의 서약'이라는 의식이 있다. 원래는 피를 흘릴 일이 없는 입장인 황족이 자신에게 상처를 내고 그 피와 고통에 맹세하는 의식이다.

이제는 빛이 바랜 의식이기도 하다. 기록을 살피면 최근 100년 동안에는 아무도 한 적이 없다. 의미가 없기 때문이다.

마법으로 강제력을 부여한 서약이 아니라 그저 본인의 자기만족. 그 각오를 상대방이 믿을 때만이 성립되는 서약이다. 과거의 황제가 이 서약으로 적국과 화친을 맺는데 성공했지만, 그건 상대 쪽 나라의 왕도 현명한 왕이었기 때문이다. 겨우 그런 거냐며 코웃음치면 아무런 의미도 없다.

고통과 상처만 남을 뿐이다. 그럼에도 불구하고 황족에게 있어서 최고급 의례라는 것은 마찬가지다.

"아무리 대충 살더라도 나를 책망하는 사람은 없다. 비웃을 뿐이지. 그래서 마음대로 살아왔다. 하지만 그런 나도 다해야 할 책임이 있다. 그것은 형으로서의 책임이다. 나는 먼저 태어나서 형이 되었다. 그 시점에서 나는 형으로서 책임을 지게 되었다. 그것은 찌꺼기인 내게 얼마 남지 않은 소중한 책임이다."

나는 에르나를 힐끔 보았다.

에르나는 얼굴이 새파랗게 질린 채 고개를 저었다. 하지만 나는 눈을 피하지 않고 말했다.

"에르나 폰 암스베르그. 서약의 증인이 되어라."

"……아르."

"못하겠나?"

내가 묻자 에르나는 잠시 입을 다문 다음, 천천히 무릎을 꿇었다. 그리고.

"······받들겠습니다."

"좋다. 잘 들어라. 이것은 찌꺼기의 서약이다. 온 제국의 웃음거리가 보이는 서약이다. 잘 봐둬라."

나는 그렇게 말한 다음, 단검으로 왼손을 찔렀다.

단검이 깊숙이 박히고, 확실하게 관통되었다.

"으으으윽?!?!"

충격적인 고통과 열기가 몸 전체를 내달렸다. 지금 당장 아프다고 소리지르며 뒹굴고 싶다.

하지만, 그럴 수는 없다. 고통에 굴하지 않고 맹세를 해야만 한다.

"제7황자······, 아르노르트 렉스 아드라가 맹세한다. 이 피에 맹세코 두말하지는 않겠다. 에르나 폰 암스베르그······, 증인이 되어 서약이 이루어지지 않을 경우에는······, 네가 나를 베어라."

"······알겠습니다."

에르나는 울먹이는 듯한 표정으로 고개를 끄덕였다. 그 모습을 본 다음, 나는 왼손에서 단검을 빼냈다.

피가 잔뜩 흘러내렸고, 검붉은 상처가 눈에 들어왔다. 이제 통증보다는 뜨겁다는 느낌이 더 강해졌다. 의식이 약간 멀어지려 했다. 나는 그걸 참으며 그 상처를 단원들에게 보여주었다.

"이 상처는······! 내가 동생을 위해 모든 것을 걸었다는 훈장이다······! 만약에 당신들이 응하지 않더라도, 그 사실은 결코 변함이 없다! 자랑스러운 상처다! 당신들도 그랬을 터인데! 주인의 가문에 상처를 입혔을 때, 당신들은 보답을 원하지 않았을

터인데! 근위기사가 되고 싶어서 움직인 게 아니다! 귀족이 되고 싶어서 움직인 것도 아니야! 이대로 내버려 둘 수 없다고 생각했기에 자신의 신념에 따라 움직인 것 아닌가!"

보답을 원하지 말라고 하진 않겠다.

하지만 보답이 없다 해도 무언가가 바뀌는 것도 아니다.

"본질은 결코 바뀌지 않는다……, 나라와 백성을 위해 일어섰다. 그것이 옳다고 믿으면서! 그렇다면 다른 자들의 평가에 따라 흔들리지 마라! 보답이 없다면 고귀한 게 아니라고 말해선 안 된다! 가문에 낸 상처는 당신들의 긍지였을 터인데! 배신의 상징이라 하더라도 가슴에 흔들리지 않는 심지가 하나 있다면 신경 쓰지 마라! 당신들이 새긴 상처는 내 상처와 다를 바가 없다……. 누군가를 위해서, 무언가를 위해서 새긴 상처를 스스로 업신여기지 말란 말이다!"

올바른 것은 절대불변이 아니다. 입장에 따라 바뀌어버릴 정도로 애매한 것이다. 보는 방식도 사람들마다 다르다.

그럼에도 불구하고 그들이 움직였을 때, 그것은 올바르다는 믿음에 따라 행해졌다. 그리고 변함 없는 사실로서 그들의 주인은 심판을 받았다. 그 이후에 그들이 인정을 받지 못했을지도 모른다. 후한 대접을 받지 못했을지도 모른다.

하지만, 그런 건 초라한 것일 뿐이다.

"당신들은 상처를 입으면서도 자신의 긍지를 지켰다. 신념을 관철했다. 그것은 고귀한 행동이다. 그 사실을 당신들이 이해하고 있기만 한다면, 다른 자들의 목소리에 귀를 기울일 필요 없다. 상처의 가치는 자신이 정해라! 묻는다! 상처 자국의 기사들이여! 적은 남부 귀족의 우두머리, 크류거 공작! 적지에 침입한다는 매우 위험한 임무다! 내 동생과 함께 그곳으로 가길 원하는 자는 있는가?! 나는 죽을지도 모르는 임무에 자신의 긍지와 신념에 따라 기꺼이 나설 수 있는 자만을 원한다!"

시간이 지남에 따라 고통과 열기가 더욱 강해졌다. 그럼에도 불구하고 나는 왼손을 앞으로 계속 내밀고 있었다.

팔을 따라 피가 점점 흘러내렸다. 흘러내린다면 흐르게 둬도 된다. 이 피로 레오의 아군을 살 수 있다면 싸게 먹히는 것이다.

정적이 주위를 감쌌다. 그런 와중에 내게 질문을 던진 젊은 병사가 찰칵, 소리를 내며 펜던트를 열었다. 그 안에는 예전에 주인이었던 것 같은 가문의 문장이 들어 있었다. 그가 상처를 입힌 가문이다.

그리고 젊은 병사는 고개를 들고 오른손으로 경례하며 말했다.

"베룬트 레르너 소위입니다. 삼가──, 임무에 지원하겠습니다."

그것은 분명히 매우 용기가 필요한 한 발짝이었을 것이다.

그럼에도 불구하고 레르너의 표정은 매우 밝아 보였다.

"동생을 부탁하마, 레르너 소위."

"예! 아르노르트 전하의 상처에 부끄러움이 없는 전투를!"

그것을 계기로 많은 사람들이 경례하며 지원하겠다고 나섰다.

눈 깜짝할 새에 모두가 직립부동 자세로 경례하고 있었다.

그리고 옆에 있던 라스가 한 발짝 앞으로 나서 경례했다.

"네르베 리터는, 아르노르트 전하의 작전에 모두 지원하겠습니다."

"고맙다. 대령."

"감사는 저희가 드려야 할 겁니다. 당신께서는 저희 상처의 가치를 이해해 주셨습니다. 그렇기에 저희도 당신의 상처가 지닌 가치를 이해합니다. 당신의 상처에 맹세하겠습니다. 레오나르트 전하를 반드시 지켜드리겠다고요. 그리고 당신을 죽게 만들지 않겠습니다."

"그거 고맙군. 그럼 준비를 부탁하지. 동생이 기다리고 있거든."

"알겠습니다. 전원 출격 준비! 제도로 간다!"

라스의 호령을 듣고 모두가 재빠르게 움직이기 시작했다.

나는 그 모습을 보며 현기증을 느끼고 비틀거렸다. 하지만, 쓰러지지는 않았다.

곁에서 지탱해 주는 기사가 있었기 때문이다.

"바보구나……."

"항상 미안해……, 증인을 세우지 않으면 그들도 납득하지 않을 것 같아서……."

에르나는 나를 제자리에 앉히고는 붕대로 내 상처를 치료해 주었다.

깊게 박혔으니 상처 자국이 확실하게 남을지도 모르겠다.

"제도에서 실력이 좋은 치유 마도사에게 진료를 받으면 금방 아물 거야. 네가 원한다면 말이지만."

"딱히 상관없어. 흉터가 남는 것도 나쁘지 않지. 훈장이니까."

"바보구나……, 미리 말해두지만, 나는 긍지나 명예를 저버리고 약속도 어기는 여자거든? 절대로 아르를 베지는 않을 거야."

서약한 직후에 대체 무슨 소릴 하는 건지.

그래도 멋대로 그런 말을 하지 말라고 따질 순 없다. 애초에 멋대로 행동한 건 나니까.

"더더욱 실패할 수가 없어졌네."

"괜찮아. 그들은 분명히 평소 이상의 힘을 발휘해서 싸울 테니까. 자신들이 찌꺼기 황자라고 업신여기던 사람이 그렇게 대단한 각오를 보여주었으니까. 모든 것을 걸고 싸워줄 거야."

"그렇다면 안심이네. 에휴……, 미안하다니까. 그러니까 그런 표정 짓지 마."

분노와 슬픔이 뒤섞인 에르나의 표정을 본 나는 그렇게 말하며 쓴웃음을 지었다.

그런데 웃은 게 마음에 들지 않았는지, 에르나가 붕대를 묶을 때 힘을 꽉 주었다.

"아얏?!"

"다음에는 이렇게 안 될 거야! 또 무리해서 나를 걱정시키면 그때는 내가 전부 베어 버릴 거라고! 이제 걱정하는 건 사양이야!"

에르나는 그렇게 말한 다음 돌아서서 내게 얼굴을 보여주지 않았다.

에르나다운 충고다. 정말로 다음에 그럴 경우가 생기면 에르나가 몸소 제국을 파괴해 버릴지도 모르겠다.

그렇게 되지 않게끔 조심해야겠는데. 하지만 그런 걱정은 안 해도 될 것 같다.

준비는 갖춰졌다. 이제 들키지 않게끔 침입하기만 하면 된다. 그러면 잔드라는 탈락할 것이고, 고든의 음모도 박살 낼 수 있다.

지금부터는 반격할 시간이다.

5

아르 일행이 제도로 돌아가는 도중.

제도에서는 대신들과 황자들, 주요 귀족들이 황제의 명에 따라 불려와 있었다.

"남부는 내 수사를 거절했다."

모인 사람들 앞에서 황제 요하네스가 짤막하게 말했다.

제국에서 황제는 절대적이다. 그 수사를 거절한다는 것은 반란이라고 할 수밖에 없었다.

모두가 기어코 그렇게 되었느냐는 생각이었다.

"크류거 공작을 중심으로 남부 귀족들이 남부 연합을 설립하였으며, 거기에는 남부 대부분의 귀족들 및 도시가 참여하였습니다. 그리고 저희에 맞서 문을 걸어 잠그고는 항전할 태세를 보이고 있습니다."

재상인 프란츠의 보고를 듣고 모두가 분개하는 감정을 드러냈다.

제멋대로 행동한다는 것은 그만큼 중앙을 업신여긴다는 것.

얕보고 있다는 뜻이다.

"군대를 보내야만 합니다!"

누군가가 그렇게 말한 것을 계기로 많은 사람들이 군대의 출동을 제안했다.

그러자 프란츠가 냉정한 의견을 제시했다.

"남부 연합의 목적은 아마 폐하의 양보일 겁니다. 용서를 받는다면 내란으로 발전하지는 않겠지요."

"그러한 전례를 만들면 반란을 더 초래하게 됩니다!"

"맞아! 의연하게 대처해야 하지!"

프란츠는 연약하다는 비난을 받으면서도 아무렇지도 않다는 듯이 참가자들을 관찰했다.

이 회의의 목적은 효과적인 대처 방안의 모색이다. 프란츠는 군대를 보낸다는 흔해 빠진 답을 원하지 않았다. 그리고 그것은 황제도 마찬가지였다.

"최종적으로 군대를 보내게 될지도 모른다. 하지만 그 전에 할 수 있는 일이 있겠는가? 모두의 의견을 들려주었으면 한다."

"폐하! 외람된 말씀입니다만, 이미 그런 시기는 지났습니다! 상대방이 무기를 겨누고 있습니다! 우리도 겨누어야지요!"

맞아, 그렇지, 그런 목소리가 이어졌다.

황제는 살짝 한숨을 쉬었다. 귀족들과 대신들에게 영향력을 지닌 에릭은 이번 회의에 참가하지 않았다. 저번 중신 회의 이후 외무대신으로서 다른 나라를 견제하러 갔기 때문이다. 그 때문인지 귀족들과 대신들의 의견이 한쪽으로 쏠리고 있었다.

"황제 폐하."

참가자들이 뜨겁게 달아오른 와중에 고든이 말을 꺼냈다.

그리고 고든은 요하네스 앞으로 나아가 위풍당당한 모습으로 요하네스를 똑바로 보았다.

"뭐냐? 고든."

"중앙군을 제게 내려주십시오. 남부의 반란 따위는 금방 박살 내겠습니다."

그 말을 듣고 귀족과 대신들이 환호했다. 고든은 리제만큼은 아니더라도 전장에서 무훈을 계속 세워온 장군이다. 국경에서 수비하는 것을 싫어해서 최근에는 전장에 나설 기회가 없었지만, 제도에 있는 장군들 중에서는 한층 더 뛰어난 존재라 할 수 있다. 그런 고든이 군대를 이끌고 간다면 말 그대로 남부의 반란은 금방 박살 나게 될 것이다.

하지만, 물론 그 제안에도 반대하는 자가 있었다.

"기다려 주십시오, 고든 전하. 재무대신으로서 찬성할 수가 없습니다."

오랫동안 재무대신을 맡아온 노인이 제지를 가했다.

고든은 그 노인을 노려보았다.

"뭐라고?"

"현재, 제국의 재정 상황은 좋다고 할 수가 없습니다. 몬스터의 대량 발생부터 시작하여 저번 남부의 이변. 물류가 정체되어 백성들이 괴로워하고 있습니다. 그런 상황에서 대규모 내전을 벌인다면 제국은 경제 쪽으로 큰 타격을 입게 될 겁니다."

"금방 끝낸다. 오래 끌진 않을 거다."

"결코 찬성할 수 없습니다. 빠르게 끝낸다는 문제가 아닙니다."

늙은 대신의 말을 듣고 고든이 화난 감정을 드러내며 한 발짝 다가서자, 그때까지 입을 다물고 있던 레오가 말을 꺼냈다.

"황제 폐하."

그곳에 있던 모두가 레오에게 시선을 집중했다.

레오는 고든 옆에 나란히 서고는 무릎을 꿇고 말했다.

"남부의 반란은 제 잘못입니다. 만회할 기회를 주실 수 없겠습니까."

"만회할 기회? 장군으로서 출진하고 싶다는 거냐?"

레오의 목소리를 듣고 기대하던 일부 대신들은 한순간, 낙담한 표정을 지었지만, 레오는 고개를 저으며 대답했다.

"아닙니다. 책략이 있습니다."

"호오? 이 같은 상황을 어떻게든 해결할 책략이 있다는 게냐?"

"있습니다."

"그럼 말해보거라."

"네. 저를 크루거 공작에게 보낼 사자로 임명하여 주십시오. 그의 본거지에 사자로 들어가서 기습을 가하겠습니다. 전쟁이 시작되기 전에 그를 붙잡거나 쓰러뜨릴 수 있다면 남부 연합은 와해될 겁니다."

그 책략을 들은 요하네스가 몸을 앞으로 내밀었다.

군대를 동원하는 강경 수단만 나오는 와중에 레오의 책략이 매우 매력적으로 느껴졌기 때문이다.

"스스로 그런 제안을 하는 걸 보니 그게 얼마나 위험한지도 알고 있는 거겠지?"

"네. 제 잘못은 제 손으로 직접 씻어 내겠습니다."

그렇게 대답한 레오는 옆에 있던 고든을 힐끔 엿보았다. 그러자 날카로운 눈빛으로 노려보고 있던 고든과 눈이 마주쳤다. 그러자 레오가 살짝 미소를 지었다.

고든에게도 불리한 흐름이라는 걸 알고 있을 것이다. 그는 짜증 난다는 듯이 레오를 노려보았지만, 레오는 아랑곳하지 않았다.

하지만 그런 레오의 여유는 예상하지 못한 사람으로 인해 사라졌다.

"꽤 괜찮은 책략인 것 같다만? 어떻게 생각하나, 프란츠."

"괜찮은 책략임은 틀림이 없습니다만……, 저는 반대입니다."

"재상? 어째서죠?"

"레오나르트 황자님은 문무가 출중하고 백성들의 평판도 훌륭하십니다. 사자로서 손색이 없겠습니다만……, 그와 동시에 남부의 이변을 해결한 영웅입니다. 크뤼거 공작은 아마 경계를 늦추지 않을 겁니다."

"그렇다면 레오나르트 말고 다른 사람은 어떨까?"

"고든 전하께서는 무예 실력이 너무 뛰어나십니다. 황자님들 중에서 가장 방심을 잘 이끌어 내실 분은 아르노르트 전하시겠지만, 사자로서 잠입한 뒤에 문제가 생길 테고, 그렇게 막중한 임무를 맡기는 것 자체가 경계를 사게 될 겁니다."

프란츠가 한 말을 듣고 요하네스가 생각에 잠겼다.

책략 자체는 괜찮지만, 그것을 실행할 인물 쪽에 약간 문제가 있다.

뭔가 손을 약간만 보면 해결될 것 같은 예감이 든 요하네스는 프란츠에게 물었다.

"적임자는 있는가?"

"사자는 나름대로 격이 필요합니다. 황제 폐하의 대리를 맡을 만한 격입니다. 황족 분들이 바람직합니다만, 그에 필적하는 인물이라 해도 문제는 없습니다."

"그러니까 그게 누구지?"

"별로 말씀드리고 싶진 않군요."

프란츠는 그렇게 말하며 말꼬리를 흐렸다. 그러자 요하네스가 인상을 찌푸렸지만, 프란츠는 아랑곳하지 않고 입을 다물었다. 그런 와중에 옥좌의 방 안으로 새로운 인물이 들어왔다.

모두의 시선이 쏠렸다.

"실례합니다. 황제 폐하."

"피네……, 뭐냐? 무슨 일 있었나?"

"뭔가 도울 게 있을까 하여 이곳으로 왔습니다. 그리고 그 생각은 틀린 게 아니었던 모양이네요."

피네는 그렇게 말하며 미소를 짓고는 프란츠를 보았다.

프란츠는 눈을 살짝 내리깔았다.

요하네스는 그것만으로도 프란츠가 말꼬리를 흐린 이유를 짐작했다.

"프란츠……, 설마 피네를 사자로 내세우겠다는 뜻이냐?!"

"적임자이긴 합니다. 레오나르트 전하께서 조언자라는 형태로 동행하시면 이번 책략은 아마 성공할 것입니다. 크뤼거 공작도 설마 폐하께서 창구희를 위험에 처하게 만들 거라는 생각은 못하겠지요."

"당연하지! 피네는 군인도 아닌 데다 기사도 아니다! 국가의 직책을 맡고 있는 것도 아닌 그저 소녀란 말이다! 크라이네르트 공작 영지의 문제라면 모를까, 남부 문제에 목숨을 걸게 만들라는 게냐?!"

"머리장식을 하사하셨을 때부터 어떤 의미로는 직책을 맡은 거나 다를 바가 없습니다."

"말장난하지 마라! 싸울 능력도 없는 소녀를 적지에 보내겠다고?! 만에 하나라도 실패하면 어떻게 할 거냐?!"

"실패할 경우, 위험에 처하게 되는 것은 레오나르트 전하도 마찬가지입니다."

"레오나르트는 황자다! 남부 문제에는 순찰사로서 관여했고! 피네와는 비교도 안 될 책임이 있다!"

요하네스는 프란츠를 날카롭게 노려보고는 피네 쪽을 돌아보았다.

그리고.

"물러가거라, 피네. 다른 방법을 생각해 보마."

"아뇨, 폐하. 부디 제게 맡겨 주십시오."

"아니 된다!"

"……폐하. 귀족이 일으킨 문제로 인해 백성들이 괴로워하고 있습니다. 다른 영지라 하더라도 귀족이 져야 할 책임인 것은 마찬가지일 것입니다. 제국의 백성을 지키는 것이 귀족의 역할이며, 내란이 일어나지 못하게 함으로써 많은 백성들을 구할 수 있습니다. 남부의 백성들이 죽지 않게 되고, 다른 곳에 있는 백성들이 굶주림에 허덕이지도 않게 됩니다. 저는 피네 폰 크라이네르트, 공작의 딸입니다. 위험을 무릅쓸 이유는 그것만으로도 충분합니다. 백성이 위기에 처했을 때 일어서지 않는다면 귀족 같은 것이 존재할 가치가 없으니까요."

피네가 이곳에 온 것은 우연이자 필연이었다. 모두가 필사적으로 움직이는 와중에 내가 할 수 있는 것은 없을까. 피네는 그렇게 진지하게 생각하다 이곳으로 왔다.

아르나 레오가 뭔가 말한 건 아니다. 두 사람은 피네를 계산에 넣고 있지 않았기 때문이다. 하지만 피네는 자기 나름대로 자신의 강점을 이해하고 있었다.

황제가 머리장식을 하사한 것. 황제가 소중히 여겨주는 것. 그 두 가지는 상대방을 방심하게 만드는 최대의 무기가 된다. 피네는 그 사실을 잘 이해하고 있었다.

"피네……."

"보내 주십시오, 폐하. 남부 귀족들은 한데 뭉친 존재가 아닙니다. 분명히 어쩔 수 없이 따르고 있는 분들도 많이 있을 겁니다. 귀족을 섬기는 기사나 병사들이라면 더더욱 그럴 것입니다. 허나 한번 칼날을 맞부딪히면 증오가 생겨납니다. 그것은 이윽고 제국의 재앙이 될지도 모릅니다. 그것을 막기 위해 돕고 싶은 것입니다."

"……."

"폐하. 나라를 위해서입니다."

"……근위기사들을 데리고 가거라."

요하네스는 쓸쓸함으로 가득한 표정으로 말했다.

하지만 피네가 그 제안을 거절했다.

"근위기사들이 따라오면 적이 더욱 경계할 것입니다. 그래선 의미가 없습니다."

피네는 그렇게 말하며 미소를 지었다.

아르와 에르나가 네르베 리터를 설득하러 간 시점에서 피네는 실패할 거라는 생각을 전혀 하지 않았다.

나설 때 공포를 느끼지 않았던 것도 아르에 대한 신뢰 덕분이었다. 아르가 해낼 수 있을 거라 생각하며 선택한 부대가 호위로 붙는다. 그렇다면 아무런 문제도 없다.

유일하게 걱정되는 것은 제멋대로 행동한 것으로 인해 아르에게 혼나지는 않을까.

피네는 그렇게 사소한 걱정을 하고 있었다.

적의 본거지에 쳐들어가는 역할에 입후보한 것치고는 느긋한 심정이었다.

"근위기사 말고 다른 부대에는 맡길 수가 없다!"

"허나, 전하. 근위기사가 적을 경계하게 만든다는 것은 사실입니다."

"그렇다면 어떻게 할 거냐?!"

황제의 성난 목소리가 옥좌의 방에 울려 퍼졌다. 그리고 남은 것은 정적이었다.

모두가 말문을 잃었다. 그 타이밍에 고개를 쏙 내민 황자가 있었다.

"저기~, ……아버님."

"……아르노르트, ……너는 이렇게 중대한 시기에 어디에 가 있었던 게냐?!"

"아뇨, 볼일이 좀 있어서요."

혼이 난 아르는 인상을 찌푸리며 옥좌의 방에 들어섰다.

한순간, 피네와 눈이 마주쳤다. 미안하다는 듯한 표정을 지은 피네를 보고 아르는 어쩔 수 없다는 듯한 미소를 지었다.

그리고 다른 말이 나오기 전에 재빠르게 용건을 마치기로 했다.

"호위부대 말인데요, 추천하고 싶은 부대가 있습니다."

"뭐라고?"

"들어와."

아르가 그렇게 말하자 군복 차림인 라스가 옥좌의 방으로 들어왔다.

그의 가슴에는 네르베 리터의 부대 문장이 달려 있었다.

"라스 바이글……, 여긴 어떻게?"

"아르노르트 황자님께 자세한 이야기를 들었습니다. 네르베 리터는 이번 작전에 지원하겠습니다."

라스는 그렇게 말하며 경례했다. 그것은 있을 수 없는 광경이었다.

네르베 리터는 지금까지 몇 번이나 임무를 수행해 왔다. 하지만 그 모든 임무는 명령을 받았기 때문에 수행한 것이며, 자발적으로 무언가를 한 적은 없었다.

그런 네르베 리터가 지원한다. 그 이상 사태를 보고 어떤 귀족이 소리쳤다.

"자, 잠깐만! 네놈들에게 레오나르트 황자님과 피네 양을 맡기라는 건가?!"

"안심하시길. 반드시 지켜내겠습니다."

"까불지 마라! 주군을 배신한 자들에게 맡길 수 있겠나!"

"……저희가 주군을 배신하긴 했습니다. 주인의 부정행위를 그냥 넘길 순 없었습니다. 하지만, 안심하시길. 그런 저희이기에 부정부패를 저지른 남부 귀족에게 넘어가진 않을 것입니다. 저희는 상처 자국의 기사. 부정부패는 저희의 적입니다."

라스가 한 말을 듣고 귀족이 입을 다물었다. 경위를 고려하면 라스가 한 말이 맞기 때문이다.

하지만 그곳에 있는 자들의 표정은 그리 밝지 못했다.

그런데, 가장 안쪽에 앉아있던 요하네스가 라스에게 물었다.

"지금까지 몇 번이나 이럴 기회가 있었을 테지. 허나 너희는 움직이지 않았다. 그런데 어째서 지금 일어선 게냐?"

"……동생을 지켜달라고 큰 목소리로 부탁하시더군요. 그 목소리에 응하지 않는 것은……, 얼마 남지 않은 기사의 긍지를 등지는 것이 됩니다."

라스는 그렇게 말하며 아르를 보았다. 요하네스도 아르를 보고 손에 붕대가 감겨있다는 것을 눈치챘다. 무슨 짓을 한 건지 대충 짐작한 요하네스는 한숨을 크게 쉬고는 명령을 내렸다.

"네르베 리터에게 레오나르트와 피네의 호위를 맡긴다. 이 건은 레오나르트에게 일임하마. 자세한 것들은 각자 정하도록."

"폐하. 그렇게 불확실한 방법을 쓰지 마시고 저와 군에 맡겨주십시오!"

"불확실한 방법이긴 하다만, 시험해 볼 가치는 있다. 허나 너도 준비는 해두거라. 군의 집결은 허락하마. 하지만 손을 대는 건 인정 못한다."

"……알겠습니다."

고든은 그렇게 말하며 물러났다.

그 눈에 어두운 빛을 드리우면서.

6

"정말, 터무니없는 짓을 하기는."

"죄송합니다……."

회의를 마치고 방에 돌아온 나는 피네에게 그렇게 말했다. 피네도 미안해하는 기색이었다. 가능하면 위험한 상황에 나서지 않았으면 했는데.

"뭐, 입후보 해버린 이상은 어쩔 수 없지. 재상이 말한 대로 네가 적임자라는 건 사실이야. 최대한 안전을 확보하도록 하자."

"폐를 끼치겠네요……."

"괜찮아. 네 행동도 이해가 되니까."

지금 같은 상황에서 무언가 하고 싶다고 생각하는 게 매우 피네다운 것 같기도 했다.

그리고 이번에는 피네의 그런 마음과 많은 이점이 들어맞았을 뿐이다.

책망할 만한 일은 아니다.

"아르노르트 님."

세바스가 그렇게 말하며 소리없이 나타났다.

세바스에게는 내가 제도를 떠난 사이에 정보 수집을 부탁해두 었는데, 이번에 나타난 목적은 약간 다른 모양이었다.

"왜 그래? 세바스."

"마침 좋은 타이밍에 든든하신 분께서 오셨습니다."

세바스가 그렇게 말하며 문을 열었다. 그러자 그곳에는 낯익은 사람이 두 명 있었다.

"오랜만에 뵙습니다. 아르노르트 전하."

"라인펠트 공작! 그리고……."

거기 있었던 사람은 유르겐이었다.

항상 그랬듯이 마음을 터놓게 만드는 미소를 지으며 방 안으로 들어왔다.

그 뒤에서 조용히 들어온 사람은 소년 같은 차림새인 갈색 머 리카락 소녀.

"린피아."

"리제로테 님께서 여동생들을 자신에게 맡기라고 말씀해 주셨 습니다. 지금부터는 은혜를 갚을 수 있게끔 두 전하를 위하여 검 을 휘두를 생각입니다."

"여전하네. 그래도 돌아와 줘서 고마워. 마침 실력자가 필요했 거든."

"자세한 이야기는 세바스 씨에게 들었습니다. 피네 님께서도 가신다고요."

"네. 저도 할 수 있는 일이 있을 것 같아서요."

피네를 빤히 바라보던 린피아는 문득 부드러운 미소를 지었다.

그리고 힘차게 말했다.

"피네 님다우신 것 같습니다. 안심하시길. 부족하나마 저도 힘을 빌려드리겠습니다."

"네!"

"이제 전력은 꽤 갖춰졌네."

세바스와 더불어 린피아. 라스를 비롯한 네르베 리터의 정예들.

그들을 레오가 이끈다. 무사히 적의 품속에 파고들기만 하면 성공할 확률이 크게 올라갔다.

"그런데 사자 행세를 하며 잠입한다는 것은 레오나르트 전하의 제안이 아닐 텐데요. 아르노르트 님의 계획입니까?"

"네, 에르나는 성격이 안 좋다고 하더군요."

"하하하, 기사가 보기에는 그렇겠지요. 그런데 레오나르트 전하의 이미지가 안 좋아지는 결과로 이어지진 않을까요?"

"그것도 생각해 두었습니다."

사자로서 피네가 나서고, 레오가 그 호위단을 이끈다. 남부는 그 사자를 거의 틀림없이 받아들일 것이다. 황제가 보낸 칙사이기 때문이다. 거절하면 앞으로 일절 교섭을 하지 못하게 된다. 그런 선택지는 남부 귀족들이 받아들일 수 없을 것이다.

남부가 힘을 합쳐봤자 전력은 압도적으로 제국이 유리하다. 양보를 이끌어내기 위해서는 이번에 받아들일 수밖에 없다.

"남부 연합 쪽으로 폐하께서 사자를 보내실 겁니다. 하지만 그 내용은 크류거 공작에 대한 최후통첩이죠. 무릎을 꿇지 않는다면 처단한다. 피네가 그런 내용을 전달할 겁니다. 그렇게 교섭이 결렬되고 상대방이 공격을 가한다면 잘못은 상대방에게 있다, 그런 논리입니다."

"하지만 도착하기 전에 교섭 내용을 확인할 텐데요?"

"편지를 두 장 마련해 두고 직전에 바꿔칠 겁니다. 이 편지를 거부하면 징벌 대상이 된다고요. 사자를 이용한 기습에서 신하에 대한 징벌로 바뀌는 거죠. 다른 나라가 비난하는 것도 말이 안 되고, 제국의 신용이나 레오의 신용도 유지될 겁니다."

애초에 황제와 남부 귀족 사이의 관계는 주군과 신하다. 대등하게 교섭할 수 있는 입장이 아니다. 어디까지나 일방적으로 명령을 받는 쪽이다.

남부 귀족들이 봉기해서 황제가 같은 테이블에 앉은 거라고 착각하겠지만, 황제는 양보 같은 걸 할 생각이 없으며, 피네를 보낸 것도 크류거 공작에게 최후통첩을 보내기 위해서다.

그런 시나리오가 된다. 이번에는 대등한 입장인 외국과의 교섭이 아니라 어느 쪽이 위인지 확실하게 정해져 있기에 가능한 수법이라 할 수 있다.

뭐, 외국 일부 세력 중에는 어느 정도 불신감을 품는 곳도 있을지 모르겠지만, 국가의 총의로서 문제시할 나라는 없을 것이다.

"그렇군요. 아르노르트 전하다운 논리입니다."

"가능하다면 좀 더 정공법으로 가고 싶었습니다만, 방법이 이것밖에 없어서요."

"휘둘리다 보면 그렇겠죠. 하지만 이번 작전으로 선수를 칠 수 있습니다. 주도권을 빼앗아 오는 거지요. 그게 가장 중요합니다. 그런데 그 주도권은 사소한 계기로도 누군가의 손에 넘어갈 수 있습니다. 정보 통제에는 문제가 없을까요?"

유르겐다운 질문이다.

나는 그 물음에 확실하게 고개를 끄덕였다.

"제도 수비대가 제도의 출입을 꼼꼼하게 확인하고 있습니다."

"그것뿐인가요?"

"아뇨, 남부로 가는 루트의 봉쇄를 용작 가문에 부탁했습니다. 용작 가문의 기사들이 이곳저곳에 있는 상황에서는 뛰어난 은밀 부대도 돌파하는 건 불가능하죠."

남부의 내란만 놓고 보면 제위 쟁탈전의 요소는 희미하다. 이미 황제가 우리 작전을 채용한 이상, 정보를 남부로 흘러가지 않게끔 하는 작업을 용작 가문이 돕는다 하더라도 문제될 것은 없다.

정보가 새어 나갈 가능성은 매우 낮다.

마음에 걸리는 건 있지만, 그것도 대책을 생각해 두었다.

"준비는 다 하신 모양이군요. 그럼 제가 뭐라 따질 것은 없습니다. 뭔가 힘이 되어드릴 만한 건 없을까요?"

"그러게요. 한동안 제도에 계실 건가요?"

"네, 그럴 생각입니다."

"그럼 공작의 연줄을 동원해서 상인들을 움직여 주실 수 있을까요?"

"그건 상관없습니다만, 어떻게 움직이실 겁니까?"

"남부는 일시적이나마 제국을 적대했습니다. 치안의 악화가 우려되고, 그렇게 되면 식량 문제도 발생할 겁니다. 그런 상황에 대비하고 싶어서요."

"그렇군요. 그건 제 취향에 맞는 일이네요. 알겠습니다."

유르겐은 그렇게 말하며 시원스러운 미소를 지었다.

유르겐과 아인 상회가 움직이면 일손도 나름대로 확보할 수 있다. 모험가들을 고용해서 호위로 붙여주면 어느 정도 돈이 유통된다. 여차하면 실버로서 번 돈을 쓸 수도 있다.

크류거 공작을 쓰러뜨리면 끝날 정도로 간단한 상황은 아니다. 오히려 그 이후가 더 큰일이다.

"그렇지, 피네 님. 이걸 받으시죠."

린피아는 마침 생각났다는 듯이 피리 하나를 피네에게 건넸다.

보기만 해도 알아볼 수 있었다. 랭크가 꽤 높은 마도구다.

"이게 뭔가요?"

"길을 잃은 드워프 영감님에게 받은 물건입니다. 피리를 불면 아군에게 들린다고 합니다."

"그렇다면 정말 대단한 물건 아닌가요?"

"저보다는 피네 님께 필요할 겁니다."

린피아는 그렇게 말하며 피네에게 그 피리를 쥐어주었다. 피네가 곤란한 듯이 이쪽을 보았고, 나는 조용히 고개를 끄덕였다.

피네가 피리를 분다는 것은 확실하게 절박한 상황일 것이다. 그런 상황이라면 실버로서 가더라도 문제는 없을 테고, 만약에 문제가 있다 하더라도 그냥 넘길 수는 없다.

나는 분명히 모든 것을 저버리더라도 갈 것이다.

"나도 피네가 가지고 있는 게 더 안심이 되겠는데."

"……알겠습니다. 이번에는 제가 맡아둘게요."

피네는 그렇게 말하며 린피아에게서 공손하게 피리를 받아들었다.

그런데 길 잃은 드워프. 그것도 노인이란 말이지. 한순간, 어떤 사람이 떠올랐지만, 곧바로 생각을 바꾸었다.

제국에 있다는 이야기는 못 들었고, 있을 리가 없다.

뭐, 만에 하나 있다 하더라도 남부 귀족들에게 협력할 리는 없으니 이번에는 무대 위로 나서지 않을 것이다. 그냥 머릿속에 넣어두기만 할까. 제국에 있기만 해도 큰 사건이 될 사람이니까.

"그럼 저는 바로 움직이겠습니다."

"저도 레오 님께 갈게요."

유르겐은 곧바로 움직이기 시작했고, 피네는 린피아와 함께 레오에게 갔다.

남은 것은 세바스와 나뿐이다.

"보고할 게 있어?"

"네. 아무래도 소니아 공은 인질을 잡힌 모양입니다. 어디까지나 이야기를 훔쳐들은 것뿐입니다만, 양아버지가 예전에 천재 참모라 불리던 군인이었다고 합니다."

"그렇군. 그렇다면 그런 움직임도 이해가 되지."

냉정한 상황 분석뿐만이 아니라 결코 유리한 상황을 무너뜨리지 않는 행동. 그리고 그렇게 유지한 유리함을 살려서 자신들이 원하는 상황을 만들어 낸다. 소니아는 대국을 조종했다. 쉽사리 해낼 수 있는 일이 아니다.

"소니아 건은 일단 제쳐두자. 우리에게는 그럴 여유가 없어."

"알겠습니다. 그럼 저는 레오나르트 님 곁에 있겠습니다. 아르노르트 님께서는 앞으로 어떻게 움직이실 생각이십니까?"

"정보는 거의 차단했어. 하지만 정보를 흘릴 만한 녀석이 제도 밖으로 나가게 될 거야."

"그렇군요……, 고든 전하 말씀이십니까."

"그래, 나는 그 녀석을 감시할 거야. 무슨 짓을 할지 모르니까. 미안하지만 레오를 맡길게. 여차하면 날아가겠지만, 아마 이쪽도 나름대로 골치가 아플 거라고."

나는 그렇게 생각하며 고든이 어떻게 움직일지 생각하기 시작하고 있었다.

7

출발할 날이 되었다.

방에는 나와 피네만 있다.

"드디어 때가 왔군요."

"그래. 뭐, 준비는 완벽해. 어지간히 뜻밖의 상황이 벌어지지 않는 한, 괜찮을 거야."

"네, 불안하진 않아요."

피네는 그렇게 말하며 나를 안심시키려는 듯이 웃었다.

나는 그 모습을 보고 잠시 입을 다물었다.

뜻밖의 상황 같은 건 지금까지 몇 번이나 일어났다. 이번에도 그렇지 않으리라는 보장이 없다.

피네는 적들 앞에 나서게 된다. 지금까지와는 비교도 되지 않을 정도로 위험하다.

"……솔직하게 말할게. 가능하면 가지 않았으면 좋겠어."

"죄송합니다."

"너는……, 강하구나."

피네는 조용히 고개를 숙였다가 들었다. 그 얼굴에는 불안한 기색이 없었다.

주위 사람들에 대한 믿음이 그렇게 만들어 주고 있다. 그만큼 다른 사람을 믿을 수 있는 건 분명한 강점일 것이다.

"강하진 않아요. 날마다 제가 무력하다는 걸 깨닫고 있죠."

"네가?"

"뜻밖이신가요? 저는 언제나 아르 님의 힘이 되어드리고 싶어 하는데요?"

"고맙긴 한데, 지금도 충분히 되어주고 있어."

"아뇨, 부족해요. 저는 당신의 비밀의 공유자예요. 당신의 부담을 덜어드리기 위해 있죠. 하지만……, 저는 아무런 힘도 되어드리지 못하고, 당신은 상처만 입어요."

피네의 시선이 내 왼손으로 쏠렸다.

아직 완치되지 않았기에 붕대를 감고 있는 왼손이 안쓰럽게 보일 것이다.

하지만 이 상처 덕분에 네르베 리터가 온 힘을 다해주는 것.

"이 정도는 별것 아니야."

"……작은 상처도 쌓이다 보면 큰 상처가 돼요. 제 역할은 당신이 큰 상처를 입지 않게끔 해드리는 거예요. 그렇게 자부하고 있답니다."

피네가 똑바로 바라보자 나는 쓴웃음을 지었다.

그러자 피네가 살짝 발끈하는 듯한 표정을 보였다.

"저, 저는 진지하게 말씀드리고 있어요!"

"그래, 나도 알아. 네 진지한 표정이 뜻밖이다 싶었을 뿐이야."

"바, 바보 취급하시는 거죠?!"

"아니야. 네가 나를 제대로 생각해 주고 있다는 건 잘 알겠어. 그래서 말해둘게. 나도 너를 제대로 생각하고 있어. 너는 착하고, 항상 올바른 길을 나아가지. 내게 있어서는 소중한 지침이야. 곁에 있어주지 않으면 곤란해."

제위 쟁탈전을 거치며 세 형제 자매가 변해 버렸다.

내가 그렇게 되지 않을 거라는 보장은 없다. 그래서 피네가 내 곁에 필요하다. 아무리 더러운 짓을 하더라도 길을 벗어나지 않게 끔. 피네가 진심으로 난색을 표하는 수단은 쓰지 않게끔 해왔다.

그녀가 진심으로 난색을 표하는 수단은 레오도 분명히 마음에 들어하지 않을 것이다. 그런 짓을 해버리면 나도 제위 쟁탈전의 어둠에 빠지게 된다.

그렇게 되지 않게끔, 피네는 등불로서 항상 곁에 있어 주었으면 좋겠다.

"그러니까……, 무슨 일이 생기면 곧바로 피리를 불어. 나는 나를 위해서 너를 반드시 구하러 갈 거야. 뭘 하고 있더라도, 누구와 함께 있더라도. 너를 우선적으로 구하러 갈 거야."

"그런 말씀을 하시면 곤란해요……, 아르 님께는 좀 더 소중한 게 있을 텐데요."

"아니, 네가 최우선이야. 물론 최대한 다른 일도 마치고 가긴 하겠지만 말이지."

"그러시군요……, 그러면 만약에 그렇게 될 때는 잘 부탁드릴게요."

"그래, 내게 맡겨."

나는 그렇게 말하며 씨익 웃었다.

최대한 피네가 안심할 수 있게끔. 아무런 걱정도 할 필요가 없다고 생각할 수 있게끔.

"슬슬 시간이 되었네요."

"벌써 시간이 그렇게 되었나……."

나는 시계를 보고 일어섰다. 이제 피네는 레오 일행과 합류해서 제도를 떠날 것이다. 나는 그 이후에 고든을 감시하기 위해 움직일 것이다. 그렇게 되면 쉽사리 만날 만한 여유는 없다.

그래서 나는 뭔가 미처 이야기하지 않은 게 없나 생각했다.

하지만 내 머릿속에는 아무것도 떠오르지 않았다.

그러던 와중에 피네가 방문을 열었다.

"가시죠."

"그, 그래."

껄끄러워져서 머리를 긁었다. 그러고 있자니 피네가 쿡쿡 웃었다.

그리고.

"아르 님. 아르 님께서는 처음 만났을 때부터 저를 도와주셨어요. 언제 어디서든, 저는 아르 님을 믿어요. 그러니 불안하지 않아요. 뭐가 나타나더라도 두렵지 않아요. 안심하시고 보내주세요."

"……내가 그렇게까지 너를 도와준 기억은 없는데 말이지."

"아르 님께서는 언제나 무의식적으로 다른 사람들을 도와주시죠. 제가 그 증거예요."

"크라이네르트 공작 영지에서 있었던 일은 그냥 타산적으로 한 건데?"

내가 그렇게 말하자 피네가 신이 난 듯이 웃었다.

그 미소의 의미를 알 수가 없어서 당황하던 동안, 피네가 먼저 가버렸다.

그 미소는 대체 무슨 뜻일까.

또 새로 생겨난 의문을 품으며, 나는 피네를 쫓아갔다.

■ ■ ■

"조심히 가라."

"물론이지."

나와 레오는 그렇게 말하며 작별 인사를 했다. 피네는 물론 위험하지만, 레오도 위험하다.

하지만 레오도 나름대로 긴장하지는 않은 것 같았다. 간이 크다고 해야 하나, 뭐라고 해야 하나.

지금부터 향할 남부는 거의 크류거 공작의 영향권인데 말이지.

"형은 왠지 걱정스러워 보이네."

"당연하지."

"안심해. 형이 준 강력한 호위가 있으니까."

레오는 그렇게 말한 다음 정렬해 있던 네르베 리터를 보았다.

라스가 선두에 서 있었고, 우리 시선을 눈치챈 그들이 일제히 경례했다.

"아르노르트 전하. 배웅하실 때는 좀 더 가슴을 펴십시오. 저희 사기에 영향이 생깁니다."

"말도 안 되는 소릴……."

"저희를 믿지 못하시겠습니까?"

호위로 따라가는 건 네르베 리터의 정예 300명. 다른 대원들은 제도의 정보 봉쇄를 맡고 있다.

다시 말해 레오는 300명만으로 성을 함락시켜야 하는 것이다.

아무리 강하다 해도 불안해지는 건 어쩔 수 없을 것이다.

"믿지 못했다면 동생을 맡기진 않았을 거야."

"그럼 가슴을 펴십시오. 저희는 자신감으로 가득 찬 당신을 보고 싶습니다. 보여주십시오. 저희에 대한 신뢰를."

나는 그 말을 듣고 어쩔 수 없이 고개를 들고는 가슴을 폈다.

그리고 300명을 향해 한 마디만 말했다.

"──맡기마."

그들은 대답 대신 경례로 답했다. 그리고 라스는 부하들과 함께 자기 자리로 돌아갔다.

슬슬 출발하는 건가? 그렇게 생각하고 있자니 린피아가 다가왔다.

"다녀오겠습니다. 아르노르트 전하."

"그래, 부탁할게. 그런데 린피아가 나를 그렇게 부르는 건 어떻게 좀 고칠 수 없을까?"

"싫으신가요?"

"거리를 두는 것 같은 느낌이 들어."

"그러시군요……, 그렇다면 돌아와서 호칭을 바꾸도록 하겠습니다."

"그렇구나. 그거 기대되는데."

기대하면서 기다려 주세요, 린피아는 그렇게 말하고는 인사를 하고 물러갔다. 그녀가 향한 곳은 피네가 탄 마차다. 린피아는 피네의 호위로서 다양한 방면으로 보조해줄 것이다.

한순간, 피네와 눈이 마주쳤다. 피네는 방긋방긋 웃으며 이쪽을 향해 손을 흔들고 있었다.

"느긋하네."

"긴장하는 것보다는 나을 것 같습니다."

"그렇긴 하지."

그렇게 이야기를 나눈 다음, 세바스가 인사를 하고 떠나갔다. 그리고 나와 레오만이 남겨졌다.

"믿음직스럽네."

"그래?"

"형이 온 힘을 다해 모아준 전력이니까. 이만큼 믿음직스러울 수는 없지."

레오는 그렇게 말한 다음 나를 향해 오른손으로 주먹을 쥐고 내밀었다.

나도 마찬가지로 주먹을 내밀었다.

주먹이 딱, 부딪치자 레오가 패기로 가득 찬 표정으로 말했다.

"막고 올게. 전쟁을."

"그래, 부탁할게."

그렇게 이야기를 나눈 다음, 레오가 마차에 올라탔다.

그렇게 사절단이 떠났다. 나는 성벽에 올라가서 제도를 나선 그들이 보이지 않을 때까지 배웅했다.

"가셨군요."

"네, 가버렸네요."

나와 마찬가지로 배웅하고 있던 유르겐이 중얼거렸다.

그리고 나는 발걸음을 돌렸다.

"어디 가십니까?"

"할 일이 좀 있어서 제도를 떠날 거예요. 누군가 저에 대해 물으면 적당히 둘러대 주세요."

"그건 상관없습니다만……, 고든 전하와 그 소문난 군사를 감시하시려는 겁니까?"

"용케도 아셨네요."

"당연히 알죠. 무리는 금물입니다? 당신의 몸에 무슨 일이 생기면 제가 리제로테 님을 뵐 면목이 없으니까요."

"그렇군요. 그렇다면 조심해야겠네요. 안심하시길. 멀리서 상황을 지켜보기만 할 거예요."

"그렇다면 괜찮겠습니다만……, 호위는 어떻게 하실 겁니까?"

"미리 마련해 두었습니다."

내가 그렇게 말하자 유르겐이 고개를 몇 번 끄덕이고는 웃으면서 조심하라며 배웅해주었다.

이제 잠시 제도를 비워두더라도 문제는 없을 것이다. 이번에는 세바스가 없으니까. 유르겐이 대신 그 역할을 해줘야겠다.

내가 갑자기 어디론가 가는 건 자주 있던 일이니 아무도 의아해하지 않을 것이다.

"지금부터는 마음대로 할 수 있을 거라 생각하지 마라, 고든."

나는 작은 목소리로 중얼거리고는 점점 빠르게 걸어가기 시작했다. 제도를 떠났다면 마침 잘된 일이다.

지금부터는 암약할 시간이다.

➡ 제4장 남부 결전

1

레오 일행이 제도에서 출발했을 무렵.

군대의 집결을 명령 받은 고든도 움직이기 시작하고 있었다.

"소니아. 두 번째로 조언할 게 있나?"

고든은 집결 지점으로 향해 말을 타고 이동하며 소니아에게 물었다. 레오 일행의 행동은 고든은 물론이고 소니아조차 뜻밖이었다. 레오가 사절 행세를 하며 기습한다는 대담한 책략을 떠올릴 줄은 몰랐던 것이다.

십중팔구 레오의 발상이 아닐 것이다. 그 계획을 생각해 낸 사람은 다른 사람을 의심하고 다른 사람의 마음속을 들여다보는 인물. 말하자면 성격이 안 좋은 사람이다.

그 사람은 분명히 레오 뒤에서 웃어대고 있을 것이다. 그리고 소니아는 그 사람이 누구인지 짐작이 갔다.

하지만 알아봤자 어떻게 해볼 수도 없다.

"황제 폐하께서 허가하신 작전을 방해하는 건 바람직하지 못합니다. 지금은 대기해야 할 겁니다. 레오나르트 전하의 작전은 묘안이지만, 분명히 간단히 성공하지는 못할 겁니다. 전장에서는 전선의 판단이 존중됩니다. 이상 사태를 감지했다면서 진군할 수도 있습니다. 지금은 기회가 오기를 기다리시지요."

265

"소극적이군. 마음에 안 들어."

"이번에 레오나르트 전하께서 공을 세우신다 하더라도 제위 쟁탈전의 형태는 바뀌지 않습니다. 잔드라 전하 대신 레오나르트 전하께서 치고 올라오실 뿐이죠. 고든 전하께서는 타격을 입지 않으실 겁니다."

"나는 타격을 입더라도 공을 세우기를 원한다. 그러기 위해 네 책략에 따라왔다. 여기까지 와서 공을 세우지 못한다면 부하에게도 위신이 서질 않아."

"하지만 방해한다면 황제 폐하의 심기를 건드리게 될 테고, 최악의 경우 죄를 묻게 될 겁니다."

"이미 심기를 건드렸다. 위험부담을 감수하고 주도권을 우리 손안에 되찾아야 해."

소니아의 조언에 대해 고든이 정반대의 의견을 맞부딪혔다. 그 의견은 틀린 의견이 아니었다. 소니아도 생각해 보았다.

하지만 실패했을 때 일어날 일을 감안하면 기회가 올 때까지 기다려야 한다는 결론에 도달한 것이다.

"지금 얌전히 기다리면 황제를 존중한다고도 보일 수 있습니다. 황자로서 본분을 다한다고 여겨지면 평가가 떨어지진 않을 겁니다. 하지만 지금 강경책을 쓴다면 황제를 존중하지 않는다고 보일 수도 있습니다. 그렇게 되면 제위 쟁탈전에서 이기는 건 힘들어집니다. 결국, 황태자를 정하는 사람은 황제 폐하시기 때문입니다."

"흥……, 시시하군."

"……그게 무슨 뜻이지요?"

"……나는 아버님의 힘으로 황제가 될 생각이 없다. 나 자신의 힘으로 황제가 될 거다. 그리고 제국군을 이끌고 대륙을 통일할 거다. 역사에 내 무력을 새길 거란 말이다."

"큰 뜻을 품는 것은 잘못이 아닙니다만, 힘으로 밀어붙이기만 해서는 이길 수가 없는데요? 특히 에릭 전하는 말이지요."

"제위 쟁탈전이라면 말이지."

고든은 그렇게 말한 다음 말을 달려 앞으로 나아갔다.

그 말과 눈동자 안쪽에서 무언가 불길한 것을 느낀 소니아는 그 이후로 몇 번이나 고든에게 조언을 하려 했지만, 고든은 상대해 주지 않았다.

■ ■ ■

제도 남쪽. 그곳에서 더 나아간 곳에 있는 평원. 고든은 그곳에 제국 중앙군을 모으고 있었다.

그 숫자는 3만. 순조롭게 진행되면 그 두 배로 부풀어 오를 예정이다.

"고든 전하! 이대로 손가락만 빨면서 지켜보실 겁니까?!"

본진 천막에서 고든에게 그렇게 호소한 사람은 수염 난 중년이었다.

덩치가 크지만 그만큼 배도 나왔다. 키는 그렇게까지 크지 않고, 보는 사람으로 하여금 나무통을 연상케하는 그 남자의 이름은 아담 가르바.

제도에 머무르고 있던 장군들 중 한 명이며, 이번에 고든이 이끄는 부대의 부장을 맡고 있다. 그리고 고든의 열렬한 지지자이기도 하다.

"황제 폐하의 명령은 집합이다. 공격이 아니야."

"허나!"

가르바는 고든을 물고 늘어졌다. 일부러 내란이 일어나게끔 부추긴 것은 고든 진영이다. 하지만 그 책략은 레오 일행으로 인해 무너질 위기에 처했다.

그 사실을 알고 있는 가르바는 이곳에서 잠자코 레오 일행의 보고를 기다릴 생각이 없었던 것이다.

"뭐, 진정해라, 가르바. 나는 전군이 모두 모일 때까지는 여기서 움직이지 않을 거다. 그리고 네게는 정찰을 부탁하고 싶다."

"정찰 따위는 필요 없습니다! 적은 오합지졸! 우리가 쳐들어가면 단숨에 전선에 구멍을 뚫고 적진 깊숙한 곳까지 밀고 들어갈 수 있습니다!"

그것은 가르바뿐만이 아니라 많은 군 관계자들의 총의였다.

남부, 특히 전선에 위치에 있는 도시들은 사기가 낮고, 병력도 얼마 없는 곳이다. 쳐들어가면 곧바로 항복할 도시, 그곳에 쳐들어가지도 않을 텐데 정찰을 하라니, 가르바에게는 고통스럽기만

한 임무였다.

하지만.

"너무 그러지 마라. 가르바, 네게 일만을 주마. 최전선인 도시, 젤스를 정찰하고 와라."

그것은 이례적이라고 할 수 있는 명령이었다.

현재 모인 병력 중 3분의 1을 정찰에 동원하다니, 있을 수 없는 일이다.

한순간, 가르바도 무슨 일인가 싶어서 귀를 의심했지만, 곧바로 고든의 얼굴에 미소가 드리워져 있다는 사실을 눈치챘다.

"뭔가 책략이 있으신 거군요?!"

가르바의 얼굴이 기대로 가득 찼다. 그러자 고든은 아무런 대답도 하지 않고 그저 고개를 끄덕이기만 할 뿐이었다.

그런 고든에게 가르바가 몇 번이나 대답했다.

"알겠습니다! 알겠다고요! 제가 일만을 이끌고 정찰하러 다녀오겠습니다!"

"부탁하마. 보좌할 사람을 두 명 붙여주지."

고든은 그렇게 말하고 나서 본진 천막에 두 사람을 불렀다.

한 사람은 고든의 군사인 소니아.

다른 한 사람은 회색 머리카락에 키가 큰 군인. 그 모습을 보고 가르바가 씨익 웃었다.

"아, 렛츠 대령. 귀관이 보좌해 준다면 든든하지."

"저도 가르바 장군님을 보좌해 드릴 수 있게 되어 영광입니다."

렛츠는 감정을 없앤 듯한 분위기로 경례했다. 렛츠는 고든의 지지자들 중 한 명이자 기병을 이끄는 지휘관이다. 그 실력이 매우 뛰어나기에 대령이면서도 고든의 심복 중 한 명이었다.

가르바가 보기에는 눈엣가시인 남자였기에 그런 렛츠가 자신을 보좌하는 역할을 맡은 것은 가르바에게 있어서 기분이 좋은 일이었다.

두 군인이 그렇게 이야기를 나누는 모습을 본 소니아는 고든을 똑바로 바라보았다.

"일만으로 정찰을 하다니, 무슨 말을 듣게 될지 모르는데요?"

"정찰이다. 조심해서 나쁠 것은 없으니까."

"……뭔가 책략을 생각하고 계신다면 그만두는 게 좋을 겁니다. 함부로 움직였다가는 타격을 입을 뿐이에요. 대기하다 보면 기회를 잡지 못하더라도 위기에 빠지진 않을 테니까요."

"그러니까 정찰이라고 하잖나."

고든은 소니아가 한 말을 흘려넘기며 대답했다.

소니아는 자기가 한 말을 고든이 들어줄 생각이 없다는 걸 알고 있었다. 고든은 여기로 오면서 소니아의 조언을 듣지 않았고, 작전 회의에도 소니아를 부르지 않게 되었다.

자신이 원하는 책략을 제시하지 못하는 군사는 필요없다. 그렇게 판단한 것이다.

"너는 가르바를 보좌해라. 그게 너와 네 아버지를 위한 일이다."

"……군사로서 써먹을 생각이 없으시다면 가족을 해방시켜 주셨으면 합니다만? 당신에게 제 생각이 잘 안 맞을지 모르겠지만, 제게도 당신의 생각이 잘 안 맞습니다. 함께 쓰러지는 건 사양하겠어요."

"군사로서 필요하다. 그래서 임무도 주는 거지. 불평할 시간이 있다면 일을 제대로 하라고."

고든은 그렇게 말한 다음 소니아와 가르바를 물러가게 했다.

남은 사람은 렛츠뿐. 그 렛츠에게 고든이 조용히 말했다.

"예정대로 진행되고 있나?"

"네! 전부 지시하신 대로 손을 써두었습니다!"

렛츠는 경례하며 대답했다. 고든은 신뢰하는 부하의 일 솜씨에 만족스러운 듯이 고개를 끄덕였다.

그리고 남쪽을 향해 씨익 웃었다.

"이제 레오나르트 녀석들도 끝장이군."

"헌데 이번 작전이 성공하면 다음 작전은 필요 없지 않습니까?"

"만에 하나의 경우가 있으니까. 이번에는 상대방 쪽에 용작 가문도 있고. 크류거에게 작전에 대해 알리지 못했을 경우도 대비해서 다음 작전도 결행한다. 맡기마."

"알겠습니다. 훌륭하게 해내겠습니다."

"부탁하마. 겔스를 함락시키면 그 뒤로는 전진하기만 하면 된다. 나아갈 수 있을 때까지 나아가라. 나도 나중에 따라가마."

"네! 전하의 길은 제가 열어드리겠습니다!"

렛츠는 자신만만하게 선언했다. 그 모습을 본 고든은 더욱 의미심장한 미소를 지었다. 모인 군대의 지휘관들은 거의 대부분 고든 진영에 소속되어 있다. 무슨 일이 생기더라도 고든을 따를 것이다.

"남부에서 반드시 전쟁을 일으킨다. 그리고 완벽하게 남부를 박살 내고……, 다음은 제도다."

"드디어 때가 왔군요."

"그래, 이제 꼼지락거리며 골치만 아팠던 세력 다툼은 끝이다. 내가 황제가 되고……, 제국은 대륙 통일에 나선다. 대륙의 제압을 마친 뒤에는 바다 건너편이다. 이 세상의 모든 것을 제국 이름 아래에 하나로 만들겠다."

"함께하겠습니다!"

고든과 렛츠는 자신들의 미래를 떠올렸다.

하지만, 두 사람의 미래는 이미 어긋나기 시작하고 있었다.

■ ■ ■

고든이 레베카를 수색하기 위해 움직였던 은밀 부대.

비공식이기 때문에 한정된 사람들만 알고 있는 그 부대는 제국 군 중에서도 손꼽히는 숙련도를 자랑한다.

뛰어난 병사들이 모였고, 지금까지 힘든 훈련을 헤쳐나왔다.

고든에게 협력한 것도 자신들이 더욱 빛나기 위해서는 군 출신의 황제가 필요할 거라 생각했기 때문이다. 하지만 그 부대는 남부로 가던 도중에 발목을 잡힌 상태였다.

"젠장! 어떻게 된 거지?!"

부대의 지휘관인 소령은 자신들에게 일어난 일이 믿기지 않았다.

고든은 크뤼거에게 정보를 전달하기 위해 은밀 부대를 남부로 보냈다. 그 정보는 물론 레오의 작전 내용이다.

그들은 100명 규모로 움직이고 있었다. 하지만 그 부대는 이미 부대로서 기능을 다하지 못하는 상태였다.

"이런 안개는 들어본 적도 없는데?!"

그 원인은 갑작스럽게 발생한 안개였다.

그 안개로 인해 바로 옆에 있는 사람조차 알아볼 수 없게 되었고, 은밀 부대는 뿔뿔이 흩어져버렸다.

그럼에도 불구하고 정예인 그들은 얼마 되지 않는 단서를 찾아내며 나아갔다.

"분명히 자연히 발생한 안개는 아니군……."

그렇게 느낀 소령은 기척을 없애고 신중하게 나아갔다.

자연히 발생한 안개가 아닐 경우, 제일 먼저 의심되는 것은 몬스터의 소행이다.

안개를 퍼뜨리고 그 안에서 먹잇감을 사냥하는 몬스터. 들어본 적은 없지만, 아예 없다고 딱 잘라 말할 수는 없다.

소령은 큰 소리를 내지 않고 조용히 나아갔다. 아무리 안개가 진하다 하더라도 그냥 나아가기만 하는 거라면 은밀 부대에게는 식은 죽 먹기다. 따로 떨어진 자들도 문제없이 나아가고 있다.

소령은 그렇게 판단하고 앞으로 나아갔다. 그 판단은 올바르면서도 잘못된 판단이었다.

평범한 안개였다면 그들도 헤매지 않고 나아갈 수 있었을 것이다. 하지만 그들이 보고 있던 안개는 진짜 안개가 아니었다.

"환영의 안개 맛은 어때? 소령?"

하늘 위에 떠 있던 것은 은빛 가면과 검은 로브를 걸친 마도사. 실버다.

그 시선 끝에서는 소령이 몽유병 환자 같은 걸음걸이로 산속을 향해 들어가고 있었다.

그들은 깊은 안개라는 환영을 보며 방향감각이 마비된 상태에 빠져 있었다. 아무리 단련한다 하더라도 그것이 마비되어 버리면 의미가 없다.

이곳저곳에서 비명이 들렸다. 몬스터에게 습격당하거나, 산에서 굴러떨어지거나.

모든 은밀 부대 대원들이 완전히 발목을 잡힌 상태였다.

"아쉽게 됐구나, 고든. 네 부대는 전멸했어."

실버는 그렇게 말한 다음 그곳에서 자취를 감추었다.

환영에 사로잡힌 은밀 부대는 며칠 동안 그곳에서 발이 묶이게 된다. 겨우 정신을 차린다 하더라도 크류거가 있는 곳으로 갈 수는 없다.

그들이 아무리 빠르다 하더라도 그 무렵에는 이미 레오 일행이 크류거가 있는 곳에 도착했을 것이기 때문이다.

며칠 늦는 것을 돌이킬 수는 없다.

그렇게 실버는 고든의 첫 번째 작전을 무난히 짓밟아 버렸다.

2

겔스는 남부 전선에 있는 도시 중에서 가장 큰 곳이라 할 수 있다. 하지만, 제국 전체로 따지면 중간 규모 정도의 도시이며, 기사의 숫자는 500명 정도다. 싸울 수 있는 남자들을 모두 합쳐도 전력은 1000명 정도에 불과하다.

그런 도시인 겔스를 가르바가 일만의 군대로 위압하고 있었다.

"푸하하하하핫!! 연약한 남부 기사들은 벌벌 떨고 있겠지!"

가르바는 그렇게 말하며 신이 나서 겔스를 둘러보았다.

나름대로 높은 성벽과 규모가 그럭저럭 큰 문. 전력이 어느 정도 모여 있다면 골치 아픈 성채 도시였겠지만, 가르바는 겔스의 전력이 1000명 정도라는 것을 알고 있었다.

고든의 책략이 시작되고 전투가 개시되면 하루도 지나지 않아 함락될 것이 거의 확정이었다.

"렛츠 대령. 고든 전하께 뭔가 들은 게 있나?"

"아뇨, 아무런 말씀도 듣지 못했습니다. 그저 정찰을 잘하라고 하시더군요."

"그렇군. 우리와는 상관이 없는 곳에서 움직이고 있다는 건가."

"아마도 그럴 겁니다. 그러니 지금은 지시에 따르시지요. 더 앞쪽에 언덕이 있습니다. 그곳에서 전장을 한눈에 내려다볼 수 있을 겁니다."

"좋다. 안내해라."

고든이 황제가 되면 측근들도 승진할 것이다. 그때 원수 자리를 받을 수 있는 측근은 극히 일부다. 가르바에게 있어서 렛츠는 그 라이벌이었다.

하지만 지금은 그런 렛츠가 곁에서 보좌해 주고 있다. 고든이 명백히 가르바가 위라고 인정했다는 뜻이다. 가르바는 원수 지위에 오른 자신의 모습이 보였다. 그런 미래의 자기 모습에 취해 있자니 옆에 있던 소니아가 방해했다.

"장군님. 저 언덕은 겔스와 너무 가깝습니다. 좀 더 떨어진 곳에서 봐야할 것 같습니다."

"흥! 가깝다고 해서 어쨌다는 거야? 상대방이 우리를 공격할 거라고? 말도 안 되는 소리."

"저격을 하게 되면 막을 수가 없습니다. 지휘관이라면 신중하게 행동하셔야지요."

"가깝다고는 해도 도시에서는 거리가 꽤 떨어져 있다고. 저기에서 저격할 수 있는 자가 겔스에 있다면 내 귀에도 그 정보가 들어왔을 거다."

"있을지도 모른다는 게 문제입니다."

"이래서 하프엘프 계집은……, 겁이 너무 많아서 못쓰겠군."

가르바는 소니아의 신중론을 기각한 다음, 성큼성큼 언덕을 올라갔다.

그 뒤를 렛츠가 따라갔다.

소니아는 한숨을 쉬고 따라갔다. 그런데 앞에서 걸어가던 렛츠가 한순간 걸음을 늦추었다. 주위에 있던 호위들도 마찬가지였다.

그 때문에 가르바만 정상에 혼자 도착해버렸다.

그리고 독특하게 바람을 가르는 소리가 소니아의 귀에 들렸다. 그것은 곧바로 무언가가 박히는 듯한 소리로 바뀌었다.

"아…….."

언덕 정상. 가르바의 미간에 화살이 박혀 있었다.

털썩, 쓰러진 가르바가 천천히 언덕 밑으로 내려왔다.

렛츠가 그를 당황한 듯이 받아내고는 가르바의 상태를 확인했다.

"장군님?! 가르바 장군님?!"

정확하게 머리가 꿰뚫린 가르바는 즉사했다.

그 사실을 확인한 렛츠는 그곳에 있던 모두에게 지시를 내렸다.

"전군 경계 태세! 장군님께서 저격당하셨다! 겔스에는 항전할 의지가 있다!"

소니아는 그 지시를 듣고 설마하는 생각으로 렛츠의 표정을 확인했다.

그 얼굴에는 작전이 성공했다는 듯한 미소가 드리워져 있었다.

"아군을 저격하게 만들었어……?"

"저격한 건 적이다."

렛츠는 그렇게 말하며 가르바의 유해를 척척 정리해 나갔다.

277

그리고 선언했다.

"지금부터는 내가 지휘를 맡는다. 군사 소니아. 겔스를 공략할 책략을 짜내라."

"그렇게까지 하면서……, 전쟁을 벌이고 싶어?! 일부러 아군을 희생시키면서까지 전쟁을 벌이라고 명령하는 사람을 주군으로 섬기는 거야?!"

"우리는 원하지 않았다. 덤벼든 건 상대방이다. 그것도 장군 암살. 이건 이상 사태다. 지금부터 현장의 판단에 따라 행동한다. 현장의 판단은 존중받는 법이니까."

렛츠는 그렇게 말한 다음 슬퍼하는 낌새도 보이지 않고 걸어갔다.

예상대로라는 듯한 걸음걸이를 본 소니아는 더욱 확신했다. 고든은 소니아의 조언을 잘못된 형태로 이용해서 자신을 위해 내란을 일으키려 하고 있다.

하지만 지금의 소니아에게는 막을 힘이 없다. 곧바로 노려보는 듯이 겔스 거리를 바라보았다.

"무슨 짓을……."

겔스에 저격수를 잠입시킨 걸까, 아니면 겔스에 있는 누군가가 저격수를 준비한 걸까.

어찌 됐든, 최전선에서 가장 큰 도시라 할 수 있는 겔스가 함락되면 다른 도시도 항복하거나 거의 소용이 없는 저항을 시도할 뿐이다. 그렇게 되면 고든의 군대가 쉽사리 적의 본거지로 갈 수 있다.

적의 본거지에 있는 레오 일행도 무사하지 못할 것이다.

함락시키면 진흙탕 싸움이 된다. 골치 아프게도 소니아가 딱히 뭔가 하지 않는다 하더라도 젤스를 함락시킬 전력이 갖춰져 있다.

"어떻게 해야 하지……."

주도권을 쥐고 있는 것은 고든이고, 소니아에게는 권한이 거의 없다. 장군 직속 군사라는 직책은 없는 것이나 마찬가지고, 소니아는 꿔다놓은 보릿자루 신세다.

하지만, 그럼에도 불구하고.

"해야만 해."

뭔가 할 수 있는 게 있을 것이다, 소니아는 그렇게 자신을 채찍질했다.

■ ■ ■

혼란이 일어난 것은 저격한 젤스 쪽도 마찬가지였다.

"어떻게 된 거죠?! 숙부님!!"

젤스를 다스리는 영주, 아로이스 폰 짐멜 백작은 아직 열두 살 소년이었다. 밝은 갈색과 똑같은 색 눈동자. 같은 나이 또래에 비해 몸집이 작다는 걸 신경 쓰는 평범한 소년이다.

작년에 아버지가 세상을 떠난 뒤, 아버지와 숙부의 보좌를 받으며 영주가 되었다.

그런 아로이스 앞에는 숙부가 호위들과 함께 서 있었다.

"어떻게 된 거냐니?"

"둘러대지 마세요! 적을 저격한 건 숙부님의 지시였을 텐데요!"

"모르겠는데."

"숙부님! 의도를 설명해주세요!"

"의도? 아직 그것도 모르다니 어리석군. 아로이스. 나는 제국군에 붙었다."

"제국군에 붙었다고요……? 그렇다면 왜 저격 같은 짓을?!"

아로이스는 숙부가 하는 말을 이해할 수가 없었다. 남부 귀족 대부분은 크류거에게 친족을 인질로 잡힌 상태다. 아로이스의 어머니도 인질이 되었다.

그렇기 때문에 항복할 수는 없지만, 그렇다고 해서 적극적으로 싸우러 나서고 싶지도 않았다. 반드시 질 거라는 사실을 알고 있기 때문이다.

크류거가 전군을 이끌고 온다면 승산이 있을지도 모르겠지만, 일개 도시의 저항 따위는 뻔하다. 그렇기 때문에 신중하게 대처할 필요가 있는데도 숙부는 제국군에게 붙었다면서 제국군의 장군을 저격했다. 아로이스는 숙부가 정신이 나갔는지 진심으로 의심할 기세였다.

"이유는 전쟁이다. 제국군의 총대장이신 고든 전하께서는 전쟁을 원하신다. 장군을 저격함으로써 그 이유가 생겨났지. 그들은 분노에 휩싸여서 이 도시를 함락시킬 거다. 그리고 대규모 내전이 벌어지겠지."

"말도 안 돼⋯⋯, 그런 짓을 해서 무슨 의미가 있는데요?!"

"고든 전하께서는 공을 세우시고 장악한 군대를 통해 제위에 오르실 거다. 그런 다음, 나는 어딘가 영지의 영주로 임명되겠지. 지금보다는 훨씬 낫다."

아로이스의 숙부는 그렇게 말하며 웃었다. 그 야심찬 미소를 보고 아로이스는 무슨 말을 해봤자 소용이 없을 것을 깨달았다. 이제 돌이킬 수가 없다.

"조만간 제국군이 쳐들어올 거다. 아로이스, 너는 그때까지 아무것도 하지 마라."

"아무것도 하지 말라고요⋯⋯? 이 땅은 선조로부터 대대로 물려받은 땅이고, 지켜온 백성들이 있어요!"

"내 백성이 아니다."

그렇게 딱 잘라 말하는 숙부를 본 아로이스는 힘없이 늘어졌다. 저항 따위는 불가능하다. 어린애가 대체 뭘 할 수 있을까.

아로이스는 그렇게 자조하며 영주 의자에 달려 있던 검을 보았다. 아버지가 마지막으로 남겨준 검이다. 아로이스가 다루기에는 아직 컸기에 한 번도 뽑아본 적이 없었다.

하지만 그것을 본 아로이스는 결의로 가득 찬 표정을 지었다.

그리고 아로이스는 검을 뽑아들었다.

"무슨 짓이지?"

"나는 짐멜 백작, 이 땅의 영주⋯⋯, 백성을 지킬 책무가 있어!"

"황제에게 반기를 들어놓고 무슨 소릴 하는 거야? 네 책무 따위는 그때 이미 사라졌다고!"

"그렇다 해도……, 물려받은 긍지가 있다! 뭐든지 자기 마음대로 될 거라 생각하지 마!"

아로이스는 큼직한 검을 겨우 겨누며 숙부를 바라보았다.

어린애 나름대로 각오를 다진 눈빛을 보고 주눅이 든 숙부가 호위에게 지시를 내렸다.

"쳇……, 붙잡아라!"

하지만 호위들은 반응을 보이지 않았다. 수상쩍게 여긴 숙부가 돌아보았다.

호위들은 제자리에서 잠들어 있었다.

말도 안 된다고 생각하던 숙부도 갑자기 졸음이 밀려왔고, 눈꺼풀이 무거워졌다.

"이건……, 마법……?"

"그렇다. 잠시 잠들어 줘야겠어. 거기 있는 소년 영주와 할 이야기가 있어서 말이지."

그 목소리를 들은 숙부는 제자리에 주저앉는 듯이 잠들었다.

그리고 아로이스 앞에는 한 남자만 남았다.

"당신은……?"

"SS급 모험가인 실버라고 한다. 만약에 너에게 이 상황을 어떻게든 해결하고 싶은 의지가 있다면 힘을 빌려주마."

"실버?! 제도의 수호자가 어째서……."

"모험가로서는 쓸데없는 전쟁으로 몬스터를 자극해서 치안을 악화시키지 않았으면 하거든. 일이 늘어나서 좋다는 녀석들도 있겠지만, 일이 늘어나면 희생도 늘어나게 된다. 뭐니뭐니해도 평화가 제일이야."

실버는 그렇게 말하며 천천히 아로이스를 향해 다가갔다.

그리고 실버의 모습이 한순간에 변했다.

회색 로브를 머리까지 뒤집어 쓴 수수께끼의 인물. 후드 안쪽이 보이지 않아서 척 보기에도 수상쩍다.

"하지만 제국 내부의 문제에 모험가인 실버가 대놓고 관여할 수는 없다. 신분을 위장할 텐데, 그래도 괜찮다면 내가 이 국면을 해결할 때까지 네 신하가 되마."

"······진심인가요? 당신처럼 대단한 사람이 그렇게까지 해주는 이유가 뭐죠?"

"지금, 황제의 칙사가 크루거 공작에게 가고 있다. 공작을 기습해서 최소한의 피해만으로 이번 문제를 끝내기 위해서다. 제국군에는 전쟁을 일으키고자, 그걸 막고 싶어하는 자가 있다. 그리고 막고자 하는 자가 있다면, 그 작전을 지키고자 하는 자도 있지."

"그렇게 지켜주고 싶어하는 자에게 의뢰를 받았다고요······?"

"그렇게 받아들인다 해도 상관없다. 어때? 내가 필요한가? 아닌가?"

단순한 두 가지 선택지를 내세우자 아로이스가 잠깐 망설였다.

하지만, 곧바로 결단을 내렸다.

"힘을 빌리겠습니다."

"좋아. 그럼 작전 회의를 하자고. 나는……, 떠돌이 군사. 그렇게 소개해다오. 이름은……, 그래, '그라우'라고 불러달라고."

"회색인가요……, 있는 그대로네요."

"이름은 단순한 게 좋지."

실버는 그렇게 말한 다음 그라우가 되어 아로이스의 신하로 움직이게 되었다.

3

떠돌이 군사 그라우로서 겔스로 들어간 나는 소년 영주인 아로이스에게 상황에 대해 설명해 달라고 말했다.

"우선 어쩌다 이렇게까지 긴장감이 고조된 것인지 가르쳐 줄 수 있겠나?"

"모르시나요?"

"군이 보낸 은밀 부대를 괴롭히다가 왔거든. 그런 다음에 바로 날아오느라 정신이 없는 상황이었다. 이야기를 들으러 와 보니 방금 전 같은 상황이었고."

"그렇군요……, 간단히 말하자면 적군의 장군을 우리 쪽 누군가가 저격해서 암살했습니다."

세력 이탈 태세를 갖춘 작전인가. 고든치고는 잔머리를 굴렸고, 소니아치고는 조잡하다. 고든의 측근이 생각해 낸 작전이라고 해야 하나. 뭐하러 군사를 곁에 둔 건지.

그런데 억지로 전쟁을 일으키려 하는 걸 보니 고든이 본격적으로 아버님의 심기를 무시하기 시작한 것 같다.

남부와 전쟁을 마친 뒤에 어떤 행동에 나서려는 걸까. 이번 사건으로 인해 대충 짐작이 되기 시작했다.

"흥미로운 상황이군. 저격수를 마련한 건 숙부님인가?"

"아마도요."

그렇게 된 이상, 잘못은 이쪽에 있다.

장군을 암살당했기에 반격에 나선다. 뭐, 꽤 억지스럽긴 하지만, 현장의 판단이라고 하면 할 말이 없다. 그리고 그런 행동에 따라 이 도시가 돌파당하면 남부와 전면 전쟁을 벌이게 된다.

그러면 돌이킬 수가 없다. 온 힘을 기울여 남부를 박살 내는 것 말고는 다른 방법이 없다.

고든에게는 최고의 시나리오일 것이다.

단, 이 도시가 함락되지 않는다면 이야기가 달라진다. 이곳에서 전투가 일어난다 하더라도 소규모 충돌이다. 크류거의 본거지에 정보가 전달되려면 시간이 좀 걸린다. 그 전에 아마 레오 일행이 도착해서 결판을 낼 것이다.

며칠만 버티면서 전투를 이곳에서만 벌인다면 어떻게든 해볼 수 있다.

고든도 제도에 알려지면 곧바로 중지 명령을 받을 테니 제도로 정보를 보내진 않을 것이다. 이쪽도 정보를 유출시키고 싶지 않고, 상대방도 정보를 유출시키고 싶지 않은 상황인 것이다.

"군대의 움직임이 자연스러웠어. 미리 예상하고 있었기 때문이 겠지. 이제 전투는 피할 수 없다. 이곳의 병력은?"

"기사가 500명에 병사가 500명. 모두 합쳐서 1000명이에요. 하지만……, 병사는 훈련을 제대로 받은 게 아니라……."

"급조한 병사인가? 뭐, 없는 것보다는 낫다만……, 적군은 정예 일만인 것에 비해 이쪽은 급조한 1000명. 숫자 차이는 10배지만 전력 차이는 그 이상이겠어."

며칠만 버티면 승리라 하더라도 그 며칠을 버티는 것조차 힘들 정도로 절망적인 전력 차이다.

제대로 맞붙으면 하루만에 함락된다.

"이길 수 있을까요……?"

아로이스가 불안한 듯이 물었다.

나는 그런 아로이스를 안심시키려는 듯이 머리를 살짝 두드려 주었다.

"승산은 있다. 물론 너도 해줘야 할 일이 잔뜩 있다만."

"괘, 괜찮습니다! 해보겠어요!"

"좋아. 그럼 우선 다른 가신들을 내게 소개시켜 줘. 그리고 가신들을 설득하는 것부터 시작하자고."

"네!"

기운 넘치는 대답과 함께 나와 아로이스가 걸어가기 시작했다.

■ ■ ■

"상황은 이해했습니다."

그렇게 대답한 사람은 나이 든 기사였다.

하지만 그 눈빛은 여전히 날카로웠고, 움직임에도 노인 같은 느낌이 보이지 않았다.

역전의 전사 같은 분위기를 뿜어내고 있는 그는 짐멜 백작 가문의 기사단장인 포크트였다.

"그 저격이 짐멜 백작 가문 사람의 소행이라면 변명은 불가능할 겁니다. 아로이스 님께서 아무리 상관없다 하시더라도 군대는 납득하지 않을 겁니다. 어머님을 위해서, 남부의 많은 사람들을 위해서 싸우시는 것은 훌륭한 일이지요. 허나, 저렇게 정체도 모르는 남자를 곁에 두는 것이 바람직한 일일까요."

포크트가 그렇게 말하며 나를 노려보았다.

다른 사람들도 마찬가지다. 지금 모인 사람들은 고참 가신들이다.

아로이스의 숙부와는 내통하지 않았고, 성벽에서 경계를 맡고 있던 자들이다.

그들에게 있어서 아로이스와 함께 싸우는 것은 당연한 일이다. 하지만 그곳에 나 같은 녀석이 있다는 걸 납득하지 못한 모양이다.

"그라우는 나를 구해주었어. 믿어도 된다."

"아무리 구해주었다고 해도 믿을 수 있을지는 별개입니다."

흐음, 역시 이렇게 되나.

한데 뭉쳐 싸워야만 하는 상황에서 우리끼리 싸우고 있을 여유는 없다.

"포크트 기사단장. 잠깐 괜찮겠나?"

"뭐지? 떠돌이 군사."

"지금 상황을 당신은 어떻게 보고 있지?"

"짐멜 백작 가문의 운명이 달린 시기다."

"홋……, 어설픈군. 너무나도 어설픈 인식이야."

"뭐라고?"

포크트에게 그렇게 말한 다음, 나는 작전 회의를 위해 펼쳐놓은 지도를 손가락으로 가리켰다. 이곳 겔스는 남부의 최전선이다. 이곳이 뚫린다는 것은 전선 지대에 전화가 퍼져나간다는 뜻이다.

"이곳이 뚫리면 제국군은 단숨에 남부로 침공할 거다. 그 전화는 각지로 퍼져나가고, 제국을 크게 약화시킬 거라고. 그 방아쇠를 당긴 자는? 다름 아닌 짐멜 백작 가문으로 기억되고, 만약에 이번 싸움에서 목숨을 건진다 하더라도 황제가 반드시 일족을 처형할 거다."

"그, 그건……."

"그렇다고 해서 지금 항복할 수도 없다. 장군 암살죄로 처형당하겠지. 짐멜 백작 가문은 이미 멸망 일보 직전이다. 게다가 병사들은 왜 제국군과 싸워야 하는 거냐는 의문을 품겠지. 영주의 어머니가 인질로 잡혀 있다 하더라도 그건 영주의 문제다. 그들을 납득시키려면 고생 좀 할걸? 거느리고 있는 전력은 빈약하고, 상대는 강하다. 문제가 산더미처럼 쌓여 있다고. 그게 현실이야. 그런 와중에 협력해 주겠다고 제안하는 자가 얼마나 귀중한지 당신도 모르진 않을 텐데?"

"……그렇다 하더라도 금방 믿을 수는 없다."

"그렇다면 당신이 나를 감시하도록 해. 제국군은 금방 쳐들어올걸?"

"……좋다. 그렇게까지 절망적이라는 걸 알면서도 이쪽에 붙으려 하는 걸 보니 승산이 있는 거겠지?"

나는 포크트가 한 말을 듣고 고개를 끄덕였다.

그리고 이곳에 있는 모두를 보았다.

"절체절명이라는 단어가 이렇게까지 딱 들어맞는 상황도 별로 없지. 하지만, 희망도 있다. 제국은 극비 작전을 전개 중이야. 며칠 안으로 크류거 공작이 기습당할 거다. 다시 말해, 그때까지만 버티면 된다."

"그런 이야기는 못 들었다만?"

"극비니까. 다시 화제를 되돌리지. 절체절명의 위기에 처한 짐멜 백작 가문도 이번에 잘 버티면 상황이 바뀐다. 만 대 천으로 끝까지 버티며 내란의 확대를 막아냈다. 그건 황제가 보기에 칭찬해 마땅할 행동이다. 게다가 어머니를 인질로 잡혀서 어쩔 수 없었다는 이유도 있지. 그에 더불어 이번 사건에는 제도에서 진행 중인 제위 쟁탈전이 얽혀 있다. 이번 상황만 해결하면 분위기가 바뀔 거다."

"……솔직히, 이미 짐멜 가문의 존속은 제쳐두어야 한다고 생각한다. 그런 것보다는 이번 내전을 확대시켜서는 안 된다. 나는 그렇게 생각해. 그라우를 믿지 못할 수도 있고, 그가 하는 말도 신빙성이 없다고 생각할 수도 있어. 하지만 우리는 이제 그를 믿고 협력해 달라고 할 수밖에 없다. 어차피 그냥 싸우더라도 패배할 뿐이니까."

아로이스가 한 말을 듣고 가신들이 한순간 씁쓸한 표정을 지었지만, 잠시 후에는 포기한 듯이 고개를 조아렸다.

그 모습을 본 아로이스가 나를 돌아보았다.

"그러면 작전을 말씀해 주시죠."

"알겠다. 제국군은 이런 성채 도시를 공격할 때, 우선 정문을 집중적으로 공격한 다음, 허술해진 문에 기습을 가하는 수단을 자주 쓴다. 그들은 예상대로 계획이 진행되고 있다고 생각할 테니 그 방법을 쓸 거야."

"그러면 사방의 문에 전력을 분산시킬 건가요?"

"아니, 애초에 병력 차이가 열 배잖아. 정문의 공격을 버텨내려 하면 이쪽도 그에 맞는 전력을 할당해야만 해."

원래는 미끼인 정문 공격도 애초에 병력 규모 차이가 어마어마하다. 미끼가 진짜배기 공격이 될지도 모르니 정문에서 전력을 이동시키는 건 현명하지 못하다.

"그럼 기습 부대는 책략으로 쓰러뜨린다는 건가?"

"그렇지. 적군은 숫자도 많고, 정규군이다. 그에 비해 이쪽은 숫자가 적고, 정규군도 아니야. 상대방은 틀림없이 방심한다. 마음을 다잡으려 해도 그건 피할 수 없어. 그렇기 때문에 함정에 걸리게 되지."

기습 부대가 아무리 경계한다 하더라도 어차피 시골 도시라고 얕보는 인식을 바꿀 순 없다. 전력 차이가 절대적인 이상, 돌다리를 두드리고 건너는 짓은 하지 않는다.

그들에게는 이 도시를 재빠르게 돌파해서 남부 전선을 제압한다는 목적이 있기 때문이다.

그렇게 되어버리면 황제도 막을 수가 없다. 군은 틀림없이 자주 쓰던 방법으로 단숨에 함락시키려 할 것이다.

"아로이스 공. 병사를 100명만 빌려줄 수 있을까?"

"100명으로……, 기습 부대를 쓰러뜨릴 수 있나요?"

"군대가 노리는 건 허술한 문. 세 방향의 문을 지키려는 것도 아니니 100명만 있으면 충분해. 그리고 한 가지 더."

"뭐든 말씀하세요. 금방 준비시키겠습니다."

"딱히 대단한 건 아니야. 방어용으로 기름을 마련해 두었겠지. 그걸 조금 내줄 수 있을까?"

"화공인가? 허나, 단순한 화공으로는 기습 부대를 쓰러뜨릴 수 없을 텐데?"

"그것도 이미 생각해 두었어. 안심하라고."

나는 그렇게 말하며 슬쩍 웃었다. 얼굴이 보이지 않더라도 분위기는 느꼈을 것이다.

포크트가 뭔가 느끼고 소름이 끼쳤는지 한 발짝 물러섰다.

그렇게 나는 제국군과의 전투에 참가하게 되었다.

4

각자 담당 지역에 배치되기 직전.

아로이스가 기사들과 병사들 앞에 모습을 드러냈다.

기사들은 그 정도까진 아니지만, 병사들의 사기는 분명히 낮았다.

그럴만도 할 것이다. 그들이 보기에는 영주의 어머니가 인질로 잡힌 것도 남 일이고, 남부 연합이라 하더라도 소속감이 생길 리가 없다. 그들은 제국의 백성이고, 그 의식은 지금도 변함이 없다.

그렇기에 이번 전투에 의욕이 생기지 않는 것이다. 그리고 그런 그들을 싸움에 내보낼 수 있는 것은 한 사람뿐이다.

아로이스뿐인 것이다.

"모여 달라고 해서 미안하다. 솔직히 말해야만 할 게 있다……, 제국군의 장군을 암살한 건 숙부님이다. 나는 미처 몰랐지만, 군에서 그 사실을 믿어주진 않을 거다."

"그럴 수가……, 그럼 정면으로 맞서 싸우겠다는 겁니까?!"

"상황이 바뀔 때까지는 지켜보자고 했잖습니까!"

"상대방은 일만 명이나 된다고요! 이길 수 있을 리 없잖습니까!"

병사들이 저마다 불만과 불안이 가득한 목소리로 외쳤다.

아로이스는 그 목소리를 제대로 받아들인 다음, 고개를 크게 끄덕였다.

"나는 싸우기로 결심했다. 하지만 남부 연합을 위해서나 제국을 위해서가 아니다. 나는 선조로부터 대대로 물려받은 책임을 위해 싸운다. 짐멜 백작 가문은 이 땅의 영주다. 백성들을 지킬 의무가 있다. 항복한다 하더라도 군이 남부를 침공하기 위해 많은 것들을 빼앗을 것이다. 그리고 이 도시는 제국에 반기를 든 데다 항복한 도시로서 비판당하게 될 것이다. 그러면 분명히 이 땅은 쇠퇴하게 될 것이다. 그런 미래만큼은……, 피해야만 한다."

진심을 말하자면 어머니를 위해 싸우고 싶을 것이다. 아버지를 잃은 열두 살 소년에게 어머니가 얼마나 소중할까. 그럼에도 불구하고 아로이스는 떳떳하게 나섰다. 자신이 영주이기 때문이다.

"황제 폐하께서는 크류거 공작에게 칙사를 보내셨다. 그 칙사가 도착해서 교섭하기에 따라서는 전쟁이 일어나지 않을 거다. 하지만, 우리가 지금 군대를 통과시키면 칙사와 교섭을 할 수 없게 된다. 며칠이다! 며칠만 버티면 이런 저런 상황이 바뀌게 된다! 칙사의 교섭이 실패로 끝난다면 남부 연합도 우리를 도울 수밖에 없다. 한편, 황제 폐하께서도 대규모 내란은 원하지 않으신다. 저항이 심한 도시에는 권유의 손길을 뻗으실 것이다. 그때 항복하면 피해를 최소한으로 억누를 수 있다. 그렇기 때문에……, 나는 지금, 싸우겠다."

아로이스는 그렇게 말한 다음 아버지에게 물려받은 검을 뽑아들었다.

그리고 기사들과 병사들에게 물었다.

"떠나는 자를 벌하지는 않겠다. 함께 목숨을 걸지 못하는 자들은 떠나다오. 한심한 영주라 미안하다…….'

그 말을 들은 사람들이 순식간에 조용해졌다.

그런 와중에 창을 어깨에 걸친 병사가 말을 꺼냈다.

"주절주절 말만 늘어놓지 말라고. 어머니를 구하고 싶으니까 힘을 빌려달라고 하면 되는 거 아냐."

거친 남자다. 40대 정도 될까.

풋내 나는 병사들 중에서 그만은 그럴싸한 분위기를 풍기고 있다. 모험가 출신일까.

주위 사람들도 한 수 접어주는 인물인 모양이다. 그 남자에게 자연스럽게 눈길이 쏠렸다.

"요르단 씨…….'

"영주님. 진심을 말하라고. 어떻게 하고 싶은 거야?"

"……나는 어머니를 지키고 싶다. ……그와 동시에 이 도시도 지키고 싶다…….'

"우리는 선대 영주님 때부터 계속 신세를 졌지……, 그분 아들이 힘을 빌려 달라는데! 어린애가 이렇게까지 말하는데 가만히 있을 수 있겠냐! 제국군 따위는 우리가 물리쳐 주자고!"

요르단이라 불린 남자가 한 말을 듣고 병사들의 눈에 힘이 깃들었다.

소극적이었던 마음이 긍정적으로 바뀌었다. 그들은 지금, 병사가 되었다.

"맞아! 해치워 버리자고!"

"우리에게 맡겨!"

짐멜 백작 가문의 신뢰가 그들을 병사로 만들었다. 병사들의 사기가 단숨에 올랐다. 기사들이 주눅들 정도다. 아로이스가 기쁜 듯이 이쪽을 보았다.

좋아, 이제 싸울 수 있다.

"그럼 작전을 설명한다!"

포크트가 기세를 타고 큰 목소리로 말했다.

그 이야기를 듣고 사기가 더욱 올랐다.

■ ■ ■

"우오오오오오옷!!!!"

정문에서 성난 목소리가 들린다.

제국군의 제1진이 정문을 부수기 위해 쳐들어 왔기 때문이다. 선발대는 커다란 공성 병기를 가지고 오지 않았다. 어디까지나 우발적인 전투를 위장할 필요가 있었기 때문일 것이다.

그렇기 때문에 공격 방식은 화살로 견제한 다음, 파성추를 통한 성문 파괴와 사다리를 이용한 성벽 침입 같은 고전적인 전법이었다.

전력 중 대부분은 정문에 모아두었다. 기본적으로 농성전을 벌일 때는 수비 측이 유리하다. 아무리 제국군이 정예라 하더라도 일기당천의 강자가 여러 명 있는 것도 아니고, 최신 병기 중 대부분은 국경군에 우선적으로 배치된다.

상대방은 상황을 타개할 수 있는 획기적인 병기를 가지고 있지 않다. 그렇기 때문에 숫자에 의존한다.

"군사니임, 진짜로 동문으로 오는 건가?"

내 부하로 배치된 병사 100명 중 한 명, 요르단이 그렇게 말하며 동문 너머를 보았다.

동문 쪽 지형은 특이하다. 문으로 이어지는 길이 단 한 곳, 오르막길인 것이다.

원래는 가장 공격하기 힘든 문이다. 그렇기 때문에 이곳을 노릴 거라 예측할 수 있다.

"예측이 빗나가면 곧바로 이동하면 되죠. 뭐, 빗나가진 않겠지만요."

"그런 자신감은 어디서 나오는 거야?"

"제국군의 정석이에요. 정문을 공격하고 다른 곳을 기습한다. 심리적인 측면으로 보아 가장 큰 난관으로 보이는 곳을 기습하는 것이 효과적이다. 그들은 그렇게 배우니까요."

내가 그렇게 말한 순간, 동문 너머에 적이 나타났다.

숫자는 1000명이 될까말까. 기마병은 몇 명에 불과하고, 나머지는 보병이다. 이쪽을 향해 일직선으로 다가오고 있다.

"왔나. 화살을 쏴라."

"진짜로 왔네⋯⋯, 놀라운데⋯⋯."

내 지시에 따라 몇 명이 화살을 쏘았다. 어째서 몇 명뿐이냐 하면, 화살을 정확하게 쏠 수 있는 사람이 몇 명밖에 없었기 때문이다. 물론, 그렇다고 해서 적이 멈출 리는 없다.

상대방도 파수꾼이 없을 거라 생각하진 않았을 것이다.

몇 명이 화살을 쏘자 그 확신이 굳어졌다. 화살이 달려오던 기습 부대에게 적중했다. 그 중 한명에게 정통으로 맞았는지, 넘어지며 뒤의 몇 명까지 휘말려 쓰러졌다.

하지만 그들은 멈추지 않았다.

"가라아아아아아아아!!"

선두에서 말을 탄 지휘관으로 보이는 남자가 소리쳤다.

그러자 성벽 위에 있던 궁병들이 겁을 먹었지만, 나는 조용히 말했다.

"신경 쓰지 마. 계속 쏴라."

"네, 네!"

"아래쪽 준비를 해주시죠."

"그래."

요르단에게 지시를 내리자 아래쪽에서 대기하고 있던 병사들이 문을 밀기 시작했다.

그리고 곧바로 문까지 와 있던 선두의 병사들이 파성추로 문을 부수려 했다. 사다리도 걸려고 했지만, 그것은 궁병이 겨우 막아내거나 다른 병사가 쓰러뜨려서 제지했다. 하지만 파성추로 공격 당하고 있는 문은 그러지 못했다.

"가라! 어서 파괴해라!"

"으아아!! 이제 버틸 수가 없어!"

문에 채워져 있던 빗장이 점점 삐걱대기 시작했다. 병사들이 겨우겨우 문을 밀어내고 있지만, 척 보기에도 공격 쪽이 더 강하다. 하지만 그런 건 이미 알고 있다.

나는 상황을 지켜보다 요르단에게 신호를 보냈다.

요르단은 알겠다는 듯이 병사들을 문에서 철수시켰다.

"이제 못 버틴다! 물러나! 도망쳐!!"

"으아아아아!!"

"도망쳐어어어어!!"

철수는 연기가 아니다. 자세한 내용은 일부만 알고 있다. 방금 지른 비명은 진짜다.

그렇기 때문에 적도 믿을 수밖에 없다. 기습이 성공했다고.

"좋아! 단숨에 가라!"

기어코 파성추가 문을 억지로 열었다. 그 순간, 뒤에서 준비하고 있던 요르단 일행이 창을 던졌다.

단숨에 문을 돌파하려던 병사들이 꿰뚫렸지만, 그들은 겁먹지 않았다.

"에잇! 건방진 녀석들! 겁먹지 마라! 돌격!!"

지휘관이 호령하자 기습 부대가 단숨에 동문을 돌파해 안쪽으로 밀려들었다.

하지만 그들은 주의력이 부족했다. 문 앞에는 기름이 잔뜩 뿌려져 있었고, 세차게 몰려든 그들은 그로 인해 발목을 잡혀버렸다.

"뭐, 뭐지?!"

"으아앗!!"

"기름이다?! 기름입니다!!"

곧바로 아비규환 같은 광경이 문 앞에 펼쳐졌다.

불행히도 세차게 돌격해왔기 때문에 병사들이 계속 밀려들어서 기름 함정에 빠지기 시작했다.

그런 와중에 요르단이 불이 붙은 막대기를 들고 내게 다가왔다.

"이봐! 군사님! 이제 해도 되는 거야?!"

"네, 그러시죠."

"그러시죠라니, 바람은 지금 서쪽으로 불고 있는데?! 자칫하다가는 거리에 옮겨붙을 거라고!"

"문제 없어요. 오늘 이 순간……, 바람은 동쪽으로 불 겁니다."

"정말이야?! 나는 모른다!!"

요르단은 그렇게 말하고 기름 투성이가 된 기습 부대에게 불이 붙은 막대기를 던졌다.

그 순간. 바람의 방향이 갑자기 동쪽으로 바뀌었다. 그리고 불이 붙은 막대기가 기름에 닿자 폭발이 일어났다.

커다란 폭발과 불꽃이 휘몰아쳤지만, 동쪽으로 돌풍이 불었기에 거리에는 피해가 발생하지 않았다.

그 대신, 불꽃이 언덕길에 나란히 서 있던 나머지 기습 부대를 덮쳤다.

마치 문에서 용의 브레스가 뿜어져 나간 듯한 광경이었다.

불꽃은 기습 부대를 불태우기 시작했고, 겨우 무사했던 것은 뒤쪽에 있던 사람들뿐이었다.

그들도 화상을 입었고, 다른 부상자들을 구조하느라 바빴다.

이제 그들에게는 공격할 여유가 없다.

"살아남은 병사들이여! 잘 들어라! 이곳 겔스에는 떠돌이 군사 그라우가 가세했다! 제군이 이 도시에 들어오지는 못할 것이다! 지휘관에게 그렇게 전해라!"

나는 그렇게 말한 다음 철수하는 기습 부대를 웃으며 바라보았다.

그런 와중에 요르단이 놀란 표정을 지으며 다가왔다.

"당신……, 마도사야?"

"아뇨, 방금 그건 계산해서 한 겁니다."

"진짜로……?"

나는 그렇게 말하며 후드 안에서 혀를 내밀었다. 물론 그건 마법이다.

그렇게 타이밍 좋게 바람의 방향이 바뀔 리가 없다. 하지만 마법을 쓰는 군사보다는 신산귀모의 군사가 훨씬 더 무시무시하다. 마법은 썼을 때만 들키지 않으면 되고, 어지간한 것들은 미리 계산했다고 하면 어떻게든 둘러댈 수 있다. 적을 속이려면 우선 아군부터. 언젠가 적에게도 소문이 퍼질 테고, 알아서 나를 두려워할 것이다.

이제 제국군은 대책을 생각해야만 하게 된다. 그리고 그것은 시간을 버는 것으로도 이어질 테고, 제국군을 초조하게 만들 수 있다. 그들에게는 시간이 없다.

"그러면 이제부터는 예정대로 해주시죠."

"그래, 알겠어. 내게 맡기라고."

요르단은 그렇게 말한 다음 자신의 부하들을 한데 모았다. 이미 그들의 다음 행동은 정해져 있다.

우리도 항상 선수를 칠 필요가 있기 때문이다.

"자, 상대방이 어떤 수를 쓰려나?"

나는 그렇게 말하며 제국군 쪽을 바라보았다.

5

다음 날, 제국군은 기습 작전을 포기하고 정공법으로 거세게 밀어닥쳤다. 그것은 제국군의 지휘관이라면 누구나 선택할 만한 흔해빠진 전법이라 할 수 있었다.

사방으로 나뉜 다음, 포위해서 성문 네 군데를 공격했다. 적은 얼마 안 되는 전력을 나누어야 하기 때문에 어딘가는 돌파할 수 있을 것──이라 생각했다.

하지만 결과는 그렇지 않았다.

"우오오오오오옷!!"

"떨어뜨려! 떨어뜨리라고!!"

높은 사기를 보이며 성벽을 지키는 겔스의 기사들과 병사들.

화살이 쏟아져 내리고, 돌이 떨어진다. 예상하고 있던 공격이긴 했다. 하지만 그 공격은 전부 제국군의 병사에게 명중한다.

원인은 몇 가지가 있다. 어제 작전을 정확하게 예측당해 정예 1000명이 거의 괴멸한 것. 그 공격에 불이 쓰인 것. 그 공격을 지휘한 것이 미지의 군사라는 것.

그런 소문으로 인해 제국군 병사들의 마음에 경계와 불안함이 생겨나 있었다. 성문 근처에는 무언가가 있다. 불을 쓰면 무슨 일이 생긴다. 그렇게 경계하고 불안해하는 마음이 움직임과 판단을 둔하게 만들었다.

"성문에 달라붙어라!"

"알겠습니다!"

지휘관의 지시에 따라 한 병사가 앞으로 나섰다. 하지만, 성문이 보인 순간.

어제 화상을 입은 병사들이 잔뜩 실려 왔던 모습이 머릿속에 떠오르자 성문 정면이 아니라 옆으로 돌아들어가는 움직임을 취해 버렸다.

하지만 그렇게 쓸데없는 움직임을 보이는 동안, 그 병사는 화살의 먹잇감이 되었다.

그런 상황은 모든 성문에서 나타나고 있었다. 단, 그 정도는 정예가 일반 병사로 떨어진 수준이다. 이렇게까지 당할 리가 없다.

근본적인 원인은 젤스 쪽에 있었다. 그들은 망설임을 보이는 병사를 놓치지 않았고, 지휘관의 목소리도 놓치지 않았다. 뛰어난 집중력을 보이며 계속 최선의 행동을 취하고 있다.

어느 쪽이 훈련받은 병사인지 알 수가 없을 정도다.

그런 상대에게 밀어닥치며 공격을 가하고 있는 상황. 각 성문에서 희생자가 늘어났고, 나중에는 돌파할 가능성이 없다는 걸 깨달은 잠정 지휘관 렛츠가 일시 후퇴 명령을 내렸다.

■ ■ ■

"적의 군사는 괴물인가?!"

천막 안에서 렛츠가 책상을 내려치며 소리를 질렀다. 그렇게 화를 내고 싶은 마음은 그곳에 모인 지휘관들도 마찬가지였다. 그들은 각 문 공격을 맡은 지휘관이었고, 최선을 다했다. 결과는 참패였다. 귀중한 시간을 잃었고, 병사들도 잃었다.

처음에는 잘 풀렸다. 하지만 중간부터는 모든 것이 어긋나버렸다.

단 한 명의 남자 때문이다.

"마치 마법 같군요……, 적 병사들이 어제와는 너무나도 다릅니다."

"문외한을 정예로 만드는 마법 같은 건 들어본 적도 없다……, 어제 승리로 인해 병사들이 자신감을 얻고 분투하는 거지. 완전히 흐름이 바뀐 거다……."

"바람의 흐름을 읽고, 단순한 화공을 용의 숨결로 바꿔 버리는 군사……. 병사들 사이에 두려움이 퍼져나가고 있습니다."

지휘관들이 한 말을 듣고 렛츠가 입술을 꽉 깨물었다.

당초 예정으로는 이미 점령을 마치고 전진하고 있어야 했다. 하지만 실제로는 한 발짝도 나아가지 못하고 병사들만 많이 잃은 상황이다. 저격병을 중개해 준 짐멜 백작 가문 사람은 소식이 없기에 내부에서 휘저을 수도 없다. 렛츠가 동원할 수 있는 수단이 거의 남지 않았다.

이대로 겔스를 돌파하지 못한다면 고든의 계획을 망치게 될 뿐만이 아니라 렛츠도 위험해진다. 아무리 장군이 암살당했다 하더라도 황제는 전투를 원하지 않는다. 그 뜻을 어기고 전투를 개시했으니 어떠한 벌을 받게 될 것이다.

게다가 고든 세력 내부의 역학 관계도 바뀔 것이다.

렛츠는 많은 것을 걸고 있다. 그렇기 때문에 그는 정확한 판단을 내렸다.

"소니아를 불러라……, 군사에는 군사다."

"그 하프엘프를 믿으시는 겁니까?"

"우리를 전멸시킬지도 모릅니다!"

"그러진 않아. 인질이 있는 한, 소니아는 우리 말을 들을 수밖에 없다."

"하지만……."

"시끄럽다……, 이미 결심했다. 아무튼 데리고 와라."

렛츠의 지시에 따라 한 병사가 소니아를 부르러 갔다. 지금까지 렛츠는 소니아를 써먹지 않았다. 공략할 책략을 짜내라고 하면서도 자신에게 접근하게 하지 않았던 것이다.

소니아가 고든은 물론이고 렛츠까지 의심하고 있다는 사실을 알고 있었기 때문이다. 그리고 중간 규모 도시 정도는 자기 혼자서 함락시킬 수 있다는 자부심도 있었다. 하지만, 그것은 이미 무너져 내렸다.

무너진 자존심에 계속 기대다가는 파멸만이 있을 뿐. 렛츠는 자신의 미래를 위해 소니아에게 의존한다는 선택을 한 것이다.

잠시 후, 소니아가 불만스러운 표정으로 천막에 들어왔다.

"부르셨다고요?"

"적 쪽에 군사가 있다. 공략할 방법을 말해 줬으면 하는데."

"이미 제안해 드린 것 같습니다만?"

"지구책은 아무런 의미도 없단 말이다!"

전투가 시작되기 전, 소니아는 포위해서 적을 약하게 만드는 책략을 제안했다.

고든 진영에서는 며칠 안으로 함락시켜야 하기에 당연히 그 책략을 채용하지 않았다. 하지만 소니아가 보기에는 그것이 상책이었던 것이다.

"첫날에 1000명을 잃고 오늘도 그만큼 병사를 잃었잖아요? 이제 남은 건 8000명. 몰아붙여 봤자 결과는 뻔해요. 어제 실패한 시점에서 당신들의 계획은 실패한 거라고요. 이미 적은 일치단결해서 높은 사기를 통해 도시를 지키고 있어요. 저라면 공격하지 않을 거예요."

"함락시켜야만 한다! 군사를 자칭할 거라면 책략을 내놓아라! 인질이 어찌 되더라도 상관없나?!"

"……아무리 말해 봤자 답은 바뀌지 않아요. 당신들이 전략 목표를 달성하고 싶다면, 첫날에 젤스를 함락시킬 수밖에 없었죠. 아니면 포위부터 시작해서 적에게 단결할 기회를 주지 않았어야 했고요. 저는 최대한 도와드렸다고 생각하는데요."

책략은 제안했다. 채용하지 않은 건 그쪽이다, 소니아는 그렇게 은근히 말했다. 하지만 소니아는 절대로 채용하지 않을 거라 생각하며 그 책략을 제시했다.

기습 작전은 성공할 확률이 높았다. 소니아가 보기에도.

적은 초보다. 그럴 거라 생각했다. 하지만 한 군사가 바꾸어 버렸다.

"능수능란한 말솜씨로 영주 밑에 단결시키고, 효과적인 요격 방법을 구사하는 군사예요. 이제 젤스는 예전처럼 함락시키기 쉬운 도시가 아니죠. 억지로 공격하면 뼈아픈 반격만 당할 겁니다."

"그렇게 억지로 공격할 수밖에 없단 말이다! 됐으니까 책략을 내놔!"

렛츠가 재촉하자 소니아는 한숨을 쉬었다. 공성 병기도 없이 공성전을 벌이면 희생만 늘어날 뿐이다. 마도사 부대라도 있으면 모를까, 단순한 정찰에 그런 부대가 따라올 리가 없다.

생각나는 것들 중에서는 곧바로 효과를 발휘할 만한 것이 없다. 하지만 책략을 내놓지 않으면 인질이 무슨 꼴을 당할지 모른다. 소니아의 머릿속에 고든의 눈빛이 되살아났다. 눈 안쪽에 깃들어 있던 어두운 빛, 소니아는 그것이 매우 파멸적인 무언가라 느껴졌다.

인질이 잡힌 이상, 할 수 있는 건 별로 없다. 하지만, 눈 안쪽에 그런 빛이 깃든 남자가 전쟁을 일으키게 만들면 무슨 짓을 할지 모른다.

내가 정말 어리석은 짓을 했구나, 소니아는 그렇게 후회했다. 결코 힘을 빌려줘선 안 되는 남자에게 힘을 빌려줘 버렸다. 그 증거로 아군을 죽이면서까지 전쟁을 벌이려 하고 있다.

소니아는 그들이 제위 쟁탈전에서 이기기 위해 단 한 번 내란을 일으킨다면 모를까, 그 이후로도 계속 전쟁을 추구할 거라는 확신이 있었다. 아마 황제가 된 이후에도 똑같은 행동을 거듭할 것이다. 기다리고 있는 것은 끝없는 전쟁이다.

그것은 피해야만 한다. 하지만, 소니아에게는 여러 가지 사정이 있었다.

인질을 해방시키고 싶다. 하지만, 고든이 황제가 되면 제국은 전쟁에만 몰두하게 되고, 나라가 어지러워질 것이다. 그렇게 되면 괴로워할 사람들은 백성이고, 소니아 같은 사람들이다. 그렇다고 해서 지금 조언을 그만두면 인질을 해방시킬 수가 없다.

소니아가 고든에게 조언을 해온 것은 다른 세력이 자신을 끌어들일 수 있게끔 만들기 위해서다. 하지만 그건 고든이 중용한다는 가정에서나 가능한 일이다. 지금처럼 푸대접받는 자를 위해 고든이 숨겨두고 있는 인질을 구출해 줄 제위 후보자는 없다.

문득, 그때 아르의 얼굴이 떠올랐다. 아르라면 혹시나 구해 줄지도 모른다. 그런 생각이 떠올랐지만, 금방 그건 불가능할 거라는 사실을 이해해 버렸다. 왜냐하면 지금 소니아는 아르가 생각하고 있는 작전을 가로막을 존재다. 적이기도 하고, 애초에 작전을 가로막게 되면 아르는 소니아를 신경 쓸 겨를이 없어진다.

소니아는 한동안 고민하다가 질문했다.

"남은 시간이 얼마나 되죠?"

"아마 길어봤자 이틀. 그 이후에는 칙사가 크류거의 본거지에 도착해 버릴 거다."

겔스를 어떻게든 돌파하더라도 적의 우두머리가 쓰러져 버리면 전쟁을 일으킬 수가 없다.

제국군이 진짜로 싸워야만 하는 상대는 겔스가 아니라 시간인 것이다.

그렇기 때문에 소니아는 한 가지 책략을 제시하기로 했다.

"그럼 하루 동안 즉석 공성 병기를 만들죠."

"시간이 없다고 했잖아?! 이제 와서 시간을 낭비할 셈이냐?! 이르면 내일이라도 칙사가 도착할 가능성이 있는데?!"

"어디까지나 가능성일 텐데요. 우리는 그 가능성에 걸어볼 수밖에 없고요. 최대 이틀의 여유가 있다면 그걸 이용하죠. 되묻겠는데요, 이제 와서도 적을 아직 과소평가하는 건가요?"

소니아가 대꾸하자 렛츠는 말문이 막혔다. 나무를 베고 즉석 공성 병기를 몇 가지 만든다. 그러면 시간도 벌 수 있는 데다 겔스를 공략할 가능성이 생긴다. 유일한 문제는 제국군이 정말 돌파할 가능성이 있다는 것뿐이지만, 소니아는 적의 군사를 믿기로 했다.

보통은 공격을 하루 쉰다면 방심하겠지만, 떠돌이 군사 그라우라면 그렇게 어리석은 짓은 하지 않을 것이다. 대책을 마련할 것이다.

이런 상황에서 겔스 쪽에 붙은 이상, 며칠 정도 시간을 벌면 어떻게든 할 수 있을 거라는 속셈이 있을 것 같다.

소니아는 그라우의 생각을 예측하고 반반인 책략을 제시했다.

양쪽 다 가능성이 있는 책략이다. 소니아에게 가장 바람직한 것은 접전을 벌이는 상황이고, 겔스를 돌파하더라도 제때 맞추지 못한다는 전개다. 소니아의 책략은 효과적이었지만, 렛츠가 무능했다는 결과가 된다. 내란도 레오 일행만 성공한다면 일어나지 않을 것이고, 겔스에서 벌어진 전투로 인해 황제의 심기를 건드린 고든은 쉽사리 소니아 같은 인재를 저버릴 수 없게 된다.

하지만, 그와 동시에 제국군에게 있어서는 유일한 승산이기도 하다. 일이 너무 잘 풀려버리면 겔스는 함락되고, 내란이 발발하게 된다.

전부 적이 하기 나름이다. 소니아에게 있어서 그것은 도박이었다.

"좋다……, 바로 준비에 들어가라! 지금부터 공성 병기를 만든다!"

렛츠는 그렇게 말하고 지시를 내리기 시작했다. 소니아는 그 모습을 보고 천막 밖으로 나와 천천히 걸어가기 시작했다.

목적지는 가르바가 저격당한 그 언덕. 그곳에 올라 겔스의 상황을 지켜보았다.

자세히는 알아볼 수 없지만, 활기가 있다는 건 알 수 있다. 버거운 상대의 특징이다.

시간이 있다면 그것을 꺾어놓을 책략도 쓸 수 있겠지만, 그럴 시간도 없다. 소니아는 자신이 그렇게 생각하고 있다는 걸 눈치 채고는 쓴웃음을 지었다. 어느새 적의 군사를 이기기 위한 책략을 짜내고 있었던 것이다.

"너는 어떤 사람일까? 그라우. 착한 사람일까, 아니면 냉혹한 사람일까."

소니아는 들릴 리가 없는 질문을 던지며 겔스를 바라보았다. 그러자 성벽 위로 어떤 남자가 올라왔다. 회색 로브를 머리까지 뒤집어쓴 남자다. 그 남자는 소니아가 있는 쪽을 보았다. 그리고 우아하게 인사를 했다.

예상하지 못한 행동을 보고 멍하니 있자니 그 남자가 큰 소리로 말했다.

"적을 시찰하다니, 여유롭구나! 적측 군사여! 제위 후보자들에게 한 방 먹인 고든 황자의 하프엘프 군사! 그 소문은 들었다! 지금 같은 상황에서 어떻게 할지 실력을 한번 보자고!"

"······그런 것까지 알고 있다니, 정보통인 모양이네!"

"그래, 여러모로 알고 있다! 인질을 잡혀서 어쩔 수 없이 싸우고 있는 거지? 정말 힘들겠어! 섬길 주인을 고르지 못한다니, 동정하마!"

"으윽?!"

소니아는 그 말을 듣고 놀라서 눈을 크게 떴다.

그런 소니아를 보고 그라우가 살짝 웃음소리를 냈다. 그리고 자세를 바로잡으며 말했다.

"인질만 생각하고 움직여라! 온 힘을 다해 덤비라고! 전부 잿더미로 만들어 주마!"

"······그렇게 하마!"

소니아는 그라우가 한 말을 듣고 앞쪽을 보았다.

저건 도발이다. 인질을 변명거리로 삼지 말고 온 힘을 다해봐라. 그래도 이기지 못할 거라는 도발.

그렇다면 호의를 받아들여서 온 힘을 다해주마.

그렇게 생각한 소니아는 천막 안으로 들어가 공성 병기 설계도를 그리고 있던 병사를 밀어냈다.

"줘봐. 내가 할 테니까."

저렇게 도발하는 것을 보니 그럴 만한 대비를 해둔 것이다. 어설픈 공성 병기로는 맞서 싸울 수도 없을 것 같다.

책략이 효과적이었다고 생각하게 만들려면 겔스에 치명적인 타격을 입힐 필요가 있다. 다시 말해 그라우의 자신감을 꺾어놓

311

을 필요가 있다는 뜻이다.

소니아는 그라우가 충고한 대로 온 힘을 다해 공성 병기를 만들기 시작했다.

6

아르가 그라우로서 젤스의 방어전에 나섰을 무렵.

레오 일행은 고든 일행이 예상한 것보다 더 빠른 속도로 크류거의 본거지인 분메에 도착해 있었다.

그 이유는 지금까지 지나온 남부 도시들 때문이었다.

"설마 쉽사리 통과시켜 줄 줄이야."

어느 정도 방해를 예상했던 레오는 그렇게 중얼거리며 분메 성문을 지나쳤다.

그런 레오 옆에 있던 세바스가 주위를 관찰하며 대답했다.

"진심으로 크류거 공작을 따르는 자는 별로 없는 거겠지요. 백성들의 표정에도 활기가 없습니다. 반란은 남부의 총의가 아니었던 것 같군요."

"그렇다면 우리가 온 의미가 있겠어."

"온 것만으로는 아무런 의미도 없습니다, 전하."

레오 옆에서 나란히 말을 타고 가며 그렇게 말한 사람은 라스였다. 피네가 탄 마차를 네르베 리터의 정예들이 호위하고 있다. 하지만 그 호위는 계속 함께 있을 수가 없다.

"크류거 공작을 어떻게든 해야만 합니다."

"물론 나도 알아. 대령."

"그럼 확인하겠습니다. 성의 정문을 통과한 다음, 아마 공작이 맞이할 겁니다. 그때를 노려야 합니다. 그곳에서 안으로 들어가면 아마 무기를 빼앗겨 버릴 테니까요."

"하지만 그때 기습하면 피네 양이 위험해질 텐데."

"안심하시길. 린피아 공과 제가 있습니다."

세바스가 그렇게 말하며 레오를 보았다. 눈짓으로 괜찮겠냐고 물은 레오에게 세바스가 조용히 고개를 끄덕였다.

네르베 리터가 아무리 호위로 붙어 있다 하더라도 공작과 칙사가 직접 만날 때 여러 사람이 함께 따라온다면 의심을 사게 된다.

피네의 호위는 집사로 따라온 세바스처럼 자연스럽게 곁에 있을 수 있는 사람에게 맡기게 된다.

"……알겠어. 대령, 공격할 타이밍은 맡길게."

"알겠습니다. 전하께서는 약간 떨어진 위치에 계십시오."

"나는 신경 안 써도 돼. 내 몸은 내가 지킬 테니까."

"……당신께 무슨 일이 생기면 아르노르트 전하를 뵐 면목이 없습니다."

"대령. 나는 여기에 보호받으러 온 게 아니야. 크류거 공작을 붙잡으러 온 거라고. 실패하면 그게 더 형을 볼 면목이 없는 거지."

레오가 똑바로 바라보자 라스는 눈을 살짝 크게 뜬 다음, 곧바로 고개를 숙이며 사죄했다.

"실례했습니다. 쓸데없는 참견이었군요."

"맞습니다, 라스 대령님. 레오나르트 님께서는 아르노르트 님과는 달리 운동을 잘하시니까요."

"운동을 잘하는 것하고 전투를 함께 놓고 보지 말아 주겠어? 세바스."

"별로 다를 바가 없을 텐데요. 쌍둥이인데도 운동 능력 차이가 이렇게까지 크게 나는 것도 드문 경우입니다. 그분께서는 정말 빈약하시니까 말이지요. 검을 들었다고 근육통이 생기시니, 약간 걱정이 될 정도입니다."

"천천히 휘두르면 되는데도 허세를 부리면서 힘껏 휘두르니까 말이야. 형은."

"폼을 잡으려 하시지요."

"그건 동감입니다. 폼을 잡고 허세를 부리시는 분이겠지요. 하지만 그렇게 왼손에 단검을 꽂아넣으셨습니다. 그분께서도 나름대로 훌륭하신 분이십니다."

라스의 평가를 들은 레오가 미소를 지었다. 제위 쟁탈전을 벌이면서 즐겁다고 생각한 적은 한 번도 없었지만, 제위 쟁탈전을 벌이면서 다행이라고 생각한 적은 몇 번 있었다.

그중 하나가 아르를 높게 평가해 주는 사람이 늘어난 것이다. 의욕이 없는 게으름뱅이. 최대한 움직이려 하지 않았던 아르가 제위 쟁탈전에 참가하자 움직이게 되었다. 그 움직임을 보고 찌꺼기 황자라는 말이 거짓된 모습이었다는 사실을 알아채는 사람이 늘어났다. 레오에게 있어서는 기쁜 일이었다.

"기뻐보이시는군요?"

"기쁘지. 형이 높은 평가를 받는 건 기뻐. 그리고……, 형하고 함께 뭔가를 할 수 있다는 것도 기쁘고. 형이 무대를 마련해 주었어. 최고의 무대야. 최대한 희생자를 줄이고 싶다는 내 응석을 받아주고, 여러모로 무리해서 마련해 주었어. 그런 무대에 오를 수 있다는 게 기뻐. 형제가 함께 힘을 합쳐서 싸우고 있다는 걸 실감할 수 있거든."

레오는 그렇게 말하며 말을 타고 앞으로 나아갔다. 눈앞에는 크류거 공작의 성 정문이 있었다.

"나는 제국 제8황자 레오나르트 렉스 아드라! 황제 폐하의 칙사를 호위해 왔다! 문을 열어라!!"

그런 레오의 목소리에 응하여 성의 정문이 천천히 소리를 내며 열리기 시작했다.

레오는 그곳을 향해 말을 몰아갔다. 들어가면 이제 모든 것이 끝나기 전까지는 밖으로 나올 수 없다는 각오를 다지면서.

■ ■ ■

말에서 내린 레오 일행은 기사에게 안내를 받았다. 그곳은 성의 발코니 아래였다.

"여기는?"

"아, 레오나르트 황자님. 오랜만입니다."

레오는 목소리를 듣고 눈살을 약간 찌푸렸다. 발코니에 크류거 공작이 모습을 드러냈기 때문이다.

칙사를 맞이하기에는 너무나도 무례하다 할 수 있었다.

"오랜만입니다, 크류거 공작. 이게 대체 어떻게 된 거죠?"

"아뇨, 안전을 좀 생각한 겁니다. 당신들을 의심하는 건 아닙니다만, 이래 봬도 목숨이 위험한 입장이라서요. 그곳부터는 칙사님께서 혼자 와주셨으면 합니다."

그 말은 맹수의 소굴에 혼자 들어오라는 것과 마찬가지였다.

레오는 인상을 찌푸리며 항의했다.

"너무 무례한 것 아닙니까. 이쪽으로 와서 편지를 확인하시죠. 이미 편지의 내용은 그쪽에서 파견한 기사가 확인했을 텐데요."

"아쉽지만 저는 여기에서만 정식 편지를 확인할 수 있습니다. 그게 싫으시다면 돌아가시지요."

"그렇다면 저도 동행하죠."

"칙사님 혼자서요."

크류거의 제안을 듣고 레오는 무심코 검에 손을 가져다 댈 뻔했다. 너무 실례였기 때문이다.

하지만 편지를 확인할 때까지가 정해진 흐름이다. 그것을 크류거가 거절해야 레오 일행이 정당성을 얻는다. 지금 공격을 가하면 사자의 이름을 사칭한 자객이 되어버린다.

하지만 그 제안을 피네가 곧바로 받아들였다.

"알겠습니다. 제가 그쪽으로 가겠어요."

"피네 양……."

"상관없어요. 크류거 공작님도 황제 폐하의 칙사에게 무슨 짓을 하진 않으시겠지요?"

"물론입니다. 창구희."

"그럼 안심이네요. 제 역할은 황제 폐하께서 맡기신 편지를 크류거 공작님께 건네드리는 것입니다. 크류거 공작님께서 그러시길 원하신다면 제가 그쪽으로 가겠어요."

피네는 그렇게 말한 다음 기사에게 눈짓을 보내며 안내를 부탁했다.

그 기사는 이쪽으로 오라고 한 뒤, 발코니까지 따라갔다.

"평안하셨습니까, 창구희. 가까이에서 보니 더욱 아름다우시군요."

"감사합니다, 크류거 공작님. 이것이 폐하께서 보내신 편지입니다."

"보도록 하겠습니다."

크류거 공작은 그렇게 말한 다음, 자신의 기사들이 둘러싸고 있는 와중에 편지를 뜯었다.

그리고 눈썹 하나 깜짝하지 않고 편지를 읽어나갔다.

"그렇군요. 이것이 황제 폐하의 대답입니까."

"네."

"정말 잔혹하신 분이시군. 자신이 총애하는 당신을 선전포고에 이용하시다니."

"안타깝지만 그것은 선전포고가 아니랍니다, 크류거 공작님. 황제 폐하의 대리인으로서 명령합니다. 지금 당장 무릎을 꿇고 남부 제후들에게 무장 해제를 지시하세요. 따르지 않는다면……, 당신을 벌하겠습니다."

"하하하! 징벌의 대상이라고? 지금 같은 상황에서 당신이 뭘 할 수 있다는 겁니까? 안타깝게도 제 대답은 거절입니다. 당신을 인질로 잡고 다시 교섭하도록 하지요."

"황제 폐하의 어명을 거역하시겠다는 건가요?"

"황제 폐하, 황제 폐하. 그 위광 따위는 제게 통하지 않을 텐데요? 저희 크류거 가문은 원래 제국에 병합되기 전까지는 한 나라의 주인이었습니다. 그런데도 무력으로 제압하고 공작이라는 입장에 가둔 자들이 황족입니다. 그 이후로 저희 가문은 원한과 증오를 잊은 적이 없었습니다. 그런 남자를 주인으로 생각한 적은 한 번도 없었다고요!"

"그렇군요……, 오랫동안 쌓인 원한인가요? 그것이 얼마나 엄청난 것인지 저는 알 수가 없습니다. 하지만 한 가지 말씀드릴 수 있는 것은 이 땅이 예전에 당신 가문이 다스리던 나라였다는 사실. 아무리 제국에 병합되었다 하더라도 이 땅의 백성이 당신이 지켜야 하는 대상이라는 건 마찬가지라는 겁니다. 당신은 그런 백성들을 괴롭혔지요. 그 시점에서 당신에게는 왕의 그릇이 없는 겁니다. 아뇨……, 귀족의 그릇조차 없어요!"

"당신과 왕이나 귀족에 대해 논할 생각은 없습니다. 단 한 가지만 말해두지요. 강한 자가 왕이 되는 겁니다."

"그렇다면 역시 당신에게는 왕의 그릇이 없겠군요. 진정한 왕은 당신이 생각하는 것보다 훨씬 강하고 다양한 신하를 지닌 자입니다. 이런 식으로요."

그 순간, 세바스가 소리없이 피네 곁에 나타났고, 주위에 있던 기사들을 일격에 죽여나갔다. 그 칼날이 크류거에게도 날아들었지만, 그는 기사들을 방패 삼아 그곳에서 도망쳤다. 하지만 밑에서는 레오 일행이 이미 성 안으로 침입한 상태였다.

"놓치지 않겠다! 크류거!"

"큭! 모두 죽여라!"

크류거의 지시에 따라 기사들이 레오 일행 앞을 막아섰다.

하지만 선두에 선 라스를 비롯한 네르베 리터가 그 기사들을 해치우며 레오에게 길을 터주었다.

"피네 양!"

"무사해요! 그대로 나아가세요!"

"알겠습니다! 피네 양도 조심해요!"

피네는 네르베 리터 몇 명, 그리고 린피아와 함께 그곳을 벗어났다.

그렇게 분메 성 안에서도 작은 전쟁이 시작된 것이다.

7

"놓치지 마라!"

레오의 지시에 따라 네르베 리터 대원들이 크류거를 쫓아갔다.

하지만 그들을 둘러싸는 형태로 기사 무리가 사이에 끼어들었다. 기사와 네르베 리터가 전투를 벌이던 와중에 레오와 크류거의 시선이 교차했다.

"당신은 절대로 놓치지 않겠어!"

"흥! 이 성에 기사가 얼마나 있는지나 아는 게냐! 정예를 데리고 온 모양이다만, 그렇게 적은 병력으로는 성을 함락시킬 수 없다!"

"얕보지 마시지."

라스가 그렇게 말하며 두 자루의 검을 휘둘러 기사들을 베어 나갔다.

그 모습을 본 크류거는 곧바로 돌아서서 도망치기 시작했다.

레오 일행은 일부 소대를 남겨두고 라스가 터준 길을 따라 크류거를 쫓아갔다.

"목적지는 위층이군요."

"뭔가 있는 거겠지. 잔드라 누님의 숙부니까."

그렇게 말한 순간, 뒤쪽에서 날카로운 목소리가 들렸다.

"왼쪽에서 적 병사!"

"제3, 제4소대! 막아내라!"

"네!"

라스의 지시에 따라 다시 소대가 발목을 붙잡기 위해 나뉘었다.

멈추면 숫자의 폭력으로 인해 나아갈 수 없게 된다. 레오 일행은 얼마 안 되는 숫자를 더욱 줄여가면서라도 나아갈 수밖에 없는 것이다. 그러면서 레오는 적을 묶어두기 위해 나서는 병사들을 걱정스러운 듯이 바라보았다.

그런 레오에게 한 병사가 말했다.

"걱정하실 필요는 없습니다. 저희는 모든 것을 각오하고 이곳에 있으니까요."

"……네 이름은?"

"베룬트 레르너 소위입니다."

"그 이름은 들어본 적이 있지. 형이 말해줬어. 제일 먼저 지원해 준 사람이라면서."

"네! 목숨을 걸어도 좋겠다는 생각이 들었으니까요. 앞만 봐주십시오. 후방은 저희가 맡겠습니다."

"……알겠어. 뒤쪽은 맡길게."

"맡겨만 주시길."

"다들 조심해. 왠지 기분 나쁜 예감이 드니까."

"전하께서 기분 나쁜 예감이라 하시니 등골이 오싹해지는군요."

라스는 그렇게 말하면서 자신도 비슷한 분위기를 느낀 건지 부하들에게 경계를 철저히 하라는 명령을 내렸다.

속도보다 경계를 우선시하게 만드는 무언가가 저곳에 있다. 라스는 그런 분위기를 느낀 것이다. 그리고 그 판단은 틀리지 않았다.

레오 일행이 있던 통로 옆에서 큰 소리와 진동이 울렸다. 그것이 점점 다가오고 있다.

"흩어져라!"

라스의 지시에 따라 모두가 그곳을 벗어났다.

그리고 한 박자 뒤에 통로의 벽이 파괴되었다.

"우오오오오오오오오오오!!!!"

"뭐지?!"

"조심해라!"

네르베 리터 병사들이 자세를 취했다. 그리고 흙먼지 너머에서 그것이 나타났다.

키는 2미터 중반 정도. 가로 폭이 넓어서 큼직한 통로를 절반 정도 가로막고 있었다.

놀랍게도 그것의 형태는 인간이었다. 단, 아무리 봐도 몬스터로만 보였다.

"괴물을 키우고 있었다니, 놀랍군요."

라스는 그렇게 말하며 재빠르게 그 괴물의 발치로 파고들어 다리를 베었다. 그에 맞춰 주위에 있던 네르베 리터 대원들이 일제히 공격을 가했다.

"우오?"

"전혀 효과가 없는데?!"

수많은 검에 찔렸는데도 그 괴물은 아무렇지도 않은 듯했다. 그리고 있는 힘껏 팔을 휘둘렀다. 그것만으로도 주위에 있던 대원 몇 명이 날아가 버렸다.

"고통에 둔감한 상대다! 목을 노려라!"

레오가 상대방을 재빨리 분석하고 그렇게 지시를 내리며 앞으로 나섰다. 주위에 있던 대원들이 말리려 했지만, 레오는 아랑곳하지 않고 돌진했다.

괴물이 다시 팔을 휘둘렀지만, 레오는 그 공격을 높게 뛰어올라 피했다. 그리고 곧바로 괴물의 어깨에 올라탔다. 그곳에서 목을 노리려 했지만, 괴물이 당하진 않겠다는 듯이 팔을 움직였다.

하지만 그 팔을 라스가 잘라냈다.

"역시 대단하군, 대령."

레오는 그렇게 말하며 괴물의 목을 날렸다. 대체 뭐였던 걸까, 그런 의문이 떠올랐지만, 지금은 내버려 둘 수밖에 없다.

"부상자는 물러나라! 무사한 자들은 따라오고!"

레오는 호령을 내리며 성 위층을 향해 나아갔다.

■ ■ ■

레오 일행이 성에 돌입한 다음, 피네 일행에게도 추격자가 와 있었다.

하지만 린피아와 네르베 리터 병사들이 지켜주고 있는 피네에게는 다가서지 못하고 있었다.

"조금만 물러나 주시길."

"네……."

피네는 린피아의 지시에 따라 약간 물러났다. 그러자 피네를 붙잡으려던 기사가 린피아에게 베이는 순간을 봐 버렸다.

그 모습을 본 피네는 조용히 비통한 표정을 지었다. 목숨을 걸고 싸우는 것이다. 그런 모습을 볼 각오를 하고 여기에 왔다. 싸우지 못하는 자신 대신 많은 사람들이 그 손을 피로 물들이고 있다. 상대방이 가여우니 그만하라는 말은 입이 찢어져도 할 수가 없다.

그럼에도 불구하고 적이니까 상관없다고 딱 잘라 구분할 수는 없었다.

"끝났습니다. 피네 님?"

"……."

피네는 옆에 쓰러진 기사 근처에 조용히 앉았다.

위험한 행동이기에 네르베 리터 병사가 말리려 했지만, 린피아가 그를 막아섰다.

"저는 피네 폰 크라이네르트입니다. 뭔가 남기실 말씀이 있으신가요?"

"아……, 저, 저는……, 타르나트 가, 가문을 섬기는, 기사,입니다……."

"어째서 이곳에?

"주, 주인님께서……, 인질로……, 당신을 붙잡지 못하면……, 죽인다고……."

"……제게 부탁하실 건 있나요?"

"부디……, 주인님을……."

기사는 그렇게 말하며 피네에게 손을 내밀었다. 그 손을 피네가 잡으려 했지만, 그러기도 전에 기사가 숨을 거두었다. 피네는 눈을 부릅떴고, 천천히 기사의 손을 잡았다.

"알겠습니다……."

"피네 님. 바로 이동하시지요."

네르베 리터의 병사가 초조한 듯이 말했다.

그 말을 듣고 피네가 고개를 살짝 끄덕였다. 그리고 린피아 쪽을 보았다.

린피아는 피네의 얼굴을 보고 잠깐 놀란 다음, 쿡쿡 웃으며 고개를 끄덕였다.

"피네 님 생각대로 하세요."

"린피아 씨……."

"저는 당신을 지킬 뿐입니다. 그리고 피네 님께서 하려고 생각하시는 행동은 제 마음에도 들고요."

"……죄송합니다. 고마워요."

피네는 그렇게 말한 다음, 옆에 있던 네르베 리터의 병사들을 보았다.

피네의 호위를 맡을 인원들이기에 네르베 리터 중에서도 특히 실력이 좋은 병사들이 선발되었다. 그들이 보기에는 이런 상황에서 쓸데없는 짓을 하는 피네를 이해할 수가 없었다.

신속하게 그녀를 안전한 곳으로 이동시키는 것이 그들의 역할이기에 멈춰서서 이야기를 하는 건 시간 낭비에 불과하다. 하지만 그들은 곧바로 더욱 이해할 수 없는 말을 듣게 되었다.

"저는……, 인질을 해방시키러 가겠습니다."

"네?! 제정신이십니까?!"

"지금은 그런 짓을 하고 있을 여유가 없습니다!"

"다시 생각해 보시죠!"

병사들은 모두 반대했다.

하지만 피네는 그런 병사들을 조용히 바라보면서 말했다.

"위험하다는 건 알고 있습니다. 하지만 저는 황제의 칙사로서 남부 제후들을 구할 의무가 있어요."

"하지만!"

"당신들께서 말리시는 이유도 이해가 됩니다. 아마……, 당신들이 더 옳고, 똑똑하시겠죠."

피네는 그렇게 말하며 천천히 푸른 갈매기 머리장식을 만졌다.

이 머리장식을 받았을 때부터 나는 평범한 공작 영애가 아니게 되었다.

그 사실이 싫어서 영지 밖으로 나가지 않았다. 그럼에도 불구하고 영지를 떠나 반쯤 억지로 아르를 따라왔다.

그 행동에는 특별한 마음이 있었다. 아르에게 도움이 되고 싶다. 은혜를 갚고 싶다. 그런 마음이다.

예전에 머리장식의 주인을 결정하는 행사 중. 불안한 생각만 머릿속에 맴돌아서 비틀거리며 쓰러지려던 피네에게 싹싹하게 말을 걸어주며 격려해 준 소년이 있었다.

베일로 얼굴을 가리고 있던 피네에게 그 소년은 적당한 말투로 황제는 평범한 아저씨니까 긴장해 봤자 소용이 없다고 말했다. 정말 적당히 늘어놓은 이야기다. 피네가 이제 서게 될 무대에서 귀찮다는 이유로 도망친 사람이 피네를 격려해 준 거니까.

그 덕분에 피네는 푸른 갈매기 머리장식을 손에 넣었다. 그때 구해준 소년, 아르에게 피네는 특별한 마음을 품어왔다. 그것은 지금도 변함이 없다. 아르에게 힘이 되어주고 싶다고 생각한 것이다. 그러기 위해서라면 무엇이든 할 수 있을 것 같다는 마음이 들었다. 창구희로서 행동하는 것도 아르에게 부끄럽지 않은 자신으로 있기 위해서다.

머리장식을 만지면 무엇이든 해낼 수 있다. 얼마든지 용기가 샘솟았다.

"하지만……, 올바른 일이라고 해서, 똑똑한 생각이라고 해서 보고도 못 본 척하는 건 제 신조에 어긋납니다. 저는 이곳에 사람들을 구하러 왔어요. 당신들도 그렇지 않나요? 아르 님께서 하신 말씀에 마음이 움직이시지 않았나요? 한 번이라도 기사를 자칭한 적이 있는 자가……, 이런 참상을 그냥 넘기실 건가요?"

"……하지만! 당신께 무슨 일이 생긴다면!"

"아무 일도 없을 거예요. 제 곁에는 엄청난 실력의 기사들이 있으니까요."

"무슨 말씀을……?"

"황제의 칙사인 저를 지키고 있는 이상, 당신들은 지금, 근위기사에 해당됩니다. 그럴 만한 힘이 있다고 믿어요. 저는 아르 님께서 보내주신 기사를 믿어요……, 자신이 없다는 말씀을 하시면 안 됩니다. 당신들은 네르베 리터, 제국군에서 가장 뛰어난 정예니까요."

피네가 그렇게 말하자 병사들은 서로 얼굴을 마주 보았다. 그리고 포기한 듯이 고개를 끄덕였다.

피네를 설득할 말을 찾아낼 수가 없었기 때문이다.

그들도 개인적인 심정으로는 그냥 넘길 수 없다고 생각했다. 해낼 자신도 있다. 상대가 누구라 해도 이 소녀를 지켜내겠다고 각오도 하고 있다. 그러면서도 최대한 안전한 방법을 쓰고 싶었다.

그들을 일으켜 세운 황자가 맡겼기 때문이다.

하지만, 그 소녀가 간다고 한다면 이제 막을 수가 없다.

"온 힘을 다해 지켜드리겠습니다. 그러니 목숨이 위험할 거라 판단이 되면 억지로라도 도망치게 해드릴 겁니다."

"네. 믿을게요."

피네는 그렇게 말하며 웃었다.

결론이 내려지자 린피아가 말을 꺼냈다.

"그러면 어디를 찾아보실 건가요? 최대한 빠르게 찾아낼 수 있다면 돌입 부대를 원호할 수도 있을 겁니다. 서두르고 싶은데요."

"그건 괜찮을 거예요. 세바스 씨."

피네는 확신에 찬 목소리로 세바스의 이름을 불렀다.

그 말을 듣고 세바스가 피네 뒤에 나타났다.

"여기 있습니다."

"인질이 있을 것 같은 장소가 어딘지 아시겠나요?"

"성을 대충 둘러보았으니 짐작은 되는군요."

"그럼 안내해 주시겠어요?"

"알겠습니다. 그런데……, 아르노르트 님을 닮아가시는군요."

"그런가요?"

"네, 정말로 그렇습니다."

피네는 기쁜 듯이 웃었다.

그 말은 피네에게 있어서 더할 나위 없는 칭찬이었으니.

8

분메 성 뒤쪽.

별관으로 마련된 곳이 있었다.

그 안에는 크류거에게 인질로 잡힌 남부 제후들이 있었다.

"트라우트 후작! 우리를 여기서 내보내라!"

그렇게 소리친 사람은 30대 초반 남자였다.

귀족 당주치고는 젊은 그 남자는 타르나트 백작이다.

남부 귀족 중 제국파의 필두였다.

그 타르나트 백작과 마주 보고 서 있던 사람은 뚱뚱한 남자. 크류거의 동지라 할 수 있는 트라우트 후작이었다.

"아직 그런 말을 하는 건가? 타르나트 백작."

타르나트 백작이 한 말을 들고 코웃음친 트라우트 후작은 천천히 걸어가기 시작했다.

옆에는 기사 몇 명이 있었고, 무기가 없는 타르나트 백작 같은 인질들이 반항하지 않게끔 감시하고 있었다.

"황제는 남부를 적으로 규정했다. 지금은 남부가 일치단결해서 맞서야 할 때가 아닐까?"

"네놈과 크류거 공작을 중심으로 범죄 조직을 움직였기 때문이겠지! 우리와는 상관이 없다!"

"이거 참. 그 범죄 조직에는 남부 귀족 중 3분의 1 이상이 관여했는데? 같은 남부 귀족으로서 남 일이라고 치부하는 건 너무하지 않나?"

"헛소리하지 마라! 그중 대부분은 협박해서 억지로 협력하게 만들었을 텐데! 시터하임 백작처럼!"

타르나트 백작이 분노를 드러내며 트라우트 후작에게 다가섰지만, 기사들의 창이 가로막았다.

트라우트 후작은 혀를 차고 나서 거리를 벌리고는 계속 말했다.

"보아하니 대답은 여전한 모양이지?"

"당연하지! 우리는 남부 연합 따위에는 참가하지 않는다! 우리는 제국의 귀족이야!"

"흥! 대단하시군. 하지만 이미 네놈의 영지를 포함해서 모든 남부 귀족이 남부 연합에 참가했다만?"

"네놈들이 우리를 인질로 잡았기 때문이겠지!"

"그 말을 누가 믿을까? 지금 황제의 칙사가 성에 와 있다. 남부 전체의 반란으로 인해 당황한 황제가 교섭 자리에 앉았단 말이다. 이제 네놈들도 우리와 다를 게 없다. 이미 남부 귀족은 운명공동체란 말이다."

트라우트 후작은 뽐내는 듯이 말했다.

그 말을 듣고 타르나트 백작이 표정을 일그러뜨렸다.

그곳에 있는 많은 귀족들은 크류거에게 불려와서 인질로 잡혔다. 그들은 남부의 미래를 위해서 건설적인 이야기를 나누고 싶다는 말을 듣고 모인 결과, 인질이 된 것이다.

모두가 그 사실로 인해 놀랐다. 진짜로 제국에 반기를 들 생각이라고는 상상도 하지 못했던 것이다.

"황제 폐하께서 교섭 자리에 앉으셨다는 보장이 어디 있지? 선전포고라면?"

"싸우면 되지. 다른 나라에는 이미 연락을 해두었다."

"제국에는 그런 것들을 물리칠 힘이 있다! 근위기사단이 출진하면 남부가 초토화될 텐데?!"

"그러기 전에 강화 조약이 맺어질 거다. 나와 크류거 공작의 안전을 보장해 주겠다는 약속을 받아내면서 말이지."

트라우트 후작은 그렇게 말하며 천박한 미소를 지었다.

애초에 트라우트 후작은 타르나트 백작 같은 사람들을 버림말로밖에 보지 않았다.

전쟁이 벌어지면 적당한 시기에 제국에 팔아넘기고 자신들의 안전을 얻어낸다. 그렇게 될 때까지 제국과 싸우는 것도 대부분 인질로 잡힌 귀족들의 기사들이다.

자기 손은 전혀 더럽히지 않는다. 그런 생각이 뻔히 보였기에 타르나트 백작은 혐오감을 드러냈다.

"네놈……! 그러고도 귀족이냐!!"

"물론이지. 유서 깊은 귀족이라고."

뽐내는 듯이 말하는 트라우트 후작에게 타르나트 백작이 달려들었다. 다시 기사들이 그를 막아섰지만, 이번에는 다른 남자 귀족들도 기사들을 향해 돌격했다.

타르나트 백작은 그 틈을 타서 기사의 검을 빼앗았다.

하지만 그때는 이미 다른 기사가 방구석에 있던 여자 귀족들에게 창을 겨누고 있었다.

"거, 건방진 짓을 하는군……, 그런데 인질이 어떻게 되더라도 상관없나?!"

트라우트 후작은 협박하는 듯이 팔을 들어올렸다. 그 팔을 내리면 기사들이 사정없이 그녀들을 죽일 것이다. 타르나트 백작은 원통하다는 듯이 눈을 내리깔았다.

하지만.

"타르나트 백작. 우리를 신경 쓸 필요는 없습니다."

그렇게 말한 사람은 타르나트 백작보다 약간 연상인 여자였다. 굳은 심지가 느껴지는 시선으로 타르나트 백작을 바라보았다.

자신에게 창이 겨눠져 있는 상황인데도 정말 배짱이 대단했다.

"짐멜 백작 부인……."

"제국을 위해서라고 하진 않겠습니다……. 하지만 영지에 남겨진 가족들에게 족쇄가 된다면 죽음을 선택하겠습니다."

"흥! 그냥 허세겠지!"

"트라우트 후작……, 자기 자신이 가장 소중한 당신은 모르겠죠. 아이를 위해서라면 어머니는 한없이 강해질 수 있습니다. 죽일 테면 죽여보세요!"

짐멜 백작 부인은 그렇게 말하며 병사들을 다그쳤다. 판단하기 곤란해진 기사들은 트라우트 후작을 보았다.

트라우트 후작은 인상을 찌푸리며 머리를 굴렸다. 지금 죽이면 타르나트 백작이 곧바로 돌격해 올 것이다.

그것만은 피해야 한다고 판단한 트라우트 후작은 턱으로 지시를 내려 기사에게 짐멜 백작 부인을 붙잡게 했다.

"끌고 와!"

"이거 놓으세요!"

"어때? 타르나트 백작. 이래도 계속 싸울 건가?"

트라우트 후작은 단검을 뽑아들고 짐멜 백작 부인의 목에 들이댔다.

타르나트 백작의 얼굴에는 또렷하게 망설이는 기색이 드러났다. 그 모습을 본 짐멜 백작 부인은 눈을 감고 각오를 다졌다. 그리고.

"타르나트 백작……, 뜻대로 하세요."

"……알겠소."

두 사람이 각오를 다졌다. 그 모습을 본 트라우트 후작은 한 발짝 물러섰다.

하지만 트라우트 후작은 짜증스러운 기색을 보이며 웃었다.

"하, 하하, 하하하!! 그렇게 죽고 싶으냐?! 어리석군! 사람은 일단 살아야 한다! 죽으려 하는 자는 바보라고! 목숨을 걸고 무언가를 지켜? 목숨을 걸어 봤자 네놈들이 지킬 수 있는 것 따위는 없다! 제국은 네놈들을 구해주지 않을 거라고!"

"아뇨, 황제 폐하께서는 뜻있는 귀족을 저버리지 않으십니다."

목소리가 울렸다. 그와 동시에 방 전체에 소리가 울렸다.

그 음색을 듣고 모두가 인상을 찌푸렸고, 그중 몇 명은 무릎을 꿇었다. 갑작스럽게 졸음이 쏟아진 것이다. 거역하기 힘든 그 마력은 기사들조차 사로잡았다.

"크윽……, 이건……?"

"실례. 조정이 까다로워서."

그렇게 말하며 방으로 들어온 소녀가 휘두른 창으로 인해 기사들이 팔다리를 베여서 제압당했다. 소녀가 창을 그만 휘두르자 졸음을 일으키던 음색이 멎었다.

"감사합니다. 린피아 씨."

"아뇨, 이게 제 일이니까요."

린피아는 평소처럼 담담하게 대답하면서 트라우트 후작으로부터 재빨리 짐멜 백작 부인을 떼어놓았다.

졸음 때문에 비틀거리는 부인에게 린피아가 미안하다는 듯이 중얼거렸다.

"휘말리게 해서 죄송합니다."

린피아의 마창 형태는 원을 그리듯이 휘두름으로써 졸음을 유발하는 음색을 뿜어내는데, 방안에 있는 몇 명만을 정확하게 노릴 수 있을 정도로 정밀한 효과를 기대할 수는 없다.

잘해 봐야 앞쪽으로 뿜어내거나 한 명에게 고정시키는 정도다. 좀 전처럼 방 안에 밀집해 있을 경우에는 모두를 대상으로 삼을 수밖에 없다. 하지만 그 능력을 통해 기사들을 제압할 수 있었다.

아직 상황을 제대로 파악하지 못한 트라우트 후작 앞을 한 소녀가 막아섰다.

"크윽……, 웬놈이냐……?"

"피네 폰 크라이네르트. 황제 폐하의 칙사로 왔습니다."

"창구희……? 어째서 여기……?"

"인질을 구하러 왔습니다."

"말도 안 돼……, 겨, 경비병은?! 어서 와라!"

"그들은 잠들어 있습니다. 경비가 너무 허술한 탓에 예상이 빗나간 줄 알았습니다만."

세바스가 그렇게 말하며 피네 곁에 나타났다. 이 별관의 경비병은 모두 세바스가 소리없이 제압해 버린 것이다. 그 때문에 트라우트 후작은 접근을 전혀 눈치채지 못하고 린피아에게 기습당하게 되어버렸다.

"마, 말도 안 돼……, 크, 크류거 공작이 그냥 내버려 둘 리가!"

"크류거 공작님이라면 레오나르트 황자님께서 추격하고 계실 겁니다. 애초에 그런 작전이었으니까요."

"사, 사자인 척하면서 기습한 건가?! 비겁하잖아?!"

"기습이 아닙니다. 황제 폐하께서 내리신 어명은 '무릎을 꿇어라'라는 것이었습니다. 크류거 공작이 거절했기에 징벌했을 뿐이지요. 하지만 비겁한 행동이라는 건 부정하지 않겠습니다. 비겁하긴 하겠지요. 허나, 그 행동을 통해 구할 수 있는 목숨이 있다면 얼마든지 비겁해질 겁니다. 그리고 저희는 비겁하지만, 당신은 비열합니다. 비난당할 이유는 없어요."

피네가 그렇게 딱 잘라 말하자 대화는 이제 끝이라는 듯이 린피아가 창으로 트라우트 후작을 때려서 기절시켰다.

피네는 그 모습을 보고 나서 타르나트 백작 일행을 보았다.

"다시 말씀드리죠. 황제 폐하의 칙사로 온 피네 폰 크라이네르트입니다. 구하러 오는 게 늦어서 죄송합니다."

"폐, 폐하께서는……, 우리를 저버리지 않으셨어……!"

"감사합니다……."

안쪽에 있던 나이 든 귀족이 감격했는지 울기 시작했다.

피네는 부드러운 미소를 지으며 그런 귀족들을 바라보았다.

그리고 그들이 진정할 때까지 기다렸다가 사정에 대해 설명하기 시작했다.

"여러분께 드릴 부탁이 있습니다. 이 성에는 여러분의 신하가 있고, 여러분께서 인질로 잡혔기에 저희를 적대시하고 있습니다. 부디 그들을 설득해 주셨으면 합니다."

"물론이지요."

"……타르나트 백작님이시죠?"

"네."

"저희는……, 당신의 기사를 베었습니다. 그 기사는 숨이 끊어지기 전, 당신들이 인질로 잡혔다는 사실을 알려주었습니다……, 좋은 신하를 두셨네요."

피네는 사과하지 않았다. 타르나트 백작도 그렇고 죽은 기사도 사과를 원하지 않을 거라 생각했기 때문이다.

타르나트 백작은 입술을 깨문 다음, 조용히 고개를 끄덕였다.

"그러면 바로 이동하시죠. 눈에 띄는 곳까지 가서 성에 있는 기사들에게 무사하다는 걸 알려주세요."

"그건 상관없습니다만……, 다른 곳에도 인질이 있습니다."

"다른 곳에도요?"

"이곳에 있는 건 절반입니다. 며칠에 걸쳐 귀족들이 여러 명, 성으로 끌려갔습니다."

타르나트 백작이 한 말을 듣고 피네가 불안한 듯한 표정을 지으며 린피아를 보았다.

린피아도 비슷한 표정을 짓고 있었다.

그냥 인질을 이동시킨 게 아닐 거라는 생각이 들었기 때문이다.

"뭔가가 있군요."

"……무사하시면 좋을 텐데요."

"지금은 확인할 방법이 없습니다. 아무튼 지금은 이곳에 계신 분들께서 무사하시다는 사실을 알리는 게 우선입니다. 성 안에 있는 기사들 중 일부라도 저항을 멈추면 나머지 분들도 찾기 쉬워질 겁니다."

린피아가 우선적인 목표를 정하고 피네에게 설명해 주었다.

피네도 그 말에 납득하고 고개를 끄덕였다.

하지만 불안한 느낌이 가시지는 않았다. 왠지 기분 나쁜 예감이 든다.

그런 느낌이 든 피네는 머리장식을 만졌다. 앞으로 나아갈 용기를 받기 위해서.

9

"성에 계신 기사 여러분, 저는 황제 폐하의 칙사, 피네 폰 크라이네르트입니다."

피네는 성의 정문에서 성을 향해 그렇게 말했다.

옆에는 확성기가 놓여있다. 원래 성에서 거리를 향해 사용하는 것이지만, 피네 일행이 탈취해서 지금은 성을 향해 쓰이고 있었다.

"저희는 현재, 인질로 잡히셨던 많은 귀족 분들을 구출하였습니다. 나머지 귀족 분들도 구출할 겁니다. 부디 이 목소리를 듣고 계신다면 검을 거두어 주세요! 우리가 싸울 이유는 없습니다!"

피네의 호소에 대답하는 목소리는 없었다.

그럼에도 불구하고 피네는 계속 호소했다.

"인질을 잡혀서 싸우셨다는 건 알고 있습니다. 황제 폐하께서 보낸 칙사의 권한으로 당신들을 벌하지는 않겠습니다. 부디 목소리를 들어주세요. 긍지에 어긋나는 싸움에 몸을 바쳐서는 안됩니다. 당신들께서 지켜야 할 것은 크류거 공작이 아닐 겁니다!"

목소리를 내면 위치가 들킨다. 기사들이 피네 일행들 쪽으로 우르르 몰려들었다.

그들이 입고 있는 갑옷에는 크류거 공작 가문의 문장이 들어가 있었다.

린피아와 다른 사람들이 검을 겨누었고, 피네가 그 기사들에게 말했다.

"싸우실 거라면 말리진 않겠습니다……. 하지만 그럴 만한 각오를 하시고 덤비세요. 황제 폐하의 칙사에게 칼날을 들이대는 것이 어떤 의미를 지니고 있을지 잘 생각해 보시고 발을 내디디세요. 제 기사들과 싸울 자격이 있는 자는 자신의 정의에 부끄러움이 없는 자들뿐입니다."

각오와 정의를 묻자 기사들이 무심코 멈춰섰다. 그들 모두가 악당인 것은 아니다. 그저 단순히 기사로서 섬기던 사람이 크류거 공작이었을 뿐인 자들이 대부분이다.

명령을 받았기에 싸웠을 뿐, 스스로 생각하지는 않았다. 그런 생각을 하면 벌을 받게 되기 때문이다.

하지만 눈앞에서 새삼 묻자 생각할 수밖에 없었다.

그런 와중에 다른 기사 무리가 달려왔다.

"백작님! 타르나트 백작님!!"

"오오! 너희들!"

그 기사들은 인질로 잡혀 있던 귀족들의 기사들이었다.

그들은 주인이 무사한 것을 확인하고는 눈물을 흘리며 제자리에 무릎을 꿇었다.

몇 번이나 사과하는 그들을 보고 크류거 공작 가문의 기사들에게도 망설임이 생겨났다.

"지금이라면 끌어들일 수 있을지도 모르겠습니다. 피네 님."

"알겠습니다."

린피아가 피네에게 그렇게 속삭이자 피네가 기사들을 설득하기 시작했다.

"당신들도 주인의 명령에 따라 싸웠을 뿐일 겁니다. 지금 검을 거두고 저희에게 협력한다면 죄를 묻지 않겠습니다. 하지만 지금 칼날을 겨눈다면 당신들의 가족들까지 피해를 입게 될 겁니다. 당신들은 지금, 제국을 향해 칼날을 겨누고 있으니까요."

린피아는 생각보다 강한 말투로 말하는 피네를 보고 놀랐다.

설득뿐만이 아니라 효과적으로 협박까지 하는 건 피네답지 않다고 할 수 있다.

그때, 린피아는 조금 전에 세바스가 한 말을 떠올렸다.

아르노르트 님을 닮아간다. 그 말을 떠올린 린피아는 쓴웃음을 지었다.

"그렇군요. 정말로 닮아가시는 건지도 모르겠네요."

그 황자라면 아무렇지도 않게 협박이라는 수단을 쓸 것이다. 그것이 가장 효과적이기 때문이다.

기사들도 좋아서 싸우는 게 아니다. 자신과 가족들이 소중하기에 크류거를 따르고 있다. 하지만 지금, 크류거는 열세다. 그런 자는 강한 자를 따르기 마련이다.

"저, 정말로 죄를 묻지 않으실 겁니까?!"

"네, 묻지 않겠어요. 당신들이 어떤 악행을 저질렀다 하더라도 죄를 묻지 않겠습니다. 단, 그에 맞는 활약을 해주실 필요는 있겠지만요."

기사들이 피네가 한 말을 듣고 겁을 먹었다.

그들도 크류거가 악행을 저지른 사실을 알고 있다. 물론 그 악행을 도우기도 했다.

피네도 그 사실을 알고 있었다. 그럼에도 불구하고 일부러 죄를 묻지 않겠다고 말한 것은 크류거의 성격으로 보아 중요한 일을 말단 기사에게 맡기지 않았을 거라 생각했기 때문이다.

그리고 한동안 침묵을 지키고 있던 크류거 공작 가문의 기사들은 제자리에 무릎을 꿇기 시작했다.

"──칙사님을 따르겠습니다."

"그 용기에 감사드립니다. 그러면 인질이 된 다른 귀족 분들이 계신 곳을 가르쳐 주시겠어요?"

"그게⋯⋯."

기사들이 서로 얼굴을 마주 보았다. 이런 상황에서 정보를 말하기 껄끄러워하는 것은 아니다.

그들도 모르기 때문이다.

"저희가 알고 있는 건 성의 지하로 끌려가셨다는 것뿐입니다. 성의 지하에는 일반 기사들이 다가갈 수 없기에 자세한 위치까지는⋯⋯."

"지하⋯⋯."

그 기분 나쁜 단어에 린피아가 반응을 보였다. 밧사우에 잡혀 있던 아이들도 지하에 있었다. 그것도 분명히 실험같은 짓도 당한 상태였다.

그 사실을 알고 있는 린피아는 불쾌하다는 듯이 인상을 찌푸렸다.

왜냐하면 이곳은 그렇게 하게끔 지시를 내린 자의 총본산이기 때문이다.

"피네 님. 안타깝지만 지하를 조사하는 건 조금 기다리시는 게 나을 것 같습니다."

"어째서죠?"

"성의 기사들 상대라면 지켜드릴 수 있지만. 최악의 경우에는 악마가 나타날 겁니다. 그렇게 되면 전력이 부족합니다. 성이 제압될 때까지 기다려 주시죠."

"⋯⋯밧사우와 똑같은 일이 벌어진다는 건가요?"

"가능성이 없다고 딱 잘라 말할 수는 없습니다. 최악의 경우, 성이 날아간다 하더라도 이상할 게 없습니다. 위쪽에서 결판이 날 때까지는 기다려야 할 겁니다."

"저도 그 생각에 찬성합니다. 지하에서 무언가가 나올 경우를 대비해야겠지요. 막을 사람이 없다면 레오나르트 님 일행도 철수할 수가 없을 테니까요."

세바스가 전략적인 시점에서 그렇게 조언을 해주었다.

피네는 잠시 눈을 감았다. 이미 위험을 무릅쓰며 억지를 부렸다. 그런 피네의 마음을 생각해서 움직여 주고 있는 두 사람이 신중론을 주장하는 이상, 그 억지를 밀어붙일 수는 없다.

"알겠습니다. 이곳에서 계속 기사들을 설득하겠어요."

방침을 발표한 피네가 다시 성을 향해 호소했다.

1초라도 빨리 전투가 끝났으면 좋겠다고 기원하면서.

■ ■ ■

"서둘러라!"

크류거는 성의 꼭대기층까지 도망친 뒤, 그곳에 틀어박혀 있었다.

그런 크류거의 마지막 희망은 잔드라와 함께 개발한 신형 약이었다.

크류거는 그 약을 자신이 복용하기 위해 연구자 노인을 재촉하고 있었다.

"조금만 더 기다려 주십시오!"

약을 정제하는 데는 시간이 걸린다. 게다가 크류거는 원래 그 약을 자신에게 쓸 생각이 없었다.

그 약을 만들기 위해 몇 번이나 실패를 거듭했다. 그 신형 약도 안전하다고는 할 수가 없다. 그럼에도 불구하고 크류거는 손을 뻗었다. 살아남기 위해서.

하지만 그런 크류거를 막아서는 자가 있었다.

"하아아아아아아앗!!!!"

레오가 닫힌 문을 베어버리고 방안으로 구르는 듯이 들어왔다.

기사들이 레오를 향해 검을 겨누었지만, 레오는 그들과 검을 맞부딪히지도 않고 순식간에 베어나갔다.

"전하! 위험합니다!"

앞서가던 레오를 향해 라스가 충고했지만, 레오는 그 말을 듣지 않았다.

레오의 직감이 말해주고 있었다. 크류거가 약을 먹게 하면 안된다고. 그것을 먹게 하면 많은 것들이 허사가 될 거라고. 레오는 그 직감에 따라 더욱 앞으로 나섰다.

홀로 기사들 사이로 파고들어 모든 것을 자신의 검으로 베어나갔다.

"대단하네……."

방 밖에서 다른 기사들과 싸우고 있던 네르베 리터의 병사가 중얼거렸다. 정예인 네르베 리터의 병사가 보더라도 지금 레오의 실력은 엄청났다.

홀로 적에게 파고들어 모든 것을 휩쓸어 버린다. 마치 소문으로만 듣던 공주 장군 같지 않은가. 네르베 리터 대원들은 그런 생각을 하면서도 방으로 침입해서 레오에게 다가서는 기사들을 조금이라도 줄여나갔다.

한편, 레오는 크류거만 보고 있었다.

이곳저곳에서 날아드는 칼날은 전부 반응에 맡기며 피했다. 지금까지의 레오였다면 그렇게 위험을 무릅쓰지 않았을 테고, 그런 식으로 전투를 벌이지도 않았을 것이다. 완전 승리를 거둘 수 있는 방법을 모색했을 것이다. 직감에 몸을 맡긴 행동 같은 건 상상도 못했을 것이다.

하지만 그런 레오가 직감에 몸을 맡겼다. 물론 사고를 포기한 것은 아니다. 깊게 생각하지 않는다. 하지만 냉정하게 다음 움직임을 예측하고 몸의 반응에 맡기고는 적 기사를 베어나간다.

그것은 최적의 행동이자 최선의 판단이었다. 많은 병사들이 뒤얽힌 상황에서 다수의 적과 싸우기 위한 전투 방식. 리제가 전장에서 익힌 그것을 레오도 남부 사건 때 터득한 것이다.

돌파를 가장 우선시하는 그 전투 방식은 크류거의 상상을 훨씬 뛰어넘었다.

무예 실력이 뛰어나다고는 해도 검술 실력만 좋을 뿐. 크류거는 그렇게 인식하고 있었다. 하지만 지금 레오로부터는 일기당천의 분위기마저 느껴지고 있었다.

제때 맞출 수 없다. 그렇게 판단한 크류거는 여전히 정제 중이던 신형 약을 들었다.

"아직 완성되지 않았습니다!"

"미완성이라도 상관없다!"

지금 붙잡힐 거라면 차라리 괴물이 되어서 해치워 버리는 게 낫다.

그렇게 생각하고 한 행동이었다. 그것은 도박에 가까운 짓이었고, 크류거도 나름대로 용감하게 내린 결단이었다. 하지만 그것을 본 레오는 직감에 따라 더욱 큰 도박에 나섰다. 크류거가 안전을 버린 것처럼, 레오도 안전을 버렸다.

여기까지 오는데 많은 고생을 했다. 많은 도움을 받았다. 그것을 물거품으로 만든다면 제도에서 기다리는 사람들을 볼 면목이 없다.

그렇게 생각한 레오는 기사들에게 포위당한 상황에서 검을 겨누고는.

"그러게 내버려 둘 것 같으냐아아아아!!!!"

그 검을 크류거에게 던졌다. 일직선으로 크류거를 향해 날아간 그 검은 약을 들고 있던 크류거의 팔에 멋지게 명중했고, 그 팔을 잘라냈다.

"으아아아아아아아악!!!!"

크류거는 비명을 질렀지만, 레오도 무사하지 못했다. 주위에는 무장한 기사들. 맨몸인 상태다. 검이 날아들어서 피했지만, 막아낸다는 선택지가 없는 이상, 오래 버틸 수는 없다.

검 한 자루가 레오의 가슴을 향해 날아들었다.

위험하다. 레오도 그렇게 느꼈다. 하지만 그 검이 레오에게 닿지는 않았다.

"이런, 이런, 곤란하신 분이군."

그렇게 말하며 그 검을 막아낸 것은 라스였다.

레오를 감싸며 앞을 막아선 라스는 순식간에 레오를 포위하고 있던 기사들의 목을 날렸다.

"고마워……, 대령."

"아뇨, 당신을 지키는 게 저희 임무니까요."

라스는 그렇게 말하며 웃었다. 그리고 여전히 비명을 지르고 있던 크류거를 보았다.

"붙잡아라. 상처를 치료해 주는 것도 잊지 말고."

"네!"

"아슬아슬하게 늦지 않았네……."

"전하께서 활약하신 덕분입니다. 훌륭하셨습니다."

"몸이 움직였을 뿐이야."

레오는 그렇게 말하며 겸손한 태도를 보였다. 하지만 그 얼굴은 만족스러워 보였다.

이번 사건의 원흉이라 할 수 있는 크류거를 사로잡았다. 최후의 수단도 미연에 방지했다.

"이봐, 네놈. 이 약은 무슨 약이지?"

"히익?! 사, 살려주십시오……."

"됐으니까 대답해!"

"그, 그건 흡혈귀화 약입니다! 흡혈귀의 혈액을 집어넣어 인간을 흡혈귀로 만드는 약입니다!"

그 말을 들은 레오는 인상을 찌푸렸다.

흡혈귀라는 단어가 나온 것을 감안하면 동부에서 일어났던 사건이 떠오를 수밖에 없었기 때문이다.

"동부에서 일어난 사건도 당신이 꾸민 짓이었나."

"으으윽……, 흐, 하하하……, 나는 혈액을 제공받았을 뿐이다, 억측하지 마시지……."

"그렇다면 그 루트를 조사하면 흡혈귀 사건의 범인도 알아낼 수 있겠군."

"그럴 여유가 있을까……?"

"뭐라고……?"

"이 약을 개발하던 도중에 기묘한 약이 생겨났다……, 그 성과가 슬슬 모습을 드러낼 거다……."

크류거가 그렇게 말한 순간.

성 아래쪽에서 비명이 잔뜩 들려왔다. 남부에서 벌어진 전투는 아직 끝나지 않은 모양이었다.

10

"어떤 마법을 쓴 거죠?"

349

제국군의 맹공을 물리친 다음 날.

돌아서서 진영으로 물러나는 제국군을 성벽 위에서 보고 있던 내게 아로이스가 그렇게 물었다.

"언제 말이야?"

"어제 말이에요. 솔직히 버틸 수 있을 줄은 몰랐는데요."

"홋……, 소년 영주가 몸소 앞으로 나서서 지시를 내리면 누구나 의욕을 보이는 법이지."

"그것도 당신이 지시한 건데요. 효과가 있긴 했겠지만, 그것만으로 적 병사 일만 명을 막아낼 수 있을 것 같지는 않아요."

"너는 어떻게든 내 마법 덕분으로 만들고 싶은 모양이구나?"

"사실을 알고 싶을 뿐이에요."

나는 그 말을 듣고 잠시 입을 다물었다.

말해 버려도 상관없긴 하지만, 그냥 말해 주는 건 아까운 것 같다는 생각이 들었다.

"흐음……, 그렇다면 과제로 내주마. 너는 어떤 마법을 썼을 것 같아?"

"알면 물어보지도 않죠……."

"다른 사람에게 물어보는 건 중요해. 하지만 그러기 전에 생각하는 것도 중요하다고. 머리를 써봐라. 우리는 뭐가 대단했지?"

학생을 달래는 듯이 말했다. 그러자 아로이스가 순순히 머리를 굴리기 시작했다. 기억을 더듬으며 어제 이길 수 있었던 원인에 대해 생각해보고 있을 것이다. 그리고 아로이스가 약간 자신이 없다는 듯이 손가락을 두 개 펴들었다.

"두 가지……, 짐작가는 요인이 있어요."

"말해봐."

"한 가지는 적 병사가 생각보다 약했던 거죠. 다른 한 가지는 우리 쪽 병사가 생각보다 강했던 거라고 할까요."

"다시 말해서, 네 대답은 아군의 강화와 적의 약화. 그 두 가지 마법을 썼다는 거지?"

"네……, 그런 것 같네요."

자신이 별로 없는 모양인지 일단 고개를 끄덕인 아로이스에게 내가 정답을 말해주기 시작했다.

"절반은 정답이고, 절반은 오답이야."

"그러니까 둘 중 하나는 맞췄다는 건가요?"

"그래, 나는 아군이 전투의 열기로 인해 이상해지지 않게끔 마법으로 마음을 정상적으로 유지시켰어. 그걸 통해 모두가 적을 앞둔 상황에서도 냉정하게 상대방을 잘 보고 쓰러뜨렸고, 지시를 잘 따라주었지. 내가 사용한 마법은 그것뿐이야."

냉정한 것. 전투를 벌일 때 그것은 매우 유리하게 작용한다. 보통은 어지간히 자신이 있는 사람이 아니라면 적을 앞두고 있는 상태에서 냉정할 수가 없다. 전투를 한 번도 겪어보지 못한 초보라면 더더욱 그렇다.

군대는 병사들을 훈련시키면서 그런 상황에서도 냉정함을 유지할 수 있게끔 만든다.

내 마법이 신참 병사를 베테랑 병사로 끌어올려 주었다는 뜻이다.

"그것뿐인가요? 그럼 적 병사들이 약했던 건……?"

"그 전날에 문에서 엄청나게 큰 불꽃이 뿜어져 나와서 정예 1000명이 불타버렸지. 살아남은 사람들의 이야기나 부상을 보면 공포가 생겨나는 게 당연해. 성문에 다가가면 뭔가 있을지도 모른다. 오늘도 작전을 간파당했을지도 모른다. 그런 망설임이 냉정함을 잃게 만들지. 제국군 병사들은 훈련을 잘 받았지만, 일기 당천의 강자들만 모여 있는 게 아니야. 냉정함을 잃으면 큰 위협이 못 된다는 거지."

"겨우 그 정도로……."

"전투는 원래 겨우 그 정도로 결판이 나는 법이야. 애초에 공성전은 수비 측이 유리하고. 힘으로 밀어붙이는 쪽에서 망설임이 생기면 결과는 뻔하지."

"그걸 노리고 적의 기습 부대를 책략으로 물리친 건가요?"

"그렇긴 해. 정석대로 공격한다면 대책을 세우는 것도 쉽고. 정석은 간단하지만, 그렇기 때문에 병사들에게는 공포가 생겨난다고. 한번 간파당한 정석만 고집하다가는 자신이 죽을 테니까. 그리고 제국의 지휘관은 정석대로 지시를 내렸어. 망설임이 생기고, 냉정함을 잃고, 행동이 조잡해지지. 우리 병사나 기사들은 그 틈을 놓치지 않았고. 그것뿐이야."

하루만 버티는 거라면 그 정도면 된다. 그리고 버티다 보면 적이 우리를 까다로운 적이라 인식할 것이다.

그렇게 되면 단기간에 돌파할 수단이 없어진다.

"그렇다면 벌써 다음 수를 써두셨다는 거네요?"

"어째서 그렇게 생각하는데?"

"기습 부대를 쓰러뜨림으로써 적에게 공포를 심어주고 어제 전투를 유리하게 이끌었죠. 그렇다면 당신은 어제 전투 때도 포석을 두었을 테니까요."

"머리가 꽤 잘 돌아가는데. 하지만 아직 멀었어."

"그게 무슨 뜻이죠?"

"포석을 둔 건 어제가 아니야."

기습 부대를 전멸 상태로 몰아넣은 날. 나는 그때 이미 다음 수를 써두었다.

"어제 이전에 이미 포석을 두었다는 건가요?!"

놀란 아로이스가 내게 물어보려다가 금방 정신이 번쩍 들어서 혼자 생각하기 시작했다.

그 순순한 행동을 보고 훈훈해진 나는 아로이스의 머리에 손을 얹었다.

"어제는 필사적이었을 테니 눈치채지 못했을 거야. 하지만 너는 이미 봤을 텐데."

"봤다고요?"

"그래, 봤을 거야. 어제 전투 때 우리에게 빠져 있었던 것을."

내 힌트를 듣고 아로이스가 필사적으로 머리를 굴렸다. 무언가가 빠져 있었다. 어제 시점에서. 보통이라면 눈치챌 수 있을 만한 결여. 우리에게는 그런 게 있었다.

아로이스는 끙끙대며 고개를 갸웃거렸다. 그러다가 어떤 것을 눈치채고 눈을 크게 떴다.

눈치챈 건가?

"어때?"

"어제……, 요르단 씨를 한 번도 못 봤어요……."

그 대답을 들은 나는 미소지었다.

그리고 아로이스의 머리 위에 올리고 있던 손으로 머리를 살짝 두드려 주었다. 잘했다는 뜻을 담아서.

"까다로운 적과 마주친 이상, 지금까지처럼은 안 될 거야. 적도 뭔가 수를 쓰겠지. 그리고 온 힘을 다해 우리를 돌파하려 할 거다. 그때 바로 가장 큰 허점이 드러나지. 그걸 기습하면 대군이라 해도 물리칠 수 있어. 하지만 적도 경계할 거야. 우리는 이미 감시당하고 있겠지. 별동대를 출발시키면 금방 들킬 테고."

"그래서……, 적의 기습 부대를 물리쳤을 때 바깥으로 내보낸 건가요?! 100명을?!"

"포크트 기사단장은 실력이 좋은 사람이야. 들키지 않게끔 잘 해내 주었어. 1000명이 900명으로 줄어든다 하더라도 적이 보기에는 별 차이가 없는 것 같겠지. 전력 차이도 1000명 부대를 전멸시켰으니 마찬가지고."

"그런 걸 하고 있었군요……, 그럼 기습을 할 건가요?"

"그래, 기습은 하겠지만……, 단순한 기습이 아니야."

100명을 도시 바깥으로 보내두면 만에 하나의 경우 들켜버릴지도 모른다.

그래서 그들에게는 숨어있으라고 지시해두었다. 그렇게 숨을 곳으로 지정한 곳은 주변 마을이다.

발이 넓은 요르단은 당연히 겔스 근처 마을에도 아는 사람들이 많이 있었다.

그들의 협력을 받아 100명이 겔스 근처 마을에 녹아든 것이다.

"적이 왜 잠잠한 것 같아?"

"이곳을 공략하기 위해 준비하고 있기 때문이죠."

"맞아. 하지만 그들에게는 제약이 있어. 첫 번째는 시간. 두 번째는 정찰 부대라는 명분이야. 그런 것들 때문에 그들은 증원을 요청할 수 없고, 강력한 마도사도 불러들일 수 없어. 그건 단기간에 결판을 내고 싶어하는 적에게 치명적이지. 그렇다면 쓸 수 있는 방법은 기발한 책략을 이용한 공략, 아니면 병기 개발뿐이지."

"병기 개발? 공성 병기를 만든다는 건가요?"

"병사들을 동원하면 어떻게든 돼. 간이 공성 병기가 있다면 그것만으로도 공성전이 훨씬 편해지고, 우리가 저항하는 모습을 보면서 마도사가 없다는 것도 눈치챘을 거야. 거대한 공성 병기를 만들더라도 문제가 없지."

하지만 그것이 맹점이다. 서둘러 함락시키고 싶다는 마음 때문에 틀림없이 악수를 둘 것이다. 둘 수밖에 없다.

"그리고 거대하고 복잡한 공성 병기를 만들려면 일손이 있는

게 나아. 그럴 때 제국군은 주변 마을에 돈을 뿌려서 일손을 모은
다고."

"설마……."

"우리가 보낸 100명은 이미 적 진영 안에 있어. 뭐, 그것만이라
면 상대방이 보기에도 별로 위협적이지 못하겠지. 만약에 제국군
이 일손을 찾으면 거기에 응하라는 지시만 내렸으니까. 잘 해봐
야 괴롭힘 수준일 거야. 하지만 그곳에 내가 간다면?"

"그래도, 적이 계속 감시하고 있을 텐데……."

"나와는 상관이 없지. 나는 어디든 마음대로 갈 수 있으니까."

"아……."

"적이 보기에는 갑자기 나타난 것처럼 보일 거야. 물론 마법을
썼다는 말은 하지 않겠지만. 그렇게 적의 병량과 공성 병기를 뺏
을 거다. 그러면 끝이지. 적은 물러날 수밖에 없어. 여기를 돌파
해봤자 더 나아갈 수도 없고, 공성 병기가 없으면 제때 맞춰서 함
락시킬 수도 없으니까."

향후 일정에 대해 설명한 다음, 나는 아로이스를 바라보았다.

아직 어리지만, 그는 영주다. 설명해두어야만 한다.

"나는 그 기습을 마치면 떠날 거다. 너에게 해를 끼칠 만한 녀
석은 제거해 둘 테니까 안심해. 하지만 네가 열심히 해야 하는 건
그 이후야."

"저도 알아요……. 제국군과 전투를 벌였으니까요."

"지금은 칙사와 함께 행동하고 있을 텐데, 레오나르트 황자에

게 부탁해. 크뤼거 공작이 쓰러진 다음, 인질이 무사하다는 걸 확인하면 바로 황제에게 사죄하러 가라. 정상참작의 여지도 있고, 제국군 일만을 막아 낸 어린 영주를 처단할 정도로 어리석은 황제는 아니야. 큰 벌을 받진 않을 거라고."

"알겠습니다……, 지시에 따를게요."

"좋아. 그럼 슬슬 내려가자. 밤바람이 싸늘해지기 시작하네."

"언제쯤 출발하실 건가요?"

"그건 비밀이야."

나는 그렇게 말하고 아로이스의 머리를 마지막으로 두드려 주고는 함께 성벽에서 내려갔다.

11

밤. 조용히 전이로 적 진영에 간 나는 나무 그늘에 몸을 숨긴 채 요르단을 불렀다.

『그대로 동쪽으로 걸어 와주세요. 커다란 나무 쪽에 있습니다.』

말을 바람에 실어서 요르단에게만 들리게끔 전달했다.

아마 징집된 마을 사람들과 이야기를 나누고 있었던 것 같은 요르단은 갑자기 목소리가 들리자 눈을 크게 떴지만, 곧바로 자연스러운 모습으로 이쪽을 향해 다가왔다.

"이봐, 이봐, 방금 그건 뭐야? 군사님."

"마술 같은 거죠. 그런 건 됐고 상황은요?"

"공성 병기는 거의 완성되었어. 우리는 모두가 나뉘어서 배치되었고. 물론 무기는 없지."

"무기는 가지고 왔습니다. 마을 사람들 대부분이 아직 여기 있나요?"

"그래, 선금으로 3분의 1을 받았고, 나머지는 내일 받을 예정이니까."

"그거 참 죄송스럽게 되었네요."

"상관없어. 여기 온 녀석들도 난폭한 군대는 안 좋아하니까."

"그거 좋은 소식이군요. 두 시간 뒤 결행할 겁니다. 준비하세요."

"알았어. 그런데, 경비병이 많던데?"

"그 경비병들은 바깥쪽을 감시하고 있습니다. 문제 없어요."

"군사님이 그렇게 말한다면 그런 거겠지. 아예 모두에게 뒷풀이를 하자고 말해주고 오지."

요르단은 그렇게 말하며 멀어져갔다.

보아하니 꽤 많은 마을 사람들을 징집한 모양이다. 규모가 꽤 큰 병기를 만들었을 것이다.

뭐, 힘을 쏟아부어 커다랗게 만든 만큼, 부서졌을 때의 대미지도 커지니까.

"자, 화려하게 뒷풀이를 해보실까."

나는 그렇게 중얼거리고는 그곳에서 전이로 떠났다.

■ ■ ■

많은 사람들이 잠들었을 무렵. 요르단을 비롯한 병사 100명은 조용히 나무들 사이를 이동하고 있었다.

　나는 그 선두에 있었다.

　"캐터펄트와 발리스타, 그리고 공성탑. 용케도 단기간에 저런 걸 만들었군."

　전부 두 개씩 있었다. 게다가 꽤 복잡한 구조였다. 아마 소니아가 설계했을 것이다. 도발에 넘어가 발끈하며 만들어 준 모양이다. 덕분에 마을 사람들을 징집할 수 있었고, 적의 눈이 바깥쪽으로 쏠렸지만, 이번에 실패하면 저 병기가 우리를 향해 공격하게 된다. 위험한 도박이었던 건지도 모르겠는데.

　"역시 경비병 숫자가 많군."

　"아뇨, 그런 게 아닌 것 같아요."

　경비병들이 긴장한 기색을 보이고 있었다. 아마 상사가 와서 그럴 것이다.

　금방 그 예측이 맞았다는 게 증명되었다. 약간 떨어진 건너편에서 제복을 입은 장교가 다가왔다.

　"저 녀석은……?!"

　"누구죠?"

　"렛츠 대령이야. 임시 지휘관이라고."

　"그렇군요. 몸소 나오셨나."

　상당히 궁지에 몰린 모양이다. 멀쩡한 모습을 확인하지 않으면 참을 수가 없었을 것이다. 저 녀석에게 남겨진 최후의 희망이니까.

하지만 모습을 드러낸 건 실수였다. 그렇지 않아도 무리하고 있는 병사들이 더욱 긴장해 버렸다.

렛츠는 공성 병기가 무사한 것을 확인하고는 부하를 데리고 떠났다.

지휘관이 사라지자 팽팽했던 분위기가 느슨해졌다.

하품을 하는 병사들도 보였다. 나는 그런 그들에게 추가타를 날렸다.

숙면 결계를 펼친 것이다. 특별히 강한 효과가 있는 건 아니다. 그냥 졸음을 유도하는 것뿐인 결계다. 하지만, 이미 졸리던 그들에게는 꽤 효과가 있었다.

그들은 애써 졸음을 견디려 했지만, 그것뿐이었다. 서 있는 것만으로도 벅찰 것이다.

"자, 뒷풀이를 하러 가시죠."

"괘, 괜찮을까요? 상대방도 경계하고 있는데, 이런 장비로……."

한 병사가 불안한 듯이 중얼거렸다. 그들이 받은 무기는 단검이다. 큼직한 무기를 사람 수만큼 가지고 올 수는 없었기 때문이다. 하지만 상대방을 죽이는 것만이라면 그걸로도 충분하다.

"저들이 경계하고 있는 건 바깥에서 오는 적이에요. 그리고 저들이 기다리고 있는 건 외부 경비병들의 보고죠. 자기들이 있는 곳이 갑자기 최전선이 될 거라는 생각은 못한다고요. 다시 말해서, 저들은 경계를 하면서도 방심하고 있는 겁니다."

"방심……."

"괜찮아요. 당신들은 이미 제국군을 확실하게 속였으니까요. 전부 잘 풀릴 겁니다. 이겨서 겔스로 개선하자고요. 당신들은 가장 큰 공을 세우게 될 거예요."

그렇게 말하자 불안해하던 사람들의 눈에 강한 빛이 돌아왔다. 그 모습을 본 나는 천천히 나아가라고 지시했다.

어둠에 숨어 몸을 움츠린 채 계속 다가가기 시작했다. 보통은 눈치챌 만한 거리까지 다가갔는데도 경비병은 눈치채지 못했다. 그리고 그들은 결국, 자신의 목에 단검이 꽂힐 때까지 알아채지 못했다.

반쯤 졸고 있는 경비병 따위는 없는 거나 마찬가지다. 병사들은 곧바로 요르단을 필두로 경비병들을 연달아 제거했다.

그리 오래 걸리지 않아 경비병들이 모두 제거되었다. 살아있는 경비병이 없는지 확인하다가 눈을 부릅뜬 채 죽은 경비병을 봐버렸다.

살며시 다가가 눈을 감겨 주었다. 그에게도 가족이 있을 텐데. 좋아서 고든 밑에 있었던 것도 아닐 것이다. 말단 병사에게는 상사를 선택할 권리가 없다. 하지만 희생당하는 건 언제나 그들이다. 그렇기 때문에 제위 쟁탈전은 하찮은 짓이다. 아무래도 상관없는 가족 싸움 때문에 지켜야 할 백성들의 목숨이 가벼워진다.

"미안하다……, 언젠가 나도 그쪽으로 갈 테니까 불평은 그때 해줘."

나는 그 말을 남기고 가져온 기름을 공성 병기에 끼얹기 시작했다. 이 기름을 가져오기 위해 큼직한 무기를 가져오지 못하게 되었다. 하지만, 이 기름이 제국군을 구렁텅이에 몰아넣을 것이다.

모든 공성 병기에 기름을 끼얹고 난 다음, 나는 요르단에게 마지막 지시를 내렸다.

"그럼 이탈하세요. 금방 불을 지를 테니 그 혼란을 이용하면 쉽사리 벗어날 수 있을 겁니다."

"군사님은 어쩔 건데?"

"저는 불을 지르고 나서 할 일이 있어서요."

"……필요한 일이야?"

"네, 필요한 일이에요."

"그렇군……, 죽지 말라고? 당신은 우리 은인이야. 언젠가 보답을 하게 해줘."

"알겠습니다. 기대하도록 하죠."

나는 그러게 말하고 요르단 일행을 배웅했다. 그들이 거리를 벌린 것을 확인한 다음, 공성 병기에 불을 질렀다. 그리고 바람을 일으켜 그 불을 키워나갔다.

"자……, 마지막 일을 해보실까."

나는 불길이 점점 공성 병기를 휩싸기 시작하는 것을 보면서 그곳을 떠났다.

■ ■ ■

"이게 어떻게 된 일이냐?!"

"모르겠습니다! 갑자기 불이!"

"갑자기 불이 날 리가 없잖아! 경비병은 뭘 하고 있었나?! 어째서 적의 기습을 알아채지 못한 거냐?!"

"적은 움직임을 보이지 않았습니다!"

"뭐라고?!"

적측 사령부는 대혼란에 빠졌다. 나는 그런 사령부에 좀 전에 사용했던 숙면 결계보다 강력한 결계를 펼쳤다. 그로 인해 결계 안에 있던 병사들이 하나둘씩 잠들기 시작했다.

"뭐, 야……?"

"안녕하신가. 렛츠 대령."

나는 천천히 사령부로 들어가며 렛츠에게 말을 걸었다.

이 녀석을 살려두면 억지로 돌격해서 피해를 늘릴지도 모른다.

그런 녀석은 살려둘 수 없다.

"네놈은……?"

"그라우……, 떠돌이 군사다."

"네놈이……! 이놈! 무슨 짓을 한 거냐?!"

"음식에 손을 좀 썼지."

"뭐라고……?"

렛츠는 사령부에 있던 물을 보았다. 새빨간 거짓말이지만, 어깨를 으쓱이며 정답이라는 듯한 연기를 보였다.

렛츠는 분한 듯이 인상을 찌푸렸다. 나는 그런 렛츠를 향해 단검을 뽑아들었다.

"잠깐만⋯⋯, 나를 죽이면⋯⋯, 고든 전하께서 잠자코 계시지 않을 텐데⋯⋯?"

"그래서 어쨌다고?"

"차기 황제의 심기를 건드리게 될 텐데⋯⋯? 차라리 전하께 협력해라⋯⋯, 네 힘을 유용하게 써주실 거다⋯⋯."

"군사를 푸대접한다는 소문이 있던데?"

"그, 그렇진 않아⋯⋯."

"거짓말이 서툴군. 다른 사람을 속이고, 저버리는 녀석 밑에는 사람들이 모이지 않는다."

나는 그렇게 말한 다음 렛츠의 가슴에 단검을 찔러넣었다. 그 말은 내게도 들어맞는다. 그래서 나는 앞으로 나서지 않는다. 거짓말쟁이는 훌륭한 주군이 될 수 없으니까.

"이제 제국군은 철수할 수밖에 없지? 안 그래? 하프엘프 군사."

"허억, 허억⋯⋯, 잘도 이런 짓을⋯⋯, 그라우!"

"훗⋯⋯, 잿더미로 만들어 주겠다고 했을 텐데?"

소니아가 숨을 헐떡이며 사령부로 뛰어들었다. 이상할 정도로 빨리 왔다. 아마 불이 난 시점에서 공성 병기를 포기했을 것이다. 그리고 적이 이곳을 노릴 거라 예상하고 왔다.

내가 항상 다음 포석을 두는 수법을 썼기에 불꽃도 포석으로 작용했을지 모른다고 생각했을 것이다.

정답이다.

"감시는 계속 하고 있었어. 그런데도 기습 부대가 왔지……, 그렇다면 우리가 감시하기도 전에……."

소니아는 내 쪽으로 다가오다가 비틀거리며 책상을 손으로 짚었다.

결계는 여전히 펼쳐져 있다. 사령부에 들어온다는 것은 졸음이 밀려온다는 뜻.

"그래. 나는 감시당하기 전에 기습 부대를 출발시켰어. 내가 온 방법은 비밀이지만."

"으윽……? 이건……, 결계?"

"역시 하프엘프는 못 속이는 건가."

엘프는 원래 마법 실력이 뛰어나다.

그 피를 이어받은 소니아는 마법에 대한 내성은 물론이고, 감성도 뛰어나다. 최대한 들키지 않게끔 펼친 결계도 안에 들어오면 눈치채는 건가?

내가 마법을 쓴다는 걸 알고 있었다면 함부로 안에 들어오진 않았겠지만.

이것도 내 작전의 승리다.

"이렇게 교묘한 마법을 쓰다니……, 정체가 뭐야……?"

"누굴까? 그게 너에게 무슨 의미가 있지?"

나는 그렇게 말하며 소니아에게 피로 물든 단검을 겨누었다.

소니아는 한순간 저항하려는 낌새를 보이다가 곧바로 포기한 듯이 눈을 내리깔았다.

"죽일 거라면……, 그것도 상관없어……."

"꽤 일찍 포기하는군. 너라면 저항할 수 있을 텐데? 호신술 정도는 익혔겠지? 자랑은 아니지만 나는 완력이 매우 약한데."

"하하하……, 재미있네……, 마치 저항해 줬으면 좋겠다는 말 같아……, 됐어, 이제."

"그게 무슨 뜻이지?"

"지휘관도 지켜내지 못했고, 도시도 공략하지 못했으니까……, 그 책임을 지게 될 거야. 책임질 사람을, 네가 죽였잖아."

"살려두기에는 너무 위험해서 말이지. 너는 책임을 질 입장이 아닐 텐데?"

"상관없어……, 고든 전하는 아마 그런 사람일 테니까……, 살해당하는 건 그나마 낫지. 인질로 잡힌 가족이 무슨 짓을 당하는 건 견딜 수 없어……."

소니아의 눈에는 패기가 없었다. 활력도. 저번에 만났을 때는 있었다. 그것이 사라졌다.

그만큼 고민하다가 지쳐버린 모양이다. 인질을 잡힌 채 홀로 적 안에 있다. 그것만으로도 지칠 테니까.

"살아남는다 해도……, 누군가를 죽이게 돼……, 가족에게 폐를 끼칠 거야……, 그럴 거라면 차라리 살해당하는 게 낫지……."

"어리광이군."

"……아무것도 모르면서……."

"알아. 인질을 잡혀서 고든 황자를 억지로 따르는 거지? 그래서 어쨌다는 거야? 불행하다며 한탄만 하는 건 누구나 할 수 있는데."

"나는 할 수 있는 걸 다 했어……! 전쟁이 확대되지 않게끔! 그러면서도 인질을 지켜낼 수 있게끔! 했다고……, 했는데……."

"첫 번째 책략이 성공하는 경우는 거의 없지. 그래서 다음 수를 마련해 두는 거다. 다음 기회에 만회할 수 있게끔 앞을 내다보며 지혜를 짜낸다고. 책략을 쓰는 사람이란……, 포기하지 않고 상황을 타개하려 하는 자다. 머리를 굴리는 걸 포기하지 않는 자라고. 실패했다고 해서 고개를 숙이고 포기하는 자는 군사라 할 수 없지."

"으윽?!?!"

내가 한 말을 들은 소니아가 충격을 받은 듯이 제자리에 엉덩방아를 찧었다.

소니아가 실패하긴 했다. 앞으로 힘든 일들이 기다리고 있을 것이다. 하지만, 책략이 실패했다고 해서 고개를 숙이고만 있다면 고난을 이겨낼 수가 없다. 고난은 우리를 기다려 주지 않는다. 항상 갑작스럽게 찾아온다.

천재 참모로 키워진 소니아는 다채로운 작전을 생각해 내는 머리를 지녔고, 그 머리에 많은 책략들이 들어 있을 것이다. 하지만 현장의 경험이 부족했던 모양이다.

그것은 군사에게 있어서 가장 필요한 것이다.

"하프엘프 군사……, 소니아 라스페이드. 너에 대해 조사해 보았다. 천재 참모라 불리던 양아버지가 키워준 모양이더군. 그런 양아버지가 인질로 잡혔으니 고든 황자를 따르는 것도 이해가 된다. 하지만……, 구원받은 목숨을 간단히 포기하지 마라! 네 양아버지는 네가 죽이라는 말을 하게 만들기 위해서 너를 키워준 게 아니다! 그 목숨이 너만의 것이라고 생각하는 건 엄청난 거만이라고!"

나는 그렇게 말한 다음 소니아를 향해 있는 힘껏 단검을 내리쳤다. 소니아는 재빨리 두 손으로 얼굴을 감쌌다.

그런 소니아의 얼굴과 두 손을 피해서 내 단검이 땅바닥에 박혔다.

"아……."

"죽여줄 수도 있겠지만, 죽여 버리면 네 양아버지가 너무나도 가엾다. 살고 싶다는 마음이 조금이라도 있다면 발버둥 쳐봐라."

"으윽……!! 무슨 말을 그렇게……! 나는……! 다른 사람들이 죽지 않았으면 해서! 나 때문에 누군가가 상처를 입는 것도 싫어서! 그래서……, 나는……!"

소니아의 눈에서 눈물이 흘러내렸다. 인질을 잡혔고, 그 인질을 위해서 무리했을 것이다. 소니아는 너무 착하다. 차라리 주위를 거들떠보지도 않는 성격이었다면 괴로워하지 않았을 텐데.

현장에 나가보지 않은 군사는 아무리 실력이 뛰어나다 하더라도 군사라 부르기에는 미숙하다.

원래는 조금씩 경험을 쌓는 법이다. 하지만 소니아는 그 단계를 건너뛰고 곧바로 현장에 내던져졌다. 사람의 생사가 걸린 국면에.

자신의 호령 한 번, 손가락의 움직임 한 번에 사람들이 잔뜩 죽는다. 반상 위에 마련된 말이 살아있는 사람으로 바뀐다. 그런 현실적인 공포를 이겨내지 못하면 군사가 될 수 없다.

소니아는 억지로 그런 각오를 해야만 하게 되었다. 전부 고든 때문이다.

"나는……, 조용히 살고 싶었을 뿐인데……!"

"동정은 하마."

"그럼……, 도와줘……."

나는 그 말에 곧바로 대답할 수가 없다. 멀리서 나를 부르는 피리 소리가 들렸기 때문이다.

그래서 나는 소니아의 곁을 조용히 지나쳤다.

"미안하지만 선약이 있다. 그리고, 우선은 할 수 있는 일을 해라. 쉽사리 다른 사람에게 도움을 청하지 마라. 자기가 할 수 있는 일을 있는 힘껏 해봐. 작은 일이라도 할 수 있는 걸 해라. 그러면 언젠가는 주위 경치가 나아질 거다."

나는 그런 말을 남기고 사령부를 나섰다. 안에서 큰 울음소리가 들렸다.

심한 짓을 한 건지도 모른다. 손을 내밀었어야 할지도 모른다. 하지만 내가 손을 내밀어줘 봤자 구할 수 있는 건 소니아뿐이다. 소니아의 인질은 구할 수 없을 것이다. 어디 있는지도 모르는 사람을 구할 수는 없다. 찾아다니는 동안에 고든이 칼날을 내려치게 된다. 소니아도 그런 걸 원하지는 않을 것이다.

최선의 미래를 얻고 싶다면 소니아 자신이 노력할 수밖에 없다. 고든은 분명히 소니아를 죽이지 않을 것이다. 힘들지도 모르겠지만, 소니아가 포기하지 않는다면 구해줄 기회가 온다.

나는 그런 생각을 하며 전이로 그곳을 떠났다.

12

"어서 밖으로!"

라스는 네르베 리터의 병사들에게 크류거를 옮기게 한 다음, 모두에게 성에서 이탈하라고 명령했다. 그 이유는 성의 지하에서 수상쩍은 비명이 들렸기 때문이다. 직감적으로 위험하다 판단한 라스는 상황을 확인하기 전에 성을 떠나기로 판단한 것이다. 그리고 그 판단은 틀리지 않았다.

"이봐! 저 비명은 대체 뭐냐?!"

"그, 그게 말이죠……."

라스는 두 손이 묶여있던 늙은 연구자를 다그쳤다. 왠지 모르겠지만 그 연구자는 자랑스러운 듯이 가슴을 폈다.

"저희가 만들어 낸 걸작의 비명입니다!"

"그런 건 상관없고! 설명만 해!"

"히익?! 때리지 말아주세요……, 저, 저희는 흡혈귀화를 위해 다양한 약을 만들었는데, 전부 흡혈귀의 피가 너무 강해서 실패했습니다. 거대해지고 힘이 강해지긴 했지만, 언어 능력을 잃게 되어서……, 뭐라고 해야 하나, 저희는 실패작이라 불렀습니다."

"그게 그런 거였나……."

오던 도중에 마주쳤던 거대한 괴물. 라스는 그것을 떠올리며 불쾌하다는 듯이 인상을 찡그렸다. 그 남자도 피해자였다는 뜻이기 때문이다.

"그래서? 저 비명은 그것의 발전형이 지르는 거냐?"

"아뇨! 아뇨! 그것과는 비교도 되지 않습니다! 저희는 실험 단계에서 흡혈귀의 피를 능가하기 위해 어떤 것을 사용했습니다. 그로 인해 효과가 극적으로 개선되었지요!"

"그래서 그게 뭔데?!"

"악마에 빙의된 인간의 피입니다. 악마의 피와 흡혈귀의 피를 합친 거지요!"

"으윽?!?!"

그 말을 듣고 달려가던 모두가 말문을 잃었다. 발상이 너무나도 비정상적이었기 때문이다.

그런 와중에 레오가 조용히 물었다.

"그 악마의 피는……, 어디에서 손에 넣었지?"

"저는 모르겠습니다. 하지만 놀라운 효과가 있었지요! 언어 능력을 잃긴 했지만, 외모의 변화는 최소화시키면서도 특수한 능력을 얻게 되었습니다! 물어뜯은 상대를 비슷한 상태로 만드는 능력이 있지요!"

레오는 신이 나서 떠드는 늙은 연구자로부터 눈을 돌렸다.

흡혈귀는 말 그대로 피를 빨아들인다. 하지만 피를 빨린 사람이 흡혈귀가 된다는 건 미신이다.

원래 흡혈귀는 그런 능력을 지니고 있지 않다. 어디까지나 어린아이에게 겁을 주려고 만들어 낸 이야기다. 그걸 진짜로 실현시킬 줄이야.

레오는 이해하지 못하고 눈을 감았다. 생각하면 할수록 머리가 아팠기 때문이다.

"저희는 그들에게 '악귀'라는 이름을 붙였습니다! 그 악귀를 적지에 보내면 감염이 폭발하여 쉽사리 함락시킬 수 있지요!"

"……크류거 공작. 그걸 누구에게 썼지?"

레오는 운반되고 있던 크류거를 보았다. 마지막 순간에 크류거는 알 수 없는 여유를 보였다.

이미 크류거의 승산이 사라진 상황이었는데도 불구하고.

"짐작이 되지 않습니까……? 물론 남부 귀족들에게 썼지요! 제 협력자들은 물론이고, 인질로 잡혀 있던 자들에게도 말이오!"

"……당신은 사람의 길을 벗어났군."

"하하하!! 분하니까 그런 말이 나오는 거겠죠! 악귀를 죽이지 않으면 제국에 재앙이 퍼져나갈 거요! 하지만 죽여버리면 남부 귀족들에게 원한이 남겠지! 그것이 나중에는 제2의 제가 될 겁니다! 언젠가 제국은 그 원한으로 인해 망할 것이고!"

크류거는 그렇게 말하며 크게 웃어댔다. 레오는 인상을 찌푸리며 조용히 성의 계단을 내려갔다. 그리고 입구에 도착했을 때, 그곳에서는 많은 기사들이 여러 실패작들을 막아내고 있었다.

"전원 정문까지 철수!! 대령! 성과 도시를 잇는 경로를 모두 폐쇄하라!"

"우선 전하께서 탈출하십시오!"

"아니……, 그럴 여유는 없을 것 같아…….."

지하 깊은 곳에서 발소리가 잔뜩 들리기 시작했다. 그 진동을 느낀 레오는 라스를 재촉했다.

"서둘러!"

"크윽! 알겠습니다! 성을 봉쇄해라!"

라스는 부하들에게 지시를 내리며 성과 도시 사이에 있는 문 네 군데를 모두 봉쇄하기 시작했다.

그동안에 레오는 정문 앞에 거점을 설치했다.

"소용없어! 지하는 전부 개방했다고! 괴물들이 잔뜩 흘러넘칠 거다!"

"닥쳐! 보아하니 움직이는 인간에게 접근하는 것 같다! 대령! 따로 떨어지는 사람이 없게끔 정문 부근에 모으도록!"

"알겠습니다!"

네르베 리터와 그곳에 있던 기사들. 모두 합쳐 600명 정도가 정문 앞에 모였다.

"피네 양 일행은 바깥으로 나갔나……."

"문에서 뛰어내리면 탈출할 수 있겠습니다만……, 모두가 탈출할 때까지 기다려 주진 않을 겁니다."

"도망치고 싶은 자는 도망쳐도 된다. 하지만 막아낼 자가 필요하다. 우리가 여기 있는 동안에는 적도 바깥으로 나가지 않는다. 그동안에 피네 양이 백성들을 피난시킬 수 있을 거야."

레오가 한 말을 듣고 도망치는 사람은 없었다. 애초에 남아있던 기사들도 목숨을 버릴 각오로 이곳에 머물러 있었다. 크류거 공작 가문의 기사도 있었고, 다른 귀족 가문의 기사들도 있었다. 그들은 속죄할 곳을 이곳으로 선택한 것이다. 물론 그렇게 선택하지 않은 자들도 있지만, 그런 자들조차 피네와 함께 행동하고 있었다. 한편, 악귀는 좀처럼 성 밖으로 나오지 않았다. 미처 도망치지 못한 크류거 공작 가문의 기사들을 습격하고 있는 것이다.

"이야기를 들었던 능력을 실제로 지니고 있다면 성에 남겨져 있던 기사들도 전부 악귀가 되었겠습니다만……."

"크류거 공작. 성에는 기사들이 몇 명이나 있었지?"

"훗……, 2000명 정도일 거다."

"500명은 베었고, 500명이 이쪽으로 돌아섰다 하더라도 나머지 1000명이 악귀가 되었을 겁니다. 전투 능력은?"

"야, 약간 강해지는 정도입니다. 악마의 피가 흡혈귀의 피를 흡수해서 크게 변질되었기 때문이겠지요……."

"약간 강해지는 정도라 해도 충분히 위협적이군요."

악마가 흡혈귀에게 빙의한 것이 아니라 양쪽의 피를 조합해서 인간에게 주입한 것이다.

주입된 인간이 죽지 않은 것만 하더라도 기적이라 할 수 있다. 레오는 강한 피가 서로 반발한 결과일지도 모르겠다고 생각하며 조용해진 성을 바라보았다.

그곳에서 한 남자가 비틀거리며 남았다. 입고 있는 옷이 고급스러웠다. 남부 귀족일 것이다. 하지만 그 걸음걸이는 마치 환자처럼 비틀거리고 있었다.

고개를 들자 이상하다는 것을 금방 알아볼 수 있었다. 계속 눈이 뒤집어져 있기 때문이다. 그 모습을 본 레오는 등골이 오싹해졌다. 하지만 악귀는 곧바로 레오 일행에게 다가오지 않았다.

성에서 실패작들이 잔뜩 나올때까지 기다렸다가 덤벼들려 하는 것이다.

"통솔하고 있는 건가?!"

"그, 그런 보고는 듣지 못했습니다!"

늙은 연구자가 당황했다. 레오는 골치 아프게 되었다고 생각하며 문을 등진 채 반원진을 펼치게 했다.

그러자 실패작들이 돌진해 왔다.

"막아내라!"

"전하! 역시 전하만이라도 이탈하십시오!"

"여기서 물러나기 위해 온 게 아니야!"

"허나! 성 안에 도사리고 있는 저 악귀들을 어떻게 해볼 방법이 없습니다! 직접 맞부딪친다면 저희 쪽에도 피해가 생길 겁니다!"

그렇게 되면 악귀의 숫자가 줄어들지 않는다. 3배, 적어도 2배 정도 되는 전력으로 섬멸할 수밖에 없다. 라스는 그렇게 생각했다. 하지만 레오는 그렇지 않았다.

"내게 한 가지 방법이 있어⋯⋯."

기사들도 분투하고 있지만, 꽤 고전하는 상태였다. 이대로 악귀들이 몰려든다면 많은 희생자가 발생할지도 모른다.

"어디까지나 추측이지만⋯⋯, 악마의 피가 흡혈귀의 피를 흡수했다면⋯⋯, 그들은 악마에게 빙의당한 인간에 가깝다는 뜻이지."

"그야 그렇겠습니다만⋯⋯."

"그렇다면 성마법으로 정화시킬 수 있을지도 몰라."

마에 속한 자를 없애는 성마법은 고도의 마법이다.

하지만 그런 만큼, 효과도 확실하다.

"악마에 깊게 빙의된 자는 그 몸까지 마에 속한 것으로 간주되지만, 약해진 피라면 그 피만 없애서 구할 수 있을지도 몰라."

"그건 너무나도 무모합니다! 성공할 수 있을지 여부도 모릅니다! 만에 하나 성공한다고 하더라도 악마의 피만 제거해 버린다면요? 대량의 실패작이 생겨날 겁니다!"

"당신은 어떻게 생각하지?"

레오는 근처에 있던 늙은 연구자에게 물었다.

늙은 연구자는 말하기 꺼려했지만, 레오가 오른손을 검에 가져다 대자 빠른 말투로 대답했다.

"그, 그렇진 않을 겁니다……. 악마의 피와 흡혈귀의 피를 조합했기에 악마의 피가 사라진다면 아마 원래대로, 인간으로 돌아올 겁니다……. 저, 저는 그러지 않았으면 합니다만……."

"그렇다는데."

"간단히 말씀하지 마십시오……, 성의 악귀를 전부 정화시키려면 효과 범위가 넓은 성마법을 쓸 필요가 있습니다. 제 기억이 정확하다면 이곳에서 고도의 성마법을 사용할 수 있는 사람은 전하뿐입니다."

"그래, 애초에 내가 할 생각이었어."

"너무 무모합니다! 효과 범위가 넓은 성마법은 달인급 마도사나 사용할 수 있는 마법입니다! 실력 이상의 마법을 사용하다가 마력이 고갈되어 죽은 마도사 이야기를 많이 들었습니다! 그렇게 무모한 짓을 용납할 순 없습니다! 차라리 저희에게 명령을 내려 주십시오! 반드시 섬멸해내겠습니다!"

"네르베 리터가 악귀로 변하는 위험성보다는……, 성마법에 걸어보는 게 더 나을 것 같아. 성공하면 많은 사람들을 구할 수 있어. 그러지 않더라도 이 사태를 어떻게든 할 수 있고."

"성공하지 않으면 당신이 죽을지도 모릅니다! 죽지 않더라도 위험한 곳에서 당신이 움직일 수 없게 됩니다! 자신의 몸이 얼마나 소중한지 이해해 주십시오! 당신이 있으면 남부의 기사나 군대를 동원할 수 있지만, 여기서 죽으면 이 사태를 해결하실 분이 아무도 없게 됩니다! 그건 알고 계십니까?!"

"무슨 말을 하고 싶은 건지는 알겠어……. 하지만 나는 모두를 구해낼 기회를 버리고 싶진 않아. 그리고 이번에 악귀를 한 명이라도 놓치면 분명히 그 감염이 제국 내부로 퍼질 거야. 내가 살아 있다 하더라도 그 사태는 수습이 안 될 거라고. 지금 이 순간을 제외하면."

레오는 이미 자신의 생존을 고려하지 않고 있었다. 지금 어떻게 막아낼 것인가. 레오의 의식은 그것에만 집중되어 있었다. 그 눈에서 각오를 본 라스는 자신이 어설프게 인식하고 있었다는 사실을 후회했다.

여차하면 도망쳐 줄 거라 생각했다. 하지만 레오의 마음속에는 그 여차할 때가 존재하지 않았다. 지금인가 아닌가. 레오의 마음속에는 그것밖에 없었다. 그런 각오를 본 라스는 이를 악물며 말했다.

"목숨이 위험해진다 느끼시면 곧바로 멈추시길. 제가 전부 베어서 해결하겠습니다."

"고마워, 대령."

"……전하께서 대마법의 준비에 들어가신다! 전원 방어에 집중하라! 찰과상 하나도 입어선 안 된다!!"

라스의 호령에 네르베 리터와 기사들이 더욱 기운을 냈다.

레오는 그런 그들을 믿음직스럽게 바라보면서 마법 준비에 들어갔다.

라스는 결심을 굳히고 두 손으로 검을 쥐었다. 그때, 피리 소리가 울려 퍼졌다.

그곳에 있는 자들에게는 들리지 않는 소리였다. 하지만, 그 소리를 또렷하게 들은 사람이 있었다.

13

그라우 모습으로 분메 상공에 나타난 아르는 분메의 상황을 보고 고개를 갸웃거렸다.

"웅? 상황이 어떻게 된 거지?"

피네가 위험에 처했을 거라 생각했던 아르는 급하게 피네를 찾아보았다.

피네는 금방 발견할 수 있었다. 피리를 든 채 성벽 위에 혼자 올라가 있었다.

"솔직히 놀랐어. 너를 구해줄 생각만 하면서 왔으니까."

"아르 님……."

피네는 그라우 모습으로 나타난 아르를 망설임없이 아르라고 불렀다. 그녀의 표정은 왠지 모르겠지만 울음을 터뜨릴 것만 같았다.

"무슨 일이 있었어?"

"부탁드릴게요……! 레오 님께서 돌아가실지도 몰라요……!"

"……세바스."

"네. 여기 있습니다."

애원하는 피네를 본 아르는 상황에 대해 묻는 것을 포기했다.

그리고 재빠르게 상황에 대해 설명해줄 것 같은 자신의 집사를 부른 것이다.

"설명해."

"네. 악마의 피와 흡혈귀의 피를 조합시켜 만든 약을 크류거 공작이 개발했고, 그 약으로 인해 인질로 잡혀 있던 남부 귀족들 중 절반이 악귀라 불리는 괴물로 변해버렸습니다. 그 악귀는 물어뜯은 상대를 악귀로 바꾸는 능력을 지니고 있기에 성 안에 있던 기사 1000명도 악귀가 되었습니다. 현재는 성을 봉쇄하고 도시의 시민들을 피난시키는 중입니다."

"그렇군. 그래서 레오가 어떤 방법을 선택했지?"

"……대마법으로 악마의 피를 정화시켜서 악마가 된 분들을 구하실 생각이세요……. 하지만……, 조금 전부터 대마법이 진행되고 있지 않아요……."

피네가 그렇게 설명했다. 아르가 세바스를 보자 조용히 고개를 끄덕였다. 아르는 레오다운 판단이라고 생각했다.

10 중 6을 손에 넣고 만족해야 할 상황에서도 레오는 10을 목표로 삼는다. 사람의 목숨이 달려 있는 상황에서는 더더욱 그랬다. 사람의 목숨을 포기하지 않고 피해를 0으로 만들려 한다. 정말이지 레오답다. 그것이 아르의 감상이었다. 하지만.

"바보 같은 녀석이군……, 도시를 봉쇄하고 남부 국경군에게 명령을 내리면 될 것을. 구할 수 있는 목숨을 전부 구하러 나섰나."

"그건 정말 고귀한 행동이에요! 하지만……, 레오 님 혼자서는 힘이 부족해요! 부디 아르 님께서……."

"안 돼."

한마디. 아르가 그렇게 말하자 피네가 충격을 받은 듯이 눈을 크게 떴다.

성벽 위에 바람이 세차게 불었다. 그 바람이 멎은 다음, 아르가 조용히 중얼거렸다.

"가족의 규칙이거든……."

"가족의 규칙……?"

"마음대로 해도 된다. 단, 책임은 자기가 진다. 그것이 우리 가족의 규칙이야. 레오에게는 더 나은 선택지가 있었어. 완벽하지 않을지도 모르지. 최선이 아닐지도 몰라. 하지만 많은 사람들을 구할 수 있는 선택지가 있었어. 남부 귀족들을 죽이면 원한이 생길지도 몰라. 도시를 희생시키면 원한이 생길지도 모르고. 하지만 전쟁은 막을 수 있고, 많은 사람들을 지킬 수 있지. 하지만 레오는 그걸 버리고……, 전부 구하러 나섰어. 그건 레오의 책임이야. 그건 레오의 문제이고, 레오가 어떻게든 해야 하는 거라고."

"하, 하지만! 지금까지도!"

"지금까지 실버로서 도와줬던 건 레오에게 벅찬 상대들뿐이었기 때문이야. 흡혈귀, 용, 악마. 전부 인간이 아니었고, 단순한 힘이 필요했어. 하지만 지금은 그렇지 않아. 레오가 많은 것들을 포기하면 대처할 수 있는 사태였어. 저 악귀들이 압도적인 힘을 지니고 있다면 내가 마법으로 없앨 수도 있지. 하지만 아마 저런 정도라면 레오가 데리고 있던 전력으로 어떻게든 도시를 봉쇄할 수 있었을 거야. 그렇게 했다면……, 네르베 리터들 중 대부분을 잃었을지도 몰라. 그럼에도 불구하고 그것만 눈을 감으면 더 나은 결과가 생겼을 거라고. 레오는 그걸 버리고 적과 아군을 모두 구한다는 최선의 결과를 얻으러 나섰어. 자신의 힘으로 얻으러 나선 거야."

"그게……, 잘못된 건가요……? 지금 레오 님께서는 목숨을 걸고 많은 분들을 구하려 하고 계세요……! 아르 님께서 항상 그러셨듯이!"

"그건 당연한 거야……, 피네. 안전한 곳에서 손을 뻗어 구할 수 있는 목숨 따위는 뻔하지. 많은 목숨을 구하고 싶다면 한 발짝이라도 사지에 내디딜 필요가 있어. 레오는 자신을 따라온 신하들까지 끌어들이면서 많은 목숨을 구하러 나섰어. 그러니까 목숨을 거는 건 당연한 일이야."

다른 사람을 구한다는 행동은 간단한 게 아니다. 그것도 1000명이 넘는 사람을 구하는 거라면 그것만으로도 위험부담이 커진다.

자기 신하들에게까지 위험부담을 지게 한 이상, 레오가 목숨을 거는 것은 당연하다. 그게 아르의 생각이었다. 그러지 못한다면 다른 사람들 위에 설 자격이 없다.

"……당연한 거라 해도, ……레오 님께서는 지금 필사적이세요! 레오 님께서 아르 님의 도움을 필요로 하고 계세요! 부디 부탁드릴게요!"

피네는 애원하며 고개를 숙였다. 그녀가 할 수 있는 게 그것밖에 없었기 때문이다.

하지만, 아르가 한 말은 잔혹했다.

"피네……, 나는 그들을 구할 수가 없어. 고대 마법에는 악마를 정화하는 마법이 없거든. 애초에 성마법은 500년 전에 마왕이 나타났을 때 만들어진 마법이니까. 그 전부터 존재하는 고대 마법에는 없는 게 당연하지. 내가 할 수 있는 건 없애는 것뿐이야. 그런 내게……, 갑자기 끼어들어서 너는 못한다, 그만해라, 그렇게 레오를 말리면서 레오가 목숨을 걸고 구해내려 하는 사람들을 없애라는 거야?"

"그럴 수가……, 아르 님이라면 뭔가 방법이……."

"나는 모든 걸 할 수 있는 게 아니야. 현대 마법에는 요만큼도 재능이 없으니까. 레오가 목표로 삼고 있는 결과는 레오만이 이끌어낼 수 있어. 뭐, 만약에 내가 뭔가 할 수 있는 게 있다 하더라도 나는 나서지 않을 거야. 레오의 이상에 레오의 신하들이 휘말리는 건 부조리하니까 그때는 나서겠지만, 레오가 발버둥 치는 동안에는 내가 나서진 않을 거야. 이건 레오의 문제고, 레오의 책임이니까."

"하지만……, 그래도……."

아르는 피네를 보고 쓴웃음을 지었다. 피네의 눈에서 큼직한 눈물이 흘러내리고 있었다.

아르는 그 눈물을 오른손으로 닦아주며 웃었다.

"걱정하지 마. 슬퍼할 일은 아무것도 없으니까."

"슬퍼서, 우는 게 아니에요……, 저 자신이 너무 한심해서……."

"그렇다면 울 필요가 없지. 너는 네가 할 수 있는 일을 해냈어. 나도 내가 할 수 있는 일을 했고. 그리고 레오는 지금, 레오가 할 수 있는 일을 하고 있어. 약간 발돋움을 하고 있긴 하지만……, 뭐, 지켜보라고. 저 녀석은 내 동생이야. 어떤 벽이라도 뛰어넘을 테니까."

아르는 그렇게 말하며 마법에 집중하고 있는 레오를 보았다.

필요한 마력을 얻지 못해서인지, 아직 영창에 들어가지도 못했다. 전형적인 마력 부족 상태고, 그럴 경우, 보통은 곧바로 중단한다. 계속되면 목숨이 위험하기 때문이다.

"믿는 것도 좋습니다만, 위험하다는 건 마찬가지입니다."

"죽는다면 그게 한계지. 하지만……, 내 동생은 죽지 않아."

"레오나르트 님께서도 힘드시겠군요. 가장 가까운 가족이 가장 크게 기대하고 있으니까요."

"당연하지. 레오가 얼마나 대단한지는 내가 제일 잘 알아."

"하지만 약한 모습도 이해하고 계시지 않습니까?"

"홋……, 그러게. 그럼 형답게 응원을 해볼까."

아르는 그렇게 말한 다음, 숨을 들이마셨다. 그리고 천천히 말하기 시작했다.

"레오……, 들리냐?"

■ ■ ■

"크윽, 크으윽!!"

레오는 온몸에서 힘이 빠져나가는 것을 느끼고 있었다. 혈액이 모자라다는 감각에 휩싸였고, 의식을 유지하는 게 힘들어지기 시작했다. 그리고 레오는 땀을 닦으며 거친 숨을 몰아쉬고 아래쪽을 보았다.

약간, 아주 약간 마음이 꺾이려 했다. 해내지 못할지도 모른다. 그만두는 게 나을지도 모른다. 의식이 몽롱해지기 시작했기에 약한 마음이 가슴 속에 맴돌았다.

그런 와중에 레오의 귀에 목소리가 들렸다.

『레오……, 들리냐?』

"혀, 어……엉……?"

그것은 레오가 듣기에 환청 같았다. 의식이 몽롱해졌기에 들리는 환청.

그렇게까지 궁지에 몰린 건가, 레오는 그렇게 생각하며 자조했다. 힘차게 모두를 구하겠다고 결단을 내려놓고, 한 발짝 내디디자마자 비틀거린 데다 환청까지 듣게 될 줄이야.

하지만 그 환청은 그런 레오에게 호통을 쳤다.

『왜 그래? 고개나 숙이고 있고. 땅바닥에 뭐가 있는데?』

"허억, 허억……, 너무 엄하네……."

『형이니까, 당연하지. 어차피 주위 사람들이 말리는데 듣지도 않고 결단을 내린 거지? 아무리 설득하려 해도 '그래도'라고 생각하면서 결단을 내린 거 아니야? 목숨을 포기하고 싶지 않았던 거지. 안 그래?』

"당해내질 못하겠네……, 형은……."

환청은 형의 목소리로 내 마음을 훤히 들여다보고 있다. 레오는 그 상황으로 인해 쓴웃음을 지었다. 하지만 쓴웃음을 지을 정도의 기운은 돌아왔다. 이유가 뭘까? 아르의 목소리가 들렸기 때문이다.

『네 선택은 바보나 할 선택이야. 인생은 안정적으로 사는 게 편하다고. 항상 만점을 따낼 수는 없어. 적당히 포기하는 게 중요하다고.』

"그러, 게……."

『하지만 말이지, 그런 걸 이미 알면서 결단을 내린 거잖아? 그렇다면 지금은 포기하지 마. 힘들더라도, 괴롭더라도 이를 악물고 버텨. 많은 사람들을 네 고집에 끌어들였잖아. 네게 포기할 권리 따위는 없다고.』

"……그렇긴, ……하지만, ……내 마력으로는……."

마음만은 약간 긍정적으로 바뀌었다. 하지만, 문제는 아무것도 해결되지 않았다.

마력이 부족해서 마법이 성립되지 않는다. 하지만, 환청은 자비심이 없었다.

『하지만'은 무슨. 할 수 있고 아니고가 중요한 게 아니야. '하는 거지'. 마력이 부족해? 온몸에서 전부 짜낸 거야? 아직 말을 할 기운이 남았잖아. 생각을 할 기운이 남았잖아. 그 정도는 아직 한계가 아니야. 네가 그어둔 한계의 선 앞에서 멈춰서지 마. 남자가 한번 모두 구하겠다고 결심한 거잖아. 그런 한계 정도는 넘어서라고!』

어리광을 용납하지 않는 목소리가 레오를 몰아세웠다. 하지만 그 목소리를 들을 때마다 레오의 몸에 힘이 돌아왔다. 그 말이 맞다는 생각이 들면서 마음속에 불이 지펴졌다. 아직 피를 토하지도 않았다. 서 있을 수도 있다. 내게는 아직 여유가 있다.

레오는 자신이 어리광을 부리고 있다는 걸 새삼 인식하고는 온몸의 마력을 모조리 써버릴 생각으로 마력을 방출하기 시작했다.

『네 결단을 이상에 불과하다고 부정하는 녀석이 있을 거다. 번드르르한 말만 한다며 비웃는 녀석이 있을 거야. 100명 중에 100명 모두 고르지 않을 선택지일지도 몰라. 하지만 101명째가 너다. 기적은 그런 녀석에게만 일어나는 거야. 부정하면서 웃는 녀석들은 전부 결과로 입을 다물게 해!』

"응……, 그렇게 할게……, 모두 구할 거야……, 구해내겠다고 결심했다고……!!"

『그래! 자, 앞을 봐라. 네가 구하고 싶어하는 사람들도, 네 구원을 기다리는 사람들도, 네 발치에는 없잖아.』

레오는 천천히 앞을 보았다. 근처에는 실패작과 싸우는 네르베

리터와 기사들이 있다. 그리고 그 건너편에는 성 안에서 이쪽을 노리는 악귀들이 있다. 눈이 뒤집어진 채 비틀거리며 움직이는 모습은 이미 구할 방도가 없는 것처럼 느껴졌다. 그래도, 레오는 그렇게 생각했다. 아무도 구할 수 없다면서 포기하고 구해줄 노력을 하지 않으면 아무것도 구할 수 없다.

무력하니까. 힘이 부족하니까. 그런 것은 이유가 되지 않는다. 도전해야만 한다. 여기 온 이유의 근본은 결국 그것이니까.

구하고 싶어서 구하는 것이다. 다른 누군가가 구원받지 못할 자라고 단정하더라도, 아니라고 할 수 있는 사람이 되고 싶었다. 그것을 목표로 삼아왔다. 지금, 레오의 진가가 시험받고 있다.

"나는……, 여기에 사람들을 구하러 왔어……, 전쟁을 막고……, 모두를 구하러 왔다고……!"

눈앞의 악귀의 모습에, 몸에 힘을 주었다. 그들을 구해내라며 자신을 일으켜 세웠다. 무리한 나머지 목까지 피가 넘어왔다. 레오는 그것을 집어 삼켰다.

한심한 모습을 보일 수는 없다. 오기를 부리고, 허세를 부리고, 폼을 잡아야만 한다.

황제란 그런 순간의 연속이다. 지금 하지 못하는데 나중에 할 수 있을 리가 없다.

"나는……, 사람들을 구해주는 황제가 될 거야……!! 길바닥에 쓰러져 있는 사람은 모두 일으켜 세울 거야! 누군가가 불가능하다 하더라

도……, 이상을 추구하지 않는 자는 황제가 될 수 없으니까!"

『그래……, 될 수 있어. 너는 내 자랑스러운 동생이야. 뒷일은 아무것도 걱정하지 마. 눈앞에 닥친 것만 신경 쓰라고. 네가 온 힘을 다한다면 내가 전부 어떻게든 해줄게――, 형이니까.』

"응……!!"

그 순간, 레오는 누군가가 자신의 등을 밀어주는 듯한 느낌이 들었다. 그 기세를 유지하며 레오가 두 손을 모았다.

이를 악물고 최후의 마력을 전부 마법에 쏟아부었다.

그리고 레오의 주위가 금색 빛으로 가득 차기 시작했다.

《구세의 빛은 하늘로부터 쏟아져 내렸다――.》

영창이 시작된다.

그 모습을 본 아르는 만족스러운 듯이 미소를 지었다.

"봐, 걱정할 필요 없지?"

"걱정하지 않았던 사람은 아르노르트 님뿐이십니다만."

피네는 안심하며 두 손으로 얼굴을 가리고 있었다.

아르는 그런 피네의 머리를 쓰다듬으며 천천히 주위를 둘러보았다.

"쥐새끼가 몇 마리 있는데."

"아마 납치 조직의 구성원일 겁니다."

"레오를 방해할 생각이로군."

아르는 그렇게 말한 다음 씨익 웃었다. 아무것도 걱정하지 말라고 했다.

눈앞에 닥친 것만 신경 쓰라고. 아르는 그 말을 지키기 위해 움직였다.

"피네는 맡기마, 세바스."

"네."

"아르 님!"

"기다려. 금방 끝낼 테니까."

아르는 그렇게 말하고 전이했다. 동생을 지키기 위해서.

14

언제부터였을까. 형이라고 자각하게 된 것이. 어머님은 나와 레오를 평등하게 대했다. 형이니까, 그런 말을 한 적이 없다. 나는 형으로서 자라나지 않았다. 하지만 언제부터인지 바뀌었다. 나는 형으로서 행동하게 되었다. 언제부터였을까. 나는 그렇게 생각하던 도중에 전이를 마쳤다.

도시에 몇 군데 세워져 있는 높은 탑. 그 위에서 마도사가 레오를 노리고 있었다.

그래서 나는 사정없이 그 녀석의 가슴을 꿰뚫었다. 기교는 없다. 단순히 마력에만 의존해서 거칠게 내지른 수도다.

하지만, 그러는 게 낫다. 그래야 나라는 존재를 들키기 힘들다.

"커헉……?"

마도사는 갑작스럽게 나타난 나를 보고 놀라다가 숨이 끊어졌다.

나는 그와 동시에 다시 전이해서 다른 마도사가 있는 곳으로 날아갔다.

"어엇?!"

설마 사람이 전이해 올 줄은 몰랐을 것이다. 눈앞에 나타난 나를 보고 그 마도사는 효과적인 대책을 전혀 마련하지 못한 채 가슴을 꿰뚫렸다. 다른 곳에서 레오를 노리고 있던 마도사들도 이변을 눈치챘다. 하지만 그들이 움직이는 것보다 내 전이가 더 빠르다.

전이해서 가슴을 꿰뚫는다. 그것을 빠르게, 그리고 연달아 반복했다.

탑에서 탑으로 전이하던 와중에 나는 떠올렸다. 한 번, 이상적인 형을 본 적이 있다.

그 사람은 감옥에 갇힌 나를 날마다 만나러 왔다. 아무리 바쁘더라도 만나러 와서 내 말동무가 되어주었다. 해준 것은 그것뿐이다. 감옥에서 꺼내주겠다는 말은 하지 않았다. 사식도 가져다주지 않았다. 내가 그런 걸 원하지 않는다는 걸 알고는 그저 쓸쓸해하지 않게끔 말동무가 되어주었다.

그리고 감옥에서 나왔을 때, 살며시 머리를 쓰다듬어 주었다. '그러면 된다'라는 말과 함께. 그런 말을 할 수 있는 그 사람처럼 되고 싶다는 생각이 들었다. 동생의 터무니없는 행동을 긍정해줄 수 있는 형이. 그러면서도 그렇게 터무니없는 행동을 도와줄 수 있는 형이. 그렇다. 레오가 동경한 것처럼, 나도 동경을 품어왔다. 황태자였던 큰형. 그 사람 같은 형이 되고 싶었다.

"형제니까……, 목표로 삼은 사람도 같았지."

나는 그렇게 중얼거리며 마도사의 가슴을 꿰뚫었다.

피가 튀었다. 하지만 동정하진 않는다. 이 녀석들은 제위 쟁탈전에 휘말린 병사가 아니다.

스스로 범죄에 손을 더럽힌 데다 이곳에서 피해를 더욱 확대시키려 하는 녀석들이다.

법을 통해 심판해야겠지만, 어차피 사형이다. 내가 지금 처치하더라도 문제가 되진 않을 것이다.

"히이이이이이익?!?!"

이제 남은 건 두 명. 한 명이 비명을 질렀다. 하지만 망설이지는 않는다. 가슴을 꿰뚫고 곧바로 전이했다.

마지막 한 명은 나와 맞서 싸우는 걸 포기하고 레오를 향해 두 팔을 뻗었다. 극도로 집중하고 있는 레오는 피할 방법이 없고, 네르베 리터도 의식이 앞쪽에 쏠려 있다. 아마 막지 못할 것이다.

그래서 나는 마도사의 팔을 붙잡고 그대로 부러뜨렸다.

"끄아아아아아악?!?!"

"동생이 지금 있는 힘껏 발돋움 중이거든──, 방해하지 말아 줄래?"

"도, 동생이라고……?!"

"힘들다니까, 정말로. '바보 같은 짓을 하면 혼내준다', '실패하지 않게끔 도와준다'. 양쪽 다 해줘야 한다는 게 '형'의 괴로운 점이지."

"서, 설마……, 네놈은 아, 르……으으으윽?!?!"

말이 끝까지 이어지진 않았다. 내가 가슴을 꿰뚫었기 때문이다. 나는 곧바로 실이 끊어진 꼭두각시 인형처럼 마도사가 쓰러지는 모습을 바라보고 나서 그곳에 자리잡았다. 레오의 영창은 순조롭게 진행 중이다.

《사람들에게 구제를 가져다 주기 위하여·그 빛은 신의 자비·그 금색은 천상의 기적·마에 속한 자여, 참회하라──.》

영창이 이어졌다. 현대 마법 중에서는 최상급이라 불리는 7절에 걸친 영창. 성마법의 난이도를 고려하면 어설픈 고대 마법보다 더 고도의 마법인 만큼, 당연히 최상위 성마법이다.

대 악마용으로 개발된 성마법. 부정한 마를 용납하지 않는 그것은 인류의 무기다.

레오가 어째서 그런 마법을 쓸 수 있는 것일까. 아마 남부 사건 이후에 익혔을 것이다. 그때, 내가 그 마법을 쓸 수 있었다면, 그런 생각이 들었기 때문일 것이다.

레오는 결과에 대해 전혀 만족하지 못했다. 그런 마음이 그 마법을 습득하게 만들었다. 하지만 이제 막 익힌 참인 그 마법을 곧바로 실전에 투입하는 것은 터무니 없는 행동이다.

방금도 영창이 끊어질 뻔했다. 아마 내장에 부담이 걸려서 피가 목까지 치솟았을 것이다. 레오는 필사적으로 그것을 집어삼키고 영창을 계속 이어나가기 위해 노력하고 있다.

그래서 조금이나마 편한 환경을 만들어주기로 했다.

《시간의 신이여·나는 그 섭리를 거스르는 자·그대가 정한 흐름은 불변·시간은 끊임없이 계속 흐른다·멈추지 않고, 막히지 않고·위대한 시류는 영원히 지속된다·나는 그 시류에 반역한다·찰나의 미래를 훔쳐본다──, 데자뷔 클릭.》

시간을 조종하는 고대 마법은 보통 쓰기 힘들다. 애초에 사용자 자신에게 쓸 수 있는 마법이 거의 없고, 다른 대상에게 쓰는 마법도 효과는 뻔하다.

그런 주제에 마력을 잔뜩 가지고 가버리기에 실용적이지 못하다. 그런 마법들 중에서 이 마법은 그럭저럭 쓸만한 편이다. 이 마법은 다른 대상에게 약간 미래의 가능성을 보여줌으로써 데자뷔를 발생시키는 마법이다.

다른 사람에게 확정된 미래를 보여주는 것이 아니다. 확정되지 않은 가능성 몇 가지를 보여줄 뿐이다.

게다가 약간 미래이기 때문에 정말로 용도가 한정될 수밖에 없다.

그럼에도 불구하고 전투 중이라면 충분히 도움이 된다. 이 행동을 하면 위험하다고 데자뷔가 가르쳐 준다. 그것만으로도 구할 수 있는 목숨이 있고, 활약하는 개인이 나타난다. 거대한 괴물에 맞서 젊은 병사 한 명이 단숨에 뛰어들었다. 위험한 행동이다. 하지만 그에게는 위험하지 않았을 것이다. 어떤 가능성을 보았는지는 모르겠지만, 그것이 최선이라고 판단하며 행동했다.

그리고 그 병사는 검을 거대한 괴물의 목에 박아 넣고는 그대로 괴물과 함께 쓰러졌다.

모래먼지 속에서 구르는 듯이 그 병사가 나타났다.

"약속을 지켜준 모양이로군. 레르너 소위."

젊은 병사, 레르너 소위가 훌륭한 공을 세웠다. 그리고 다른 검을 들고는 몸을 날렸다. 모두가 레오를 위해 싸우고 있다. 바보 같은 짓이라 해도 그들은 따르고 있다. 레오가 황자이기 때문만은 아닐 것이다.

"응원하고 싶어지는 바보이기 때문이겠지……."

우직하다는 말이 있다. 그 말은 레오에게 딱 어울린다. 바보처럼 솔직하고, 물러서는 게 똑똑한 상황에서도 물러서지 않는다. 그럼에도 불구하고 레오 주위에는 사람들이 모인다. 그들에게는 그런 우직함이 없기 때문이다.

사람은 자신에게 없는 것을 동경한다. 다른 사람들과 다른 점이 있다는 것도 훌륭한 군주의 소질이다.

그런 행동을 말리거나 잘 보조해 주는 것도 신하의 역할이다. 그리고 레오에게는 그런 신하를 곁에 둘 만한 도량이 있다. 아버님이 재상을 곁에 두는 것처럼. 레오도 분명히 그런 사람을 찾아낼 것이다.

"자, 레오. 모두가 너를 위해 길을 열었다고, 한 방 먹여줘라."

《하늘은 선한 자를 저버리지 않는다·이 금빛은 파사의 반짝임일지니──, 홀리 글리터!!!!》

성을 감싸는 듯이 금빛 원이 떠올랐고, 그 원에서 금색 빛이 흘

러내리기 시작했다. 그것은 결계다. 지금부터 나타날 파사의 빛
으로부터 그 누구도 벗어날 수 없게끔 만드는 결계.

성 위에 복잡한 마법진이 떠올랐고, 그곳으로부터 거대한 금색
빛기둥이 떨어져 내렸다. 그것은 성 전체를 동그랗게 감싸고는
모든 것을 정화해 나갔다.

이윽고 빛이 희미해졌다. 만약에 악마의 피가 몸에 깊숙이 침
식해 있었다면 아무도 살아남을 수 없다. 모든 것이 정화되어 사
라졌을 것이다. 하지만 금색 빛이 희미해진 뒤에는 많은 사람들
이 쓰러져 있었다.

환호성이 크게 울려 퍼졌다. 거대한 괴물도 라스 일행에게 쓰
러졌기에 위기가 사라졌다.

많은 사람들이 레오의 이름을 연호한다. 레오는 그 목소리에
대답하려 했지만, 한계가 온 모양이었다.

레오가 비틀거리며 쓰러졌다. 하지만 땅바닥에 부딪히기 직전
에 레르너 소위가 레오를 안아들었다.

그 모습까지 확인한 다음, 나는 전이로 피네 곁에 돌아갔다.

"어떻게든 되었네."

"고생하셨습니다."

"그렇게까지 고생하지도 않았어. 이번에는 완전히 보조만 했으
니까."

"저기……, 아르 님……, 저…….."

"응?"

피네가 뭔가 말하기 껄끄러운 듯이 중얼거렸다.

그리고 피네는 힘차게 고개를 숙였다.

"죄송합니다! 제멋대로 떠들어 대기만 하고!"

"너는 잘못하지 않았어. 나를 부른 판단도, 했던 말도. 나는 대국적인 판단보다는 동생에 대한 개인적인 신뢰를 우선시한 거야. 만약에 그것 때문에 많은 사람들이 희생되었다면 나는 범죄자나 마찬가지였겠지. 미안해, 형이나 동생이나 바보라서."

내가 그렇게 말하며 쓴웃음을 짓자 피네가 당황하며 손을 저었지만, 무슨 말을 해야 할지 모르겠다는 듯이 입만 연달아 뻐끔거리고 있었다. 나는 그런 피네를 보고 우스워서 웃음을 터뜨린 다음에 말했다.

"그래도 이번에는 레오를 믿었어. 여러모로 생각해 보고 레오라면 구할 수 있을 거라 생각했지. 그건 네가 보기에 분명히 위태롭고 조마조마한 결단이었을 거야. 미안해. 폐만 끼치는구나."

"그, 그렇지 않아요! 폐라니요! 폐를 끼치고 있는 건……, 바로 저예요……, 도움이 되어드리지 못해 죄송합니다……."

풀 죽어서 어깨를 늘어뜨린 피네를 보고 나는 세바스를 돌아보았다. 피네가 어떤 활약을 했는지 나는 모르기 때문이다. 치명적인 실수라도 했나 싶었는데, 세바스는 고개를 저었다.

"피네 님께서는 정말 훌륭하셨습니다. 도움이 되지 못했다는 말은 아무도 못 할 겁니다."

"그렇다는데?"

"그, 그건……."

"상관없잖아. 사람들은 다들 각자 역할이 있어. 모든 걸 다 해낼 수는 없지. 나도, 너도, 물론 레오도. 그렇게 못하니까 협력해서 보완하는 거야. 네게 전투에 도움이 되는 힘이 없을지도 모르겠지만, 너는 그 이외의 힘을 지니고 있어. 그건 내게 없는 힘이지. 항상 기대하고 있다고."

"아르 님……."

"그래서 부탁할 게 한 가지 있어. 저기 누워있는 바보 같은 동생을 부탁할게. 손이 많이 가는 녀석이야. 너밖에 부탁할 사람이 없거든. 집에 도착할 때까지가 소풍이야. 제도까지 확실하게 데려다줘."

"네! 알겠어요!"

기운을 되찾은 피네를 보고 나는 미소를 지으며 전이문을 열었다.

그리고 세바스를 힐끔 보았다. 피네를 부탁한다는 뜻이 담긴 눈짓을 보냈는데, 그 만능 집사는 그것만으로도 모든 것을 이해했는지 알겠다는 듯이 우아하게 인사하며 나를 배웅했다.

빈틈이 없는 녀석이다.

다음에 세바스의 약점이라도 찾아볼까, 나는 그렇게 생각하며 전이로 제도에 돌아왔다.

15

"제2황녀, 잔드라 렉스 아드라. 네게는 무기한 근신을 명한다. 내가 허가할 때까지는 후궁의 방에서 나오는 것을 허락하지 않고, 다른 누군가와 만나는 것도 허락하지 않겠다. 물론 제위 쟁탈전에 관여하는 것도——, 허락하지 않는다."

남부에서 일어난 소란은 끝났다. 진압을 맡은 레오가 돌아왔기에 뒤처리도 시작되고 있었다.

물론 가장 먼저 처분을 받은 사람은 잔드라였다.

"황제 폐하……, 제가 크류거 공작의 조카이긴 합니다만, 그 전에 황족 중 한 명입니다. 제국에 반기를 들 생각은 없습니다. 크류거 공작의 음모를 눈치채지 못한 것은 죄송합니다만, 협력은 하지 않았습니다."

"그 말을 믿으마. 허나 처분은 변함이 없다. 크류거 공작의 핏줄이라는 점, 크류거 공작을 배경으로 삼았던 점. 그런 것들은 아무리 따져도 마찬가지다. 이건 아버지로서 하는 말이다. 잘 들어라……, 제위는 포기하거라, 잔드라."

그것은 잔드라에게 있어서 사형 선고에 가까운 말이었을 것이다.

많은 유력자들이 모인 가운데 너는 제위 쟁탈전에서 탈락했다는 말을 듣게 된 것이다.

잔드라는 굴욕으로 인해 인상을 찌푸렸다. 그리고 아버님을 노려보며 말했다.

"그렇게까지……, 어머님이 싫으십니까?"

"개인적인 감정으로 내린 결정은 아니다."

"아뇨, 아버님. 당신께서는 지금 개인적인 감정에 휘둘리고 계십니다. 제2비를 암살한 게 어머님이라는 파렴치한 소문을 믿고 계시는 거겠지요?! 그날부터 당신께서 저를 자식으로 생각하지 않는다는 걸 알고 있습니다!"

잔드라가 한 발짝 앞으로 나섰다.

주위에 있던 근위기사들이 검에 손을 뻗었지만, 아버님이 말렸다.

"나는 너를 내 자식으로 여기고 있다. 짜증 난다고 여겼다면 멀리 보냈을 게야."

"뻔뻔한 대답이군요! 당신 눈에서 저와 어머님에 대한 분노가 사라진 적은 없었어요! 그날 이후로 몇 번이나 말씀드렸을 텐데요! 제2비를 죽인 범인은 어머님이 아닙니다! 어째서 이해해 주시지 않으시는 겁니까!"

"잔드라. 이번 건과 제2비는 상관이 없다."

"정말로 자식이라 생각하신다면 제 말을 믿어주실 텐데요! 삼촌의 죄에 조카까지 화를 뒤집어써야 한다니, 너무 부조리하지 않습니까!"

"잔드라……, 너를 근신 처분하는 것이 내 자상한 마음이다."

"그런 건 자상한 마음이 아니에요! 저는 황태녀가 되기 위해 모든 걸 걸었단 말이에요!"

"……역시 너는 황제의 그릇이 아니구나. 포기하거라."

아버님은 쓸쓸한 듯이 말했다. 그 말은 지금까지 해온 말과는 무게가 달랐다.

아버님은 잔드라를 똑바로 바라보며 말했다.

"자기 생각밖에 못하는 자는 황제가 될 수 없다. 황제가 가장 먼저 생각해야만 하는 것은 나라다. 그다음이 백성이지. 자기 생각은 한참 나중이다. 크류거 공작의 악행은 백성들에게까지 알려졌다. 많은 백성들로부터 어린아이를 납치한 조직을 운영하고 있었단 말이다. 당연하지. 너는 그것을 이해하지 못하고 있다."

"이해하고 있습니다!"

"이해하고 있다면……, 어째서 자기 이야기만 하는 게냐? 나라로서의 체면, 백성들의 심정. 누가 보더라도 네가 제위를 목표로 삼는 것은 용납되지 못할 일이다. 반란을 일으킨 자의 핏줄, 백성을 괴롭힌 악당의 관계자. 네가 몰랐다 하더라도 네가 범죄자와 협력했다는 것은 사실이다. 백성들은 분노하고 있다. 본보기가 필요하지. 목을 베지 않는 것이 부모로서의 정이라 생각하거라."

"아, 아버님……, 저, 저는……."

"물러가라. 자기 생각밖에 못하는 자의 말은 듣고 싶지 않다."

아버님은 손을 들어 근위기사들에게 지시를 내렸다.

두 근위기사가 잔드라의 팔을 붙잡았다.

그 모습을 보고 잔드라가 근위기사들을 노려보았다.

"무례한 놈들! 내가 누군지나 알아?! 나는 황녀라고?! 이거 놔!"

"용서해 주십시오. 전하."

"큭! 이 녀석들이! 용서 못해! 이거 놓으라고!! 아버님! 아버님!

아버니이이이이임!!!!"

잔드라가 방 밖으로 끌려나갔다. 처벌이 생각보다 가벼운데. 처형당할 수도 있을 거라 생각했다. 그래서 이 처벌에 위화감이 든다. 잔드라 쪽에서 뭔가 손을 썼나?

그런데 아버님이 너그러운 결정을 하게 만드는 방법이 어떤 게 있지?

생각해 봤지만 답이 나오지 않는다. 그리고 그 동안에 아버님은 다음 처벌로 넘어가려 하고 있었다.

아버님은 피곤하다는 듯이 숨을 내쉬고는 등받이에 몸을 기댔다.

그리고 아버님의 눈길이 향한 곳에는 고든이 있었다.

"방금 잔드라를 보고……, 뭔가 할 말이 있느냐? 고든?"

"아뇨."

"그래……, 부하도 제대로 관리하지 못하여 칙사 일행을 위험에 처하게 한 데다 남부와 전면 전쟁을 벌일 뻔하게 만들었지. 이 죄는 가볍지 않다만?"

"네. 전부 제가 부족한 탓입니다. 벌을 달게 받겠습니다."

고든이 얌전하게 굴다니, 신기하다. 하지만 어떤 의미로는 여유가 있기 때문일 것이다. 전선에서 소규모 충돌이 발생한 것은 장군이 암살당했기 때문이다. 고든이 대처할 수 없었던 사태라고 발뺌할 수가 있다.

얌전하게 굴면 큰 벌을 받지 않을 것이다. 고든은 그렇게 예상하고 있는 모양이다.

실제로 일이 커지진 않았다. 뭐, 일이 커졌다면 남부와 전쟁을 벌이게 되었을 테니 결국 고든에게 벌을 내릴 상황은 아니었겠지만.

"반성은 하고 있는 모양이구나. 허나, 벌은 벌이다. 북부 국경 수비군으로 가거라. 두 달 동안은 돌아오지 마라. 전선에서 나라를 지킨다는 것에 대해 다시 생각해보고 오너라."

"……알겠습니다."

고든은 이를 악물며 말했다.

예전에 고든에게 북부 국경 수비군 사령관을 맡기겠다는 이야기가 나온 적이 있다. 고든은 제위 쟁탈전을 진행해야 한다는 이유와 더불어 북부는 우선도가 낮은 국경이라는 이유를 들어 거절했다. 하지만 진짜 이유는 나도 알고 있다. 같은 국경 수비군의 사령관인 리제 누님과 비교당할 것이 뻔하기 때문이다.

고든이 보기에는 굴욕일 것이다. 한번 거절했던 곳으로 좌천당하는 데다 이번에는 사령관도 아니다.

남부로 좌천되지 않은 것은 복구 중이기에 혼란스러운 남부에 고든을 보내는 것이 위험하다는 걸 고려했기 때문일 것이다.

남쪽과 동쪽에는 대국이 있다. 그곳에 보내기에는 고든이 까다로운 인물이기에 결국은 북부가 낫고, 가장 굴욕적인 조치다.

"벌 이야기는 여기까지다. 다들 각자 수고가 많았다. 모두의 도움으로 일을 최소한으로 마무리할 수 있었다."

아버님이 그렇게 말하며 이곳에 있는 모든 사람들에게 고맙다는 인사를 했다.

지금은 여기 없지만, 에릭도 외무대신으로서 다른 나라에 있다. 내란의 낌새가 강해진 제국에 쳐들어오지 못하게끔 견제하기 위해서다. 수수하지만, 확실하고 유용한 활약이다.

레오도 점수를 따냈지만, 에릭도 제대로 점수를 벌었다. 잔드라를 끌어내렸고, 고든과도 어깨를 나란히 하며 추월할 수 있는 곳까지 왔지만, 에릭의 뒷모습은 아직 멀다.

"특히 이곳에는 없는 에릭, 그리고 레오나르트. 잘 해주었다."

"황자로서 당연한 일을 했을 뿐입니다."

"겸손하지 말거라. 마지막에는 대마법을 썼다면서? 몸은 괜찮은 게야?"

"네. 문제 없습니다."

"그렇군……, 아르노르트도 열심히 했구나. 잘했다."

아버님이 나를 보았다. 아마 네르베 리터 이야기일 것이다.

나는 쓴웃음을 지으며 머리를 긁었다. 그리고 각오를 다진 다음 어떤 말을 꺼냈다.

"아뇨, 그 정도는 아닌데요. 뭐, 이번에는 여러모로 잘 풀렸네요. 결국 '전쟁도 일어나지' 않았고요. 전부 잘 해결되었다고 해도 되지 않을까요?"

나는 어디까지나 칭찬받아서 신이 난 듯한 분위기로 그렇게 말했다.

주위에 있던 대신들이 일제히 인상을 찌푸렸다. 그런 말을 하면 아버님이 무슨 반응을 보일지 알고 있기 때문이다.

잔드라에게 백성 이야기를 하며 나무랐다. 다시 말해, 아버님은 백성들의 시선을 잘 알고 있다.

그렇다면 결과는 뻔하다.

"전쟁도 일어나지 않았다고……? 이 멍청한 녀석! '전쟁은 일어났다'! 우리가 보기에는 소규모 충돌이라 하더라도 전선에서 도시 한 곳이 전화에 휩싸였단 말이다! 그들이 보기에는 큰 전쟁이었다! '전쟁은 일어난 것'이란 말이다!!"

"제, 제가 말실수를 했습니다……, 용서해 주십시오."

"아무것도 모르는구나! 우리의 역할은 백성들이 그런 마음을 먹지 않게끔 나라를 운영하는 것이다! 위에서 내려다보기만 한다면 잔드라와 다를 바가 없다! 너도 근신 처분을 받고 싶은 게냐!! 잘 생각해 봐라!!"

나는 그렇게 질책당하며 고개를 숙였다.

그야 화를 내겠지. 하지만 이제 네르베 리터를 끌어들이면서 올라갔던 평가가 원래대로 돌아간다. 필요했다고는 해도 너무 드러나게 행동했다. 아직 경계를 사고 싶진 않다. 성과를 내긴 했지만, 경솔한 황자. 그렇게 끝내는 게 제일 좋을 것이다.

하지만 대가는 크다. 아버님의 잔소리가 계속 이어졌다. 꽤 큰 대가를 치렀구나, 나는 그렇게 생각하고 잔소리를 흘려들으며 얼른 끝나기를 기원할 뿐이었다.

⇒ 에필로그

"고생했어. 피곤하진 않아? 피네."

"네. 괜찮아요. 아르 님."

아버님이 처벌을 내린 다음, 나는 내 방에서 피네와 함께 있었다. 나중에 아버님이 성대한 파티를 개최하겠다고 했다. 이제 막 돌아온 레오나 피네는 쉴 틈도 없으니 걱정이다. 이번에는 장거리 여행도 했고.

"제도에서 남부로 강행군한 데다 그쪽에서는 전투와 뒤처리까지 하고 왔잖아. 피곤하지 않을 리가 없지. 무리하지 않아도 돼. 내가 아버님에게 말해둘 테니 쉴래?"

"배려해 주셔서 감사합니다. 그런데 정말 괜찮아요. 그리고 파티는 기대되니까요."

피네는 그렇게 말하며 티없는 미소를 지었다. 정말로 괜찮은 모양이네. 나라면 피곤해서 파티 같은 건 절대로 참석하고 싶지 않다고 할 텐데.

"너는 의외로 튼튼하구나."

"중간에 네르베 리터 분들께서 정말 잘 살펴주셨으니까요. 이동도 전혀 힘들지 않았고, 린피아 씨께서 말동무가 되어주셔서 따분하지도 않았어요. 그러니까 괜찮아요. 오히려……, 아르 님이 더 걱정되네요."

"나? 나라면 괜찮아. 이번에는 대마법을 쓰지도 않았으니까."

"그럴지도 모르겠지만, 이번에는 상대가 상대였으니까요. 평소보다 더 정신적으로 힘들지 않으셨나요?"

"뭐, 소니아가 버겁긴 했지만, 그뿐이지."

"그게 아니라……, 구해주지 못했던 것을 신경 쓰고 계시는 것 아닌가요?"

피네는 항상 갑작스럽게 예리한 말을 던지곤 한다. 사람의 마음을 들여다보는 마법을 쓰는 게 아닐까 의심스럽기까지 하다. 내가 그렇게까지 알아보기 쉬운 녀석이 아닐 것 같은데.

"……신경 쓰이지. 그녀는 제위 쟁탈전의 희생자야. 구해야 할 사람, 손을 내밀어야 할 사람이었다고. 하지만 나는 그러지 않았어. 내게 근본적인 해결 방법이 없었기 때문이지."

인질이 어디 있는지 모르는 이상, 소니아를 구해줄 수는 없다. 소니아가 자신만 살아남는 것을 원하지 않기 때문이다. 실버로서 모든 힘을 동원하면 인질도 찾아낼 수 있을지 모른다. 하지만 지금 내게 그럴 여유는 없다.

그렇다. 여유가 없기 때문에 구해주지 않았다. 내 형편을 우선시하며 제위 쟁탈전의 피해자를 방치했다. 물론, 당연히 인질을 잡은 고든이 잘못한 것이다. 하지만 방치한 나도 마찬가지다. 오히려 내가 더 큰 죄를 저지른 건지도 모르겠다.

"네게 모두가 완벽할 수는 없다고 했지만……, 그래도 역시 완벽하고 싶다는 마음은 있어. 구하고 싶다는 생각이 들었을 때 구할 수 있는 힘이 있었으면 좋겠거든."

"아르 님다우시네요. 하지만 저는 힘이 있는 것보다는 마음이 있는 게 더 중요하다고 생각해요. 구하고 싶다는 마음은 중요하죠. 그게 없다면 힘 따위는 의미가 없으니까요. 그 마음이 쌓여서 모든 것이 좋은 방향으로 나아가는 것 같아요. 그러니까 구하고 싶다고 계속 생각하도록 해요. 포기하는 건 아르 님다운 게 아니니까요."

"……그래. 네 말이 맞아."

마음 아파하는 건 간단하다. 누구나 할 수 있다. 하지만, 구해주지 못했다고 해서 계속 땅바닥만 내려다보고 있을 수는 없다. 내가 구해주고 싶어하는 사람은 아래쪽에 있는 게 아니다.

앞을 보고 할 수 있는 일을 해나간다. 그 과정에 기회가 반드시 있을 것이다.

"나는 소니아를 구해주는 걸 포기하지 않겠어. 포기해선 안 돼. 제위를 위해서 인질을 잡고, 원하지 않는 싸움에 소녀를 내세우는 것. 그것을 인정하고 포기한다면 우리도 고든과 마찬가지야."

피네와 이야기를 나누면 마음이 편해진다. 앞을 볼 수 있다. 그 이유는 분명히 피네가 나를 신경 써주고 있기 때문일 것이다. 정말 기분이 편해서 무심코 응석을 부리게 된다.

하지만 계속 응석만 부릴 수는 없다.

"파티, 나는 중간에 빠져나올까 싶었는데……, 네가 나올 때까지는 있을게. 도움이 되진 않겠지만."

"아뇨, 그래주시면 좋죠. 그래서 말인데요……, 저기……."

피네가 약간 말하기 껄끄러운 듯이 꾸물댔다. 뭔가 작은 목소리로 말하는 것 같은데, 잘 알아들을 수가 없다.

"응? 뭐 부탁할 거라도 있어?"

"네⋯⋯, 저기⋯⋯, 파티에 드레스를 입고 갈 건데요⋯⋯."

"그래, 그렇지."

"저기⋯⋯, 황제 폐하께서 드레스를 잔뜩 준비해 주셔서⋯⋯, 어떤 걸 골라야 할지⋯⋯, 혹시 아르 님께서 괜찮으시다면 말인데요⋯⋯, 같이 골라주실 수 있을까요⋯⋯?"

무슨 말을 그렇게 꺼내기 힘들어하나 싶었는데, 그런 거였구나. 피네는 배려를 잘 해주는 성격이니까. 어떤 걸 입으면 아버님이 기뻐할지 고민했던 모양이다.

"물론 상관없지. 하는 김에 네가 내 옷도 골라줄래?"

"네!"

우리는 그렇게 말하며 자리에서 일어섰다. 그때, 갑자기 세바스가 나타났다.

"무슨 일 생겼어?"

"신경 쓰이는 정보를 들어서요."

"뭔데?"

"실은, 제도에 페를랑 왕국의 제1왕자가 머무르고 있는 모양입니다."

"페를랑의 제1왕자? 그런 이야기는 못 들어봤는데?"

"몰래 온 모양이고, 파티 초대도 거절했다고 합니다. 그 체재

이유 말씀입니다만…….”

세바스가 말하려 하자 나는 손을 들어 말렸다. 다른 나라의 왕족이 제도에 몰래 와 있다니, 보통 일이 아니다. 뭔가 특별한 사정이 있을 것이다.

그리고 보통 일이 아닌 건 한 가지 더 있었다. 이해가 안 되는 잔드라의 처분이다. 좀 더 엄한 처벌을 예상했는데, 처분이 예상보다 가벼웠다. 제위 쟁탈전에서 탈락을 선고했다고는 해도 목숨만 붙어 있다면 재기가 가능하다.

아버님의 결정을 바꿀 정도의 영향력. 제국 사람이 아닌 자가 관여했다면 납득이 된다. 그것도 페를랑 왕국의 제1왕자. 아버님에게 있어서 나쁘지 않은 거래가 발생했을 것이다.

“내가 맞춰볼까? 신부를 찾으러 온 거지?”

“정답입니다. 아무래도 남몰래 잔드라 전하를 부인으로 맞이하고 싶다고 한 것 같습니다.”

“흥, 뻔한 수법이군. 잔드라 녀석. 지금까지 고집을 부리며 꺼내지 않았던 비장의 수를 꺼내들었나? 그만큼 궁지에 몰렸다는 뜻이겠지만, 골치 아프게 되었군.”

“그게 무슨 말씀이시죠?”

“잔드라는 자기가 결혼할 상대를 자기가 정하겠다고 말해왔어. 황제를 목표로 삼고 있는 이상, 남편이 될 사람이 꽤 중요하니까. 제국 내부의 유력자들 중에서 골라야겠지만, 지금 왕국의 제1왕자가 나섰지. 다시 말해 잔드라가 왕국의 힘을 빌린다는 뜻이야.

왕국에서도 제국에 개입할 수 있게 된다면 바라던 바겠지. 물론 단점도 있겠지만."

위험부담이 전혀 없다면 처음부터 그랬을 것이다. 빚이 생기는 이상, 잔드라는 왕국과 제1왕자를 무시할 수 없게 되고, 다른 나라 왕족의 부인이 된 자를 황제로 인정할 사람은 별로 없다.

할 수 있는 게 제한된다. 그럼에도 불구하고 엄한 처벌을 받고 미래가 끊기는 것보다는 낫다고 판단했을 것이다.

"금방 잔드라를 시집보내진 않을 거야. 이번 건으로 인해 평판이 상당히 안 좋아졌으니까. 그게 가라앉으면 시기를 봐서 발표한다는 흐름이겠지만……, 잔드라라면 그 전에 뭔가 손을 쓰겠지. 경계해 둬."

"알겠습니다."

세바스는 그렇게 말하고 자취를 감추었다. 나는 살짝 한숨을 쉬며 방문에 손을 가져다댔다.

"자, 갈까."

"괜찮으신 건가요?"

"괜찮아. 금방 어떻게 될 문제도 아니고. 숨은 돌릴 수 있을 때 돌려야지."

이제부터 다시 거친 싸움이 시작될 테니까.

나는 마음속으로 그렇게 중얼거리며 피네와 함께 방을 나섰다.

SAIKYO DEGARASHI OJI NO ANYAKU TEII ARASOI Vol.4
MUNO O ENJIRU SS RANK OJI WA KOI KEISHO SEN O KAGE KARA SHIHAI SURU
©Tanba, Yunagi 2020
First published in Japan in 2020 by KADOKAWA CORPORATION, Tokyo.
Korean translation rights arranged with KADOKAWA CORPORATION, Tokyo

최강 찌꺼기 황자의 암약 제위 쟁탈전 4
무능한 척 연기하는 SS랭크 황자는 황위 계승전을 남몰래 지배한다

2023년 8월 15일 1판 1쇄 발행

저　　　자	탄바
일러스트	유우나기
옮 긴 이	천선필
발 행 인	유재옥
본 부 장	조병권
담당편집	정지원
편집 1팀	김준균 김혜연
편집 2팀	정영길 조찬희 박치우 정지원
편집 3팀	오준영 이해빈 이소의
편집 4팀	전태영 박소연
디 자 인	김보라 박민솔
라 이 츠	김정미 맹미영 이윤서
디 지 털	박상섭 김지연
발 행 처	(주)소미미디어
인쇄제작처	코리아피앤피
등　　　록	제2015-000008호
주　　　소	서울시 마포구 토정로 222, 403호(신수동, 한국출판콘텐츠센터)
판　　　매	(주)소미미디어
영　　　업	박종욱
마 케 팅	한민지 최원석 박수진 최정연
물　　　류	허석용 백철기
전　　　화	편집부 (070)4164-3962, 3963 기획실 (02)567-3388 판매 및 마케팅 (070)4165-6888, Fax (02)322-7665

ISBN 979-11-384-7936-3(04830)
ISBN 979-11-384-3519-2(세트)